Autorin
Jodie Chapman wurde in Kent geboren, wo sie heute noch mit ihrem Mann und ihren drei Söhnen lebt. Bevor sie sich ihrer eigentlichen Leidenschaft, dem Schreiben, zuwandte, arbeitete sie über zehn Jahre als Hochzeits- und Porträtfotografin. Die ersten 35 Jahre ihres Lebens war sie in der Religionsgemeinschaft Jehovas Zeugen, eine Erfahrung, die sie in Romanen auf beeindruckende Weise verarbeitet. Nach ihrem erfolgreichen Debütroman »Eine ganze Liebe lang« behandelt auch ihr neues Werk »Drei Schwestern« das Leben bei den Zeugen.

Von Jodie Chapman bereits erschienen
Eine ganze Liebe lang

Jodie Chapman

Drei Schwestern

Roman

Aus dem Englischen von
Leena Flegler

blanvalet

Die Originalausgabe erschien 2023 unter dem Titel
»Oh Sister« bei Michael Joseph, London.

Das vorangestellte Zitat von John Berger stammt aus: John Berger: Sehen. *Das Bild der Welt in der Bilderwelt.* Aus dem Englischen von Axel Schenck. © S. Fischer Verlag GmbH, Frankfurt am Main 2016.

MIX
Papier | Fördert gute Waldnutzung
FSC® C083411

Klimaneutral
Druckprodukt
ClimatePartner.com/14044-1912-1001

Penguin Random House Verlagsgruppe FSC® N001967

1. Auflage 2023

Redaktion: Susann Rehlein
Umschlaggestaltung und -motiv: www.buerosued.de
JS · Herstellung: sam/er
Satz: Vornehm Mediengestaltung GmbH, München
Druck und Bindung: CPI books, Leck
Printed in Germany
ISBN 978-3-7645-0819-7

www.blanvalet.de

Für Sarah,
meine Schwester

Anmerkung der Autorin

Aus Achtung vor meiner Mutter habe ich die dargestellte Religion umbenannt.

Aus Achtung vor mir selbst habe ich dieses Buch geschrieben.

Eine Frau muss sich ständig selbst beobachten und wird fast ständig von dem Bild begleitet, das sie sich von sich selbst macht. Ob sie durch ein Zimmer geht oder über den Tod ihres Vaters weint, sie wird es kaum vermeiden können, sich selbst beim Gehen oder Weinen zu beobachten. Von frühester Kindheit an hat man ihr beigebracht und sie dazu überredet, sich ständiger Selbstkontrolle zu unterwerfen. [...] Sie muss alles prüfen, was sie ist, und alles, was sie tut, denn wie sie sich anderen darstellt und – letzten Endes – wie sie sich den Männern darstellt, ist von entscheidender Bedeutung dafür, was man gemeinhin als den Erfolg ihres Lebens ansieht.

John Berger, *Sehen*

Paradies

Meine Brüder und Schwestern, ich möchte euch zu einem Spiel einladen. Oder vielleicht ist *Übung* der bessere Ausdruck. Es geht um etwas, was ihr gut kennt, was ihr in Gedanken schon oft durchgespielt habt. Macht es euch bitte bequem und schließt jetzt die Augen.

Stellt euch vor, Harmagedon liegt hinter uns. Endlich bricht der große Tag unseres himmlischen Vaters an, und ihr wacht in der neuen Welt auf. Hört ihr die Vögel zwitschern? Auch sie lobpreisen unseren allmächtigen Gott. In der Luft hängt der Duft von Blumen und von Früchten, die in den Bäumen reifen. Vielleicht summen die Bienen und sind schon ganz benommen vom vielen Nektar. Das Paradies – könnt ihr es spüren, Brüder?

Euer Hinken – verschwunden. Die Augenprobleme – vergessen. Der Rollstuhl, auf den ihr angewiesen wart, und die Medikamente, die ihr täglich genommen habt – das alles ist entsorgt. Euer Körper ist makellos.

Spulen wir um ein Jahr vor. Ihr habt euer Land bestellt, euer eigenes Fleckchen Erde. In dieser neuen Welt brauchen wir keine Zäune, Tore oder Stacheldraht. Wir vertrauen unseren Nachbarn. Wir verriegeln nicht unsere Türen wie früher. Und unsere Häuser? Brüder … Stellt euch das Haus vor, das ihr für eure Familie gebaut habt! Eigenhändig! Kein Kredit, den ihr abstottern müsstet, es gehört euch einfach.

Und jetzt stellt euch vor, ihr sitzt in eurem Garten und genießt die Früchte eurer Arbeit. Eure Frau hat aus den besten Lebensmitteln ein Mittagessen zubereitet. Könnt ihr euch die Speisen vorstellen, Schwestern, die ihr aus dem zaubert, was ihr selbst angebaut habt? Keine Fahrten zum Supermarkt mehr, und ihr müsst auch nicht mehr jeden Penny umdrehen, um eure Familie zu ernähren. Gott versorgt euch mit allem, und jedes Essen ist ein Festmahl.

Während ihr das Brot brecht, lacht und plaudert ihr über den anstehenden Tag. Ihr fiebert nicht aufs Wochenende hin. Jeder Tag ist Wochenende. Seht euch um – ihr wart noch nie so glücklich. Euch fehlt es an nichts.

Doch unser Vater hat noch ein weiteres Geschenk für euch.

Was kann das sein? Das Gartentor quietscht. Es ist ganz leise, dieses Geräusch, trotzdem könnt ihr es hören. Schaut nach, da steht jemand vor der Tür.

Für jeden von euch ist es ein anderer Jemand. Vielleicht eure Mutter oder der Vater, den ihr seit Jahren nicht gesehen habt. Er sieht wieder jung aus. Oder eure Ehefrau, euer Ehemann, den ihr gepflegt habt, als er krank wurde, und dem ihr versprochen habt, ihn im Paradies wieder in die Arme zu schließen. Oder vielleicht ist es euer kleiner Sohn oder die Tochter, an die ihr tagtäglich gedacht habt, seit sie im Schlaf gestorben sind. Meine Brüder und Schwestern, ihr habt versprochen, für sie da zu sein, wenn sie aufwachen würden, und da seid ihr.

Jetzt, da sie wiedergekehrt sind, könnt ihr auf ewig in Frieden zusammenleben, genau wie es geschrieben steht.

Und jetzt macht die Augen wieder auf. Ihr kommt aus jener Welt in diese zurück. Das Leben ist grau. Sobald ihr heute von hier aufbrecht, fahrt ihr in eure Häuser, die eher der Bank gehören dürften als euch oder für die ein Vermieter eine Miete verlangt, die ihr nur mit Mühe aufbringen könnt.

Meine Brüder und Schwestern, euch gilt meine Liebe. Wir wissen, was wir in Zeiten wie diesen tun müssen, nicht wahr? *Beten.* Unser himmlischer Vater weiß, was wir durchmachen, und er verspricht uns eine neue Welt, deretwegen wir durchhalten. Tut also tagtäglich Folgendes: Nehmt euch nur fünf Minuten – sei es im Bus, zwischen zwei Türen beim Predigtdienst oder kurz bevor ihr abends einschlaft –, schließt die Augen und stellt euch das Paradies vor, das uns erwartet.

Nennt es eine *Übung,* weil wir auf diese Weise gewappnet sind. Machen wir uns auf diese Weise immer wieder die Hoffnung bewusst, damit wir uns so kurz vor der uns bestimmten Zeit nicht ablenken lassen. Der Tod gilt für uns nicht. Wir bleiben fokussiert und fest entschlossen, uns nicht vom rechten Weg abbringen zu lassen. Brüder, die bestimmte Zeit ist nahe.

Lasst den Lohn niemals aus den Augen.

Auszug aus einer Rede von Bruder Diaz
Jünger der letzten Tage

Ihr werdet die Wahrheit erkennen, und die Wahrheit wird euch frei machen.

Johannes 8,32

TEIL EINS

Ein halbes Herz

Zelda

»Begleitet Sie jemand?«

Zelda hört die Frage nicht. Sie ist von einem Lichtquadrat auf dem blauen Linoleumboden abgelenkt. Durch die abgestandene Sprechzimmerluft schweben Staubpartikel.

Die Krankenschwester blickt von ihrem Klemmbrett auf. »Wartet jemand draußen auf Sie? Ein Freund, ein Angehöriger?«

»Nein.« Zelda verschränkt die Arme. »Ist doch okay, oder? Ich bin erst in der siebten Woche, also kann ich doch einfach die Pille nehmen und wieder gehen.«

Lächelnd dreht die Krankenschwester ihren Kugelschreiber zwischen den Fingern. »Dann gehe ich davon aus, die Antwort auf die Frage, ob dies Ihr erster Abbruch ist, lautet Nein.«

Sie klingt freundlich, und am liebsten würde Zelda laut lachen. An die Frau kann sie sich vom letzten Mal sogar erinnern. Als sie hereingerufen wurde und ein bekanntes Gesicht entdeckte, fühlte es sich fast nach Geborgenheit an. Doch die Krankenschwester kann sich an sie nicht erinnern. Zelda fragt sich, wie viele Frauen mit knallroten Haaren in Männerklamotten in diese Klinik spazieren und ob man sie wirklich so leicht vergisst. Hoffentlich nicht.

»Aller guten Dinge sind drei«, antwortet Zelda.

Die Krankenschwester macht sich eine Notiz. Da ist nicht der Hauch von Verurteilung in ihrem Gesicht. Sie trägt ein halbes Herz um den Hals, und Zelda fällt ihr eigenes wieder ein, das ihre Schulfreundin Leila ihr zum Jahrtausendwechsel geschenkt hat, in ihrem Abschlussjahr. Zelda fragt sich, wer wohl die andere Hälfte des Krankenschwesterherzens trägt. An Leila kann sie sich kaum noch erinnern.

Als sie wieder auf die Straße tritt, ist Rushhour. Sie hört einen Lkw zurücksetzen und das Plaudern der Passanten. Die Bäume entlang des Gehwegs haben noch nicht ausgeschlagen, aber die Knospen sind bereits da. Zelda lässt die Tür hinter sich zufallen und zündet sich eine Zigarette an, zieht den Jackenkragen enger und lehnt sich an die Wand. Irgendwo läuft ein Radio, es geht um einen bevorstehenden Schneesturm, die *Bestie aus dem Osten.* Zelda hält das Gesicht in die Sonne.

Die Tabletten in ihrer Tasche will sie nehmen, sobald sie zu Hause ist. Sie hofft, dass noch ein bisschen Whisky da ist. Damit lassen sie sich leichter hinunterspülen. Egal, was die Krankenschwester sagt – die Krämpfe sind erträglicher, wenn die Kanten weicher sind.

Eine Frau bedenkt sie im Vorbeigehen mit einem empörten Blick. Vielleicht wegen der Zigarette – oder wegen der Abtreibungsklinik, vor der sie steht. Zelda starrt finster zurück.

Als sie sich in Bewegung setzt, riecht die Luft süß nach Zimt. Sofort steht ihr wieder der Grund für ihren empfindlicheren Geruchssinn vor Augen, und in der Hoffnung, ihn gleich wieder zu vergessen, kauft sie sich in der Bäckerei das größte, blättrigste Gebäckstück. *Aller guten Dinge sind drei.* Für die Narben, die sie davongetragen hat, würde sie sich nie entschuldigen, trotzdem sind sie da.

Zelda beißt gerade in den Blätterteig, als sie sie hinter der nächsten Straßenecke entdeckt. Abrupt bleibt sie stehen. Da, ein Stück voraus auf dem Gehweg, stehen zwei verhalten lächelnde Frauen in knielangen Röcken neben einem rollbaren Broschürenstand. Zelda kennt die beiden nicht – sie hat sich für eine Klinik in einer anderen Stadt entschieden –, aber die zwei sehen aus, wie sie alle aussehen. Auf dem Banner über den Broschüren steht: *Ewiges Leben – wann?*

Ihr schnürt sich die Kehle zu. Sie huscht zurück um die Ecke und presst sich gegen die Mauer. Ihr ist so schwindlig, dass sie nicht einmal merkt, dass ihr Samtsakko am Backstein einreißt.

In der nächstbesten Seitenstraße geht sie in Deckung. Ihr ist, als müsste sie sich übergeben, und so kommt es dann auch, direkt an einer leuchtend blauen Mülltonne. Erbrochenes sickert in alle Richtungen.

»Fuck«, sagt sie zum Boden. »So viele Jahre, und immer noch erwischen sie dich eiskalt.«

Leere Seite

Jen

Jen flüchtet vor dem Platzregen ins Kaufhaus. Rennen kann sie nicht mehr. Sie hat vergessen, sich von ihren Füßen zu verabschieden, bevor sie verschwanden, bevor sich neue Teile von ihr davorschoben: ihre Wangen, ihre Schenkel, ihr Busen, ihr Bauch. Alles ist durch Wassereinlagerungen und das neue Leben, das in ihr heranwächst, aus dem Leim gegangen.

Sie nimmt sich einen Flyer, um sich Luft zuzufächeln. Im Januar ist es in dem Kaufhaus eisig, trotzdem kriecht ihr der Schweiß aus allen Poren. Während sie nach hinten durchgeht, zieht sie eine Lage nach der anderen aus.

Sie hat hier Stunden zugebracht, ist in den Gängen mit Bettchen und Wannen und winziger Kleidung auf und ab gewandert. Die Auswahl an Zubehör ist überwältigend. Nach einer geschlagenen Stunde, in der sie Kinderwagen auseinander- und wieder zusammengeklappt hatten, hätte Pete fast das Handtuch geworfen. Wir sind ein einziges Klischee, dachte Jen bei seinem Anblick. Er lässt seine Ungeduld an unbelebten Dingen aus, während ich einfach nur jemanden brauche, der mir mal die Füße massiert.

Oft steht Jen einfach nur irgendwo herum und wartet darauf, dass andere werdende Mütter vorbeikommen. Dann tut sie so, als würde sie an Cremes schnuppern, obwohl sie in Wahrheit die Frauen mustert, die alle so aussehen und sich bewegen wie sie. Wie sie die Hand an den Bauch legen. Wie sich die Blockstreifen über ihrem Leib dehnen. Sie fühlt sich all diesen Frauen verbunden. Ihre Freundinnen haben ihre Babys längst bekommen und vergessen, wie sich Braxton-Hicks-Kontraktionen anfühlen, das nächtliche Sodbrennen, wie es ist, mit öliger Haut ins Bett zu steigen. Die Frauen hier in diesen Gängen erleben das Gleiche wie sie.

Sie wartet eine Zeit lang. Irgendwann biegen zwei Frauen um die Ecke und kommen auf sie zu. Sie halten Händchen, bleiben hier und da stehen und nehmen etwas aus dem Regal. Ein Töpfchen, einen Bilderrahmen, eine Nagelschere. Jen versucht, nicht hinzustarren, aber sie kann den Blick nicht von den Händen der beiden losreißen, von der Art, wie sie ihre Finger ineinander verschränkt haben. Der Anblick ist fremd und vertraut gleichermaßen.

Die beiden sehen flüchtig in ihre Richtung, als sie an ihr vorbeigehen. Eine Blondine, eine Brünette. Jen versucht, einen Blick auf die Bäuche zu erhaschen, aber die Blondine trägt ein weites Kleid und die Braunhaarige eine zugeknöpfte, zu große Jeansjacke. Sie kann nicht sehen, wer von den beiden die Mutter ist, ob überhaupt eine, und runzelt die Stirn. Zeigt es doch her, denkt sie sich. Ich will das doch wissen. Aber die Bäuche geben nichts preis, ebenso wenig wie die Gesichter. Sie könnte nicht sagen, ob ihre Wangen aufgedunsener wären als sonst, weil sie nicht weiß, wie sie normalerweise aussehen.

Jen folgt ihnen um die Ecke. Sie schlendern den Mittelgang entlang in Richtung Ausgang, bleiben dann aber beim Make-up stehen. Die Blondine gibt der Brünetten einen Kuss. Es ist ein Abschiedskuss, das kann jeder sehen. Sie streicht ihrer Freundin über die Wange, flüstert etwas und verlässt den Laden. Die andere sieht ihr kurz nach, dann geht sie die Treppe hoch in den Cafébereich.

Das Anstehen vor der Kasse dauert eine Ewigkeit. Jen tritt von einem Fuß auf den anderen. Verstohlen schnuppert sie an ihren Achseln und besprüht sich diskret mit Parfüm. Als sie endlich bezahlt hat, geht sie wie ferngesteuert in Richtung der Treppe und nimmt immer zwei Stufen auf einmal. Aber Rennen geht komischerweise nicht. Auf dem oberen Treppenabsatz bleibt sie stehen, muss erst wieder zu Atem kommen, spürt das sich bewegende Gewicht in ihr.

»Geht es Ihnen gut, Liebes?«, fragt eine ältere Dame und berührt sie an der Schulter.

Jen nickt und nimmt alle Kraft zusammen, um der Frau zu verstehen zu geben, dass alles in Ordnung ist. Lächelnd betritt sie den Cafébereich.

Die Brünette sitzt vor einer Tasse Kaffee in der Ecke und sieht aus dem Fenster. Jen stellt sich an und starrt zu ihr rüber. Die Frau ist ein wenig jünger als sie, vielleicht Ende zwanzig. Dunkle Locken umrahmen ihr Gesicht, und sie sieht verloren aus, so wie sie dort raus auf die Straße blickt.

Jen stellt ihr Tablett auf dem Nachbartisch ab, setzt sich und nimmt einen Stift und das Babytagebuch zur Hand, das sie sich gekauft hat. Die Brünette streift sie mit dem Blick, seufzt und sieht wieder weg.

Mit ihrem Kräutertee lässt Jen sich Zeit, schwenkt den Beutel im Becher herum, findet den aufsteigenden Dampf tröstlich. Es gibt nichts Besseres als heißen Tee, denkt sie und muss an ihre Mutter denken.

Beim ersten Schluck kleckert sie sich auf den Bauch. Ihr Ächzen erregt die Aufmerksamkeit der Brünetten, die auf Jens Bauch hinabblickt und lächelt. »Ups.«

»Man sollte meinen, ich hätte dazugelernt«, sagt Jen. »Wie viele Oberteile ich schon ruiniert habe … Ich bin einfach zu weit vom Becher weg.«

Die Frau lächelt wieder, traurig diesmal. Sie dreht sich weg, und im selben Moment will Jen nichts lieber, als deren Geschichte hören.

»Nicht mehr lange, und ich darf auch wieder Kaffee trinken.« Sie zeigt auf die Kaffeetasse.

Die Frau nickt höflich. »Ist also bald so weit?«

»Noch zehn Wochen. Ich kann es kaum erwarten, ihn kennenzulernen.«

»Gratuliere.«

Jen berührt ihren Bauch, und der Rhythmus, in dem sie darüberstreicht, weckt erneut die Aufmerksamkeit der anderen. Sie starrt auf Jens Hand hinab, dann sieht sie ihr ins Gesicht. Oh, denkt Jen. Da ist der Anflug eines wissenden, vielleicht sogar sehnsüchtigen Blicks. Sie errötet.

»Ich muss los.« Die Brünette steht auf.

»Aber Ihr Kaffee …?« Jen spürt, wie Panik von ihr Besitz ergreift. Sie will nicht, dass die andere geht.

Die Frau sieht auf ihre volle Tasse hinab, als wäre sie überrascht, dass sie dasteht. »Ach, den wollte ich eigentlich gar nicht.«

Jen möchte noch etwas sagen, bringt aber kein Wort heraus. Stattdessen nimmt sie ein paar große Schlucke und sieht der Frau nach. Als sie außer Sicht verschwunden ist, schlägt Jen seufzend ihr Tagebuch auf. *Die letzten Schwangerschaftstage.*

Sie sieht noch einmal zur Treppe und dann auf die leere Seite.

Neueres Modell

Isobel

26. März
Auto beim TÜV. Ist durchgekommen (natürlich), aber womöglich Zeit für ein neueres Modell. Steven vorgeschlagen, am Wochenende durch die Waschstraße zu fahren, aber er hat nicht geantwortet. Seltsame Laune neuerdings. Seinen Lieblings-Chicken-Pie gemacht. Online-Einkauf versucht, aber die roten Paprika waren grün, erstes und letztes Mal. Heute sonnig und warm.

27. März
Toni kam auf einen Kaffee vorbei. Zum neuen Sofa kein Wort, obwohl ich sehen konnte, wie sie es begutachtet hat. Ihre neue Frisur ist zu kurz, sie sieht damit aus wie ein Springer Spaniel. Gut, dass ich keine Locken habe, sieht immer wirr aus. Muss schrecklich viel Arbeit machen. Zur Zusammenkunft gefahren. Wolkig und kühl.

28. März
Kurz mit Patrick gesprochen und Cassandra angerufen, ging wie immer nicht ran. Hat mehr Zeit für ihre Freunde als für die eigene Mutter. Unsere Bäume sind immer noch mickrig und sehen kränklich aus, und das ja wohl schon seit Jahren.

Steven meint, die Erde dürfte voller Schutt vom ursprünglichen Haus sein. Finde, wir sollten sie abtragen und frische aufschütten lassen, aber er ist nicht begeistert. Der Rasen an sich ist okay. Spielt doch keine Rolle, was drunter ist. Steven war mit den Jugendlichen aus der Versammlung bowlen. Der Himmel zieht sich zu.

29. März
Hotel für unseren Jahrestag im Oktober gebucht. Zu Steven noch nichts gesagt. Das neue Kochbuch ausprobiert, das Jude mir empfohlen hat, laut Rezept wären zehn verschiedene Gewürze nötig gewesen! Und mal ehrlich, die Möhren haben komisch geschmeckt. Frage mich, ob sie so etwas für Patrick kocht. Er mochte sein Essen als Kind immer eher ungewürzt. Kann mir nicht vorstellen, dass er sich so sehr verändert hat. Heute wärmer.

30. März
Steven hat mich verlassen. Regen.

BALLADE

Jen

Anlässlich ihres fünfzehnten Hochzeitstags fuhren Jen und Pete nach Margate. Im Vorfeld hatten sie Freunde gefragt, ob sie mitfahren wollten, aber insgeheim war Jen froh, dass sie wegen ihrer Kinder abgelehnt hatten. Sie wollte den Tag mit ein paar Bieren am Strand und vielleicht einem Abendessen in einer Austernbar verbringen statt in einer familienfreundlichen Fast-Food-Klitsche. Sie hätte womöglich anders gedacht, wenn sie und Pete ebenfalls Kinder gehabt hätten. Hatten sie aber nicht, also dachte sie eben so.

Zuerst gingen sie an den Strand, bevor die Horden kämen. Die Luft war feucht, der Himmel wolkenlos, sie lagen in der Sonne und blätterten in Zeitschriften. Pete ging Dosenbier kaufen, und das tranken sie, während sie den Unterhaltungen ringsum lauschten. Hier und da las Pete ihr etwas laut vor und merkte nicht mal, dass sie selbst in ein Buch vertieft war. Nur gut, dass sie sich hinter ihrer Sonnenbrille verschanzen konnte. Sie fragte sich, ob sich wohl noch jemand an diesem Strand so einsam fühlte wie sie.

Anschließend bummelten sie an den Geschäften vorbei. Am oberen Ende der Hauptstraße lag ein Gebrauchtmöbelladen, und Jen spähte durchs Schaufenster zu den skandinavischen Holzmöbeln, zeigte auf einen Stuhl mit Armlehnen.

Pete verrenkte sich den Hals, um das Preisschild zu entziffern, und schnaubte. Ich würde mir trotzdem gern etwas kaufen, sagte sie. Ein Erinnerungsstück. Er zuckte mit den Schultern. Auf dem Rückweg hügelabwärts kaufte sie sich einen Ofenhandschuh.

Am Abend betraten sie ein Fischlokal, in dem nichts mehr frei war. Sie hätten reservieren müssen, sagte die schnippische Bedienung. Immerhin sei Samstag.

Als sie zurückfuhren, sagte Pete zwischen zwei Mundvoll Pommes: »Findest du nicht, wir sollten dich mal testen lassen?«

»Testen?«, gab sie zurück, auch wenn sie genau wusste, was er meinte.

»Ich sag ja nur, es sind jetzt zwei Jahre, und immer noch nichts.«

Jen ließ den Blick über die karge, flache Landschaft schweifen. Strommasten zogen an ihnen vorbei und verschwammen vor ihren Augen. »Wie kommst du darauf, dass ich das Problem bin?«

Pete seufzte. »Das hast du falsch verstanden. Ich nehme einfach an, dass sie zuerst die Frau untersuchen.«

Sie antwortete nicht.

»Ich hab gehört, dass die Fruchtbarkeit der Frau ab fünfunddreißig rapide abnimmt, insofern sollten wir vielleicht nicht noch länger warten.« Er legte ihr die Hand aufs Bein. »Was meinst du? Sollen wir das mal checken lassen?«

Jen stellte die Stereoanlage an und klickte durch ihre Musik. Sie drückte auf Play, und die Synthesizer und Beats einer Achtziger-Ballade erklangen. Ein Text, der von Stille und Herzschmerz handelte. Pete nahm seine Hand wieder weg.

»Was soll das?«, fragte er. »Willst du, dass ich jetzt losheule?«

Der Fast-Food-Geruch schlug ihr auf den Magen. »Ich mache Musik an, weil du beim Fahren sonst auch immer Musik hören willst. Ist also nicht recht? Mache ich es schon wieder falsch?«

Er presste die Lippen zusammen. »War nur ein Witz.«

Jen schob die Hände zwischen ihre Oberschenkel und das billige Autositzpolster. »Bei mir auch.«

Mit einer Hand am Steuer angelte Pete sein Handy hervor und klickte weiter, zum Jaulen eines alten Countrysängers – genau die Musik, die sie hasste. Alter Mann sitzt am Lagerfeuer und singt über Frau, die er mal im Bus gesehen hat. Die Honkytonk-Stimme triefte vor Reue.

Wann ist das passiert?, fragte sich Jen, während draußen die Welt an ihr vorüberzog. Wann haben wir aufgehört, Songs über Dinge zu hören, die wir tun würden, und angefangen, Songs über Dinge zu hören, die wir nie getan haben?

Als das Lied zu Ende war, ließ er es noch einmal laufen.

Haut auf Haut

Jen

Du schaffst das, sagt eine innere Stimme, und dann schreit ihr Körper, dass sie pressen muss. Eine Stunde, zwei Stunden, drei Stunden lang. Keiner zählt mit, allerdings verstreicht eine Minute nach der anderen.

Für den Rest ihres Lebens und bis ins kleinste Detail würde Jen den Raum beschreiben können, in dem sie Jacob zur Welt gebracht hat. Nicht dass sie es jemals tun würde. In so einer Geschichte will niemand von hohen Fenstern hören, vom trockenen Quietschen der Tür, wann immer eine Hebamme eintrat, von den Schwenkwandlampen ohne Glühbirnen, von den leeren Betten. Trotzdem hätte sie die Einzelheiten jederzeit parat. Dass es sich anfühlte wie bei einer Beerdigung. Dass Pete neben ihr weinte. Dass die Hebamme ihr über den Rücken strich. Vor allem die Hebammen mit ihrem Mitgefühl würde sie nie vergessen, wie sie sich auf die Lippe bissen, wie sie vor Sanftheit schier triefend statt dringlich immerzu wiederholten: *Kommen Sie schon, Jen.*

Von Dringlichkeit ist keine Rede mehr.

Sie wissen, wie es ausgehen wird, genau wie sie selbst seit einigen Tagen weiß, dass das Kinderzimmer leer bleibt. Seit Tagen weiß sie es, die sich wie Jahre anfühlen. Doch wenn sie behaupten würde, dass sie keine Hoffnung mehr hätte, würde sie lügen.

Die Hebammen sind sanft mit ihr, wirklich. Trotzdem will Jen, dass sie sich beeilen. Sie will den Notfallplan, die besten Ärzte, Alarmstufe Rot. Als sie zu guter Letzt spürt, wie Jacob ihren Leib verlässt, nimmt die Hebamme den kleinen Spatzenkörper hoch und verschwindet zu einem Tisch hinter einem Vorhang, wo sich die anderen um sie scharen.

»Atmet er?«, hört sie sich in den kühlen Kissenbezug hinein fragen.

Die Stille ist ohrenbetäubend.

Pete steht immer noch neben ihr, presst sich die Hand auf den Mund. Ich hätte Mum mitnehmen sollen, nicht ihn, schießt es Jen durch den Kopf.

Als sie ihr Jacob in die Arme legen, schiebt die Hebamme Jens Oberteil hoch, damit sein Köpfchen über ihrem Herzen ruhen kann. Haut auf Haut. Sie werden nicht darüber sprechen, wie sie ihn zum Stillen anlegen muss. In den Worten der Hebammen schwingt Endgültigkeit mit.

»Aber sind Sie sich sicher, dass er tot ist? Sind Sie sich absolut sicher?« Ihre Stimme klingt zeitverzögert, medikamentenbenebelt.

Du musst um ihn kämpfen.

Pete schluchzt, und Jen blickt auf ihren Sohn hinab.

Ein rötlicher Haarschopf geht über in Stirn, Augenbrauen und eine Nase, die ihrerseits perfekt in die Wangen übergeht. Jen ist von der Schönheit seiner Finger, von den winzigen Zehen schier überwältigt. Dieses Gesichtchen ist in aller Abgeschiedenheit entstanden. Sie fragt sich, welche Augenfarbe er hat, und ihr Verlangen ist zwiegespalten: Sie will ihn nicht stören, weil er so friedlich daliegt, gleichzeitig will sie ihn schütteln, ihn wecken, ihm die Lider aufziehen.

Wie kann etwas verkehrt sein, was doch so perfekt und so richtig aussieht?

Er ist wunderschön, aber er rührt sich nicht, und jetzt erkennt auch sie, dass es für ihn keine Hoffnung gibt.

Erst ist sie eifersüchtig und will ihn nicht hergeben. Sie ist fest davon überzeugt, dass ihre Herzen im selben Takt schlagen. Jacobs Finger umklammern ihren Daumen, und Jen ist sich sicher, dass er den Griff verstärkt, als wüsste sein Gehirn, dass hier jemand ist, an dem er festhalten kann. Pete redet, allerdings hört sie ihn nicht. Ihre Augen sind Kameras, die mit jedem Blinzeln ein Foto schießen. Sie will nicht über Zeit nachdenken oder den Mangel an Zeit, und doch kann sie nicht anders.

Plötzlich Petes Stimme. »Darf ich ihn halten?«

Wortlos überreicht sie ihn ihm. Sie sind jetzt allein, die Hebammen haben sich den Babys zugewandt, die die Station nicht in einem Sarg verlassen, denen, die milchsatt vor sich hin glucksen und deren übernächtigte Mütter sich von Tee und Toast ernähren. Jen fragt sich, ob sie das einzige Paar sind, das ohne Babyschale im Auto gekommen ist.

Die Hebamme, die ihr den Rücken gestreichelt hat, ist wieder da. Sie tritt von einem Fuß auf den anderen und zieht dann die quietschende Tür auf, um wieder zu gehen. Schon komisch, denkt Jen, dass die Welt dort draußen weiter existiert.

In Petes langen Armen sieht Jacob winzig aus, als hielte Pete eine Tüte Karotten. Er wiegt Jacob hin und her, und sie sagt: *Hör auf, du tust ihm noch weh*. Sie sieht Pete ins Gesicht, und er weint. Und das Wiegen ist auch kein Wiegen, er hat seinen Körper nicht unter Kontrolle. Brodelnder Hass ergreift von ihr Besitz. Das Gefühl ist ganz plötzlich da, und es ist irrational, wie kann er es wagen zusammenzubrechen, solange sie es nicht tut.

»Nicht.« Jen kann die Trauer eines anderen gerade nicht ertragen. »Gib ihn mir zurück. Er braucht mein Herz.«

Sie bekommt ihn wieder. Bei ihr soll er bleiben. Sie streicht ihm über die platt gedrückten roten Locken. An ihren Lippen fühlt sich seine Ohrmuschel seidig an. Er ist in ein Krankenhausdeckchen gehüllt, das von zu häufigem Waschen kratzig ist und sich anfühlt wie ein sonnengebleichtes Badetuch. Entschuldige bitte, mein Schatz, denkt sie, ich hätte dir Kaschmir mitbringen sollen.

Erneut geht die Tür auf, wieder sieht jemand nach ihnen. Pete winkt, und dann spürt sie eine fremde Hand an ihrer Schulter.

Grauen überrollt Jen. Sein Körper erkaltet, und ihr dämmert, dass ihr Leben von nun an zweigeteilt sein wird: in ein Vorher und ein Nachher.

Geht so die Welt zu Ende? Ohne Vorwarnung. Ohne die Gewissheit eines letzten Atemzugs. Wir sollten wissen, wann er bevorsteht, denkt sie, dieser letzte Schluck Atemluft, der letzte Schluck Fruchtwasser – damit wir unser Augenmerk darauf richten können. Und was würde das ändern? Sie zieht das Deckchen enger. Was wäre die Aufmerksamkeit wert? Er wäre immer noch tot.

Die Hebamme sieht auf die Uhr und drückt sanft Jens Schulter. »Ich lasse Sie noch ein Weilchen allein.« Wieder das Quietschen der Tür.

Sie wissen nicht, was sie mit sich anfangen sollen. Pete steht immer noch da, allerdings jetzt mit den Händen in den Hüften, und er sieht aus, als würde er nach einem Schuh suchen. Er gäbe einen guten Dorftrottel ab, denkt Jen unwillkürlich. Sie will, dass er geht, dass er das Zimmer verlässt, damit nur noch sie und Jacob übrig sind. Sie hatte ihn monatelang für sich. Sie hat seine Tritte gespürt. Sie ist noch nicht bereit, ihn mit anderen zu teilen oder ihn wegzugeben.

Die Hebamme kommt mit einer Kollegin zurück. *Jetzt schon?*

»Sollen wir ihn Ihnen geben?«, fragt Pete.

Wir.

In einem anderen Leben hat Jen Petes Höflichkeit immer geliebt. Die Art und Weise, wie er mit dem Barista im Coffeeshop und mit Verkäufern spricht, wie er sich bei der Bedienung bedankt, wann immer sie eine weitere Gabel, ein weiteres Messer bereitlegt, und wie er seinen Dank binnen zehn Sekunden gleich mehrmals wiederholt. Diese Eigenheit hat sie an ihm immer gemocht. Doch jetzt, nur wenige Augenblicke nachdem ihr Sohn tot zur Welt kam, sieht sie nur, wie er sich bei den Hebammen beliebt machen will, damit sie beim Gehen über ihn denken: *Was für ein netter Mann.* Er will die Sache beschleunigen, damit sie ihn mögen.

Als sie Jacob schlussendlich hergibt, lässt Jen die Hände schwer auf die Matratze fallen. Sie sieht zu, wie die Hebamme sich von ihr abwendet und wieder hinter dem Vorhang verschwindet. Wahrscheinlich legen sie ihn in einen Sarg, denkt sie, und dann will sie lieber gar nicht mehr denken.

Jetzt spricht die andere Hebamme, doch die Stimme klingt schwer und schleppend. Jen spürt Nadelstiche am ganzen Leib und stellt sich die mikroskopisch kleinen Löcher als schweißgefüllte Krater vor. Alles fühlt sich wie im Schnellvorlauf an, sie sackt zurück, ihr Kopf fällt aufs Kissen. Sie dreht ihn hin und her, damit beide Wangen die raue Baumwolle spüren. Als sich ihr Blick wieder stabilisiert, sieht sie die Hebamme vor sich, die sie stumm anschreit. Pete zerrt an ihrer Hand. Die zweite Hebamme kommt mit leeren Händen hinter ihrem Vorhang hervor. Wo ist er?, will Jen rufen, und sie hört, wie die Frage in ihren Ohren widerhallt – möglicherweise hat sie wirklich gerufen. Ihre Augen lösen sich aus den Höhlen, schweben hinauf an die Zimmerdecke und werden zu Überwachungskameras. Da liegt sie, auf ihrem Bett, ihr Gesicht ein Bild des Grauens. Sie sieht, wie eine Hebamme die Bettdecke zurückschlägt, Jens Nachthemd nach oben schiebt und ihre Beine darunter rot bemalt sind. Die andere Hebamme stürmt zur Tür und zieht an einer Kordel. Jens Augen verlieren das Interesse. Sie sieht dorthin, wo Jacob liegt, zum abgeschirmten Teil des Zimmers. Kurz denkt sie darüber nach, sich dort hinzudrängeln, und dann verhöhnt sie sich fast für diesen Gedanken. Sie hat ihre Arme und Beine auf dem Bett zurückgelassen. So funktioniert Drängeln nicht. Aber ich muss ihn mir zurückholen, denkt sie, ich muss ihn wiedersehen. Liegt er in einem Sarg? Oder hat die Frau ihn ins Bettchen gelegt? Er könnte dort rausfallen – warum passt denn niemand auf ihn auf? Sie nötigt sich, die Zimmerecke zu verlassen, über dem Treiben dort unten zu schweben. Wenn sie es sich nur fest genug vornimmt, dann klappt es.

Sie ist so vereinnahmt von all dem, was klappen könnte, dass sie gar nicht mitbekommt, was wirklich passiert. Der Strom aus Menschen, der sich ins Zimmer ergießt.

Ich komme, mein Schatz. Ich mag nur ein Augenpaar sein, aber das heißt immerhin, dass ich sehen kann. Warte, ich komme zu dir. Du wachst wieder auf, und all das war bloß ein schlimmer Traum.

Hektik bricht aus.

Noch heute ist Schluss

Zelda

Zelda schiebt die Tür zu dem Pub auf. Leute drehen sich nach ihr um. Sie nimmt es kaum zur Kenntnis.

Das Licht ist gedimmt und angenehm, perfekt für den ersten Eindruck.

Den Pub hat Zelda ausgesucht, eine alte Gastwirtschaft aus dem sechzehnten Jahrhundert mit vertäfelten Wänden und präparierten Tierköpfen in der Kaminecke. Die Akustik ist fürs erste Treffen optimal.

Ihr Date der Woche sitzt an der Bar und lässt über seinem Whisky die Schultern hängen. Zelda bleibt stehen, um ihn zu mustern. Seine Haare sind blonder als auf dem Foto, aber die jugendliche Ausstrahlung ist vorhanden.

Er springt auf, als sie auf ihn zugeht, und auf seinem Gesicht macht sich ein Lächeln breit. »Zelda, oder? Hier, nimm du meinen Barhocker. Ich hole noch einen.«

Amüsiert sieht sie zu, wie er sich auf die Suche nach einem zweiten Hocker macht. Der Schankraum ist voll, und die erste Frau sagt Nein, sie habe nicht bloß ihre Tasche dort geparkt, sie warte auf jemanden, also versucht er es bei einem Typen, der nicht mal auf seinem Hocker sitzt, sondern nur den Fuß abstützt. Der Mann legt besitzergreifend die Hand auf die Sitzfläche, und Zeldas Date kehrt zu ihr zurück. »Nichts zu machen.« Er hebt beide Hände.

Zelda lacht. Dann merkt sie, dass sie seinen Namen vergessen hat. Sie nimmt ihr Handy heraus und scrollt durch ihren Chat.

»Was Besseres in Aussicht?«, fragt Will.

»Nicht heute Abend.« Sie lässt das Handy zurück in die Handtasche fallen.

Will lacht. Er beugt sich leicht vor, stützt die Ellenbogen auf den Tresen, doch sein Gesicht bleibt ihr zugewandt.

»Gute Wahl, dein Drink«, stellt Zelda fest. »Mal etwas anderes.«

»Anders als …?«

Sie zuckt mit den Schultern. »Das übliche Pint Stella oder sonst irgendwas, wovon man rülpsen muss. Halt, warte …« Sie schnipst mit den Fingern. »Du bist der Typ Craftbeer, oder? Wenn Bier nicht in irgendeinem New-England-Style-Schuppen gebraut wurde, ist es für deinen Gaumen zu kommerziell.«

Will kratzt sich das Kinn. »Bin ich so leicht zu durchschauen?«

»Ach, weißt du … Ich mache das hier schon eine Weile, da wird man irgendwann zur Expertin.«

Mit hochgezogener Augenbraue greift er zu seinem Whisky. »Wie lange machst du das hier denn schon?«

»Eindeutig länger als du.« Sie winkt dem Barkeeper.

»Entschuldige!« Eilig stellt Will seinen Whisky ab und tastet nach seiner Brieftasche. »Was möchtest du trinken?«

»Ist schon okay, ich bezahle selbst.«

»Ich bestehe darauf.«

»Nein, *ich* bestehe darauf.«

Sie reißen beide die Augen demonstrativ weit auf.

»Ah«, sagt Will, »verstehe.«

»Was?«, entgegnet Zelda, als der Barkeeper auf sie zukommt.

Will schüttelt lächelnd den Kopf, und ihr fällt seine Höckernase auf. Ihr gefallen oft Dinge, die andere für einen Makel halten. Bei großen Nasen wird sie schwach.

Sie bestellt sich eine Rum-Cola.

»Eine Kubanerin für die Dame«, sagt der Barkeeper mit einem Zwinkern.

»Bitte, der Herr. Und er hier nimmt auch eine.« Sie zeigt auf Will.

»Ich bleibe beim Scotch.« Will hält seinen leeren Tumbler hoch.

Zelda bezahlt, sie stoßen an und sehen einander zu, wie sie an ihrem Drink nippen.

Eine Bedienung kommt mit Speisekarten auf sie zu. »Wollt ihr essen? Ich habe gerade eine Stornierung reingekriegt. Hinten wäre noch ein Tisch frei.«

Zelda will schon Nein sagen, als Will sich kurzerhand nach der Speisekarte ausstreckt. »Wie wär's?«, fragt er. »Erträgst du mich noch zwei Stunden?«

Sie hält sich ihre Armbanduhr nah vors Gesicht, um auf dem verschnörkelten Ziffernblatt etwas zu erkennen. Das erste Date ist immer nur ein Drink – so kann am Ende jeder gehen, ohne allzu viel Geld oder Nerven investiert zu haben, und man muss sich auch wirklich nicht wiedersehen. Ist sie denn bereit, gleich den nächsten Schritt zu gehen? *Vielleicht, wenn du die Rechnung übernimmst*, denkt sie sich, andererseits hat sie selbst gerade erst die Feminismuskarte ausgespielt.

»Wir nehmen den Tisch«, sagt Will zur Bedienung, nimmt Zeldas Jacke und beide Drinks. Dann zwinkert er ihr über die Schulter hinweg zu. »Komm schon, so können wir zumindest beide sitzen.«

Sie seufzt, rutscht vom Barhocker und wirft ihre Haare zurück. Großen Nasen und breitbeinigem Auftreten kann sie nicht widerstehen. Die Schwäche muss sie gleich morgen angehen.

Zehn Minuten zuvor ist ihr Essen gekommen, und Zelda fragt sich bereits, ob sie ihn falsch eingeschätzt hat. Er stellt ihr allen Ernstes Fragen – wo sie aufgewachsen ist, was sie beruflich macht, was ihre Hobbys sind – und gibt sich nicht mit einsilbigen Antworten zufrieden. »Hochzeitsfotografin?«, hakt er nach. »Da musst du ja irre Geschichten erzählen können.« Zelda zuckt mit den Schultern und nimmt einen Bissen. Normalerweise geht sie in der Stunde, die so ein Date dauert, im Kopf ihre To-do-Listen durch oder versucht, auf den Namen des Promis zu kommen, an den er sie erinnert – alles, nur um sich die Zeit zu vertreiben, bis sie zu ihm gehen. Aber Will scheint nicht daran interessiert zu sein, über seine Sicht der Dinge zu reden. Sein Blick und seine Aufmerksamkeit gelten allein ihr. Jetzt gerade sieht er sie in Erwartung der Antwort auf eine Frage an, die sie vollkommen überhört hat.

»Keine Ahnung«, sagt sie reflexartig.

»Du weißt nicht, wo du wohnst?«

»Oh.« Sie hüstelt in ihre Serviette und fährt sich durchs Haar. »Ein Stück außerhalb. Bin ein Mädchen vom Lande.«

Will nickt. »Ich kann mir dich auch echt gut vorstellen, wie du auf dem Heuboden herumtollst.«

Zelda leckt ihre Gabel ab. »Jetzt bin ich mal dran mit Fragen.«

Er deutet eine Verbeugung an und löffelt sich noch ein paar Bratkartoffeln auf den Teller.

»Wie alt bist du wirklich?«

Der Löffel bleibt auf halber Strecke in der Luft hängen. »Was soll das denn heißen?« Er räuspert sich. »Ich bin neunundzwanzig.«

»Blödsinn.«

Will versucht offensichtlich, sich ein Schmunzeln zu verkneifen. »Wie kommst du darauf, dass ich nicht neunundzwanzig wäre?«

»Ist doch offensichtlich.« Zelda nippt an ihrem Wein und studiert sein Gesicht. »Du strahlst noch richtig. Du bist noch nicht abgestumpft.«

Er starrt sie an.

Sie starrt zurück.

»Sechsundzwanzig«, sagt er schließlich.

Die Bedienung kommt, um ihre Gläser aufzufüllen, und das Gluckern des Weines untermalt das Schweigen. Die Bedienung hat verstanden und verzieht sich wieder, ohne zu fragen, ob das Essen in Ordnung ist.

»Vierundzwanzig«, sagt Will, »jetzt aber wirklich, Ehrenwort.«

»Um Himmels willen …«

Will verzieht das Gesicht. »Zu jung? Wie alt bist du denn wirklich?«

»Vierunddreißig, und ich habe damit auch kein Problem.«

»Jetzt hältst du mich für einen Volltrottel, was?«

Statt zu antworten, gießt Zelda sich mehr Wein nach. Es ist ihr völlig egal, ob er lügt, aber sie genießt es, Oberwasser zu haben.

»Ich dachte, wenn ich mein richtiges Alter angebe, bist du vielleicht nicht interessiert.«

Zelda greift nach ihrem Glas. »Und warum bist *du* interessiert?«

Er runzelt die Stirn. »Das ist jetzt ein Witz, oder?«

»Ich dachte, Männer stehen auf Jüngere.« Die Gerbstoffe brennen auf ihrer Zunge.

»Einige bestimmt, aber vielleicht bin ich ja nicht wie die anderen?«

»Oh, *bitte.*«

»Ich hab ältere Frauen schon immer gemocht. Die wissen, was sie wollen.«

»Ach ja?« Zelda starrt seine Nase an und stellt sich vor, wie sie ihm mit den Schneidezähnen über die Nasenspitze fährt und hineinbeißt. »Na ja, vielleicht hast du recht.«

Sie sieht auf die Uhr. Fast zehn. Sie muss mehr trinken, wenn das Flirren, das sie braucht, rechtzeitig einsetzen soll. »Du bist aber nicht noch Jungfrau, oder?« Sie schenkt sich abermals nach.

Diesmal läuft er dunkelrot an. »Nein. Du?«

Sie lacht in ihr Glas. »Wir zählen jetzt aber nicht unsere Verflossenen, oder? Immerhin ist das hier unser erstes Date.«

Die Bedienung kommt zurück und fragt, ob sie die Dessertkarte sehen möchten, und diesmal kommt Zelda ihm zuvor. »Nur die Rechnung bitte.« Dann kippt sie den restlichen Wein.

Draußen ziehen sie ihre Jacken an. Es ist Anfang März, die Luft noch kalt. Zelda packt ihn am T-Shirt und zieht ihn näher. Der Kuss ist gut.

»Ich gehe lieber zu dir als zu mir«, flüstert sie. »Du wohnst hoffentlich nicht mehr bei deiner Mum, oder?«

Er lacht leise und fährt sich mit der Hand über den Kopf. »Also, ich weiß ja nicht … Erstes Date, schon vergessen?«

»Wie bitte?« Sie tippt ihm mit dem Zeigefinger gegen die Brust.

»Ich … äh … muss morgen auch echt früh raus …«

Zelda klappt die Kinnlade runter, und sie macht einen Schritt zurück. »Hast du das gerade wirklich gesagt?«

»Ich meine ja nicht, dass ich nicht interessiert wäre.« Er legt ihr die Hände um die Taille. »Immerhin habe ich mich für dich älter gemacht, oder etwa nicht?«

»Aha.«

Er will noch etwas sagen, doch dann küsst er sie lieber. Es ist ein langer, langsamer Kuss, die Art, in der man sich verlieren kann. Die Art, von der Zelda anfangs im Leben immer geträumt hat. Ein Rettungswagen schrillt an ihnen vorbei, ein paar Betrunkene torkeln vorüber, trotzdem gibt es für sie nichts außer ihnen beiden.

»Für einen Teenager küsst du ganz gut«, sagt Zelda, als sie sich von ihm losmacht, um zu atmen.

»Ich liebe Frauen mittleren Alters.«

Sie schlägt spielerisch mit der Handtasche nach ihm.

Lächelnd fängt er ihren Blick auf. »Ich bringe dich noch zum Taxistand.«

»Ah.« Sie weicht von ihm zurück. Diese Formulierung kennt sie. »Du sagst, wo es langgeht.«

Er nimmt ihre Hand, und sie schlendern die Straße entlang wie jedes x-beliebige Pärchen. Für einen Freitagabend ist es ruhig, und sie müssen ein gutes Stück in Richtung Innenstadt gehen, wenn sie ein Taxi finden wollen. Will sieht hin und wieder zu ihr rüber – flüchtige Blicke, begleitet von einem Lächeln.

Zelda sieht sich im Vorbeigehen die Gebäude an. Warum hat sie diese Stadt eigentlich nie verlassen, diese langweiligen Wohnblocks und Erinnerungen an jeder Ecke? Die

Stadt sieht aus wie jede andere, und das Gleiche gilt für die Leute. Urplötzlich sehnt sie sich nach einem anderen Leben.

Kurz bevor sie auf die Hauptstraße abbiegen, verliert Zelda die Geduld und zieht ihn um die nächstbeste Ecke. Es ist eine Sackgasse, und das orangefarbene Licht der Straßenlaternen schimmert dumpf über den Schatten.

»Was wird das?«, fragt er und lacht, als sie immer noch nicht stehen bleibt.

Zelda presst ihre Lippen grob auf seinen Mund. Mit gespreizten Fingern stützt sie sich an der Mauer ab, vor ihr Will, hinter ihm die Wand, und tastet sich vor bis zu der Beule in seiner Jeans. »Ich hab was, wenn du was brauchst«, sagt sie zwischen zwei Küssen.

»Was brauche ich denn?« Er klingt atemlos, woraufhin sie den Druck verstärkt.

»Du weißt, was ich meine.« Sie nimmt seine Hand und legt sie sich an die Brust. »Komm schon, du kannst mich nicht erst heißmachen und …«

Erst da fällt bei ihm der Groschen. Will schiebt sie von sich weg. »Warte.«

»Was soll das?« Sie zieht ihr Oberteil wieder runter und macht einen Schritt zurück.

Er steht – eindeutig erregt – vor ihr und fährt sich durch die Haare. Dann atmet er tief aus, als hätte er die ganze Zeit die Luft angehalten.

Zelda hält ihm ein Foto auf ihrem Handy hin. »Das bist doch du, oder? Dieser Typ mit nur einem Bild, freier Oberkörper, kein Text?«

»Na und?«

»Du willst doch nur Sex, oder?«

»Wovon redest du?«

Zelda verdreht die Augen und seufzt genervt. »Ein Bild,

kein Text. Weiß doch jeder, dass du nur dabei bist, um Sex zu haben. Siehst du das?« Sie scrollt weiter, ruft ihr eigenes Profilbild auf, auf dem sie sich vor zur Kamera beugt. »Titten und Zähne. Ein einziges Foto. Ich mach da mit, um Sex zu haben.«

Will schlägt die Hand vor den Mund. »Das war mir nicht klar ...«

»Verdammter Anfänger.« Zelda dreht sich weg und streicht sich übers Haar.

Er schüttelt den Kopf und tritt gegen einen Abfalleimer. »Gott, dieses Scheiß-Onlinedating ist einfach zu kompliziert. Woher soll ich so was wissen? Ich mache keine Selfies und kann mich auch nicht selbst beschreiben, ohne dass ich wie der letzte Idiot klinge. Ich dachte, ein Foto würde bescheiden wirken, also nicht selbstverliebt oder so – und jetzt sieht es aus, als wäre ich die letzte Schlampe.«

»Schönen Dank auch.«

»He, das meinte ich nicht – du kannst verdammt noch mal machen, was immer du willst, und mal ehrlich, Zelda, es ist ja nicht so, als würde ich nicht mit dir ... Aber das ist eben nicht alles, was ich will.«

»Lass gut sein.« Diesen Part hat sie schon zigmal von zig Typen gehört.

»Willst du mich gar nicht kennenlernen?«

»Ich hab dich doch gerade kennengelernt!«

»Und du willst sofort mit mir Sex haben.«

»Du nicht?«

»Doch. Schon. Aber ...«

Zelda reißt verzweifelt die Arme hoch.

»Hör mal ... Ich hab One-Night-Stands ausprobiert ... ein paarmal, an der Uni.« Er schiebt die Hände in die Taschen und schüttelt den Kopf. »Das gibt mir nichts.«

»Du bist ja süß.« Zelda knöpft ihre Jacke zu.

»Und du magst nichts Süßes.« Er schlägt den Blick nieder und lacht tonlos. »Aber fühlst du dich so nicht einsam?«

Sie starrt ihn an. Ihre Freunde haben ihr immer bescheinigt, dass die Art und Weise, wie sie mit Männern umspringt, der Wahnsinn ist, aber in allem Wahnsinn steckt stets auch ein Körnchen Vernunft. Wenn die Messlatte nur hinreichend niedrig hängt, wird man nicht enttäuscht.

Trotzdem hat er was, wie er sich durch die Haare fährt, wie ihm die Strähne, die er sich aus dem Gesicht streicht, sofort wieder über die Augen fällt. Er hat was, wie er die Zunge aus dem Mundwinkel schiebt, wenn er nervös wird, sodass seine Zungenspitze fast die Wange berührt. Er hat was, wie er sie so ansieht. Als könnte er all das erkennen, was sie sonst immer verheimlicht.

Er hat was.

Sie strafft die Schultern. »Ich bin nicht einsam«, sagt sie. »Außerdem – was bringt es denn, sich erst kennenzulernen, nur um irgendwann festzustellen, dass man im Bett nicht zusammenpasst? Das kann man doch genauso gut gleich herausfinden.«

Er sieht sie wieder an. Sein Lächeln besagt, dass er sie am Haken hat und sich all das zusammenreimen kann, was sie nicht sagt.

In ihrem Bauch regt sich Wut. Glaubt dieser Frischling etwa, dass er einfach bei ihr einmarschieren und Mauern niederreißen kann? Jetzt kommt er auf sie zu und beißt sich in die Unterlippe, wie vorhin schon. Sie ballt die Fäuste.

Einen Schritt von ihr entfernt bleibt er stehen, und sie kann seinen warmen Atem spüren.

Er sagt es schon wieder. »Fühlst du dich so nicht einsam?«

»Wie – *so*?«

»Indem du auf alles scheißt.«

»Ich bin nicht einsam«, wiederholt sie. »Es gibt immer neue Typen zum Swipen.«

Er tut so, als würde er zusammenzucken, und schnalzt ein paarmal kopfschüttelnd mit der Zunge. Die Geste erinnert sie an jemanden, an den sie lieber nicht denken möchte.

»Tschüss dann«, sagt sie, rührt sich aber nicht vom Fleck.

Er kommt ein Stück näher. »Tschüss.«

»Warum«, flüstert sie, »muss der Austausch von Körperflüssigkeiten immer etwas Heiliges sein? Einander die heftigen, dunklen Sachen zu erzählen, einander hier reinzulassen …« Sie tippt sich an die Schläfe. »*Das* ist heilig. *Da* darf nicht jeder rein.«

Sie starren einander an und lauschen den Geräuschen der Hauptstraße.

Er neigt sich vor zu ihr, langsam, damit sie Zeit hat zurückzuweichen. Sie weicht nicht zurück. Ihre Münder passen zusammen, ihr Speichel vermischt sich, und Zelda spürt ein Fleckchen spröder Haut auf Wills Lippe. Es scheuert an ihrer Lippe. Allmählich entspannt sich ihr Körper.

»Siehst du«, flüstert sie, »man kann auch einfach mal leben. Wenn man nur ein bisschen weniger steif …« Ihre Hand wandert abwärts und übernimmt abermals die Kontrolle. »Hallo … was rede ich denn da!«

Er lacht in ihr Ohr, aber sein Atem stockt. Sie kann seine Unsicherheit spüren.

»Wenn wir jetzt doch … Telefonieren wir morgen dann trotzdem?« Ihre Nasenspitzen berühren sich.

Zelda schließt die Augen. »Na klar.«

Und dann lässt er zu, dass sie ihn vögelt. Oder er sie. Ganz klar ist es nicht. Ihre Hände sind im dunklen Leuchten nicht zu erkennen, doch wenn ihre Blicke sich begegnen, wenn einer von ihnen zusieht, wie sich das Gesicht des anderen verzerrt, ist da Klarheit, und ohne die Eile, die Männer mit Zelda sonst an den Tag legen, unterbricht er den Rhythmus immer wieder, um innezuhalten, um sie zu küssen und ihr Gesicht zu halten. Die Luft ist angefüllt mit ihren Mündern und Kehlen, mit dem gelegentlichen Geräusch von der Straße, als sie sich in der schmutzigen Gasse abseits der Hauptstraße einen Moment Zeit für sich nehmen.

Er begleitet sie zum Taxi, hält ihre Hand und ist stolz, sie neben sich zu wissen. Zelda versucht, sich von ihm loszumachen, aber er verstärkt den Griff um ihre Hand.

Als er sie nach ihrer Telefonnummer fragt, bringt Zelda es nicht übers Herz, sie ihm zu verweigern. Sie diktiert ihm die Nummer, die sie immer hergibt, die mit der falschen Ziffer am Ende. Er wird sie ohnehin nicht anrufen, sie rufen nie an, nicht nachdem sie in die Vollen gegangen ist.

Doch dann presst er sich das Handy ans Ohr und lässt sie nicht aus den Augen.

»Was soll das?«, fragt sie panisch.

»Ich rufe dich gerade an.«

»Ich hab auf Lautlos gestellt.«

»Dann geh eben ran«, sagt er seelenruhig.

Mit einem Bein im Taxi erstarrt sie und weiß nicht, was sie tun soll.

»Hallo?« Er sieht sie noch immer unverwandt an. »Ist da Zelda?« Pause. »Entschuldigung, da hab ich mich verwählt.« Er legt auf.

»Oh«, sagt sie, »das ist ja komisch, lass mal sehen.« Sie reckt den Hals, um einen Blick auf sein Display zu werfen. »Die letzte Ziffer ist falsch. Fünf statt drei. Da hast du dich verhört.«

Er versucht es wieder, diesmal mit einem Lächeln. »Guck auf dein Handy«, sagt er gespielt streng.

Sie durchwühlt ihre Tasche, kramt ihr Handy heraus und winkt damit in seine Richtung. »Hallo? Ja, Zelda hier. Kannst du sie jetzt bitte gehen lassen?«

Mit einem Nicken packt Will sein Handy weg. »Schon besser.«

»Sturer Mistkerl.«

»Meine beste Eigenschaft.«

»Ich muss jetzt wirklich los.« Trotzdem rührt sie sich nicht von der Stelle.

»Die sexuelle Kompatibilität wäre also geklärt.« Will beugt sich vor und gibt ihr einen Abschiedskuss. »Dann freue ich mich jetzt auf unsere Gespräche.« Er tippt ihr an die Schläfe. »Und darauf, da reingelassen zu werden.«

Zelda wacht in ihrem zerwühlten Bett auf. Im Taxi war sie schlagartig erschöpft, wäre fast eingeschlafen und hat nur mit letzter Kraft bezahlen und aussteigen können. Sie weiß nicht mal mehr, wie sie es durch die Tür geschafft hat, aber sie ist zu Hause, trägt jedoch immer noch die Kleidung vom Vorabend. Auf ihrem zerknitterten Kleid sind die Spuren der Gasse noch zu erkennen. Sie streicht leicht darüber.

Nach einer Weile greift sie zu ihrem Handy auf dem Fußboden. Ein verpasster Anruf von einer unbekannten Nummer und eine Nachricht auf ihrer Mailbox. Sie schirmt die Augen gegen die Sonne ab, als sie die Nachricht aufruft.

»Hey. Wollte nur sichergehen, dass du gut heimgekommen bist. Der Fahrer sah nicht nach Verbrecher aus, aber man weiß ja nie. Egal – schreib oder ruf an … Sag Bescheid, dass es dir gut geht. Das war … äh … ein echt schöner Abend, Zelda. Ich hab zwar so eine Ahnung, dass ich mich jetzt gerade irgendwie rarmachen sollte, aber … na ja. Solche Spielchen liegen mir nicht. Ruf an, ja?«

Stirnrunzelnd starrt Zelda ihr Handy an.

Sie ruft die Nachricht erneut ab und fühlt sich beim Gedanken an ihn merkwürdig beschwingt. Will in ihrem Bett. Sie beide, wie sie im See baden gehen. Wie sie einander auf Reisen in einem Café feierlich zuprosten. Wie sie nebeneinander auf dem Sofa sitzen, in Schlafanzügen, und sich einen Film ansehen. Wie er am Herd steht. Sein Gesicht, das sie beim Aufwachen vor sich sieht.

Sie löscht die Nachricht.

Er hat recht. Er hätte sich rarmachen sollen.

Dein eigenes Haus

Isobel

Es regnete den ganzen Tag, und Isobel putzte die Küche. Insgeheim liebte sie solche Tage, an denen der Predigtdienst abgesagt wurde und sie im Duft von Bleichmittel schwelgen konnte. Steven hatte wiederholt vorgeschlagen, dass sie sich eine Putzhilfe nehmen sollten, aber warum jemanden für eine Arbeit bezahlen, die sie mochte? Außerdem hätte es ihr ohnehin niemand recht machen können. *Vielleicht hast du einfach zu hohe Ansprüche*, hatte Steven gesagt. Und wenn schon. Was war an Perfektion so verkehrt?

Sie hatte Steven ein Lunchpaket gepackt, bevor er zur Arbeit gefahren war, und in den darauffolgenden zwei Stunden Kuchen gebacken. In der Versammlung wäre tags darauf Einsatz – Unkraut jäten, putzen, Wände streichen. Da freuten die Brüder sich über Kuchen, und sie bildete sich gern ein, dass ihr Früchtebrot zu einer Art Tradition geworden war. Es würde fehlen, wenn es nicht dastünde. Tonis Beitrag war immer irgendwie unpassend – mit Ganache, klebrig, nur mit Besteck zu essen. *Das ist doch kein Wettbewerb*, hatte Steven einmal gesagt, als sie sich auf dem Heimweg darüber mokiert hatte. *Außerdem fand ich ihren Kuchen köstlich.*

Sie schaltete den Fernseher ein, ein Historiendrama, und

sah flüchtig hin, während sie den Wasserkocher reinigte. Kauf einfach Wasserfilter, hatte Cassandra vor Jahren gesagt, als sie ihre Mutter dabei erwischt hatte, wie sie den Kalkbelag rausschrubbte. Aber dann müsste ich ihn nicht mehr putzen, hatte sie erwidert. Cassandra hatte die Hände gehoben und die Küche verlassen.

Die Oberflächen glänzten, als Steven nach Hause kam. Sie hatte Lasagne zum Abendessen gemacht und erzählte ihm während des Abwaschs von ihrem Tag. Ihr Autohändler habe erneut angerufen und gefragt, ob sie vorbeikommen wollten. Ob er schon darüber nachgedacht habe? Und Toni habe sie fürs kommende Wochenende zum Essen eingeladen, Isobel habe schon in den Kalender geguckt und zugesagt. Oh, und ob er sich noch an die komische Frau erinnern könne, die ein Stück weiter wohne? Die ihren Nachkriegsbungalow mit Paneelen habe verkleiden lassen, damit er wie neu aussehe? Obwohl doch jeder wisse, dass schnöder alter Betonstein darunterliege … Tja, irgendwer aus der Neighbourhood Watch habe online gefragt, wo genau sie denn wohne, und da habe diese Frau geantwortet: in dem hübschen Haus an der Kreuzung. Als Steven nicht antwortete, fuchtelte sie mit dem Löffel nach ihm. »Was sagt man dazu?«

Er blickte auf. »Was war daran verkehrt?«

Isobel fiel die Kinnlade runter. »Man bezeichnet sein eigenes Haus doch wohl nicht als hübsch!«

Steven legte die Hände an die Tischkante und schob seinen Stuhl nach hinten. So blieb er noch kurz sitzen, starrte zu Boden, und Isobel fragte sich schon, ob er irgendetwas hatte fallen lassen. Regen trommelte auf die Terrasse.

»Ich verlasse dich, Isobel.«

Sitzgruppe

Jen

»Sie sind jetzt da.«

Jen sitzt auf der Bettkante und hat die Füße halb in ihre Hausschuhe geschoben. Sie sieht zu, wie Pete an der Stirnseite des Zimmers auf und ab geht. »Warum bist du überhaupt ans Telefon gegangen?«

»Ich dachte, Steven will über das Spiel reden. Wir hatten drei zu null gewonnen. Wie hätte ich denn ahnen sollen, dass es um etwas anderes geht?«

Jen starrt zu Boden, wo sich Staubmäuse tummeln. Es ist jetzt drei Wochen her, dass sie fast gestorben wäre, und Pete hat den Staubsauger nicht angerührt. »Tja. Ich will sie nicht treffen.«

»Ein bisschen spät dafür. Sie sitzen schon im Wohnzimmer.«

Vor dem Fenster recken die Bäume sich in den konturlos grauen Himmel. Es ist Anfang März, und eigentlich müssten die Blätter sprießen, doch Jen kneift die Augen zusammen, damit die Äste kahl bleiben. Sie kann den Anblick neuen Lebens nicht ertragen.

»Ich habe sie nicht eingeladen«, sagt sie.

»Na ja, sie sind aber deinetwegen hier. Und ich kann sie doch nicht wieder rauswerfen. Sie haben ihren Samstag geopfert, um herzukommen und …«

»Wie überaus freundlich.«

Pete bleibt stehen. Sein schlaksiger Schatten erstreckt sich über die gesamte Höhe der Wand mit der Neunzigerjahre-Tapete. »Sei nicht so.«

»Verteidigst du sie jetzt auch noch?«

»Wenn du sie nicht hättest treffen wollen, hättest du mir das sagen müssen.«

Jen schließt die Augen. Sie will Dunkelheit. »Wann hast du mich denn gefragt? Du hast sie eingeladen, und jetzt schickst *du* sie auch wieder weg.«

Pete setzt sich neben sie. Nimmt ihre Hand. Jen ahnt, dass er es gleich anders probieren wird, und sie will sich nur noch von ihm losreißen und nach ihm schlagen.

»Hör mal.« Er streicht ihr übers Handgelenk, als wäre sie ein kleines Kind. »Denk an all die Karten und an das Essen, das die Schwestern vorbeigebracht haben. Wir haben ihre Liebe verspürt, oder nicht? Nur deshalb sind sie hier, um uns ihrer Liebe zu versichern.«

Jen mustert ihn. Bleich sieht er aus, schmal, und sie ahnt, dass er kein Auge zugetan hat. Doch sie ahnt auch, dass seine Rastlosigkeit nicht ihrem Sohn gilt. Es ist die Angst vor den Folgen, die Angst davor, was bei dem Gespräch im Wohnzimmer herauskommen könnte, während sie auf der ausgebleichten Sitzgruppe Kekse und Tee herumreichen und auf Vergebung hoffen.

»Pete«, sagt sie, »sie sind zu dritt. Du weißt, was das heißt.«

Er sieht verängstigt aus. »Aber woher sollten sie es wissen? Nein, nein, das ist unmöglich.«

Diesmal ist es Jen, die nach seiner Hand greift. »Denk doch mal nach. *Zu dritt.*«

Er beugt sich vor und stützt den Kopf in die Hände.

»Also … dann … Kannst du nicht einfach sagen, dass du es bereust?«

Sie erhascht einen Blick auf ihr Spiegelbild. Sie ist in den vergangenen Wochen um Jahre gealtert. Sie sieht fahl aus, ihr Teint geht ins Aschblond ihrer Haare über. Sie muss sich die Wimpern tuschen, bevor sie ihnen entgegentritt. Und Rouge auflegen.

»Wir haben das doch schon besprochen.« Ihre Stimme ist tonlos.

»Aber verstehst du nicht, wie einfach es wäre? Sag, dass du es bereust. Das ist auch schon alles. Du wünschst dir, du hättest nicht zugestimmt – und damit hat sich die Sache.«

»Aber ich bereue es nicht«, entgegnet sie leise.

Pete dreht sich zu ihr um. »Irgendein kleiner Teil von dir wünscht sich doch bestimmt, es wäre nicht so weit gekommen? Konzentrier dich darauf, auf dieses kleine bisschen Reue.«

Jen starrt einen Schimmelfleck in der Ecke an, über dem sich die Tapete gelöst hat. Seit Jahren liegt sie Pete in den Ohren, dass er hier renovieren soll. Sie hat sogar vier Rollen Tapeten besorgt und sie neben dem Kleiderschrank bereitgestellt. Doch an den Wochenenden waren sie immer damit beschäftigt, das Ende der Welt zu verkünden, und ein gemietetes Haus zu renovieren schien so dringlich nicht zu sein. Jetzt, Jahre später, sieht es hier noch immer abgewohnt und vernachlässigt aus. Die Tapetenrollen stehen nach wie vor in der Ecke, nur dass das Muster aus der Mode gekommen ist.

»Es wäre gelogen«, sagt sie. »Verlangst du von mir, dass ich lüge?«

»Verdammt noch mal, Jen.« Pete springt auf. »Sag es einfach! Bloß diese drei Wörter! Ein Klaps auf die Hand, und alles ist gut. Wen interessiert schon, dass es nicht die ganze Wahrheit ist? Um Vergebung kannst du dann immer noch beten. Du ruinierst hier auch mein Leben.«

Jen hat Pete noch nie fluchen hören, und seltsamerweise erschüttert es sie nicht, aber es bestätigt auch, was sie tief im Innern immer gewusst hat. »*Dein* Leben?«

Wie erwartet haben sie auf der Sitzgruppe Platz genommen. Drei Männer in Anzügen, alle unterschiedlich alt, vom mittleren bis ins fortgeschrittene Alter, alle mit gleich blasser Haut, mit hohem Haaransatz, mit einer grauen Bibel auf dem Schoß. Sie kauern auf der Polsterkante, als wäre dies nur eine Stippvisite, oder als wären sie gekommen, um eine schlechte Nachricht zu überbringen.

»Jen.« Bruder Bill Norris steht auf und gibt ihr zu verstehen, dass sie seinen Platz nehmen soll. Er geht zur anderen Seite des Couchtisches hinüber, wo Pete zwei Esszimmerstühle bereitgestellt hat, die den Kreis schließen.

Jen lässt sich aufs Sofa fallen und kontrolliert ihre Kleidung, damit sie weder zu eng noch zu locker sitzt. Mit einem Mal fühlt sie sich zu nachlässig gekleidet und fremd in ihrem eigenen Zuhause. Bruder Steven Forge sitzt zurückgelehnt und mit ausgestreckten Beinen rechts von ihr. Er hat sein Tausend-Watt-Lächeln angeknipst und legt ihr die Hand auf die Schulter. Am liebsten würde Jen ihm die Finger abbeißen und sie auf den Teppich spucken.

»Wie geht es dir, Jen?«, fragt er sanft.

»Gut«, antwortet sie, genau wie schon die ganze Woche. Die Milch, die durch ihre Kleidung sickert, statt getrunken zu werden, erwähnt sie ebenso wenig wie die gekühlten Kohlblätter in ihrem BH, die die Schmerzen lindern. Und ihr Herz? Fault vor sich hin. Dafür gibt es kein Gemüse.

»Du siehst gut aus«, stellt Bruder Norris fest und stupst Pete an. »Ihre Wangen … sind rosig. Ich hoffe sehr, dass er dich gut umsorgt!«

Jen starrt auf den Boden unter dem Couchtisch. Noch mehr Staub. Ist das dein Ernst?, denkt sie. Er wusste genau, dass sie kommen würden, trotzdem hat er keinen Finger gerührt. Ihre Ohren glühen, als sie sich vorstellt, wie sie daheim ihren Frauen erzählen, wie es hier ausgesehen hat. »Tut mir leid«, sagt sie und rutscht ein Stück nach vorn, »ich mache euch Tee.«

»Ich setze Wasser auf.« Pete springt auf und will Zuvorkommenheit demonstrieren. »Milch? Zucker?«

Während sie auf seine Rückkehr warten, fragen die Brüder, ob Jen das Essen geschmeckt hat, das ihre Frauen vorbeigebracht haben. Isobels Chili sei ausgezeichnet gewesen, antwortet sie an Steven gewandt. Wirklich, danke für alles. Ja, man sieht ihnen an, dass ihre Frauen hervorragende Köchinnen sind. Wenn eine von ihnen ihr bitte noch ihr Baby herzaubern könnte, weil dies das Einzige ist, wonach ihr noch der Sinn steht. Alles andere schmeckt nach Morast. Und jetzt verlasst bitte das Haus.

Nur einige wenige dieser Gedanken spricht sie laut aus.

Pete kommt mit Tee und mit einer angebrochenen Kekspackung zurück. Mit dem Blick will Jen ihn dazu bringen, die Kekse auf einen Teller zu legen, ehe er sie herumreicht, doch er hat nur Augen für die drei Männer.

»Wir wissen es wirklich zu schätzen, dass ihr euch die Zeit für einen Besuch genommen habt«, sagt er und setzt sich wieder.

»Aber natürlich, Pete.« Bruder Norris nimmt sich einen Keks. »Darum geht es doch in unserer Gemeinschaft – denen zu helfen, die Hilfe …«

Links von Jen schießt eine Hand in die Höhe – Bruder Connell, der in dem Sessel Platz genommen hat. »Vielleicht sollten wir mit einem Gebet beginnen?«

Bruder Norris schluckt eilig und beugt sich vor, um seine Teetasse abzustellen. Er räuspert sich gedämpft. »Entschuldige, Les. Da konnte ich wohl nicht an mich halten.«

Bruder Connell dreht sich zu Jen um und tätschelt ihr die Hand. Seine andere Hand – runzlig und haarig – liegt locker auf der ledergebundenen Bibel. »Es ist sicher eine gute Idee, für diese Angelegenheit erst um den Segen Gottes zu bitten.«

Jen will instinktiv die Hand zurückziehen, doch sie hat gelernt, sich ihren Instinkten zu widersetzen. Sie zählt die Sekunden, bis er sie loslässt. Dann neigt er den Kopf.

»Himmlischer Vater, in dieser schweren Zeit für Pete und Jennifer stehen wir als deine Diener vor dir …«

Jen hat Leslie Connell noch nie leiden können. Gewisse Brüder hören sich gern reden, und als Koordinator der Ältestenschaft redet er am lautesten. Seine Gebete nehmen kein Ende. Erst jetzt, da er in ihrem Wohnzimmer um Gottes Segen bittet, bemerkt Jen seinen Siegelring am kleinen Finger. Diese Prise Weiblichkeit – sie muss sich das Lachen verkneifen.

Endlich ist das Gebet zu Ende, und die Männer tunken Kekse in ihren Tee. Jen sieht auf die Uhr. Die Kohlblätter werden warm auf der Haut, und sie haben die Bibel noch nicht mal aufgeschlagen.

Zu guter Letzt beugt Bruder Connell sich vor. »Uns ist zugetragen worden, dass es im Krankenhaus zu einer … Blutung kam … dass du … viel Blut verloren hast … Stimmt das?«

Jen schluckt und sieht zu Pete. Über Jacob wissen alle Bescheid, aber den Rest haben sie für sich behalten wollen.

»Woher weißt du das?«

Bruder Connell lächelt sie an. »Stimmt es?«

Pete rutscht auf seinem Stuhl herum.

»Bevor ich irgendetwas dazu sage« – *ich will einen Anwalt* –, »wäre ich sehr daran interessiert zu erfahren, wer so etwas erzählt.«

Bruder Norris lacht gutmütig. »Alles ist gut, Jen. Wir wollen nur erst die Fakten klären.«

»Ich auch«, sagt sie so süßlich, wie sie nur kann. »Du hast nicht zufällig mit Schwester Boyd gesprochen?«

Die Brüder sehen zu Les Connell, der Jen interessiert mustert. Wahrscheinlich geht ihm soeben auf, dass er diese zierliche, zurückhaltende Schwester in ihren vernünftigen Schuhen unterschätzt hat.

»Schwester Boyd ist Hebamme hier im Krankenhaus?« Er formuliert es als Frage. Dabei lässt er sie nicht aus den Augen.

»Unterliegen Hebammen nicht der ärztlichen Schweigepflicht?«

»Jen«, mischt Steven sich ein, »es gibt keinen Grund, misstrauisch zu werden. Die Schrift besagt, dass wir Ältesten auf die ganze Herde achtgeben sollen, und nichts anderes wollen wir. Wir wollen dir und Pete Trost spenden.«

»Ihr seid beide geschätzte Freunde und Mitglieder unserer Gemeinde«, sagt Bruder Norris. »Helft uns dabei, euch zu helfen.«

Pete schlägt die Hände vors Gesicht. Er stößt einen langen Seufzer aus, als würden sie gerade ihn verhören und nicht Jen. »Vielleicht sollten wir ihnen die Wahrheit sagen.«

Jen muss fast lachen. Sie schiebt sich die Hände unter die Oberschenkel, damit sie ihnen nicht den heißen Tee ins Gesicht schleudert. War nicht sie diejenige, der das zugestoßen ist? War nicht sie diejenige, die fast gestorben wäre? Wie kommt es da, dass alle anderen hier etwas entscheiden wollen?

»Ich hatte eine Nachgeburtsblutung«, sagt sie dann, »direkt nachdem ich mein totes Kind zur Welt gebracht hatte.«

Bill Norris sieht weg, und Jen fällt wieder ein, dass er und Toni vor rund zehn Jahren ebenfalls ein Kind verloren haben. Dann weißt du ja, wie es sich anfühlt, denkt sie. Oder zumindest Toni weiß es.

»Das muss ungeheuer schwer gewesen sein«, sagt Steven zu Pete.

»Hast du eine Bluttransfusion erhalten?«, will Bruder Connell wissen.

Es wird grabesstill.

»Ja«, antwortet Jen. »Ich hatte viel Blut verloren. Ich kann mich an nichts erinnern – außer dass sie mir Jacob weggenommen haben. Pete sagt, dass ich im Schockraum gelandet bin und sie mir dort eine Transfusion verabreicht haben.«

Die Brüder drehen sich zu Pete um. Er sitzt mit verschränkten Armen da, seine Knie stoßen gegen den Couchtisch. Jetzt ist er an der Reihe.

»Sie haben mich nicht mit reingelassen.« Ihm versagt die Stimme. »Ich hab ihnen noch gesagt, *kein Blut*, dass wir Jünger sind, aber sie meinten, ohne würde sie nicht überleben, und da … hab ich nicht widersprochen.« Sein Gesicht glüht. »Es tut mir leid! Alles war so hektisch, und ich … ich …« Er schluchzt fast, und Bruder Norris legt ihm eine Hand auf die Schulter.

Dir tut es leid, denkt sich Jen. Dir tut leid, dass du mir das Leben gerettet hast. Sie starrt diesen bebenden Mann an, sieht, wie ihm Tränen über die Wangen laufen. Ein Fremder würde das wohl romantisch finden, schießt es ihr durch den Kopf. Wie sehr er sie lieben muss, würde derjenige denken. Jen beißt sich auf die Lippe, um nicht zu grinsen. Inmitten dieser gefährlichen, beängstigenden Runde will ihr Körper einfach nur lachen.

»Dass das Krankenhaus Jens Wünschen zuwiderhandelt, wundert mich sehr«, sagt Steven. »In Jens Patientenverfügung hätte doch stehen müssen: KEINE TRANSFUSION. Deshalb hat es auch gar keine Rolle gespielt, was du zu ihnen gesagt hast, Pete. Sie dürfen nicht gegen den Wunsch eines Patienten aktiv werden.«

Petes Blick flackert in ihre Richtung, und Jen fühlt sich an ihre Hochzeitsreise erinnert. Daran, wie sie es anfangs wirklich versucht hatten. Sie wendet sich ab.

»Das hängt natürlich davon ab«, wirft Bruder Connell ein, »ob Jen ihnen vorab die Patientenverfügung vorgelegt hat.«

Sie fühlt sich nackt unter ihren Blicken.

»Hab ich nicht«, sagt sie nach einer Weile.

»Ist sie nicht angekommen?« Steven kratzt sich am Kopf. »Ich bin mir sicher, dass ich das ganze Paket angefordert habe, sobald du erfahren hattest, dass du in anderen Umständen warst. Sämtliche relevanten Unterlagen.«

»Nein, nein, sie ist angekommen. Ich hab nur beschlossen, sie nicht vorzulegen.« Die Wahrheit rauscht aus ihr heraus wie das Blut, das sie verloren hat.

Diesmal bleibt es länger still. Nur das Maunzen der Katze an der Tür ist zu hören. Niemand rührt sich.

»Aber … warum, Jen?«, fragt Bruder Norris.

»Ich finde es einfach nicht richtig, Bluttransfusionen abzulehnen.« Der Aufruhr schmeckt seltsam auf ihrer frommen, unterwürfigen Zunge.

Steven räuspert sich. »Aber die Schrift gebietet eindeutig, sich dem Blut zu enthalten. ›Wer es isst, wird entfernt werden.‹«

»Ich habe kein Blut gegessen.«

»Jen, es ist in deinen Körper gelangt!«

Hör auf, mich ständig beim Namen zu nennen! »Das ist nicht dasselbe. Der Schrift zufolge ist nur das *Essen* von Blut untersagt.« Sie bewegt sich auf dünnem Eis. Unter ihr tun sich Risse auf, und sie kann nicht hinsehen.

Bruder Connell ergreift das Wort. »Natürlich kann die Bibel Bluttransfusionen nicht verbieten, weil es noch keine gab, als die Bücher geschrieben wurden. Aber der zugrunde liegende Gedanke besagt unmissverständlich, dass wir uns dem Blut enthalten sollen.«

»Gäbe es ein komplettes Verbot, dann dürfte ein Baby doch auch nicht gestillt werden, weil in der Muttermilch die weißen Blutkörperchen der Mutter enthalten sind. Und wenn wir uns buchstäblich allem enthalten sollten, was mit Blut zu tun hat, dürften wir auch nicht zulassen, dass es uns für Blutproben entnommen wird. Aber das erlauben wir auch.«

»Jen«, sagt Bruder Connell, »hast du Informationen von außerhalb der Gemeinschaft gelesen?«

Petes Blick brennt förmlich durch sie hindurch, als sie antwortet: »Ich kann durchaus selbst denken.«

Die Stille wiegt schwer, als die Männer einander stirnrunzelnd ansehen.

»Wenn es um Leben und Tod geht, dann muss die Schrift unmissverständlich sein. Schwarz oder weiß. Da darf es keinen Raum für Zweifel geben.« Sie holt tief Luft, als ihr dämmert, was sie gerade gesagt hat. »Aber die Schrift ist nicht schwarz-weiß, deshalb muss es eine persönliche Entscheidung bleiben.«

Ein Kummerjaulen der Katze.

Jen zieht die Ellenbogen in Richtung Taille, als erneut Milch einschießt. Ihr Körper foltert sie mit Leben, obwohl sie nur den Tod geboren hat. Ihre Brüste sind Steinbrocken, die sie nach unten ziehen. Sie will die Arme darum schlingen. Sie will in tiefen Schlaf versinken.

Bruder Norris streckt sich über den Tisch hinweg aus und nimmt ihre Hand. Sie weiß, dass seine Tränen echt sind.

»Jen«, sagt er mit brüchiger Stimme, »wir sind für dich da. Halt an deinem Glauben an die Wiederkunft fest, wenn unser himmlischer Vater dir deinen Jungen zurückbringt. Es dauert nicht mehr lange.«

Jen schließt die Augen. An die Wiederkunft glaubt sie mehr als an alles andere – sie ist der Grund, warum sie weitermacht. »Wenn ich jetzt sagen würde, dass ich es bereue, wäre dies hier zu Ende. Aber es wäre eine Lüge. Und eine Lüge würde bedeuten, dass ich keine Hoffnung mehr hätte, Jacob wiederzusehen.«

»Dann bereust du es nicht?«, hakt Pete nach.

Sie blickt zu ihm auf, wie er dort hinter dem Couchtisch sitzt, den sie sich nach ihrer Hochzeit gekauft haben. Pete ist hundert Meilen von ihr entfernt.

»Wenn Blut ein Symbol für das Leben ist – wie kann das Symbol wichtiger sein als das, wofür es steht?« Wenn sie die anderen ansieht, muss sie schluchzen. »Ich bin froh, dass ich am Leben bin. Ganz ehrlich? Ich bin überrascht, dass ihr alle findet, ich hätte sterben sollen.«

Stille. Selbst die Katze hat sich verzogen.

Bruder Connell legt seine Bibel beiseite und die Fingerspitzen an die geschürzten Lippen. »Du weißt, was das bedeutet? Was als Nächstes passiert?«

Die anderen stehen am Strand, während sie ins offene Meer hinaustreibt.

Billige Seife

Isobel Jahre zuvor

Am Tag der Party zeichnen sich die Rosen überdeutlich vor dem blauen Himmel ab. Sie sind blutrot, die Blütenblätter perfekt und messerscharf konturiert. Der weiße Gartenzaun riecht noch nach frischer Farbe.

Isobel hat den kompletten Vortag im Garten verbracht. Seit dem vergangenen Freitag war nicht viel Unkraut gewachsen, trotzdem krempelte sie die Ärmel hoch und machte auch dem letzten Pflänzchen den Garaus. Dafür hatte sie sich ihren größten Strohhut aufgesetzt. Sie wollte keine Sonne abbekommen.

»Hast du das Eis?«, fragt sie Steven, als sie sich im Flur über den Weg laufen.

Er sieht an ihr vorbei. »Ich wollte gerade los.«

»Wir brauchen mindestens zehn Beutel. Kauf besser fünfzehn, für alle Fälle.« Sie wirft einen Blick auf die Uhr. »Wir sind schon spät dran.«

»Besser spät als geschmolzen«, murmelt er und geht.

Am Vorabend hat sie ihm seine Sachen rausgelegt. Das Leinenhemd und die gut geschnittenen Shorts, die er im Jahr zuvor auf den Bahamas anhatte. Wie gut er nach all diesen Jahren immer noch aussah.

»Aha«, sagte er, als er ins Schlafzimmer kam und die frisch gebügelten Sachen entdeckte. Er blieb in der Tür stehen und starrte eine Weile darauf hinab. Dann machte er kehrt und ging nach unten.

Eine halbe Stunde bevor die Gäste kommen, füllt Isobel gerade Flüssigseife nach, als er in anderen Sachen nach unten kommt.

»Oh«, sagt sie und strafft die Schultern. »Ich dachte …«

»Ich bin kein Kind mehr, Isobel.«

Die Seife verkleckert, rinnt am Spender hinab und bildet auf dem Waschbecken eine klebrige Pfütze. Sie hat vergessen, sie rechtzeitig nachzubestellen, und Steven gebeten, noch schnell eine billige Supermarktseife zu kaufen, die sie in den schweren Glasspender umfüllen wollte. Auf dem Etikett steht Mandarine und sizilianische Bergamotte.

Toni kommt als Erste und hat pinkfarbenen Lippenstift aufgelegt, um die Wangen der Männer zu markieren. Steven sieht angespannt aus, als sie seinen Mundwinkel streift. Er kramt den Korkenzieher aus der Schublade, drückt ihn ihr in die Hand – »Ich weiß genau, was du willst« – und weicht ihrem spielerischen Klaps aus.

»Also wirklich«, sagt sie halb zu sich selbst, lehnt sich an die Kücheninsel und fährt sich übers Haar. »Dieser Mann … Dein Ehemann …«

Isobel hebt das Dressing unter. »Hier«, sagt sie und schiebt das Salatbesteck zwischen die Salatblätter, »bring das raus, bist du so lieb?« Sie drückt ihrer Freundin die Schüssel in die Hand.

Die Party findet draußen statt. Am gegenüberliegenden Beckenrand haben sie die Bar aufgebaut. Als die Gäste nach und nach durch das Gartentor strömen, verteilt Steven die Getränke, und Isobel reicht Kanapees. Die Pärchen teilen sich auf, wie jedes Mal, die Männer versammeln sich vor der Bar und die Frauen in der Nähe der Außenküche.

Erfreutes Quieken, als sie einander begrüßen. Jeder kennt jeden. Als alle da sind, stehen gut hundert Leute im Garten hinter Steven und Isobel Forges Einfamilienhaus. Ihre Geschichten, Anekdoten, Gespräche handeln samt und sonders voneinander. Es gibt nur ihre Welt, nichts weiter, sie haben seit Jahren miteinander zu tun, besuchen dieselben wöchentlichen Zusammenkünfte, feiern gemeinsam Hochzeiten, trösten einander bei Beerdigungen, entzweien sich über Nichtigkeiten. Sandkastenfreundschaften. Enge Verbindungen, wenn auch mit Pflastern auf Narben.

Isobel legt auf dem Silbertablett Kanapees nach und kontrolliert ihr Spiegelbild in der Ofenklappe, ehe sie wieder nach draußen geht.

Bruder Connell ist der Erste, der sich bedient. Genüsslich verzieht er das Gesicht, kaut und schluckt. »Ausgezeichnet, Isobel. Du musst Eileen das Rezept verraten.«

Sie erschaudert, als sie an die Pilz-Tarte denkt, die Eileen anlässlich ihrer letzten Einladung zubereitet hat. Isobel kann den rohen Teig immer noch schmecken, hat die Konsistenz regelrecht auf der Zunge. »Ich bin mir sicher, Eileen macht ganz wunderbare Kanapees, Les.«

Betreten schüttelt er den Kopf und nimmt sich noch zwei als Reserve.

Lächelnd schiebt sie sich durch die Menge, bietet freundlich nickend das Tablett ringsum an. Man dreht sich zu ihr um, lächelt und leckt sich die Finger, ehe die Lücken sich wieder schließen und Unterhaltungen fortgesetzt werden.

Steven hält die Stellung an der Bar und sorgt dafür, dass der Wein fließt und alle Spaß haben. Ihre Partys kosten alljährlich ein kleines Vermögen. Sehr enge Freunde dürfen übernachten, und der Gastgeber stellt sicher, dass keiner der Gäste ohne ein Fläschchen als Abschiedsgeschenk geht.

Isobel weiß, wie über ihre Partys geredet wird, wie begierig man auf eine Einladung ist.

Isobel schnappt Gesprächsfetzen auf.

»Das *Kleid*, Toni! Ein Traum!«

»Neubauten sind ein Albtraum. Sehen von außen toll aus, aber wehe, man guckt hinter die Fassade …«

»Da *steht* zwar Mandarine und Bergamotte drauf, aber …«

»Hast du schon gehört …«

»Trotzdem sieht er immer noch gut aus.«

»Oh nein, kein Weißmehl für mich.«

»Muss ein Vermögen kosten, das zu heizen! Und guckt mal, sogar ein Whirlpool …«

»Pst!«

Jemand lässt ein Glas fallen, und kurz herrscht Totenstille, als einhundert Köpfe sich umdrehen. Isobel parkt ihr Tablett auf einem Tisch und schnappt sich den Handfeger von der Bar. Mit hochrotem Kopf und einem festgefrorenen Lächeln eilt sie zum Tatort. *Alles gut, alles gut,* wiederholt sie ihr Mantra. Sie geht in die Hocke und kehrt die Scherben auf. Ihre Hand zittert leicht, als sie den Übeltäter am Arm berührt. Oder wie es in einem Ratgeber stand: Die gute Gastgeberin lächelt darüber hinweg.

Die Scherben klimpern melodisch, als sie sie im Abfalleimer entsorgt.

Isobel kehrt zu ihrem Tablett zurück und holt tief Luft, ehe sie ihre Runde über den Rasen fortsetzt. Allmählich tun ihr die Wangen weh, und die Stimmen ringsum werden leiser. Die Sonne steht hoch am Sommerhimmel, und sie muss sich die Hand über die Augen halten. Die Sonne erstickt den Garten. Stevens Gelächter tönt über alles hinweg.

Ich bin hier zuhause, redet sie sich gut zu. Das hier ist mein Zuhause. Diese Leute sind mein Zuhause.

Mit siebzehn

17 Jahre zuvor

Fast unmittelbar nach der Hochzeit hörte Jen auf, ihren Mann zu begehren.

Sie hörte auf, sich die Beine zu rasieren, strich sich vor dämlichen Fernsehsendungen über die wild wuchernden Härchen, streichelte stumpfsinnig ihre Haut. Wenn sie dann irgendwann an sich hinabsah, durchzuckten sie Nervenkitzel und Ekel. Die körperliche Lust, die der Anblick ihrer Natürlichkeit in ihr auslöste, lag im ständigen Widerstreit mit den Bildern, die sie täglich vor Augen hatte: Frauen, die angesichts ihrer haarlosen Körper schier außer sich waren vor Glück. Sie war fasziniert von den Werbefotos gesichtsloser Frauen, die sich die haarlosen Beine rasierten, und von Händen, die Wasser über Monatsbinden träufelten. Haare und Blut waren zu abstoßend, als dass auch nur darüber nachgedacht wurde.

Irgendwann murrte Pete, und sie rasierte sich. Und dachte: So ist das, wenn man eine Frau ist. Man kann zu allem zwei Meinungen haben, und nie ist klar, welche erwünscht ist.

Am Morgen der Hochzeit betrat Jens Vater in seinem besten Anzug ihr Zimmer und drückte ihr einen Kuss auf die Stirn.

Da standen sie, Vater und Tochter, und bewunderten, was sie im Spiegel sahen.

Sie sehe wunderschön aus, sagte er, wie eine Prinzessin. Dann nahm er ihre Hand und wandte sich ihr zu. »Heute verlässt du dieses Haus. Ab heute kommst du bei Streitigkeiten nicht mehr hierher. Er ist jetzt dein Ehemann, ab sofort gehörst du zu ihm.«

Jen lächelte, nickte, war hingerissen von der romantischen Vorstellung, dass ihr Vater, den sie vergötterte, sie nun ihrem Bräutigam anvertrauen würde. Sie konnte die Liebe in seinem Blick sehen. Jen war zutiefst gerührt von diesem gewichtigen Augenblick, vom Ernst in der Stimme des Vaters, der mit den Tränen kämpfte. Dass sie Pete heiraten würde, machte ihn stolz und erleichterte ihn.

Wen interessierte es schon, dass es bis zu ihrem achtzehnten Geburtstag noch ein Monat hin war, dass sie formal noch ein Kind war? Auf dieses Ereignis war sie ihr Leben lang hinerzogen worden.

Der Tag rauschte nur so an ihr vorbei.

Petes Vater hielt die Predigt, ehe das Brautpaar sein Ehegelübde ablegte. Auf dem Podium hielt er zwei Gegenstände hoch. »Das hier ist eine Milchflasche«, erklärte er der Gemeinde. »Sie ist stabil und solide, und es ist einiges vonnöten, um sie zu zerschlagen. Das bist du, Pete.« Alle lachten. »Das hier« – er hielt einen Parfümflakon hoch – »ist aus feinstem Kristall. Der Apostel Petrus nennt es das *schwächere Gefäß*. Die Frau. Schön, zart, man muss sie achtsam behandeln. Sie geht leicht kaputt.«

Ihr Onkel Roger machte die Fotos. Er guckte durch den Sucher und sagte ihnen, wie nah beisammen sie stehen und was sie mit ihren Händen tun sollten. Als es an der Zeit für die Gruppenfotos war, hieß er Jen und Pete sich aufstellen und rief Jens Vater zu: »Wen willst du dabeihaben, Rich?«

Nach dem fünfzehnten Bild mit der Familie und Freunden der Eltern wollte Jen gerade selbst einen Vorschlag machen, als Pete sagte: »Können wir aufhören? Mir tut vom Lächeln schon das Gesicht weh.«

Sie biss sich auf die Lippe und nickte.

Großtanten gaben ihr Wangenküsschen und beteuerten, wie groß sie doch geworden sei, und Cousins zweiten Grades, wie neidisch sie seien, dass Jen schon den Führerschein habe. Als sie beim Empfang im Foyer des Saals einen Blick auf ihr Spiegelbild erhaschte, zuckte sie vor Schreck zusammen und strich sich über den Schleier. Sie hatte geglaubt, ein Gespenst gesehen zu haben.

Beim Essen hielt Pete ihr unter dem Tisch heimlich ein Glas Wein hin.

Als sie kurz nach dem Essen die Feier verließen, versuchte sie, über die vielsagend hochgezogenen Augenbrauen, über die unbeholfene Umarmung ihres Vaters hinwegzusehen, und stieg in den Wagen. Die Dämmerung verhinderte, dass man ihr ansah, wie rot im Gesicht sie war.

Zu Hause trug Pete sie über die Schwelle. Achtzehn Monate hatten sie auf diesen Moment gewartet, in dem sie einander die Kleider vom Leib reißen würden, und mit der Verlegenheit von Teenagern gingen sie zu Werke. Ihr erstes Mal fand im selben Bett statt, in dem alle weiteren Male ihres Lebens stattfinden würden. Auf der Fußmatte lagen die ersten Rechnungen, Angebote von Stromanbietern, der Wäschekorb begann sich zu füllen. Bis sie endlich alt genug geworden war, um sie selbst zu sein, trug sie schon den Namen eines anderen.

Mrs Musgrove, mit siebzehn. Aber das war gut so. Sie war glücklich.

Als Pete erstmals in ihr kam und in Ekstase aufschrie, schrie sie vor Schmerzen. Alles okay?, fragte er später, als er ausgestreckt neben ihr auf dem Bett lag. Hat es wehgetan? Ein bisschen, antwortete sie. Sehr. Tut mir leid, sagte er und gab ihr einen zärtlichen Kuss. Das nächste Mal gehen wir es langsamer an.

Als sie zwei Tage später in die Flitterwochen aufbrachen, hatten sie den Dreh raus. In der Horizontalen spielte ihr Größenunterschied keine Rolle mehr, und sie hatten die optimale Stellung für Petes Giraffenbeine ausgetüftelt. Eine Auslandsreise wäre zu kompliziert gewesen – der Hochzeit vor Ehemündigkeit hatten ihre Eltern offiziell zustimmen müssen, aber sie wegen der Flitterwochen erneut um Erlaubnis zu bitten hätte sie nicht ertragen –, also hatten sie ein Hotel an der kornischen Küste gebucht, das sie sich von seinem Gehalt als Fensterputzer leisten konnten. So wenig, wie sie sich dort umsahen, hätten sie ebenso gut daheimbleiben und sich die Ausgaben sparen können. An einem Abend schwankten sie – breitbeinig wie Cowboys und mit Lachtränen im Gesicht – runter zu einem Restaurant am Pier. Mir tut alles weh, sagte Pete. Pst!, sagte Jen und hielt ihm den Mund zu. Was, wenn das jemand hört!

Sie ließ mit sich machen, was immer er wollte. Seit sie ein kleines Kind gewesen war und zusammen mit ihrer Schwester die Kleider und Schuhe ihrer Mutter anprobiert hatte, war ihr Leben genau auf das hier zugelaufen. Als Nächstes würden die Liebe und Kinder folgen, genau wie bei fast jeder anderen Frau, die sie kannte. Sie würde sich nur hingeben müssen. Genau dafür war sie bestimmt.

Nach ein paar Tagen in Cornwall kam Pete aus der

Dusche, knotete den Bademantel zu und ließ sich zurück aufs Bett fallen.

»Warst du diesmal so weit?«, wollte er wissen. »Hast du das Gefühl, du wärst nah dran?«

Jen schlang die Decke eng um sich und schüttelte den Kopf.

Er trommelte auf seinen Handrücken. »Hm. Komisch.«

»Vielleicht ... Ich weiß auch nicht ...«

»Was?«

»Vielleicht könntest du ...« Jen strich über die Decke. »Wenn du, ähm, mich da unten länger berühren würdest ... Das würde vielleicht helfen.«

Pete runzelte die Stirn. »Da unten berühre ich dich doch.«

Nur solange wir uns um *deine* Bedürfnisse kümmern, dachte sie. »Vielleicht könntest du dir etwas mehr Zeit nehmen? Wahrscheinlich dauert es einfach nur länger als bei einem Mann.«

»Willst du damit sagen, dass irgendwas mit meiner Technik nicht stimmt?«

Sie stockte. »Nein.«

»Weil ich nämlich glaube, dass *die* nicht das Problem ist.« Er schnaubte durch die Nase. »Das ist gar nicht so selten, weißt du.«

Jen zog die Augenbrauen hoch und wartete auf die Fortsetzung.

»Die meisten Frauen haben Probleme, einen Orgasmus zu kriegen. Ist einfach so.«

»Ja, das ist es wahrscheinlich«, sagte sie und musste an die unzähligen Nächte vor ihrer Hochzeit denken, in denen sie sich an einem Kissen gerieben hatte. »Ich glaube wirklich, wenn wir uns mehr Zeit lassen würden, würde es klappen.«

Wir sind noch jung, redete sie sich gut zu, das wird schon noch werden. In Märchen kommt die Hochzeit immer am Ende – als wäre nach dem Gelübde endlich alles perfekt. Aber Märchen sind natürlich nicht wahr. Nein, es ist einfach so, dass wir immer noch üben. Es wird schon passieren.

Es muss.

Am Abend war Pete nicht in Stimmung. Sie aßen im Hotelrestaurant, stocherten in ihrem Essen, starrten abwechselnd aus dem Fenster. Lächelnd und gerade mit dem richtigen Maß Beschwingtheit beantwortete Jen die Fragen der Bedienung.

Am folgenden Abend gab Pete sich ein wenig mehr Mühe. Der Vollmond erhellte durch die Vorhänge sein Gesicht, und Jen sah ihm zu, wie er den Mund verzog, als er versuchte, in einen Rhythmus zu finden. Nach ein paar anstrengenden Minuten, in denen ihre Zimmernachbarn zurückkehrten und Pläne für den kommenden Tag schmiedeten, forderte sie ihn auf, in sie einzudringen, und stimmte ihre eigene auf seine Lust ab. Sie verabscheute sich dafür, als sie in gespielter Erregung keuchte, doch die Lüge fiel ihr mit geschlossenen Augen leichter. Wenn sie ihm dabei nicht ins Gesicht sah.

Als er fertig war, wälzte er sich von ihr herunter und schlenderte selbstgefällig ins Bad. Jen schlug die Hände vors Gesicht. Er hatte sich bemüht, genau wie sie es sich von ihm gewünscht hatte. Dafür hatte sie ihm etwas zurückgeben müssen. War sie nicht dazu erzogen worden zu glauben, dass Geben seliger war?

Aber warum fühlte sie sich dann innerlich so leer?

Als sie aus den Flitterwochen zurück waren, begann ihr neues Leben. Pete stieg morgens in seinen Transporter mit der langen Leiter auf dem Dachgepäckträger, und Jen kehrte in ihren Job in dem Klamottenladen in der Stadt zurück. Dienstags und donnerstags hatte sie Predigtdienst und klopfte an Türen, um Seelen zu retten. Dafür zog sie sich ordentlich an: knielanger Rock, vernünftiger Mantel. Eine Thermoskanne mit Tee. Um Punkt sechs war sie wieder zu Hause und bereitete ein Abendessen zu, das sie und Pete mit dem Teller auf dem Schoß vor dem Fernseher zu sich nahmen. An manchen Abenden telefonierte sie mit ihrer Mutter, oder sie sprachen über die Bibel, außerdem zwei Zusammenkünfte unter der Woche im Saal. Der sechste September verstrich wie immer ohne Aufsehen, und nicht mal Jen selbst nahm zur Kenntnis, dass sie achtzehn geworden war, bis sie sich abends zum Essen hinsetzten und ihr Blick am Datum in der Fernsehzeitschrift hängen blieb.

Sie war offiziell erwachsen.

Lampenschatten

Jen

Sechs Monate nach den Flitterwochen begleitete Pete Jen zu ihrer Hausärztin. Sie betraten das Sprechzimmer, und die Ärztin erkundigte sich lächelnd nach ihrem Anliegen. Ich komme nicht in Stimmung, murmelte Jen mit hochroten Wangen. Wir haben im Sommer geheiratet, und anfangs hatte ich noch Lust, aber dann hat sich in mir ein Schalter umgelegt, und ich weiß nicht, wie ich das rückgängig machen kann. In meinem Alter sollte ich doch ständig Lust haben, oder nicht? Was stimmt nicht mit mir?

Die Ärztin stellte ihr Fragen und warf Pete immer wieder neugierige Blicke zu. Das ist völlig normal, sagte sie, Hormone sind ein Thema für sich, sie verhalten sich nicht immer so, wie wir es gern hätten, aber das wird schon.

Sie fuhren nach Hause und machten weiter wie zuvor. Sobald Pete sie berührte, starrte Jen zur Decke und hörte sich aus tiefster Kehle lügen. Das Muster des Lampenschattens kannte sie in- und auswendig, sie hatte die Quadrate im Lampenschirm sowohl auf Englisch als auch auf Französisch gezählt und konnte exakt vorhersagen, wo die Konturen verlaufen würden, je nachdem, wie hell der Mond wäre.

Ihre Lust kehrte nie mehr zurück.

Lachgas und Sauerstoff

Isobel

Sie hatte sich immer gefragt, warum ihre Eltern sie Isobel genannt hatten. Dereks und Patricias nannten ihre Töchter Susan, Jackie oder Deborah – normale Namen, die keine Fragen nach sich zogen.

Sie spürte es, wann immer sie Leute traf. Die hörten ihren Namen und sahen ein zweites Mal hin, als hätte es etwas Arrogantes, wenn jemand so Durchschnittliches – braune Haare, braune Augen, nichts, was im Gedächtnis bliebe – einen Namen wie Isobel trug. Du siehst gar nicht wie eine Isobel aus, sagten sie und beäugten sie von oben bis unten. Ich weiß, antwortete sie dann im Kopf, ich bin eher eine Karen oder Julie. Ein nichtssagendes Gesicht in der Menge. Sie hatte sich daran gewöhnt, andere zu enttäuschen, noch ehe die sie auch nur kennenlernten.

Allerdings passte die Schreibweise. Dass da kein *elle* stand, dass nichts daran weich war. Überdies war sie froh über das O statt eines A – *Is-A-bel, unvorstellbar!* Ein paar Mädchen von der Schule hatten versucht, ihren Namen zu »Izzy« oder »Bel« abzukürzen. Sie war entsetzt gewesen.

Als sie anfing, sich um Steven zu bemühen, war sie zweiundzwanzig und schon eine alte Jungfer. Ihre Freundinnen hatten mit spätestens neunzehn geheiratet, und sie war zu derjenigen geworden, deren Arm man tätschelte und der man *Tut mir leid* zuraunte, wann immer andere von ihrem glücklichen Frischvermähltenleben erzählten. Sie war diejenige, bei der man den Kopf neigte und sagte: *Du findest auch noch jemanden*, und die darauf antwortete: *Mir egal, ehrlich*, auch wenn sie in Wahrheit Todesangst hatte.

Doch dann eines Tages trat Steven ihrer Versammlung bei. Nach einer schmerzhaften Trennung war er in den Süden gezogen. Als die beiden einzigen Singles fühlten sie sich einander sofort verbunden, lernten sich wie empfohlen bei öffentlichen Anlässen besser kennen, bei Grillfesten, Kinoabenden mit Freunden, Ausflügen an den Strand, wo sie unter dem Deckmäntelchen erbaulicher Erholung den halb nackten Körper des anderen beäugen konnten. Isobel hatte ein kleines Vermögen für einen Bikini ausgegeben. Sie hatte genau gewusst, dass sie bei den paar Fetzen Kunstfaser, die nichts der Fantasie überließen, besser nicht knausern sollte. Sie war sich ihrer guten Figur durchaus bewusst, und seine Blicke raubten ihr den Atem. Am Ende zahlte sich jeder einzelne der fünftausend Pennys aus.

Ihr erster Kuss war für Isobel der erste überhaupt. Vom selben Moment an, da sie ihm ihre Lippen darbot, spielte ihr Gehirn im Zeitraffer ihre Zukunft ab.

Das Mitgefühl ihrer verheirateten Freundinnen war fortan Geschichte. Wann immer Steven im Saal das Mikrofon entgegennahm, verfolgten sie an der Seite ihrer farblosen Ehemänner jede seiner Gesten, und zum ersten Mal in ihrem Leben wurde Isobel beneidet. Wie hatte dieser gut aussehende, unterhaltsame Dienstamtgehilfe ausgerechnet Isobel Abbott in den Schoß fallen können? Die Eifersucht der anderen feuerte Isobel an. *So viel zum Thema sitzen geblieben.*

Er war zwei Jahre jünger, aber das war ihr egal. »Ist sogar besser so«, sagte eine Freundin. »Weiß doch jeder, dass Frauen reifer sind als Männer im selben Alter.« Dann runzelte sie die Stirn, als ihr dämmerte, dass ihr Kommentar das Gegenteil von dem besagte, was sie gemeint hatte.

Als sie etwa sechs Monate zusammen waren, machte ein Gerücht die Runde: Das Mädchen, das Steven das Herz gebrochen habe, sei angeblich wieder bei ihm angekrochen gekommen. Umgehend fuhr Isobel zu seiner Wohnung, um in Erfahrung zu bringen, was da vor sich ging. Seine Erklärungen klangen ausweichend, und so stieß sie ihm den Zeigefinger gegen die Brust. »Ich habe lange genug gewartet«, sagte sie durch die zusammengebissenen Zähne. »Wenn du jetzt mit mir Schluss machst, weiß jeder, was für ein Mistkerl du bist. Dein Ruf wäre ruiniert.«

Vier Monate später heirateten sie.

Das Leben war anfangs nicht einfach. Steven war Fensterputzer, und Isobel verdiente bei der Bank anständig, aber nicht übermäßig viel. Zusammen hatten sie gerade genug, um die Miete für ihr kleines Reihenhaus aufzubringen. Isobel pflanzte Gemüse an und brachte sich bei, wie man aus einem Hühnchen drei ganze Mahlzeiten herausholte. Manchmal fragte sie sich, ob dies nicht die glücklichste Zeit in ihrem Leben gewesen war – damals, als sie kaum etwas besessen hatten.

Als ihre Eltern zwei Jahre nach Isobels Hochzeit starben, investierten sie das Erbe in ein Eigenheim und in eine eigene Reinigungsfirma. Steven wollte die Wischer niederlegen und ein Team leiten, und Isobels Erbe machte es möglich. Und sie war mehr als glücklich darüber. Immerhin waren sie gemäß der Schrift ein Fleisch – und Steven ihrer beider Haupt. Wem sonst hätte sie alles anvertrauen sollen als demjenigen, der vor versammelter Gemeinde geschworen hatte, sie zu ehren?

Cassandra kam im Jahr darauf zur Welt.

Die Geburt zog sich, und Isobel war die meiste Zeit nicht bei Sinnen. Noch während die Wirkung der Medikamente nachließ, wurde ihr ein warmes Bündel in die tauben Arme gelegt und als ihre Tochter deklariert.

Auf ihren Pragmatismus war Isobel immer stolz gewesen, auf ihr Talent, stets genau zu wissen, was zu tun war. Doch an der Mutterschaft scheiterte sie. Ihr Körper brauchte – sehr zu Stevens Unmut – Monate, um sich zu erholen, und ihr Verstand war nur mehr eine köchelnde, klebrige Masse. Wenn Cassandra sich wieder mal in ihrer Wiege die Lunge aus dem Leib schrie, presste Isobel die Stirn gegen die Wand und heulte nach ihrer eigenen Mutter.

Irgendwann beschlich sie der Gedanke, dass sie ihr das falsche Baby gegeben haben könnten.

»Die haben sie im Krankenhaus vertauscht«, sagte sie zu Steven, als er von der Arbeit kam. »Guck sie dir an – sie sieht mir kein bisschen ähnlich. Unsere Tochter ist bei fremden Leuten gelandet.« Ihre Stimme klang schrill und verdorrt.

»Sei nicht albern, Isobel.« Er seufzte. »Sie ist dir wie aus dem Gesicht geschnitten. Das sagt jeder.« Er knurrte bloß, als er die Küche betrat und feststellte, dass sie kein Abendessen gekocht hatte.

Zwei Jahre nach Cassandra wurde Isobel abermals schwanger. »So viel zum Thema Aufpassen«, brummte sie, als sie den Test im Bad in den Abfalleimer warf. Sie starrte noch kurz ihr Spiegelbild an, ehe sie nach unten in die Küche ging und kochte, was er am wenigsten mochte.

Trotzdem lief es beim zweiten Mal anders. Fast von der

Sekunde an, da sie Patrick in sich aufgespürt hatte, empfand Isobel einen unvertrauten Frieden. Sie genoss die Veränderungen ihres Körpers, kaufte sich wallende Umstandskleider und flocht sich dünne Zöpfchen. Sie war überschwemmt von Hormonen, dennoch untersagte sie Steven, in ihrer üblichen Stellung in sie einzudringen. Sie musste das neue Leben in sich beschützen, deshalb drehte sie sich um und erlaubte ihm ausnahmsweise, dass er sie auf Knien nahm.

Die neuen Muttergefühle beeinflussten auch ihre Beziehung zu Cassandra. Im Garten lachte sie, wenn die Kleine sich im Kreis drehte, nichts, was ihre Tochter anstellte, brachte sie mehr aus der Fassung, und sie war selbst überrascht von der Frau, die sie urplötzlich sein konnte. Soll Mutterschaft so sein?, fragte sie sich. Oder ist auch das hier nicht ganz normal?

Bei seiner Geburt war sie vollkommen wach und anwesend. Dafür hatte sie gesorgt. Mithilfe von Lachgas und Sauerstoff stand sie es durch, und als sie ihr den zappelnden Körper anlegten, wusste Isobel instinktiv, was sie tun musste. Sie küsste sein Haar und spürte, wie Zärtlichkeit sie durchströmte.

So muss es sich anfühlen, sich zu verlieben, dachte sie.

Patrick war ihre zweite Chance. An Cassandras erste Monate konnte sie sich nicht erinnern, die ersten Absätze in der Lebensgeschichte ihrer Tochter waren wie ausradiert. Isobel würde ihr Leben lang nach jenen Gefühlen fahnden, die sofort hätten da sein müssen, als könnte deren Entdeckung zu Cassandras Enträtselung führen.

Patricks Geschichte hingegen war von Anfang an klar. Die Liebe, die sie für ihn verspürte, erforderte weder Mühen noch Gebete, sondern kam der Hitze eines Feuers gleich. In den ersten vierzehn Tagen stand sie kaum je vom Sofa auf und lebte gleichsam vom Gefühl seines Körpers an ihrer Brust. Das hier geht vorbei, dachte sie bei sich, ich muss alles an diesem Moment auskosten.

Isobel dankte ihrem himmlischen Vater beinahe stündlich dafür, dass er ihr Patrick geschenkt hatte. *Du wusstest genau, was ich gebraucht habe.* Sie war derart mit Dankbarkeit für ihren Sohn angefüllt, dass sie vergaß, auch für ihre Tochter dankbar zu sein.

Zum frühestmöglichen Zeitpunkt wurde Cassandra in der Vorschule angemeldet. Bis an die Eingangstür hielt Isobel sie bei der Hand, und während andere Kinder weinten und sich an ihre Mütter klammerten, machte Cassandra sich los und lief nach drinnen, ohne sich noch einmal umzusehen. Isobel lachte über die Kommentare der anderen Mütter, wie strebsam ihr Kind sei. Sie rechnete es sich als Verdienst an und deutete die Distanz zwischen ihnen um in einen bewussten Versuch ihrerseits, ihre Tochter zu Selbstständigkeit zu erziehen.

Sobald sie anschließend zurück zum Wagen ging, war sie froh, endlich mit ihrem Sohn allein zu sein.

Einmal landeten sie auf dem Heimweg mit dem Auto fast im Straßengraben. Patrick war damals achtzehn Monate alt, und über das ruhige Fahrgeräusch hinweg war er eingeschlafen. Isobel hatte sich nach ihm umgedreht und seine Bäckchen bewundert. Der Wagen geriet ins Schleudern, als sie mit dem Reifen ein Schlagloch erwischte. Sie kreischte auf, riss das Lenkrad herum und gestikulierte betroffen in Richtung des Fahrers hinter ihr, der seine Hupe gedrückt hielt. Ihr Herz raste, und in ihrem Kopf lief der Worst Case ab – Patrick, der aus dem Wagen geschleudert worden war und jetzt mehrere Meter von ihr entfernt tot am Boden lag. Bei der Vorstellung schnürte sich in ihr alles zusammen.

Und doch … War es möglich, jemanden so sehr zu lieben, dass man für nur einen weiteren Blick auf dessen Gesicht den Tod riskierte?

Wenn jemand sie fragte, ob sie noch mehr Kinder wollte, schüttelte sie den Kopf. »Nein, nein. Eins von jeder Sorte, das reicht.« In Wahrheit hätte sie noch tausend Kinder haben wollen. Sie wollte sich immer wieder verlieben.

Mit fünf bekam Patrick Windpocken. Er hatte am ganzen Leib riesige Quaddeln, und sie badete ihn in Hafermilch und betupfte seine Haut mit Kamille. Abends lag sie neben ihm im Bett und legte ihre Hand auf seine Brust. Sein Herz hämmerte so sehr, dass sie vor Schreck fast die Hand zurückzog. *Das hier ist Leben,* sagte das Hämmern, *aber ob weiterlebt, was du am meisten liebst, entscheidest nicht du.* Sein Herz hämmerte immer noch, selbst als die Quaddeln verheilt waren, und sie fuhr mit ihm zu einem Arzt, der ihn untersuchte und ihm beste Gesundheit attestierte. »Manche Herzen schlagen eben schneller als andere«, erklärte er. »Wir sind alle unterschiedlich, Mrs Forge.« Und dann winkte er sie nach draußen.

Das geht nicht gut aus, schoss es ihr beim Gedanken an Patricks Herzschlag durch den Kopf. Gar nicht gut.

In ihm war zu viel Leben.

Cassandra bereitete ihr Kopfzerbrechen.

Im Supermarkt zeigte sie auf eine schuppige Frucht, begann zu kreischen und ließ sich nicht wieder beruhigen, bis Isobel sie nach draußen zerrte. Auch Rohre, die über die Ladefläche eines Lkws hinausragten, brachten sie aus der Fassung. Sie flehte Isobel an zu überholen und behauptete, bei dem Anblick bekäme sie Zahnweh. So ein Unfug, entgegnete Isobel.

Eine Scheibe Toast zu essen dauerte bei ihr oft Stunden. Isobel, die es nicht duldete, wenn Essen liegen blieb, erlaubte ihren Kindern nicht, verschwenderisch zu sein. Denkt an die Kinder in Afrika, sagte sie dann. Dass wir diese wunderbaren Sachen essen, ist ein Geschenk, das wir nicht leichtfertig ausschlagen dürfen. Cassandra saß bloß still da und starrte ins Leere. Drei Stunden später nahm sie die harte Toastscheibe zur Hand, als wäre sie ihr eben erst vorgesetzt worden, und aß sie bis zum letzten Krümel auf. Hilflos sah Isobel ihr dabei zu. Auch wenn Cassandra sich letztlich gefügt hatte, fühlte es sich trotzdem so an, als hätte sie gewonnen.

Eines Sommertags, als Cassandra sechs Jahre alt war, erwischte Isobel sie dabei, wie sie Ameisen zertrat. Sie ertappte ihre Tochter dabei, wie die sich Schuh und Strumpf auszog und dann mit dem nackten Fuß auf die Steinplatte trampelte, den Fuß wieder anhob und die toten Ameisen auf ihrer Fußsohle inspizierte. Isobel riss das Fenster auf und schimpfte. *Ein Leben ist immer noch ein Leben*. Als am darauffolgenden Wochenende Freunde zu Besuch kamen, bewachte Steven den Grill. Cassandra starrte das verkohlte Fleisch auf dem Grillrost an und nutzte die nächstbeste Gesprächspause: »Ich dachte, ein Leben ist immer noch ein Leben?«

Dass Cassandra immerzu Partei für ihren Vater ergriff, machte es nicht besser. Die beiden hatten sich gegen sie verschworen, tuschelten miteinander. Manchmal hatte sie das Gefühl, als bestünde ihre Familie aus zwei gegnerischen Mannschaften: sie und Patrick gegen Steven und Cassandra. Dann ist es eben so, dachte sie. Solange Patrick bei ihr blieb, war ihr egal, was die anderen machten.

Als Cassandra sieben und Patrick fünf Jahre alt war,

bekam Isobel im benachbarten Zimmer mit, wie ihr Sohn seine Schwester fragte: »Was heißt *unterlegen*?« Sie stellten mit Spielzeugfiguren eine Schlacht nach, die sie im Fernsehen gesehen hatten.

»Das heißt, du hast verloren«, erklärte Cassandra.

Isobel wollte schon einschreiten, als ihr mit einem Mal dämmerte, dass ihre beiden Kinder eine Beziehung zueinander aufbauten, die nur ihnen vorbehalten war. Sie selbst war nicht erwünscht. Und mit einem Mal war ihr, dem Einzelkind, klar, dass Patrick auch noch mit anderen als nur mit ihr Verbindungen aufbauen würde.

Sie nahm zwei Aspirin und ging ins Bett.

Eine Szene machen

Jen

»Jennifer Musgrove ist nicht mehr Jüngerin der letzten Tage.«

Die Saaldecke hängt tief über den Köpfen der Gemeinde. Hier und da unterbricht ein Kunstlichtquadrat die Fläche aus grauen Faserplatten. Der fensterlose Raum erstreckt sich über ein Viertel der achteckigen Gesamtfläche, und vor dem Podium reihen sich Stühle in drei Richtungen.

Jen war noch ein kleines Mädchen, als die Brüder den Saal an einem einzigen Wochenende errichteten. Gemeinsam mit Lina und den anderen Schwestern hatten sie Kuchen gebacken, ihre Aufgabe hatte darin bestanden, für Essen und Getränke für die Männer zu sorgen. Dass derlei Säle so schnell errichtet würden, sei Beweis für den Segen unseres himmlischen Vaters, hieß es. Einhundert Brüder schufteten Tag und Nacht. Ein Bruder fertigte ein Zeitraffer-Video der Arbeiten an, und als Jen es sich später ansah, fand sie, dass sie alle wie Ameisen umherflitzten.

Heute ist der erste April, und im Saal ist es mucksmäuschenstill.

Bruder Connell steigt vom Podest. Der Bruder auf der Bühne redet weiter, doch die Gemeinde ist nicht mehr bei der Sache. Sie tuscheln, stoßen sich gegenseitig an, versuchen, die Nachricht einzuordnen. Wie kann das sein? Die

Ehefrau eines Dienstamtgehilfen! Auf diesem fetten Bissen werden sie auf dem Heimweg ordentlich herumkauen.

Jen sitzt auf ihrem üblichen Platz. Eigentlich hat sie nicht kommen wollen, doch Pete hat eingewandt, sie würde die richtige Einstellung zeigen, wenn sie dabei anwesend wäre. Ein Gefangener, der seinen Schuldspruch höre, habe bessere Chancen auf frühzeitige Begnadigung, wenn er sich demütig verhalte und im Gerichtssaal nicht ausfällig werde, sagte er. Dann ist dies also der Haftantritt, denkt Jen.

Sie starrt zu den weiß fluoreszierenden Lampen empor, bis sie kaum noch etwas sehen kann.

Am schlimmsten sind ihre Eltern in den vorderen Reihen. Ihr Vater ist in sich zusammengesackt, ihre Mutter hat die Hand vor das Gesicht geschlagen. Sie wussten natürlich, was passieren würde, trotzdem ist es ein Schock. Ihr kleines Mädchen.

»Aber … warum?«, hatte ihre Mutter gejault, als Jen sie besucht und es ihnen erzählt hatte. »Kannst du nicht einfach sagen, dass du es bereust?«

»Mum, du weißt genau, warum.« Sie wolle nicht gehen, sagte sie, aber sie könne auch nicht lügen.

Ihre Mutter fiel ihr ins Wort: »Ein Teil von dir muss sich doch wünschen, all das wäre nie geschehen.«

Jen wusste nicht weiter. Hatten sie ihr nicht beigebracht, stets die Wahrheit zu sagen? Hatten sie ihr nicht eingebläut, dass Gott alles sah? Und wie Nebel begann sich Zweifel breitzumachen. Offenbar hatte sie irgendetwas übersehen. Etwas, was alle anderen begriffen hatten, nur sie nicht.

»Dad, *du* musst doch verstehen, warum ich nicht lügen kann.«

»Welche Ältesten haben über dich zu Gericht gesessen?«, fragte er nur.

»Das war eher informell … Sie waren bei uns zu Hause. Bill Norris, Steven Forge und Les Connell.«

Er wirbelte zu seiner Frau herum. »Ha! Da haben wir es doch! Les Connell hat es immer schon auf mich abgesehen!«

Angela schüttelte den Kopf. »Aber du kannst doch Einspruch erheben? Richard, sie kann doch wohl Einspruch erheben?«

»Einspruch ist ausgeschlossen«, sagte Jen.

»Was?« Ihre Mutter blinzelte Tränen weg.

Am liebsten hätte Jen sie geschüttelt. Wie konnte ihre Mutter die Regeln nicht kennen? Stumm hörte sie zu, wie ihr Vater ihrer Mutter erklärte, dass eine Bluttransfusion keine Sünde sei, auf die Gemeinschaftsentzug stehe. Sie sei gleichbedeutend mit einem Austritt aus eigenem Antrieb, und gegen den könne man nun mal nicht Einspruch erheben, weil Jen selbst diejenige gewesen sei, die sich über die Regeln der Schrift hinweggesetzt habe.

»Dann war es das?«, hakte ihre Mutter nach.

»Sie haben gesagt, in sechs Monaten denken sie vielleicht über eine Wiederaufnahme nach. Da beratschlagen sie neu, sofern ich bis dahin die Zusammenkünfte besuche und aufrichtige Reue zeige.«

Sie wird ihre Zeit absitzen.

»Sechs Monate sind das Minimum.« Ihr Vater starrte auf seine Hände hinab.

»Aber … wie kann das sein? Richard, du kannst doch bestimmt noch mal mit ihnen reden.«

Ihr Vater sah ihre Mutter an, rief sich die Abende ins Gedächtnis, die er im Saal verbracht hatte, an denen er selbst zu Gericht gesessen und über anderer Leute Söhne und Töchter geurteilt hatte. »Wie würde das aussehen – als könnte ich austeilen, aber nicht einstecken!«

Angela ließ sich gegen den Türrahmen sinken. Sie sah erst ihren Mann und dann ihre Tochter an. »Dann war es das. Alle erfahren es. Wie soll ich den Saal jemals wieder betreten? Eine meiner Töchter, die Blut akzeptiert!«

Sie schämten sich für sie. Oh Gott, dachte Jen. Oh Gott.

»Den Grund erfahren sie nicht, Angela.« Ungeduld schlich sich in seine Stimme. »Dieser Teil ist nicht für die Öffentlichkeit bestimmt.«

Hinter ihrem Rücken ballte Jen die Fäuste. War Jesus nicht für Wahrheit eingestanden? Hatte er nicht den steinigen Weg gewählt und sich gegen die Regeln seiner Zeit aufgelehnt? Und dann war er von Anhängern seines Glaubens hingerichtet worden. Trat sie damit nicht gleichsam in seine Fußstapfen?

»Erzählt es von mir aus herum«, sagte sie. »Erzählt es euren Freunden. Ich schäme mich nicht dafür. Ich bin für mein Gewissen eingestanden und …«

»Jennifer, genug der Selbstgerechtigkeit. Ich glaube, hier weiß jeder hinreichend über die Wahrheit Bescheid – oder ist der Schüler auf einmal klüger als sein Lehrer?« Ihre Mutter spie die Frage regelrecht aus. Dann schnellte ihre Hand an ihren Hals. Sie drehte sich zum Spiegel um und strich sich über die Haare. Als sie eine störrische Strähne feststeckte, waren ihre Bewegungen kontrolliert. »Hast du es Lina schon gesagt?« Ihre Stimme klang vollkommen beherrscht.

»Ich dachte, ich komme zu euch …«, setzte Jen an.

»Es wird ihr das Herz brechen.« Ihre Mutter wischte sich mit den manikürten Fingern über den Lidrand.

Noch während sie im Flur ihres Elternhauses stand, riefen die Bewegungen ihrer Mutter in ihr Erinnerungen an jenen Tag wach, an dem sie telefonisch erfahren hatten, dass Jens

Großvater gestorben war. Er war im Ausland verunglückt. Jens Großmutter, die unterdessen bei ihnen gewohnt hatte, hatte geschrien, an ihrem Kleid gerissen und war auf dem Fußboden zusammengesackt. Angela hatte ihre Mutter an beiden Armen gepackt. »Das hilft uns jetzt auch nicht weiter, Mum. Dein schönes Kleid zu zerreißen!«

Ein kaputtes Kleidungsstück wog schwerer als Trauer. Eine Szene zu machen war schlimmer als Gefühl.

Sechsundzwanzig Jahre später stand sie im selben Flur, als ihr auffiel, wie klein dort alles aussah. Sie kam sich vor wie in *Alice im Wunderland,* als Alice dem weißen Kaninchen in seinen Bau folgt, dort ein Küchlein isst und anfängt zu wachsen. Ihre Arme ragen durch die oberen Fenster, ihre Beine durch die Tür. Mit einem Mal passte sie hier nicht mehr hinein.

Jen sah sich um. Der rechteckige Sekretär im Flur, in dem die Telefonbücher und Blöcke und Stifte lagen. Die deckenhohen Bücherregale voller religiöser Schriften. Die Familienfotos an den Wänden. Alles hier kam ihr jämmerlich klein vor. Als wäre sie all dem entwachsen.

Jen und Pete fahren, sobald die Zusammenkunft vorbei ist. Im selben Moment, da die Brüder *Amen* sagen – und noch bevor alle ihre Gesangbücher weggelegt und sich umgedreht haben –, schnappen sie ihre Taschen und eilen nach draußen. Einige Brüder legen Pete im Vorbeigehen die Hand auf die Schulter, man lächelt einander flüchtig zu, doch keine der Gesten ist an Jen gerichtet. Als sie im Eingangsbereich an ein paar Schwestern vorbeigeht, schlägt sie den Blick nieder, spürt aber, wie die anderen zurückweichen. Ihre Ohren glühen. Sie kennt die Regeln, trotzdem ist sie überrascht. Diese Frauen, ihre Freundinnen, mit denen sie gekocht und gebacken und geweint hat, als Jacob sie einen Monat zuvor verlassen hat – diese Frauen wenden sich von ihr ab.

Lina steht mit ihrer Jüngsten im Arm an der Tür. »Tante Jen!«, ruft die Kleine und streckt sich nach ihr aus, aber die Mutter hält sie zurück.

Jen fängt Linas Blick auf und will etwas sagen, doch sie bringt kein Wort heraus. Sie hat ihre Stimme eingebüßt, und zwar für so lange, bis die Ältesten sie ihr wieder erteilen. Bis dahin darf niemand das Wort an sie richten. Selbst ihre eigene Familie kehrt ihr bis dahin den Rücken.

Linas Ehemann nimmt Pete kurz in den Arm, als wäre er derjenige, dem Schlimmes widerfahren ist.

Der letzte Milcheinschuss ist Tage her. Die Kohlblätter sind von der Einkaufsliste gestrichen, und allmählich passen ihr die alten BHs wieder. Nach wochenlangen Gebeten um ein Ende der Tortur wünscht sie sich gerade nichts sehnlicher als Schmerz. Damit etwas sie davon ablenkt, dass die Milch da war und dann wieder weg. Dass Jacob da war und wieder weg. Leben, weg.

Ihr Körper erholt sich, während nun tiefere Wunden aufreißen.

Sie ist noch nicht bereit dazu, ihn dem *vergangenen Monat* anheimzugeben. Wie kann er Vergangenheit sein, wenn er doch auf ewig ihre Gegenwart und Zukunft ist? Wie kann die Zeit weiter verstreichen, ihr Körper die Wunden schließen, wenn ihr Verstand immer noch an einem Krankenhausbett wacht?

Jen späht zu ihrer Nichte, zu den vollen Armen ihrer Schwester, dann auf die Leere in ihren eigenen Armen.

Kreppseide

Zelda

Kaum dass Zelda zu ihrem Nähzeug gegriffen hat, vibriert ihr Handy. Erst ignoriert sie es, hält den Kopf über den Stoff gesenkt. Seit sechs Wochen arbeitet sie an dieser Jacke und ist kurz davor, fertig zu werden. Das pinkfarbene Leinen fühlt sich kühl an, als sie die Nadel in das Gewebe schiebt. Diesmal hat sie sich für ein Muster mit großen Sonnen entschieden – oder Augen, je nachdem, Kreise aus goldgelber Kreppseide, von einem roten Faden umsäumt. Sie blenden – oder hypnotisieren –, wenn man zu lange hinsieht.

Dies hier ist ihr Happy Place: der Sonnenfleck auf ihrem Bett, die Rosen draußen vor dem Bullaugenfenster und etwas, was durch ihr Talent zum Leben erwacht. Das hier hat nicht existiert, bis ich es kreiert habe, denkt sie. Der Stoff wäre immer noch nicht zugeschnitten, der Faden einsam auf der Spule, die Sonnen im Dunkel ihrer Vorstellungskraft verwahrt. Sie hat Jahre der Übung gebraucht, um so gut zu werden. All die Stoffstücke, die sie anfangs bestickt hat, als die Nadel ihren Fingern noch fremd war – keines davon war verschwendet, jedes erinnert sie daran, dass das Leben alles falsch macht, bis es mit einem Mal alles richtig macht.

Das Handy sirrt fünfmal hintereinander, und Zelda weiß, ohne hinzusehen, wer es ist. Der Jüngste in der Reihe kann keine komplette Nachricht schreiben, ehe er auf Senden drückt, Bewusstseinsstrom ist eher sein Ding, und so hört ihr Handy niemals auf zu vibrieren. Zelda weiß, dass das bloß ein Trick ist, seine Visitenkarte, seine Art, auf sich aufmerksam zu machen. Und es funktioniert.

Sie nimmt ihr Handy zur Hand. *Hey, Sexy! Ganz schön heiß da draußen. Schick etwas, damit ich an dich denken kann.* Sie setzt sich wieder aufs Bett und seufzt. Sie ist mit der Jacke fast fertig, muss wirklich nur noch die pinkfarbenen Teile vernähen.

Sie zieht ihr Oberteil hoch und ruft die Kamera auf.

Die besten Winkel gehen ihr inzwischen ganz natürlich von der Hand. Auch die hat sie üben müssen und unvorteilhafte Posen und schlechtes Licht in den Papierkorb befördert. Sie breitet ihr Haar über dem Kissen aus und dreht sich so herum, dass ihr fast alles aus dem BH fällt. Ein Finger an die Zähne. Klick, klick, klick. Sie scrollt durch die Aufnahmen und öffnet die beste in einer weiteren App, in der sie ihre Haut glättet und retuschiert. Adieu, ihr Sommersprossen. Müssen noch mehr weg? Ein paar Klicks, all ihre Makel sind ausgemerzt und die Vorzüge noch viel vorzüglicher. Senden.

Sekunden später: *Verdammt, JA.* Und dann die üblichen Wichskommentare.

Sie hat ihn immer noch nicht getroffen. Ein Swipe, ein Chat, ein paar ausgetauschte Fotos. Wichtig sind sie ihr eigentlich nicht. Mit ihren Tattoos und den glatten, gewachsten Körpern sehen sie doch alle gleich aus. Aber die Vorstellung, dass sie sie begehren, dass sie für einen Augenblick aufmerksam sein und *tippen* müssen … Das ist die Macht, die sie über die Männer hat.

Will hat seit ihrem Date zweimal angerufen. Beim ersten

Mal, als das Handy klingelte, hat sie bloß seinen Namen und das Spiegelbild ihres eigenen entsetzten Gesichts angestarrt. Die Mailbox sprang an. Beim zweiten Versuch hinterließ er eine Nachricht.

Hey. Du hast doch gesagt, du würdest anrufen … Ich will nicht rumsitzen wie ein armer Wicht und warten, insofern versteh das hier als Annäherungsversuch. Wir hatten doch einen netten Abend, oder? Zelda, ich krieg dich nicht mehr aus dem Kopf.

Sie hat nicht zurückgerufen, aber die Nachricht gespeichert, und hier und da hört sie sie abends in Dauerschleife ab. Es hat ihr gefallen, als er ihr Gesicht mit beiden Händen festgehalten hat. Aber was will er denn noch? Seinen Rasierer in ihrem Badezimmer, geteilte Rechnungen, um Mitternacht ihre Haut küssen?

Manche Dinge sind nicht zu reparieren.

Amaretto

Isobel

»Sie sehen ja selbst, wie gemütlich es ist. Hier haben wir die perfekte Nische für eins dieser Kuschelsofas, die gerade so in Mode sind. Wissen Sie, was ich meine? Die gibt es mit Samtbezug in allen möglichen Farben. Das würde es gleich noch viel lauschiger machen! Und dieser bodentiefe Glaseinsatz, der den Wohn-Ess-Bereich von der Küche trennt – der macht es wunderbar hell. Heute ist es bewölkt, aber warten Sie nur, bis die Sonne scheint!

Dann gehen wir jetzt in die Küche ... Also, als ich das hier gesehen habe, hat es mich an diese kleinen Pariser Wohnungen erinnert, in denen die Maler und Künstler wohnen. Kennen Sie die Filme? Sehen Sie, wie wegen des Oberlichts alles ganz hell ist? Ich weiß, die Schränke sind nicht mehr ganz neu, aber wer braucht schon den ganzen Schnickschnack? Also, ich nenne das hier Retro-Schick. Romantisch! Und solche Vorratsregale – hier, über der Arbeitsfläche – liegen wieder voll im Trend. Solche Details sind gerade sehr gefragt.

Dass der Schlafbereich auf einer Art Halbgeschoss liegt, stand ja schon im Exposé, und hier, über diese – hinreißend urige – Holztreppe geht man dort hoch. Und schauen Sie sich die schwarzen Gusseisen-Oberlichter an! Das ist wirklich das Plus an einer Dachgeschosswohnung! Sehen die nicht aus wie in Paris? So etwas hätten Sie in einer normalen Wohnung nicht. Ja, so was ist wirklich besonders.«

Geringschätzig sieht sich Isobel ein Zimmer nach dem anderen an, während die Frau ohne Unterlass redet. Sie weiß genau, wie sie die Maklerphrasen dechiffrieren muss, die der Frau über die schrill geschminkten Lippen strömen. Lauschig heißt *winzig*. Retro heißt *abgewohnt*. Pariser Schick steht für *Verkommenheit*. Ein Kuschelsofa, also bitte. Was soll sie mit einem Kuschelsofa?

Die Maklerin blättert durch die Unterlagen. »Sie möchten allein einziehen, richtig?«

Isobel mustert die Frau im schlecht sitzenden Hosenanzug und mit Stilettos, auf denen sie kaum laufen kann, von der Seite. Ihr Blick bleibt am goldenen Blitzen an deren linker Hand hängen. »Fürs Erste«, antwortet sie. »Mein Mann ist beruflich im Ausland. Aber es dürfte nicht mehr lange dauern, bis er zurückkommt. Dann suchen wir uns etwas Größeres.«

»Ach.« Die Maklerin runzelt die Stirn. »Das hier soll längerfristig vermietet werden. Minimum ein Jahr.«

Isobel lächelt, als hätte die Frau sie missverstanden. »Das ist schon in Ordnung. Ein Jahr ist okay.«

Es gibt sicher Leute, die etwas daraus machen könnten. Isobel kann sich sogar vorstellen, dass die Wohnung Charme haben könnte – sofern man zu jenen gehört, die Sisalteppiche auslegen und Zimmerpflanzen aufstellen und Räucherstäbchen abbrennen. Cassandra wüsste genau, was zu tun wäre, denkt sie, und kurz blitzt die Erinnerung an die Federsammlung auf, die ihre Tochter wider alle Proteste an ihrer Kinderzimmerwand aufgereiht hatte. Doch diese Wohnung passt so gar nicht zu Isobel. Und Sisal fühlt sich unter nackten Füßen fürchterlich hart an.

»Ich nehme sie«, beschließt sie mit einem kaum verhohlenen Seufzer.

In dem Sechzigerjahre-Bau an der meistbefahrenen Straße der Stadt ist sie zuvor nie gewesen. Für den Anlass hat Isobel sich ihren alten Mantel herausgesucht, einen dunkelblauen Macintosh mit großer Kapuze, dabei regnet es gar nicht – allerdings fahren hier unaufhörlich Autos vorbei, in denen gewisse Leute sitzen. »Du ahnst nicht, wen ich heute auf dem Weg zum Arbeitsamt gesehen habe«, würden sie beim Abendessen sagen und ihrem Göttergatten die Soße reichen. »Isobel Forge!« Schaudernd zieht sie sich die Kapuze tiefer ins Gesicht. Dass sie selbst kein bisschen anders gewesen ist, erschreckt sie umso mehr. Sie weiß genau, wie sehr getratscht wird.

In der Hoffnung, dass sie keinen dummen Kommentar abkriegt, eilt sie an den rauchenden Jugendlichen am Eingang vorbei. Sie nehmen sie nicht mal zur Kenntnis.

Als ihre Nummer aufgerufen wird, überquert Isobel die Achtzigerjahre-Auslegeware und setzt sich an den Schreibtisch einer Frau. »Einen kleinen Moment noch«, sagt diese, ohne den Blick vom Bildschirm abzuwenden, und tippt weiter. Isobel späht zu der offenen Dose Dr Pepper und zurück zu der Frau, deren Bluse über der Brust gefährlich spannt. Typisch, schießt es ihr durch den Kopf. Ein Wunder, dass sie in den Schreibtischstuhl passt!

»Also. Wie kann ich helfen?« Die Frau klingt angestrengt und schrill, als hätte sie diese Frage heute schon viel zu oft gestellt.

Isobel schnaubt. Als wäre der Grund für ihren Besuch nicht offensichtlich. »Ich brauche Arbeit.« Sobald sie es ausspricht, errötet sie.

»Na, dafür sind wir ja da«, trällert die Frau, und ihr Namensschild – Kara – hüpft auf und ab, als sie lacht. »Dann fangen wir mit der Berufserfahrung an. Haben Sie Ihren Lebenslauf mitgebracht?«

Isobel schlägt einen Plastikhefter auf und reicht der Frau einen A4-Bogen, auf dem nicht viel steht.

Kara nimmt einen Schluck aus der Dose, während sie Isobels beruflichen Werdegang studiert. »Ooh, das ist ja lecker«, sagt sie und mustert das Etikett. »Amaretto. Probier ich zum ersten Mal. Das wird mein neuer Lieblingsgeschmack!« Sie widmet sich wieder dem Lebenslauf. »Dann … steht hier, dass Ihr letzter Job bei der Bank …« – sie legt eine Pause ein – »… Ende der 1980er war?« Sie nennt das Jahrhundert dazu. Danach hört Isobel sie nur noch schmatzen.

»Ja. Seitdem habe ich die Buchhaltung in der Firma meines Mannes gemacht.«

»Aber das letzte Mal Kundenkontakt hatten Sie 1988?«

Isobel reagiert gereizt. »Ich sitze am Telefon und stimme Termine ab. Es ist ein Reinigungsunternehmen, und ich bin für die Kunden zuständig, während mein Mann die Arbeiten koordiniert. Oder besser … Ich *war* für die Kunden zuständig. Vor einem Jahr hat er jemanden angestellt, und … Die ist jetzt dafür zuständig.« Isobel schlägt den Blick nieder.

»Hm.« Stirnrunzelnd liest Kara weiter. »Erfahrung im Umgang mit Kunden ist ganz wesentlich, sofern Sie nicht am Fließband stehen oder putzen gehen oder Supermarktregale einräumen wollen. Was ich mir bei Ihnen nicht vorstellen kann.«

»Bei der Bank war ich mehrere Jahre. Das mag lange her sein, aber Kunden haben sich ja wohl nicht wesentlich verändert, oder?«

»Na, wenn das mal nicht die Entschlossenheit ist, die wir in einem Vorstellungsgespräch sehen wollen! Verwandeln Sie Ihre Schwächen in Stärken.« Karas Lächeln verblasst. »Nur, dass sich die meisten Arbeitgeber eine kontinuierliche Customer-Service-Historie wünschen, wenn wir Kandidaten empfehlen. Und wenn ich mir das hier so ansehe …« Sie kaut auf ihrer Lippe.

»Ich gehe außerdem regelmäßig von Haus zu Haus und spreche mit den Bewohnern.«

Kara blickt auf. »Ach? Als Vertreterin?«

Isobel lacht verhalten. »Nein, ich spreche mit den Leuten über die gute Botschaft vom Reich Gottes. Ich bin Vollzeitpredigerin und verbringe Hunderte Stunden im Monat im Predigtdienst.« Kara sieht sie verwirrt an, also formuliert sie es anders. »Ich klopfe an Türen und biete gratis Bibelstudien an.«

»Ah.« Sie beugt sich leicht vor. »Sie gehören zu diesen Weltuntergangsleuten?«

Isobel bringt ein angestrengtes Lächeln zustande. »Ich bin Jüngerin der letzten Tage, wenn Sie das meinen.«

Kara macht große Augen. »Oh, wow. Meine beste Freundin in der Schule war auch so eine. Die durfte *gar nichts* feiern. Tat mir immer leid, die Gute.« Sie blickt erneut auf den Lebenslauf. »Davon steht hier aber nichts – von dieser Türklopfersache.«

»Na ja, natürlich nicht. Das ist ja auch keine … Anstellung.«

»Werden Sie dafür nicht bezahlt?«

»Nein.« Isobel runzelt die Stirn. »Wir verbreiten die gute Botschaft, weil Gott das so will. Wer sollte uns dafür bezahlen? Gott?«

Kara späht zu ihrem Bildschirm. »Okay, da hätte ich vielleicht … Den Führerschein haben Sie, oder? Rezeption einer Zahnarztpraxis, allerdings am Stadtrand. Vollzeit, und die Bezahlung liegt bei …«

»Vollzeit? Oh, gibt es gar nichts in Teilzeit? Drei Tage die Woche?«

Kara lacht. »Keine Chance – es sei denn, Sie wollen einen der Jobs, die ich vorhin erwähnt habe. Diese Stelle hier ist gerade erst reingekommen und dürfte bis morgen besetzt sein. Solche Sitzjobs sind selten.«

Isobel klammert sich an ihren Stuhl. Vollzeitbeschäftigung hieße, sie müsste das Predigen einstellen, ihre Berufung seit zwanzig Jahren. Noch ein Tiefschlag. Doch dann muss sie an die Wohnung denken und daran, dass ihr Bankkonto, wenn sie die Kaution überwiesen hat, noch vor Ablauf des Monats leer sein dürfte. Die Alternative wäre ein Job an der Supermarktkasse, wo jeder sie sehen könnte. »Vollzeit ist in Ordnung.«

»Dann rufe ich jetzt für Sie an und frage, ob die mit Ihnen ein Vorstellungsgespräch vereinbaren möchten.«

Isobel sitzt stocksteif da, als Kara sie einem fremden Menschen schmackhaft macht. *Gutes Auftreten. Erfahrung im Umgang mit Menschen, letzte Anstellung liegt zwar eine Weile zurück, aber seither jede Menge informeller Kundenkontakt.* Isobel gefällt insgeheim, was Kara sagt, und obwohl diese Person in einem fort an ihrer Getränkedose nippt, wird sie ihr langsam sympathisch.

»Gleich heute Nachmittag? In einer Stunde?« Kara sieht zu Isobel. »Ja, das haut hin. Wundervoll! Geben Sie mir hinterher ganz kurz Bescheid? Auf Wiederhören!« Sie legt auf und unterdrückt einen Rülpser. »Dann ergänzen wir jetzt Ihren Lebenslauf. Die Computer stehen da drüben – und vielleicht lassen Sie die *letzten Tage* weg … Schreiben

Sie stattdessen vielleicht … *Wohltätigkeit*? Bleibt natürlich Ihnen überlassen, aber das kommt wahrscheinlich besser an. Manche Leute sind nicht so tolerant.«

Sie versucht es zuerst bei Patrick. Es klingelt und klingelt. Er geht nicht ran. Sie versucht es noch mal.

»Hallo?«

»Oh. Hallo, Jude. Könnte ich bitte mit Patrick sprechen?«

Ein Seufzer, dann: »Hi, Isobel. Warte, ich hole ihn. Alles okay?«

»Ja, alles bestens. Danke.«

»Okay, warte kurz …« Es klappert, als er das Telefon weglegt.

Isobel lässt den Blick über die beschrifteten Umzugskisten im Flur schweifen. Steven, Isobel, Cassandra, Patrick, Wertstoffhof. Wenn Liebe in Pappemetern gemessen würde, wäre Wertstoffhof ihr Lieblingskind.

»Mum?« Seine Stimme gibt ihr Kraft.

»Hallo, Liebling. Wie geht es dir?«

»Ehrlich gesagt wollten wir gerade essen. Alles in Ordnung bei dir?«

»Oh. Was hat Jude denn gekocht? Soll ich mich später noch mal melden?«

»Nein, heute war ich dran. Es gibt Ofenkartoffeln, Salat und Bohnen. Schon okay, ich kann kurz reden.« Sie hört, wie er einen Stuhl näher zieht.

Isobel räuspert sich. »Ist eine Ofenkartoffel wirklich genug? Ich könnte mir vorstellen, dass dein Arbeitstag ziemlich anstrengend ist. Da ist doch das Mindeste, dass abends ein ordentliches Essen auf dem Tisch steht.«

»Na ja, Jude geht auch arbeiten, Mum. Da wäre es nicht fair zu erwarten, dass sie jeden Abend kocht. Außerdem bin ich damit ganz zufrieden – so passt anschließend noch ein Nachtisch rein, oder?«

Darauf erwidert Isobel nichts. Sie hat sich gewundert, als Patrick anfing, mit Jude anzubandeln, und umso mehr, als sie sich verlobten. Aber Steven mochte das Mädchen, und auf sein Urteil hat sie immer vertraut. Sie tröstete sich damit, dass Japaner traditionelle Werte haben und ihr Sohn so bestimmt umsorgt wäre. Dann stellte Steven unter Beweis, dass man seinem Urteilsvermögen eher *nicht* trauen konnte, und sein Verrat bestätigt nunmehr ihr anfängliches Misstrauen gegenüber ihrer Schwiegertochter. Da spielt es auch keine Rolle, wie oft Patrick wiederholt, sie sei hier geboren, nur ein Elternteil sei Japaner und sie selbst ein einziges Mal in Japan gewesen. Die Ofenkartoffel beweist es – man hat Isobel getäuscht.

»Wie war dein Tag?«, will Patrick wissen.

»Oh, ich habe eine Wohnung gefunden und Arbeit, nichts Besonderes. Geh du besser zurück zu Jude und deiner Ofenkartoffel.«

»Was? Mum, das ist großartig! Erzähl!«

Er muss mehrmals nachhaken, bis Isobel mit Einzelheiten herausrückt. In vierzehn Tagen fange sie in der Arztpraxis an, Bezahlung und Arbeitszeiten seien völlig in Ordnung, und die Wohnung sei in der kommenden Woche bezugsfertig. Sie sei zwar gerade groß genug für eine Spitzmaus, aber so sei es jetzt eben, nachdem sein Vater sie in diese Lage gebracht habe.

»Du weißt schon, dass du auch im Haus bleiben könntest?«, ruft Patrick ihr in Erinnerung. »Er kann dich nicht rauswerfen, auch wenn das Haus nur auf seinen Namen läuft. Du hast ebenfalls Rechte. Ich hab dir angeboten, dass ich dich unterstütze.«

»Nein«, sagt sie mit Blick auf die Kisten. »Ich will nicht mehr hier wohnen. Es ist sowieso viel zu groß. Was soll ich mit fünf Zimmern?«

»Dann bleib wenigstens, bis es verkauft ist.«

»Soll ich vielleicht mitansehen, wie jedes Wochenende wildfremde Leute durch mein Haus spazieren, die Schränke aufziehen und nur die Kleidung einer Person sehen? Ich habe auch meinen Stolz, Patrick.«

»Aber Mum ...« Er verstummt. »Er ist derjenige, der dir das angetan hat, und damit der Einzige, der sich schämen sollte. Wo immer er gerade steckt.«

»Ja, na ja, schön wär's, wenn Gefühle immer der Logik folgen würden.« Die Uhr am Ofen zeigt an, dass ihr Supermarkt-Chili fertig ist. Ein Platzset hat sie bereits aufgelegt. »Geh jetzt, bevor dein Abendessen kalt wird. Jude will bestimmt nicht allein essen.«

»Mum ...«

»Geh schon.« Sie legt auf, bevor er noch hört, dass sie anfängt zu weinen.

Keyser Söze

Jen

Jen hat die Hände im Seifenwasser und hört sein Telefon beim ersten Mal kaum. Pete hat ihnen zum Mittagessen etwas in die Pfanne gehauen, und sie haben vereinbart, wenn einer kocht, macht der andere den Abwasch, auch wenn sie unter der Woche regelmäßig beides macht. Am Wochenende kocht er ganz gern, normalerweise Gerichte, für die er gleich mehrere Pfannen und Schüsseln braucht, und Jen tun hinterher die Arme weh, wenn sie die Spritzer von der Küchenwand geschrubbt hat.

Wenn sie am Wochenende vom Predigtdienst oder von einer Zusammenkunft zurückkommen, legen sie den Sonntagsstaat ab und bleiben ein paar Stunden lang für sich, ehe sie abends jemanden besuchen fahren, Spiele oder ein Gruppenquiz spielen. Zumindest haben sie es bislang so gemacht. Seit Jens Ausschluss im vergangenen Monat treffen die anderen sich ohne sie. Pete könnte natürlich trotzdem hinfahren, aber in den letzten zwei Wochen war er merkwürdig anhänglich und ist ihr nicht von der Seite gewichen. Über die gute Botschaft vom Reich Gottes sprechen darf Jen auch nicht mehr, doch sie wartet auf Petes Wunsch im Auto, während er an Haustüren klopft. Sie sitzt da und liest die Bibel, während die anderen in der Gruppe so tun, als würden sie sie nicht bemerken. So demonstrierst du deinen guten Willen, ruft Pete ihr ins Gedächtnis, wann immer sie sagt, dass sie lieber zu Hause bleiben will. Wie sonst auch starrt sie aus dem Fenster.

Von hier zu verschwinden kommt ihr nicht in den Sinn. Das hier ist immer schon ihre Welt. Jemand begeht eine Sünde, wird gemaßregelt, und die Sonne geht weiter auf und wieder unter. Und wo sollte sie auch hingehen? Wie sollte sie sich über Wasser halten? Die Fragen stellt sie sich gar nicht.

Im Radio fängt ein neuer Song an, und Petes Handy auf der Arbeitsfläche vermeldet abermals eine Nachricht.

Jen hört auf zu schrubben und kratzt sich mit dem Fuß die Ferse. Sie hat sich vor dem Essen nicht umgezogen und bereut das jetzt. In Strumpfhosen in der Küche zu stehen und die Krümel unter den Sohlen zu spüren widert sie an. Der schönste Moment des Tages ist, wenn sie sich auf die Bettkante setzen und die Nylonhaut von den Beinen abziehen kann. Sie wäscht die Strumpfhosen zusammen mit ihren BHs wöchentlich im Handwaschbecken und trocknet sie über der Duschvorhangstange. Dort hängen sie wie luftige Stoffstreifen, feminin und schwach, mit ihrer Neigung, Laufmaschen zu entwickeln. Sie hasst diese verdammten Dinger. Doch sie hat keine Wahl, weil bei den Zusammenkünften und während des Predigtdiensts Hosen für Frauen tabu sind. Sie hat nie verstanden, warum sie die Schrift zu diesen Anlässen wortwörtlich auslegen, im Alltag aber nicht. Wenn Gott Hosen an einem Montag hasst, hasst er sie dienstags doch immer noch? Achselzuckend wischt sie den Gedanken beiseite.

Als sein Handy nun gleich zweimal piept, reckt Jen verärgert den Hals, stellt aber sicher, dass ihre nassen Spülhandschuhe nur auf die Abtropffläche tropfen. Drei Nachrichten, von einem ihr unbekannten Namen. »Pete, Handy!«, ruft sie, aber nach dem Rauschen in den Rohren zu urteilen steht er unter der Dusche.

Im Radio kommt Jens Lieblingslied, und tänzelnd schrubbt sie das Backblech sauber. Sein Handy piept schon wieder. Ächzend legt sie das Backblech beiseite und trocknet sich die Handschuhe. Sie will gerade das Handy stumm stellen, als im selben Moment das Display aufleuchtet. Diese Nachricht kommt über eine andere App und ist komplett auf dem gesperrten Bildschirm lesbar.

Ich weiß schon, du hast gesagt, dass ich dich in Ruhe lassen soll, aber ich finde, du kannst nicht einfach deinen Willen kriegen und dann abtauchen. Wir müssen reden.

Der Name auf dem Display lautet Keyser Söze. Sie starrt die Nachricht an, und in ihrem Kopf hallt sie als Stimme einer aufgebrachten Frau wider. Eine Frau. Eindeutig eine Frau.

Jen legt das Handy weg und kehrt an die Spüle zurück. Sie versucht, das saubere Backblech irgendwie auf das Abtropfgestell zu manövrieren, als Pete zurück in die Küche kommt.

»Wer ist Keyser Söze?«, fragt sie seelenruhig. Sie hat keine Ahnung, wie man den Namen richtig ausspricht.

Kurz herrscht Stille. Pete schnappt sich sein Handy und räuspert sich betreten.

»Ach, nur ein Kunde.«

Sie sollte mit dem ausgestreckten Arm sämtliche Töpfe auf den Boden fegen, so wie sie es in Filmen tun. Der Lärm wäre ohrenbetäubend. Fast muss Jen lachen, so sehr gefällt ihr die Vorstellung, andererseits muss sie auch an die Nachbarn denken.

»Glaubst du, ich bin bescheuert?«

»Hm?«

Sie streift sich die Spülhandschuhe ab. »Komm schon, Pete. Das kannst du besser.«

»Hör zu, ich wollte dir das nicht erzählen, aber ... Eine Kundin hat sich an mich rangemacht. Ist schon eine Weile her. Ein Nein hat sie nicht akzeptiert. Ich wollte es dir nicht erzählen, weil ... Na ja. Aus den offensichtlichen Gründen.«

Jen dreht sich um und lehnt sich gegen die kalte Stahlspüle. »Offensichtlich im Sinne von erstunken und erlogen?«

Pete sieht sie an. So hat er sie noch nie reden hören, und sie genießt seine Ungläubigkeit, als würde er sie in diesem Moment erstmals überhaupt zur Kenntnis nehmen. »Das ist nicht erstunken und erlogen«, sagt er. »Offensichtlich, weil ich genau wusste, dass du überreagieren würdest.«

»Warum schreibt sie dann, dass *du deinen Willen* gekriegt hast und dann abgetaucht bist?«

Er schluckt. »Es ist anders, als du jetzt denkst.«

»Na, vielleicht lassen wir die Ältesten darüber entscheiden. Das können sie ja ziemlich gut.« Sie durchquert die Küche und schnappt sich ihr eigenes Handy.

»Jen.« Er lacht und versucht es anders. »Du hast keine Beweise.«

»Vielleicht hab ich die Nachricht ja abfotografiert? Vielleicht schicke ich sie jetzt gleich an Les Connell weiter? Dann sehen wir ja, was er davon hält.« Es ist keine Lüge. Sie hat *vielleicht* gesagt.

»Nicht.« Pete streckt sich nach ihr aus. »Okay, ich erzähle dir alles.«

Sie verschränkt die Arme und spürt, wie die Sonne durchs Fenster scheint und ihr die Beine versengt. Sie hat das überwältigende Bedürfnis, sich die Strumpfhose vom Leib zu reißen.

»Sie *ist* eine Kundin«, sagt er. »Der Teil hat gestimmt.«

»Wie gnädig von dir.«

»Ich versuche hier gerade nur, ehrlich zu sein.«

»Ehrlich?« Jen würde am liebsten das Haus anzünden. »War *ich* etwa *nicht* ehrlich? Und hast *du* mir nicht geraten, ich soll lügen, um mir das Leben leichter zu machen?«

Er holt tief Luft und starrt die Stelle an, wo das Linoleum aufgeplatzt ist. »Das war gegen Ende des letzten Sommers und dann später noch ein paarmal.«

»Wie viele Male?«

»Zehn …?«

»Zehn?« Jen muss sich an der Arbeitsfläche festhalten. »Und wie genau ist das passiert? Ich meine, du kletterst die Leiter hoch und putzt Fenster – wie kann das zu Ehebruch führen?«

Pete schließt die Augen. »Willst du das wirklich wissen? Wird es dann nicht noch schmerzhafter?«

Jen schüttelt verwirrt den Kopf. Wie viel schmerzhafter kann es noch werden, jetzt, da sie weiß, dass er während ihrer Schwangerschaft mit einer anderen geschlafen hat. Und dass er weitergemacht hat, selbst als ihr Körper sich veränderte, um ihre gemeinsame Zukunft willkommen zu heißen. Er hat kein Recht darauf, sich um ihren Schmerz auch nur Gedanken zu machen. »Ich will wissen, mit wem ich seit siebzehn Jahren verheiratet bin.«

Pete strafft die Schultern. »In Ordnung. Ich habe die Fenster im Obergeschoss geputzt, als sie ins Schlafzimmer kam und anfing, sich auszuziehen.«

Jen muss lachen. »Moment – was?«

»Ja, ich weiß«, sagt er fast erleichtert. »Verrückt, oder? Ich hab weggeguckt, aber als ich die Leiter runtersteigen wollte, kam sie auf mich zu und machte einfach weiter.«

Jen sieht ihn mit offenem Mund an.

»Ich konnte mich nicht mehr rühren, und ich weiß auch nicht, was über mich gekommen ist. Jen, ich war wie in Trance! Aber dann bin ich zu ihr rein, und …«

Sie ahnt, wie es weitergegangen ist.

Jen faltet die Hände wie zum Gebet und stützt die Stirn darauf. Ihr ganzes verheiratetes Leben lang hat sie gegen ihre eigenen Begierden und gegen die unreinen Gedanken angekämpft – und er? Lässt seiner Leidenschaft freien Lauf. »Na, das war dann ja wohl der Jackpot, oder?« Sie sieht ihn an. »Du Glückspilz. Konntest wieder was von deiner Bucket List streichen.«

»Jen, es tut mir leid, ich …«

»Hast du es ihr in Rechnung gestellt?«

»Was?«

»Das Fensterputzen. Hast du es ihr in Rechnung gestellt?«

»Sei nicht albern«, sagt er leise. »Natürlich nicht.«

»Dann hast du nicht nur eine Kundin gevögelt, sondern uns obendrein um unseren Lohn betrogen.« Jen nickt energisch. »Gut gemacht.«

»Wie ich schon gesagt habe: Es war, als hätte sie mich verhext …«

Jen schlingt sich die Arme um den Leib und kann trotzdem nicht aufhören zu lachen. »Dann ist das alles ihre Schuld? Sie hat dich *verführt*?«

Eine Fliege surrt über ihre Köpfe hinweg und stört die Stille. Sie rumst gegen das Fenster – wieder und immer wieder –, ehe sie in der Ecke landet. Jen starrt sie an und ist wie gelähmt von der Alltäglichkeit in einem Raum, in dem soeben ihre Ehe zerbricht.

Sie kann sich noch gut an ihre Hochzeitspredigt erinnern. An ihren Schwiegervater, der Petes Stärke mit der einer soliden Flasche und sie selbst mit Kristallglas verglich, schön, zart, fragil. Sie kann sich noch gut daran erinnern, wie sie Jacob aus sich herauspresste. Wie sich sein Leib durch ihre Mitte schob, bis sie seine Ankunft auf Erden hinausschrie. Sie, das *schwächere Gefäß*. Und dann Pete, der Stärkere, der sich selbst kein bisschen im Griff hat. Aber sein Vater hat schon recht. Pete ist eine Flasche.

Sie muss immer noch lachen.

In Petes Blick lodert etwas auf. Er hat die Fäuste geballt. »Du hast mich nie wirklich gewollt. Nicht *so*.«

»Schieb jetzt nicht mir die Schuld in die Schuhe«, faucht sie ihn an. »Du hattest mich, wann immer du wolltest. Ich hab dich nie abgewiesen, kein einziges Mal.«

Er starrt sie an. »Du glaubst, hier geht es nur um Sex? Wann hast du mich zuletzt Zuneigung spüren lassen? Mich in den Arm genommen oder …« Er schüttelt den Kopf. »Ich brauche mehr als das, Jen.«

»Ich habe kürzlich unser Baby zur Welt gebracht, Pete. Und bin dabei fast gestorben.« Die Wucht dieser Worte trifft sie wie eine Flutwelle, aber sie hält den Kopf oben. Und dann greift sie unvermittelt nach unten und reißt sich endlich die Strumpfhose von den Beinen. Ihre Finger können von ihrer Kleidung gar nicht mehr ablassen. Ihr Rock, ihre Bluse landen auf dem PVC-Boden, und am Ende steht sie in ihrer Mietshausküche und hat nur noch Unterwäsche am Leib.

Sie starren einander an. Durchs Fenster sind die Geräusche der Außenwelt zu hören.

»Du bist der einzige Mensch, mit dem ich noch sprechen darf«, sagt Jen. »Und jetzt das.«

Frisches Blut

Isobel

Sobald Patrick geheiratet hatte, versuchte Isobel, Jude auf ihre Seite zu ziehen. Sie wusste, die Machtverhältnisse hatten sich verschoben.

»Kannst du ihm nicht sagen, dass er zum Friseur gehen soll?«, fragte sie einmal und strich dem erwachsenen Patrick den Pony aus der Stirn. »Damit er nicht so strubbelig aussieht?«

Jude sah ihr lächelnd dabei zu. »Ich kann ihm doch nicht vorschreiben, wie er aussehen soll, Isobel. Das ist seine Entscheidung.«

Vorlaut und gleichgültig – so war sie. *Jude.* Was für ein Name. Kurz für Judith, was immerhin halbwegs kultiviert klang. Aber Jude? Also bitte.

Trotz aller Vorbehalte bemühte sich Isobel um ein freundschaftliches Verhältnis zu ihrer Schwiegertochter. Es gab dieses irische Sprichwort: *Ein Sohn bleibt ein Sohn, bis er sich eine Frau nimmt. Eine Tochter bleibt Tochter ihr Leben lang.* Ich darf ihn doch nicht verlieren, dachte sie. Was bleibt mir denn noch, wenn Jude ihn von mir wegtreibt? Deshalb spielte sie mit.

»Bist heute wohl unartig?« Mit einem Zwinkern stupste sie Jude an, die sich gerade ein Stück Sahnebiskuit vom Büfett genommen hatte.

Jude hielt mit der Gabel in der Hand inne und schien sich zu fragen, wie sie reagieren sollte. »Ich esse ein Stück Kuchen«, sagte sie dann. »Muss ich jetzt etwa auf meine Figur achten?« Sie blickte demonstrativ an sich hinab. »Schon komisch, dass Männer solche Sachen nie zu hören kriegen.«

Natürlich war June auch Feministin. Isobel war entsetzt, als Patrick erzählte, dass sie zu Hause keine klaren Rollen hatten.

»Aber das ist biblisches Gebot«, sagte Isobel. »Der Mann herrscht über die Frau. Das sucht man sich nicht einfach aus.«

Patrick zuckte nur mit den Schultern. »Na ja, wir praktizieren ja auch keine Sklaverei mehr, obwohl die Schrift besagt, dass Sklaven ihrem Halter gehorchen sollen. Jude und ich sind in Sachen Hierarchie in der Ehe der gleichen Ansicht.«

Isobel klappte die Kinnlade runter.

Oder als Jude und Patrick über Familienplanung sprachen. »Willst du wirklich noch arbeiten, wenn du Kinder hast?«, fragte Isobel an Jude gewandt, die antwortete: »Keine Ahnung«, und sich dann zu Patrick umdrehte. »Willst *du* noch arbeiten, wenn du Kinder hast?«

Versuch das nur, meine Liebe, dachte sich Isobel. Wirst schon sehen, wie das schlaucht.

Als Steven sie gerade erst verlassen hatte, schwirrten alle um sie herum. Sie kamen auf einen Kaffee vorbei oder schickten Karten oder Textnachrichten. Nach der Zusammenkunft stürzten die Schwestern förmlich auf sie zu und bekundeten ihr Mitgefühl oder tätschelten ihr den Arm – genau wie damals, als sie mit Anfang zwanzig noch Single gewesen war. Dass sich das jetzt wiederholte … Isobel war ganz benommen.

Allerdings brachte niemand Essen vorbei, natürlich nicht, Isobel war eine fantastische Köchin. Trotzdem war sie nicht auf die Einsamkeit vorbereitet, die das Kochen für eine Person mit sich brachte, und auch nicht auf die Gewissheit, dass jede Einzelne von ihnen mit einem Auflauf in der Hand vor Stevens Tür gestanden hätte, wenn *sie* diejenige wäre, die ihn sitzen gelassen hätte. Er war immer schon der Beliebtere von ihnen beiden gewesen.

Toni hätte ihm definitiv etwas zu essen vorbeigebracht. Mit ihrem unbändigen blonden Haar und dem warmherzigen Lachen, das überall Aufmerksamkeit erregte, hätten sie und Isobel gar nicht unterschiedlicher sein können. Während Isobel die Bibel in der Hand hielt, war es bei Toni meist ein Glas Wein. Sie war mit Bill Norris verheiratet, einem der Ältesten. Wenn er vor der Gemeinde sprach, schliefen die Leute reihenweise ein. Alle wussten, dass die beiden getrennte Schlafzimmer hatten. Toni liebte es, mit Steven zu flirten, und anfangs hatte Isobel sich daran gestört, doch als sie Steven einmal gefragt hatte, ob er Toni attraktiv fand, hatte er nur gemeint: »Sei nicht albern. Sie könnte meine Mutter sein.«

Isobel hatte die Stirn gerunzelt. Toni war genauso alt wie sie.

Kaum dass Steven Amber angestellt hatte, fing Isobel an, sie »diese kleine Schlampe« zu nennen. *Verzeih mir, Vater.* Natürlich nicht laut. Nur wenn Amber spätabends anrief und Steven im Arbeitszimmer verschwand, um ihren Anruf entgegenzunehmen. Oder wenn er mit einer geschlagenen Stunde Verspätung von der Arbeit heimkam und das

Essen kalt war, wenn sie fragte: »Hättest du nicht anrufen können?«, und er antwortete: »Ich habe Amber die Software erklärt und darüber die Zeit vergessen.« Diese kleine Schlampe. *Verzeih mir, Vater.*

Isobel hatte protestiert, als er ihr mitgeteilt hatte, dass er jemanden einstellen wolle.

»Aber das hab ich doch immer gemacht.« Sie goss Soße über seine Kartoffeln. »Wozu brauchst du dafür plötzlich jemand anders?«

Er seufzte. »Frisches Blut täte uns gut. Wir müssen uns breiter aufstellen. Ich hätte gern jemanden, der größere Firmen für uns akquiriert, und … Versteh mich nicht falsch, Isobel, aber du bist besser geeignet für einen Job hinter den Kulissen.«

Sie erwiderte nichts, tat ihm aber zu viel Soße auf.

Nicht dass sie übermäßig misstrauisch gewesen wäre. Gut, Amber sah jung aus und war zierlich, hatte ein sommersprossiges Gesicht, aber sie zog sich nicht aufreizend an oder so. Äußerlich hatte sie nicht viel mit Isobel gemein, nicht mal mit Isobel im Teenageralter.

Als er dann mit Amber nach Südfrankreich durchbrannte, war Isobel weniger erschüttert darüber, dass er sie für diese achtzehnjährige kleine Schlampe verlassen hatte, als vielmehr darüber, dass er Gott damit den Rücken kehrte. Wie konnte jemand, der Ältester gewesen war, sein ewiges Leben einfach so wegwerfen? Im Kopf betete sie um die Kraft, ihm verzeihen zu können, und flehte ihren Gott an, ihren Ehemann in die Wahrheit zurückzugeleiten.

Im Herzen wünschte sie ihm einen langsamen, einen qualvollen Tod.

Eine zweite Tochter

Jen 1995

Lange starrt sie das Regal an und späht dann zu der offenen Flurtür zurück. Alles ruhig. Ihre Mutter ist einkaufen, ihr Vater in der Garage, Lina hört in ihrem Zimmer Musik.

Jetzt oder nie.

Sie legt die Bücher vom Tritthocker beiseite und stellt ihn vor das Regal. Späht immer wieder zur Tür, während sie auf Socken hochsteigt und das Buch vom obersten Regalbrett nimmt. Mit den Fingerspitzen streicht sie über den Buchdeckel. In den goldgeprägten Lettern des Titels fängt sich das Licht.

Sie ist sonst nie allein im Arbeitszimmer ihres Vaters. Die dunklen, schweren Möbel und moosgrünen Wände zeugen von einer Männlichkeit, die ihr unvertraut ist. Das Zimmer liegt in Richtung Norden, sodass hier nie Sonnenlicht hereinfällt.

Ihr Puls beschleunigt sich, als sie durch die Seiten blättert. Die Wörter ergeben in ihrem Zwölfjährigenkopf keinen Sinn. Es ist das Buch selbst, das ihre Aufregung schürt. Sie stellt sich vor, wie sie tags darauf Alice erzählen wird, dass sie einfach so ins Zimmer ihres Vaters spaziert ist, es sich genommen hat …

»Jennifer?«

Das Buch gleitet ihr aus der Hand, als sie ihren Vater in der Tür erblickt. Er sieht aus, als stünde er dort schon seit einer Weile.

Die Zeit dehnt sich, als er auf sie zutritt und das Buch hochnimmt. Er wirft einen Blick auf den Titel und sieht ihr ins Gesicht.

»Eine Tür ist zugefallen, und dann habe ich hier drin ein Geräusch gehört, und als ich rein bin, lag das Buch auf dem Boden.« Sie ist selbst überrascht, wie leicht ihr die Lüge über die Lippen geht.

Ihr Vater drückt sich das Buch an die Brust, blickt hinab auf ihre bestrumpften Füße auf dem Tritthocker und dann erneut in ihr Gesicht.

»Ich wollte es gerade zurückstellen. Ich weiß, dass nur du das Buch lesen darfst. Ich wollte nicht, dass Mum und Lisa es sehen. Ich wollte nicht, dass sie meinetwegen in Schwierigkeiten geraten.« Sie wischt sich die schweißfeuchten Hände an ihrer Jeans ab.

Er sieht sie unverwandt an.

Sie hätte ein Junge werden sollen, hat ihre Mutter einmal erzählt. Nach Lina hatte ihr Vater auf einen Sohn gehofft. Sie hat seine Liebe nie infrage gestellt, aber manchmal malt sie sich seine Reaktion aus, als er erfahren hat, dass er eine zweite Tochter bekäme. Die Enttäuschung in seinem Gesicht.

Jen gibt sich Mühe, nicht rot zu werden, und runzelt die Stirn, als ihr Vater ihr das Buch hinhält.

»Nimm es«, sagt er.

Sie rührt sich nicht.

»Nimm es.«

Sie legt die Handkanten aneinander, und er legt es ihr in die Hände. Es fühlt sich fast feierlich an. Jen weiß nicht, was sie als Nächstes tun soll.

»Schlag es auf.«

Jen will etwas sagen, hält dann aber inne.

»Du willst es doch aufschlagen, oder?« Seine Stimme klingt honigsüß.

Es fühlt sich nach Fangfrage an. Womöglich sollte sie darauf eine Fangantwort geben. Sie zuckt mit den Schultern, was sich nach Nummer sicher anfühlt, doch ein Blick in sein Gesicht, und sie weiß, dass sie Position beziehen muss. Sie schüttelt den Kopf.

»Warum nicht?«

»Weil das nur Männer sehen dürfen.«

Der Hauch eines Stirnrunzelns. »Nur *Älteste*«, sagt er.

Und das sind alles Männer, denkt sie.

»Muss ich hier wirklich ein Schloss anbringen, Jennifer?«, fragt er dann, sieht vielsagend zur Zimmertür und wieder zu ihr zurück.

Zögerlich schüttelt sie den Kopf. »Ich hab's nur aufgehoben«, flüstert sie.

Er nickt hinauf zum Bücherregal, und Jen streckt sich und schiebt das Buch an seinen Platz. Sie weicht seinem Blick aus, als sie nach unten steigt und die Bücher vom Boden zurück auf den Hocker legt.

Wusstest du, dass die Ältesten eine Art Handbuch haben?, hat Alice sie nach der letzten Zusammenkunft gefragt. Da steht drin, was man mit denen macht, die aus der Reihe tanzen. Wie man herausfindet, ob ihre Reue echt ist. Nur Älteste dürfen es lesen. Glaubst du, dein Dad hat auch so eins? Kannst du mal nachgucken?

Als Jen aus dem Zimmer rennt, hat sie das Bild ihres Vaters vor Augen. Wie er sie angesehen hat. Die Enttäuschung in seinem Gesicht.

Z.

Zelda

»Zimmer zu vermieten? Das soll ich hier aufhängen, ja?«, fragt der alte Knabe hinter dem Tresen und hält einen Zettel in die Höhe. Jen schiebt sich die Dose mit Baked Beans in die Armbeuge und greift nach einem Brot.

»Japp. Aber keine Freaks, hörst du, Max?« Die Frau vor dem Tresen nuschelt, weil sie sich eine unangezündete Zigarette zwischen die Lippen geklemmt hat. »Wenn irgendwer nachfragt und dein Spinneralarm anschlägt, gib bloß nicht meine Nummer raus.«

Der Ladenbesitzer klebt den Aushang an das Regal in seinem Rücken und scheucht die Frau nach draußen. »Verstanden. Und jetzt verschwinde!«

»Danke, Darling«, ruft sie noch, und das Glöckchen an der Tür schlägt an.

Jen lässt ihre Einkäufe auf den Tresen fallen und reckt den Hals, um der Frau nachzusehen, die soeben in einen alten Volvo steigt, ihren breitkrempigen Hut beiseitewirft, die roten Haare ausschüttelt und losfährt, während der Mann an der Kasse Jens Waren einscannt.

Auf dem Zettel steht mit dickem schwarzem Stift geschrieben: *Zimmer zu vermieten. Keine Haustiere, keine Sonderlinge, am liebsten weiblich.* Dann eine Monatsmiete, die

Jen aufbringen könnte, wenn sie ihre Chefin um ein paar Sonderschichten bitten würde. Noch während sie bezahlt, prägt Jen sich die Abkürzung – Z. – und die Nummer ein und speichert beides in ihrem Handy, kaum dass sie den Laden verlassen hat. Sie fragt den Mann auch nicht nach Einzelheiten. Wäre sie in seinen Augen eine Spinnerin? Sie könnte es nicht ertragen, wenn sie schon wieder auf Ablehnung stoßen würde.

Den Ältesten zufolge war ein Klaps auf die Hand ausreichend.

Jen legte gerade Wäsche zusammen, als Pete aus dem Saal wiederkam und es ihr erzählte. Er stand an seiner Seite des Bettes und fasste das Gespräch für sie zusammen. Sie hätten seine Bußfertigkeit zur Kenntnis genommen, seinen Schmerz, weil er seinen Gott enttäuscht habe, und dass er es bereue, die Versammlung beschämt zu haben. Es bleibe bei einem Tadel, berichtete er. Keine Mitteilung vor versammelter Gemeinde, keine Einschränkung seiner Freiheiten. Sein Leben würde normal weitergehen.

Jen hörte ihm zu, während sie weiter Wäsche zusammenlegte. Vor ihr lagen zwei ordentliche Stapel, einer für ihn, einer für sie, die gleich in die Schubladen wandern würden. So hatte sie es immer gemacht. Doch jetzt starrte sie Petes Mund an und hörte nicht mehr, was er noch sagte.

Sie haben sie nicht einmal danach gefragt, was sie davon hält. Diese drei Männer haben kein einziges Mal angerufen und gefragt, ob sie ihm verziehen hat. Wie kann die Bluttransfusion, die ihr das Leben gerettet hat, schlimmer sein als ein Ehemann, der seine schwangere Frau betrügt, und das gleich mehrfach? Seine Sünde ist nichts im Vergleich zu ihrer.

Pete redet weiter, und Jen fällt wieder ein, dass er tags zuvor seinen Vater getroffen hat. Der dürfte vorab informiert gewesen sein. Petes Vater ist Ältester und besitzt das Handbuch – er dürfte seinem einzigen Sohn erzählt haben, was er sagen müsste.

Irgendwie wusste sie, dass es so kommen würde. Es musste natürlich so kommen.

In ihr legte sich ein Schalter um. Sie ließ seine Sachen auf dem Bett liegen und räumte nur ihre weg.

Sie wählt die Nummer erst, als sie im Auto sitzt, legt aber wieder auf, sobald es klingelt. Die Vorstellung, mit einer Fremden zusammenzuwohnen, wäre zwei Monate zuvor vollkommen undenkbar gewesen. Ohne jedes Zeitgefühl starrt sie aus dem Fenster, denkt an Pete und an das Haus und an das Leben, das sie bislang gelebt hat.

»Hallo?«

»Hi«, sagt Jen, »ich rufe wegen des Zimmers an. Ist da …« – sie hält inne – »… Zett?«

»Zee«, sagt die Stimme, und nach dem Tonfall zu urteilen ist Jen gleich beim ersten Test durchgefallen. »Zee für Zelda. Und huch, das ging aber schnell.«

»Oh, Entschuldigung. Zee. Ja, ich war gerade im Laden und habe mitbekommen, wie Sie dem Besitzer erzählt haben, dass Sie ein Zimmer frei haben, und … Könnte ich vielleicht vorbeikommen und es mir ansehen?«

»Jetzt gleich?«

Jen sieht auf die Uhr. Pete kommt frühestens in einer Stunde von der Arbeit zurück, womöglich später, wenn er noch eine Kundin betatscht. »Wenn Ihnen das passt? Ich könnte auch später in der Woche vorbeikommen, wenn das …«

»Ach, was soll's. Sind Sie in der Nähe? Dann sage ich Ihnen, wie Sie herfinden.«

Jen traf die Entscheidung, noch während sie die Hände ins Spülwasser hielt. Trotz der Demütigung sagte ihr ihre innere Stimme: *Das hier ist deine Chance.* Verzeih mir, Vater, denkt sie und blickt zur Zimmerdecke, und es tut ihr wirklich aufrichtig leid, hindert sie jedoch nicht daran wegzuwollen.

Wenn Steven sie geschlagen hätte, wäre sie der Schrift zufolge immer noch seine Ehefrau. Aber dass er eine andere hat, bedeutet, dass alles möglich ist.

Seit seinem Geständnis ist Jen wiederholt mit dem Auto durch die Gegend gefahren. So trifft sie nicht versehentlich auf Bekannte, die sie ignorieren. Ihr Auto ist ein geschützter Raum. Dort kann sie die wütendste Musik hören und schreien, und niemand hört es. Sie kann durch die Dörfer mäandern, die aus ihrem Winterschlaf erwachen, und so tun, als würden all die Bilderbuchhäuschen ihr gehören.

Manchmal kauft Jen sich bei einem Drive-in einen Kaffee und parkt in der Sonne. Die Fenster bleiben geschlossen, damit die Sonne durch die Scheibe scheint und sich ihr in die Beine brennt. Das beschert ihr ein Gefühl von Gefahr, als könnte sie jederzeit Feuer fangen. Sie legt den Kopf zurück und schließt die Augen. *Jacob.*

Vor einem freistehenden Bungalow an einer schmalen, ländlichen Straße fährt sie rechts ran. Die Zweige der riesigen Bäume zu beiden Seiten sind schwer von Laub. Pinkfarbene Blüten, die der Wind tags zuvor vor sich hergepeitscht hat, liegen im Gras.

Jen steigt aus. Die Straße ist ruhig, quasi eine Sackgasse,

die lediglich zu einem Holzhof führt. Auf der anderen Straßenseite erstrecken sich Felder bis zum Horizont, hier und da markiert ein Baum den Ackersaum. Das Gras badet in der Sonne. Sie ist überrascht, wie stark beide Seiten sich unterscheiden, wie so eine ruhige Nebenstraße ein Wäldchen von einer Steppe trennen kann.

Sie soll das seitliche Tor nehmen, hat Zee gesagt. Sie tut wie geheißen und zieht es hinter sich zu. Dass sie Türen und Tore hinter sich zuzieht, passiert ganz automatisch, ist ihr vom jahrelangen Predigtwerk in Fleisch und Blut übergegangen. Jen versteht sich nicht als Verkäuferin – sie bringt schließlich das Geschenk des Lebens –, aber sie weiß, dass man sie selbst wesentlich strenger beurteilt als ihre Botschaft. Und da sind Kleinigkeiten ganz wesentlich – den Rasen nicht zu betreten und das Tor hinter sich zuzuziehen. Gardinen laden zum Ausspähen ein, und der erste Eindruck entscheidet darüber, wie man empfangen wird.

Der Gartenweg führt links vom Haupthaus weg auf dichtes Grün zu. Hier biegen sich die Zweige zu einem Blätterdach und spenden märchenhaft Schatten. Der Weg ist ein gewundenes Band aus trockener Erde und über Jahre festgetrampelt worden.

Ein gutes Stück voraus schimmert es und wird mit jedem Schritt heller, bis Jen zu guter Letzt in die Sonne tritt. Es verschlägt ihr den Atem. Vor ihr in einer Lichtung inmitten des Wäldchens liegt das Paradies.

Es ist eine sogenannte Eisenkirche. Die blaugrünen Wände aus gewelltem Zinnblech sind mit Rost überzogen. Das viereckige Gebäude mit Satteldach sieht aus wie einer Kinderzeichnung entsprungen. Eine hohe rote Flügeltür führt nach drinnen, und die verschnörkelt goldfarbenen Scharniere blitzen in der Sonne. Darüber befindet sich ein großes Buntglasfenster. Links neben der Tür steht ein zierlicher Glockenturm mit einem großen Kreuz.

Beim Anblick des Kreuzes weicht Jen einen Schritt zurück. Sie hat ihr Lebtag gehört, dass Kreuze verkehrt seien – eine irrige Auslegung der Schrift.

Aber Himmel, ist dieses Häuschen schön! Und der Garten ringsum ist atemberaubend. Da stehen riesige wild wuchernde Pflanzen, die jemand zurechtgestutzt hat und die trotzdem ausschlagen und vor Leben strotzen dürfen. Es ist Anfang Juni, und die Rosen blühen. Pfirsich-, apricotfarben, rot, pink und weiß – all diese tanzenden Schattierungen ergeben zusammen eine gänzlich neue Farbe. Es gibt Hortensien, Gartenwicken, Pfingstrosen und ein ganzes Meer aus Wildblumen.

Unwillkürlich vergleicht Jen diese Pracht mit dem gepflegten Rasen ihrer Mutter und deren streng reglementierten Beeten. Narzissen im März, Tulpen im Mai, Formschnitthecken das ganze Jahr über. Auch dort mögen Pflanzen wachsen, allerdings nur auf ausdrückliche Einladung. Nichts dort kommt unerwartet. Unkraut wird ausgerupft, bevor es auch nur die Chance bekommt zu gedeihen. Jen stellt sich vor, wie hier ein dichter Teppich aus Wildpflanzen wuchert, aufblüht, Samen verbreitet und jedes Jahr mit Überraschungen aufwartet.

Sie macht einen Schritt vor.

Ihr steht ein Bild von sich selbst mit Jacob auf ihrer Hüfte vor Augen, der sich vorbeugt und schnuppert. Er hat dichte rote Locken und ein Lachen, das ihr bis tief ins Mark dringt. So wird es im Paradies sein. So wird es sein, wenn sie nur weiter bei der Wahrheit bleibt.

Solche Schönheit hat Jen sich nie vorgestellt.

Scharniere quietschen, und die Frau aus dem Laden

erscheint in der Tür. Feuerrotes Haar, nackte Beine, ein buntes Hauskleid. Mit verschränkten Armen lehnt sie sich an den Türrahmen und starrt Jen an.

Zee, kurz für Zelda.

Jen sieht genauer hin. Sie kennt diese Frau, und sie ist immer noch so schön wie in ihrer Erinnerung. Sie haben zusammen gelacht, Essen geteilt, waren bis Mitternacht wach und haben sich über die Liebe und das Leben und all die albernen, wichtigen Dinge unterhalten.

Damals hieß sie Alice Kay.

TEIL ZWEI

Cola

Jen und Alice 1994

Jen weiß noch genau, wie sie Alice kennengelernt hat.

Ihre Familie war zu einer Willkommens-Grillparty ihrer neuen Versammlung eingeladen worden; Jens Vater hatte sich mit den Ältesten der vorigen Gemeinde überworfen.

Einer der schönsten Aspekte an ihrem Glauben war für Jen, Teil einer *weltweiten Bruderschaft* zu sein, sodass man in jeder Stadt, die einen Saal hatte, einfach aufkreuzen konnte und mit offenen Armen empfangen wurde. Fremden zu begegnen, die so denken wie man selbst, beschert einem Sicherheit und Trost. Man muss nicht erst tief schürfen, ausloten, was für sie richtig und was falsch ist, um zu wissen, dass man es mit einer aufrichtigen Person zu tun hat. Jünger zu sein bedeutet, dass dieser Teil schon geklärt ist. Es ist, als würde man mitten in der Wüste eine Flasche Coca Cola finden: Man vertraut auf das Etikett und zieht den Geschmack nicht in Zweifel.

Jens Vater stellte diese Theorie auf die Probe, indem sie im Urlaub immer zu Zusammenkünften gingen. Während Lina und Jen den freien Sonntag lieber am Strand verbracht hätten, bestand er stets darauf, dass sie ordentliche Kleidung einpackten, damit sie den jeweiligen Saal besuchen konnten. Und mit seiner Theorie hatte er jedes Mal recht: Wo immer sie auftauchten, hießen die Brüder und Schwestern sie willkommen und überschütteten sie mit Liebe. Was haben wir doch für ein Glück, Mädchen, sagte ihr Vater dann immer auf dem Rückweg zu ihrem Ferienhaus. Wenn das nicht der Beweis für Gottes Liebe war. Es war fast, als hätten sie ihre Heimat am anderen Ende der Welt gefunden.

Als Jens Familie damals durch jenes Gartentor trat, kamen wildfremde Leute auf sie zu und begrüßten sie wie alte Freunde. Lina war im Handumdrehen mit anderen Fünfzehnjährigen in der hintersten Ecke des Gartens verschwunden. Jen sah ihnen verschämt nach; für sie war niemand gekommen.

Eine Frau mittleren Alters in einem Blümchenkleid stand in der Terrassentür. »Alice«, rief sie über die Schulter, ließ Jen dabei aber nicht aus den Augen. »Komm raus und mach dich mit Jenny bekannt. Sie dürfte in deinem Alter sein.«

Aus der Küche war ein Grummeln zu hören. Dann schob sich ein Mädchen an der Frau vorbei und trat auf die Terrasse. Sie trug einen Schlapphut mit einer aufgenähten Blume vorn an der Krempe, Jeans und eine Häkelweste über dem T-Shirt, außerdem hatte sie einen silbernen Mood-Ring am Finger. Sie kaute und schob sich noch einen Kartoffelchip in den Mund, während sie Jen von Kopf bis Fuß musterte.

»Und du bist Jenny, richtig?«

Jen trat von einem Bein aufs andere. »Die meisten nennen mich Jen, aber du kannst Jenny sagen, wenn du willst.«

Das Mädchen runzelte die Stirn. »Was denn jetzt? Ich nenn dich nicht etwas, was du nicht bist.«

Sie zuckte mit den Schultern. »Dann eher Jen.«

»Okay, Eher-Jen, ich bin Alice. Hast du Hunger? Essen ist

noch nicht so weit, aber drinnen sind Chips.« Sie nickte zur Terrassentür.

Jen wollte schon erneut mit den Schultern zucken, ließ es dann aber sein. Sie folgte Alice in die Küche, wo unter Frischhaltefolie Tabletts mit Essen bereitstanden. An der Wand hing ein Bibelkalender, genau wie bei ihnen zu Hause.

»Hier.« Alice riss eine Packung mit mehreren kleinen Chipstütchen auf und warf Jen eins davon zu. Jen fing es auf und sah sich verunsichert um.

»Dürfen wir das? Ich meine … Wenn es gleich Essen gibt, sollte ich vielleicht das Gebet abwarten.«

Alice ließ die Chipstüte sinken. »Oh Mann. Kein Wunder, dass meine Mum will, dass wir uns anfreunden. Wunderbar, jemand, der mich zurückpfeift. Ist aber schon okay, mach's auf.«

Während Jen immer noch hin- und hergerissen war zwischen Gewissensbissen und ihrer neuen, einzigen Freundin, war von hinten plötzlich eine Männerstimme zu hören.

»Na, was treibt ihr hier, Mädels? Hoffentlich keinen Unfug!«

Die Stimme war freundlich, genau wie der Gesichtsausdruck des Mannes. Er sah in etwa gleich alt aus wie Jens Vater, hatte ein knallbuntes Hemd an und war gebräunt, als wäre er gerade im Urlaub gewesen. Als er sich vorbeugte, um sich ein Bier aus dem Kühlschrank zu nehmen, kam es Jen vor, als wollte er mit seinen engen Shorts seinen trainierten Körper zur Schau stellen.

»Ihr seid neu in der Versammlung, stimmt's?«, sagte er an Jen gewandt, legte den Flaschenhals an die Arbeitsplatte und schlug mit dem Handballen den Kronkorken ab. Dann stützte er lässig den Ellenbogen auf den Kühlschrank.

»Ja.« Jen errötete. Der Mann – sicher Mitte dreißig –

sprach mit ihr wie mit einer Erwachsenen. »Ich bin Jen. Meine Eltern und meine Schwester Lina sind irgendwo draußen.«

»Cool.« Er lächelte. »Also, ich bin Steven. Schön, dass ihr da seid. Ich bin mir sicher, Alice kümmert sich gut um dich – aber sag Bescheid, wenn es Probleme gibt. Sie macht gern mal Blödsinn.«

»Hau ab, okay?« Alice pfefferte einen Chip in seine Richtung und warf die braunen Haare zurück. Er sah kein bisschen empört aus, zwinkerte ihnen bloß zu und verschwand wieder durch die Terrassentür.

»Das war … seltsam«, murmelte Jen.

Alice starrte ihren Mood-Ring an. »Guck mal, der ist lila geworden!«

»Und was heißt das?«

»Leidenschaft.«

Jen zog die Nase kraus und nickte zur Tür. »Ist er immer so?«

»Ja. Typisch Steven. Er ist der einzige Älteste, der sich locker macht.«

»Er ist ein Ältester?« Fast hätte Jen sich verschluckt.

Alice nickte. »Kaum zu glauben, oder? Er ist echt nett und organisiert ständig Sachen, Schlittschuhlaufen oder Bowling … Und er macht den DJ bei jeder Party. Nur seine Frau ist eine dumme Ziege. Tut mir echt leid für ihn, dass er mit so einer verheiratet ist.«

»Was ist denn so schlimm an ihr?«

»Sie ist der totale Snob. Glaubt, sie wäre besser als alle anderen, weil sie ihren Wocheneinkauf bei Marks & Spencer macht. Ach du Scheiße, da ist sie!«

Alice stopfte sich den letzten Chip in den Mund und warf das leere Tütchen in den Mülleimer, als auch schon eine streng dreinblickende Frau hereinkam. Sie trug ein weich fallendes helles Kleid und beigefarbene Sandalen. Misstrauisch sah sie die beiden an und griff nach der offenen Chipspackung.

»Ich nehme an, die sollen in eine Schale und werden nicht einzeln gegessen«, sagte sie zu niemandem Bestimmten und machte wieder kehrt.

Alice hob die Augenbrauen. »Siehst du? Dumme Ziege.«

Sie waren damals elf oder beinahe elf, lagen nur einen Monat auseinander, aber aufgrund ihrer Geburtstage – der von Alice im August, der von Jen im September – besuchten sie unterschiedliche Klassenstufen. Alice würde nach den Sommerferien am örtlichen Mädchengymnasium anfangen, Jen erst ein Jahr später.

Sie wurden beste Freundinnen. Bei Zusammenkünften saßen Alice und ihre Mutter meist eine Reihe hinter Jen, und Alice schob ihr zwischen den Stuhllehnen Briefchen zu. *Schlag in deiner Bibel Seite 1642 auf, das erste Fettgedruckte, sag das ganz schnell!* Jen schlug die Seite auf und las wie geheißen: *Im Wasser soll es von Lebewesen wimmeln.* Jen schnaubte und handelte sich von ihrer Mutter ein scharfes *Pst* ein. Alice schrieb ihr, wie langweilig die Predigt des Bruders sei, oder ließ sich ausgiebig über die Attraktivität der Jungen im Saal aus. Jen stellte sicher, dass sie die ungehörigen Briefchen in Stücke riss.

Angela mochte Alice nicht. Sowie sie erfahren hatte, dass Alice' Vater nicht in der Wahrheit war, versuchte Jens Mutter, die Freundschaft der beiden zu unterbinden. Sie kenne solche Mädchen, sagte sie zu ihrer Tochter. Da müsse man auf der Hut sein. Als sie einmal Jens Tasche ausräumte und einen von Alice' Zettelchen fand, musste Jen ihr erklären, warum einer der Brüder als *saure Ribena-Beere* und die Kehrseite eines Jungen als *lecker* bezeichnet worden war und was die Klammer dahinter und *Durchatmen!* bedeuten sollten.

Jen war klar, dass Alice eine große Klappe hatte. Mit ihrer Angeberei versuchte sie, darüber hinwegzutäuschen, dass sie einen weltlichen Vater hatte, dass ihre Familie nicht gänzlich rein war. »Ich weiß, dass deine Mum mich nicht ausstehen kann«, sagte sie einmal zu Jen. »Aber das ist schon okay, ist ja nicht deine Schuld, dass deine Mum so eine Zicke ist. Genau wie es nicht meine Schuld ist, dass mein Dad nicht daran glaubt.« Ihre Bewunderung für ihn kannte keine Grenzen.

Jen durfte Alice nie besuchen. Sie hatte deren Zuhause nicht ein einziges Mal gesehen. Anfangs fand sie noch Ausflüchte, bis Alice irgendwann nicht mehr fragte. Sie wusste, was Sache war. Da war sich Jen sicher. In heimlicher Rebellion bekritzelten sie die Wände in Jens Kinderzimmer und klebten Poster darüber. Ihre Kritzeleien bestanden in albernen Comiczeichnungen und Fernsehzitaten, aber von einer Hypothek belastete Wände zu beschmieren fühlte sich irgendwie aufrührerisch an.

Zehn Mal sahen sie sich im Kino *Titanic* an, warfen Popcorn in Richtung Leinwand, wann immer Rose' Mutter erschien, und Alice krallte sich jedes Mal in Jens Arm, wenn Leo unter Wasser sank. Sie fuhren mit gespreizten Händen über beschlagene Scheiben, bis sie die Geste perfekt draufhatten.

Im Sommer ihres dreizehnten Geburtstags hatten sie ihren ersten ernsthaften Streit. Sie waren in der Nähe von Jens Zuhause in den Feldern spazieren, als Jen erwähnte, dass sie sich gern tätowieren lassen würde.

»Was?« Alice blieb wie angewurzelt stehen. »Das kannst du nicht machen. Das ist gegen die Schrift.«

»Ach, ich mach es wahrscheinlich auch nicht, aber ich würde gern. Vielleicht.«

»Also, allein *würde gern* finde ich schrecklich. Wenn Gott dein Herz lesen kann und du dir etwas wünschst, was er verabscheut, dann kann das für dich ja wohl nicht gut ausgehen.« Alice marschierte zurück zu Jens Haus und rief ihre Mutter an, die sie abholen sollte.

Das Komische daran war, wie wenig sie sich dabei ähnlich sahen. Als hätten sie an jenem Tag die Rollen getauscht. Jen hatte gar kein Interesse an Tattoos, sie hatte lediglich darüber nachgedacht, wie es sich anfühlen würde. Alice' Tagebuch hingegen quoll über von solchen Ideen.

Kurze Zeit später wurde Alice getauft. Die Leute schickten Karten und machten Geschenke, und jeder umarmte und beglückwünschte sie zu diesem wichtigsten Moment ihres Lebens. Sie war nunmehr Gott geweiht. Jen schoss ein Foto von Alice und deren Mutter. Alice' Haare waren vom Taufbecken immer noch tropfnass, und die Mutter drückte sie eng an sich. Sie weinten beide Tränen des Glücks.

Schon bald danach veränderte sich Alice. Es war, als wäre ein Licht in ihr ausgegangen. Sie wurde zusehends düsterer und ihr Verhalten manisch.

Es fing mit Ladendiebstahl an. In der Kosmetikabteilung bei Boots zeigte Jen auf einen blauen Lidschatten, der ihr gefiel. Sobald sie den Laden verlassen hatten und ein Stück die Straße entlanggegangen waren, drückte Alice ihn ihr in die Hand. Jen klappte die Kinnlade runter, und sie protestierte. Sei nicht albern, sagte Alice und ging einfach weiter. Du wolltest ihn, also hab ich ihn dir besorgt. Kannst ihn doch jetzt nicht zurückbringen.

Eines Nachmittags lagen sie beide auf Jens Bett, als Jen

kreischte: »Da ist eine Riesenspinne!«, und sich an die gegenüberliegende Wand presste.

Alice blieb einfach liegen und sah sich nach dem Tier um. »Die ist winzig.« Sie wandte sich wieder dem Fernseher zu. »Außerdem hat die mehr Angst vor uns.«

»Du musst ja auch nicht hier schlafen! Und ich kann nicht schlafen, wenn ich weiß, dass die über mich drüberkrabbeln könnte.«

Alice starrte die Spinne an und presste die Lippen zusammen. »Soll ich sie wegmachen?«

Jen nickte und ließ den schwarzen Spinnenkörper nicht aus den Augen. »Ich hole ein Glas und Papier«, sagte sie, aber Alice hatte sich bereits auf die Matratze gestellt und streckte sich nach oben aus. Jen erhaschte einen Blick auf die nackte Taille der Freundin. Alice' Körper wurde allmählich kurvig.

»Bring sie nicht um!«, schrie Jen noch, doch da hatte Alice schon die Faust gegen die Wand gedonnert und hämmerte die Spinne mit ein paar harten Schlägen in die Paisley-Tapete. Hinterher starrte Alice die Überreste an. Sie zitterte und atmete flach. Dann drehte sie sich zu Jen um, die sich mit offenem Mund an die Tür presste.

»Ich wollte nicht, dass du …«, flüsterte Jen.

»Wie du gesagt hast: Die soll nicht über dich drüberkrabbeln.« Alice wischte sich die Hand an der Wand ab. »Und das macht sie jetzt auch nicht mehr.«

Jen starrte ihre Freundin an, als würde sie sie gerade zum ersten Mal sehen.

Beim Predigtdienst eine Woche später beugte sich Jen über die Rosen in jemandes Vorgarten. Sie behielt die Eingangstür im Blick und gab acht, dass sie nicht neben den Gartenweg trat. Als eine Frau aufmachte, grüßte Jen freundlich.

»Wir haben Ihren schönen Garten bewundert«, sagte sie und zückte ihre Bibel. »Haben Sie sich je gefragt, wo unsere Liebe zur Natur herkommt? Denn die haben wir alle gemein, nicht wahr? Die Wertschätzung für die Welt, die uns umgibt. Wenn ich Ihnen ganz kurz eine Stelle vorlesen dürfte ...« Sie schlug eine Bibelstelle auf.

Mit dem obligatorischen Lächeln im Gesicht wartete Alice ein Stück hinter ihr.

Als die Tür sich schloss, gingen sie über den Gartenweg zurück. Jen notierte sich die Angaben der Frau, während Alice stehen blieb und den Rosenduft einatmete.

»Wo bleibst du denn?« Jen hielt ihr das Gartentor auf.

»Oh, ich hab vergessen, dass wir solche Sachen nur auf dem Weg *zur* Tür bemerken«, kommentierte Alice. »Wir sehen sie nicht um ihretwillen, sondern nur, um zu manipulieren.«

In der Schule fing Alice an, die Lehrer zu piesacken. Sie legte ihnen Tampons aufs Pult, wenn sie sie nicht zur Toilette gehen ließen. Mr Bates, ihr Erdkundelehrer, war bekannt für seine anzügliche Art und dafür, dass er sich im Unterricht gern mal an seinem Pult rieb. Einmal bemalte Alice die Kante mit farbiger Kreide, mit der er sich prompt den ganzen Schritt verschmierte. Dafür bekam sie eine Woche Arrest.

»Irgendwas ist doch mit dir passiert«, sagte Jen eines Tages und zuckte zurück, als Alice nach ihr ausholte.

»Und du mit deiner perfekten Familie – ausgerechnet du willst das bemerkt haben?«, fauchte Alice sie an. »Dein Ältestenvater und seine Ältestenehefrau und seine Lina und seine Jen – die Unberührbaren!«

Jen wurde blass. »Warum bist du denn so ...«

»Wie denn? Vielleicht war ich ja immer schon so? Vielleicht ist jetzt ja meine Zeit gekommen, alles rauszulassen.« Sie lachte gekünstelt, dann kamen ihr die Tränen. Sie schlug die Hände vors Gesicht, schüttelte den Kopf und ließ Jen stehen.

Mit vierzehn trafen sie samstags Jungs aus der Versammlung. Mike wohnte in der Innenstadt, und mit dem Ausweis von Vince' Bruder besorgten sie sich etwas zu trinken und hingen im Park ab, mit Zigaretten und Alcopops. Einmal war Mikes Mutter mit ihrem Hund Gassi und hätte sie beinahe erwischt. Eilig versteckten sie alles unter dem Picknicktisch, und irgendwie schien sie den Rauch nicht zu sehen, der durch die Ritzen nach oben zog. Jen selbst rauchte nicht, aber die Drinks wollte sie probieren. Es war das erste Mal, dass sie Alkohol trank. Zu Hause bei Mike mussten die anderen sie halb bewusstlos die Treppe hochschmuggeln. Als Angela kam, um ihre Tochter abzuholen, bemerkte sie nicht, dass die kaum noch gerade gehen konnte. Bestimmt war Jen einfach nur müde. Wenn ihre Tochter mit anderen Jüngern zusammen war, gab es schließlich keinen Grund, misstrauisch zu sein. Man vertraute auf das Etikett.

In Mikes Zimmer saßen sie auf seinem Bett und hörten Musik. Alice machte mit ihnen herum – wie immer. Die Jungs liebten Alice' Brüste, die förmlich explodiert waren. Sie trug enge Oberteile, in denen ihre Oberweite noch größer aussah, und eine schwarze Choker-Kette mit silbernem BABE-Schriftzug. Als Jen sich einmal im Versuch, Alice nachzueifern, die Lippen braun nachzog, zerrte ihr Vater sie umgehend ins Bad und schimpfte sie eine Hure.

Mit sechzehn war ihre Freundschaft Geschichte.

In der Schule ging das Gerücht, dass Alice Mädchen genauso gern küsste wie Jungs.

»Und wenn schon?«, fragte sie, als Jen sie darauf ansprach.

Jen war entsetzt. In ihrer Welt war Homosexualität inakzeptabel. Die Schrift missbilligte derlei Begierden.

»Aber du bist doch nicht … lesbisch?«

Alice machte eine Kaugummiblase. »Du meinst *bisexuell.* Keine Ahnung. Ich glaube nicht. Aber es macht Spaß.« Sie sah Jen ins Gesicht. »Keine Sorge, ich steh nicht auf dich. Ich hab schließlich gewisse Standards.« Dann rannte sie los, ehe Jen ihr eine verpassen konnte.

In der darauffolgenden Woche waren sie bei Jen zu Hause, schminkten sich und wollten anschließend zu Mike gehen. »Hier«, sagte Alice und warf eine Schachtel aufs Bett. »Würdest du mir die Wimpern machen? Ich kann das nicht selbst.«

Mit konzentriert kraus gezogener Stirn klebte Jen ihr die Wimpern an.

»Du siehst echt süß aus, wenn du das machst«, sagte Alice.

Jen lächelte und lehnte sich zurück, um ihr Werk zu begutachten. Sie legte ihre Hände an Alice' Wangen und sah sich abwechselnd deren Augen an, um sich zu vergewissern, dass sie symmetrisch waren. »Na also. Wunderschön.«

Einen winzigen Moment lang sahen sie einander in die Augen und fühlten das Gleiche. Alice legte Jen die Hände an die Wangen und küsste sie auf den Mund. Und Jen ließ es geschehen. Ihre Zungen berührten sich. Dann erlosch das Flämmchen, und Jen schubste Alice gegen den Schrank. »Raus!«, fauchte sie und warf Alice die Handtasche hinterher. »Raus hier!«

Es war das letzte Mal, dass sie miteinander redeten. Bei Zusammenkünften machte Jen einen Bogen um sie, und als Alice ihr einmal nach dem Abschlussgebet ein Briefchen in die Hand drückte, lief Jen zu den Toiletten, riss es in Stücke und spülte es hinunter. Während sie das ungelesene Papier im Wasser kreiseln und verschwinden sah, verspürte Jen wieder die gleiche Panik wie in jenem Augenblick, als sie sich geküsst hatten – ein so unerwartetes, so vertrautes Gefühl, dass ihr Puls sich beschleunigte. Mum hatte recht, dachte sie. Bei solchen Mädchen muss man auf der Hut sein.

Ein Jahr später war Alice' Ausschluss besiegelt, und Jen war mit Pete verlobt.

Eden

Zelda

»Alice.«

Zelda lehnt in der Tür und mustert ihre alte Freundin. Es sind jetzt fast achtzehn Jahre, seit sie jenes Leben hinter sich gelassen und ein neues begonnen hat, aber Jen sieht immer noch so aus wie damals. Dieselbe zierliche Gestalt, dasselbe glatte blonde Haar, die adretten Sachen, unter denen sie ihren Körper versteckt. »Ich bin Zelda«, korrigiert sie sie. »Alice ist Jahre her.«

»Oh.«

»Du darfst wahrscheinlich gar nicht mit mir reden.« Zelda reibt über ein Stück raues Holz. »Ich bin zur dunklen Seite übergelaufen, weißt du nicht mehr?«

»Und ich bin das neuste Mitglied im Team«, erwidert Jen.

Zelda klappt die Kinnlade runter.

»Ist eine lange Geschichte.«

»Komm rein, wenn du schon mal da bist.« Zelda macht einen Schritt zurück, um ihre alte Freundin vorbeizulassen, die sich wie benebelt umsieht. Es kommt nicht allzu oft vor, dass Zelda Besuch hat, und sie liebt es, neuen Gesichtern dabei zuzusehen, wie sie die alte Werkstatt ihres Vaters bestaunen. Eisenkirchen sind selten, und noch seltener sind umgebaute Eisenkirchen. Als ihr Vater starb, investierte sie das komplette überschaubare Erbe in die Renovierung.

»Und hier wohnst du?«, fragt Jen.

Zelda versucht, ihr Häuschen durch die Augen eines Gastes zu sehen. Der offene Koch- und der Wohnbereich sind nur durch einen kleinen schwarzen Ofen getrennt. Die Holzverkleidung reicht bis hinauf zum Deckengewölbe und verleiht dem Haus die himmlische Atmosphäre, die sich die viktorianischen Kirchgänger einst wünschten. Eine Wendeltreppe aus Metall führt aus der Mitte des Raumes nach oben in Zeldas Zimmer, das einzige im Obergeschoss. Das Mobiliar ist altmodisch und abgewohnt, doch bunte Überwürfe erzeugen Lebendigkeit, und die Wände sind mit bestickten Stoffen dekoriert. Licht fällt durch die Bogenfenster zu beiden Seiten. Es ist unfassbar schön. Zelda kann sich bis heute nicht daran sattsehen.

»Die Küche ist ein bisschen altmodischer, als du es gewohnt bist.« Sie tätschelt die fleckige Arbeitsplatte, während sie sich die makellose Küche in Jens Elternhaus in Erinnerung ruft. Hier bestehen die Schranktüren aus groben Holzbohlen. »Viel heißes Wasser kommt nicht … Na ja, genug für ein paar Spülen voll, aber dann muss man warten, bis es wieder aufheizt. Und der Herd ist ein bisschen in die Jahre gekommen, aber … egal. Für mich reicht es allemal.«

Jen nickt und schiebt die Hände in die Taschen. »Nein, es ist toll. Sehr … retro.«

Zelda lacht. »Na super! Aber macht nichts, ist nicht jedermanns Sache. Es gibt Leute, die wollen nicht mit Insekten zusammenwohnen.«

Statt darauf zu antworten, betrachtet Jen weiter die Kirchenfenster, die alten Bänke an den Wänden, das Buntglas, das für farbige Flecken auf dem Fußboden sorgt. Zelda weiß, dass Jen unter gar keinen Umständen Ja sagen wird.

»Willst du dir das Zimmer ansehen, das ich vermiete?«

Achselzuckend folgt Jen ihr zu einer Tür.

»Was hast du denn mit diesen toten Blumen?« Sie bleibt vor einer Glasvase mit verblühten Lilien stehen.

»Ist ein Experiment. Fass sie nicht an.« Zelda drückt die Tür auf.

Dieses Zimmer hat sie immer geliebt. Früher war es das Lager, in dem ihr Vater seine alten Schrankkoffer und Schaufensterpuppen aufbewahrt hat. Hier spielte sie, wenn ihr Vater sich auf seine Arbeit konzentrieren musste. Wenn er teure Stoffe ausmessen und zuschneiden musste, scheuchte er sie hinaus und versprach ihr für zehn Minuten Ruhe ihre Lieblingskekse. Dann stellte sie die Schaufensterpuppen so auf, dass sie einander an- oder aus dem Fenster sahen, und unterhielt sich mit ihnen wie mit Freundinnen. Als Einzelkind muss man sich Freunde suchen, wo man kann. Als sie älter war, vielleicht neun oder zehn, legte sie die Puppen aufeinander und versuchte auszutüfteln, wie sie für den *S-e-x*, von dem ihre Schulfreunde im Flüsterton sprachen, die Beine arrangieren musste. Sie stellte sie immer rechtzeitig zurück, bevor ihr Vater sie holen kam.

Das Zimmer ist dunkler als der Rest des Hauses, aber gemütlich. Ein Einzelbett steht in der Ecke, Bäume vor dem Fenster, eine Holzkommode. Ein handgewebter Flickenteppich liegt vor dem Bett. Zwei Schaufensterpuppen stehen an der Wand, und ihre Nacktheit schimmert im Licht.

»Die könnte ich wegräumen«, sagt Zelda, als Jens Blick daran hängen bleibt.

Jen schlendert auf und ab und streicht mit den Fingern über die Möbel. Bei den Schaufensterpuppen bleibt sie stehen und mustert sie. »Nein«, sagt sie. »Die haben etwas Außerweltliches. Die gehören hierher.«

Draußen wird es immer heißer. Im Geißblatt vor der Wellblechwand wimmelt es nur so von Bienen, und Jen atmet den Duft tief ein. »Hast du das alles gepflanzt?« Sie zeigt in Richtung der Blüten.

Zelda nickt. »Früher war da nur Gras. Du kannst dich an meinen Vater wahrscheinlich nicht mehr erinnern, aber er war Kostümschneider, und als er dieses Haus bei einer Auktion entdeckte, musste er einfach zuschlagen. Es stand früher mitten in irgendeiner beschissenen Kleinstadt, bevor er es hertransportieren ließ und hier seine Werkstatt einrichtete.« Sie sieht zum Türmchen hoch. »Und es brauchte den entsprechend schönen Garten.«

Jen sieht den Trampelpfad entlang. »Und wer wohnt in dem Haus?«

Zelda zögert kurz. »Meine Mutter.«

»Oh. Aber …«

»Seit achtzehn Jahren reden wir nicht mehr miteinander. Für sie bin ich gestorben, es sei denn, ich kehre zurück in *die Wahrheit.*« Sie blickt zu Boden. »So viel zu christlicher Nächstenliebe, was?«

»Also …« Jen starrt die Blumen an. »So etwas habe ich noch nie gesehen. Es fühlt sich hoffnungsvoll an. Als könnte hier nichts Schlimmes passieren.«

Zelda muss lachen. »Ich hab es zu meinem Eden gemacht.«

Jen lächelt, und für einen Moment fühlen sie sich wie Freundinnen, die sich zwar jahrelang nicht gesehen haben, aber was tut das schon zur Sache.

»Und was ist deine Geschichte?«, fragt Zelda und hört sich Jens Zusammenfassung der letzten Monate an. »Fuck«, sagt sie, als Jen fertig ist. »Fuck, fuck, fuck.«

Jen muss fast lachen. Normalerweise schockiert es sie, wenn jemand flucht, aber Zelda hat recht, man kann es nicht anders sagen.

»Dann bist du raus?«, hakt Zelda nach und runzelt die Stirn, als sie Jens Gesichtsausdruck sieht. »Warte – du willst doch wohl nicht zurück? Nachdem sie dich so behandelt haben?«

Jen sieht auf ihre ineinandergekrallten Finger hinab. Sie – aussteigen? Sie ist in Warteposition, aber wenn sie aufrichtige Reue zeigt, geht die Tür für sie wieder auf. Oder hat Jesus etwa auf die Wahrheit gepfiffen, als die religiösen Anführer ihn zum Tode verurteilt hatten? Nein. Zelda würde das nicht verstehen. Sie ist weltlich, deshalb stimmt ihr Gespür auch nicht mehr.

»Also«, sagt Zelda, »die Miete ist aus offensichtlichen Gründen sehr günstig, aber ich kann noch mal fünfzig abziehen. Verzweifelte Zeiten und so.«

Jen sieht weg. Die Ältesten würden es niemals gutheißen, wenn sie bei Zelda einzöge, aber hat sie eine Wahl? Vielleicht finden sie es nicht heraus, vielleicht kann sie noch ein bisschen mehr im Laden arbeiten und auf eine Wohnung sparen, damit all dies hier bis zu ihrer Wiederaufnahme vergessen ist.

»Ich denke darüber nach«, murmelt sie.

»Gott, Jennifer! Du hast dich echt nicht verändert. Hör auf, so verdammt höflich zu sein!«

Jen errötet angesichts des Tadels, ist aber zugleich erleichtert, dass sie offen sprechen kann. »Es ist nur …« Ihr Blick wandert nach oben. »War das hier wirklich eine Kirche?«

Zelda weiß genau, was sie meint. »Keine Ahnung. Wahrscheinlich.« Sie sieht Jen an, die das Kreuz beäugt. »Das sind zwei Stücke aufeinandergenageltes Holz, die nichts zu bedeuten haben, solange du ihnen keine Bedeutung zuschreibst.«

Lippenstift

Isobel

Am Sonntagabend legt Isobel ihre Kleidung bereit. Sie hat keinen Schimmer, was die Empfangsdame einer Zahnarztpraxis für gewöhnlich trägt, und tadelt sich selbst, dass sie nicht besser aufgepasst hat, als sie zum Vorstellungsgespräch dort war.

Am Ende entscheidet sie sich für ein klassisches Kundengesprächs-Outfit: dunkelgrüner Leinenrock, weiße Bluse, brauner taillierter Blazer. In die Bluse ist ein silbriger Faden eingewebt, und sie sucht sich ein Halstuch und einen Armreif im gleichen Farbton heraus, genau wie es ihre Mutter ihr beigebracht hat. Isobel hängt die Sachen übereinander und den Kleiderbügel an ihren Kleiderschrank. Ehe sie an diesem Abend das Licht ausmacht, sieht sie hinüber zu der Frau, die sie ab sofort sein soll.

Sie hatte die Ältesten in der Vorwoche in Kenntnis gesetzt. Bruder Connell hatte sie in ein Hinterzimmer geführt, und mit gefalteten Händen hatte sie vorgetragen, was sie sich zurechtgelegt hatte. Anschließend tätschelte er lächelnd ihre Hand.

»Das ist schon in Ordnung, Isobel. Wir verstehen das.«

»Es ist wirklich nicht so, als wollte ich nicht mehr über

die gute Botschaft sprechen«, sagte sie eilig, »aber Steven hat nicht viel auf dem Konto gelassen, und der Rest ist ans Haus gebunden.«

»Du musst nichts erklären«, erwiderte er. »Der Predigtdienst ist jedermanns persönliche Entscheidung. Natürlich wäre Vollzeit-Predigtwerk wichtiger als eine weltliche Anstellung, besonders jetzt, da das Ende naht, aber wir müssen immer noch in dieser Welt überleben, bevor wir die nächste betreten.«

»Ich will nur noch mal betonen, dass ich nicht damit aufhöre, weil ich aufhören *will*. Mir bleibt nichts anderes übrig.« Sobald das Haus verkauft wäre, hätte sie hinreichend Sicherheiten, um ihre Arbeitsstelle zu kündigen und sofort an ihr altes Leben anzuknüpfen.

»Isobel, bitte. Wenn du eine bezahlte Arbeit annehmen musst, dann ist das doch nur verständlich. Es wäre nicht richtig, weiter der Sache zu dienen und gleichzeitig Unterstützung vom Staat zu beziehen, aber das weißt du selbst.«

Isobel lief knallrot an. Er glaubte tatsächlich, dass sie ein Sozialfall war. Sie, Isobel Forge, die Les Connell und seiner Ehefrau gerade einmal sechs Monate zuvor bei einem Fünf-Gänge-Abendessen einen Château Margaux von 2010 aus ihrem Weinkeller kredenzt hatte.

»Vielleicht solltest du dir ein sparsameres Auto anschaffen«, fuhr er fort. »Ein kleineres. Du wirst sehen, wenn du deine Ausgaben reduzierst, stehst du schneller wieder auf eigenen Beinen.«

»Es gehört Steven«, wandte sie mit noch immer hochrotem Gesicht ein. Sie war in ihrem ganzen Leben nie derart belehrt worden. »Das Auto – es läuft auf seinen Namen. Alles läuft auf seinen Namen. So einfach ist es also nicht.«

»Sei nicht gleich aufgebracht, Isobel. Das war nur ein Rat

unter Freunden, nichts weiter. Ich sage das auch nur, weil ich mir Gedanken mache.«

»Danke. Wie gesagt, so einfach ist es nicht.«

Bei der nächsten Zusammenkunft wurde die Versammlung informiert. *Schwester Forge verrichtet kein regelmäßiges Predigtwerk mehr.* Isobel hatte damit gerechnet, trotzdem … Die Scham war übermächtig. Nicht dass sie einen Grund gehabt hätte, sich zu schämen, aber das war egal. Die Nachricht war so formuliert, als hätte sie eine Sünde begangen. Eine Erklärung war nicht vorgesehen, und jetzt dachte wahrscheinlich jeder, was sie immer von anderen gedacht hatte. Die stillschweigende Übersetzung: Du bist nicht mehr gut genug.

Sie kommt um 7:37 Uhr an, acht Minuten zu früh. Das Gebäude ist groß und weitläufig, mehrere Anbauten führen vom Hauptteil weg, und die geweißelten Klinker müssten dringend frisch gestrichen werden. Weil sie die Erste ist, findet Isobel ohne Schwierigkeiten einen Parkplatz. Dann sitzt sie da und starrt den Praxiseingang an.

In dreißig Jahren hat sie nie mehr als ein paar wenige Stunden in der Gesellschaft von Nichtgläubigen verbracht. *Mögest du dich von der Welt unbefleckt erhalten,* hat Jesus gesagt. Aber abgesehen davon, dass die Organisation vor Leuten aus der Außenwelt warnte, hätte Isobel gar keine Bekanntschaften benötigt. Sie verbrachte ihre wache Zeit im Predigtdienst und in Gesellschaft der anderen Schwestern, und sie hatte nie einen Grund gehabt, aus dieser Blase herauszutreten. Ihre Freundinnen hatten gleichzeitig mit ihr Kinder gekriegt, und sie hatten weiterhin zusammen Kaffee getrunken und Krabbeltreffen organisiert. Sie musste nicht am Schultor herumstehen und insgeheim hoffen, die anderen Mütter würden von sich aus bemerken, dass sie sich deren Treffen oder den Witzeleien über zu viel Wein nicht anschließen wollte. Aber vielleicht macht sie das sogar neugierig, dachte sie, und es ergibt sich eine Gelegenheit, über die Bibel zu reden. Und wenn sie sie für verschroben halten – bitte, dann war das zu erwarten. Hatte Jesus seine Jünger nicht auch gewarnt, sie würden um seinetwillen gehasst werden? Dass sie für die Wahrheit einstand, gab ihr Kraft. Ich bin gut, redete sie sich ein. Ich bin rechtschaffener als diese Leute.

Heute ist der Beginn von etwas Neuem.

Allerdings mag Isobel Neues nicht. Sie mochte das Einerlei aus Zusammenkünften, Predigtwerk und erbaulicher Erholung, die Wochen, die ineinanderflossen, ihre Routine aus durchgetakteten Abenden mit schmackhaften Mahlzeiten, die Gewissheit einer wahren, einer richtigen Existenz. Denn was ist schon der Sinn von Neuem, wenn das Ende nah ist? Ich habe mir das nicht ausgesucht, redet Isobel sich gut zu. Ich mochte mein Leben so, wie es war.

Die Uhr im Armaturenbrett springt auf 7:47 Uhr, als ein Auto von der Straße einbiegt und die Zufahrt hochrast. Es ist einer dieser kleinen italienischen Wagen, bei denen Isobel ohne Ausnahme denkt: *Aber da passt doch nichts in den Kofferraum!* Mit quietschenden Reifen kommt er zum Stehen, und eine junge Frau mit wippenden blonden Haaren springt heraus.

Isobel steigt aus und überquert den Asphalt. Sie drückt sich die Handtasche gegen die Taille.

Die junge Frau entdeckt sie und lächelt. »Hallo! Schön, Sie wiederzusehen! Ich bin Sadie. Ich arbeite auch an der Rezeption. Ihr Name ist Isobel, nicht wahr?«

Sie nickt und streicht sich über die Haare. »Mir wurde

gesagt, Arbeitsbeginn wäre um 7:45, und jetzt ist es …« Sie sieht auf die Uhr. »7:49.«

»Ja, ja, ich weiß … Hab den Wecker überhört. Tun Sie mir einen Gefallen und erzählen Sie es nicht Carol. Wir machen erst in zehn Minuten auf, es ist also noch genug Zeit, um alles anzuschalten. Nur wo sind die verdammten Schlüssel … Ah, da.«

Drinnen drückt Sadie auf einen Schalter, und kurz zischen die Neonleuchten, ehe der Empfangstresen in Licht getaucht ist. Isobel sieht sich ihren künftigen Arbeitsplatz genau an. Sie befinden sich in einem großen, offenen Raum, und u-förmig stehen abgewetzte grüne Stühle um einen Couchtisch herum, auf dem sich zerlesene Zeitschriften türmen. Die Rezeption selbst ist durch einen Mahagonitresen vom Wartebereich abgetrennt. An den Wänden klebt dick Dekorputz. Alles in allem dominieren Armeegrün und dunkles Holz mit Messingbeschlägen. Isobels Rock hat die gleiche Farbe wie die Auslegeware.

»Ziemlich retro, hm?«, kommentiert Sadie, lässt die Handtasche fallen und schaltet ihren Computer an. »Hat Carol Ihnen erzählt, dass wir bald für ein paar Tage schließen, damit hier renoviert werden kann? Keine Sorge, die Bezahlung läuft weiter. Das Erste, was ich in Erfahrung gebracht habe, ha! Aber ja, das alles kommt raus. Das alte Zeug muss weg.«

Sie trällert einen Popsong vor sich hin und verschwindet nach hinten.

Ihr erster Tag läuft gut. Als Carol ankommt, stellt sie sie den Zahnärzten vor und trägt Isobel auf, Sadie über die Schulter zu gucken, bis sie ein Gefühl für die Computerprogramme und die Telefonate bekommt. Doch dann ist Sadie mit einem Patienten beschäftigt, Isobel muss einen Anruf entgegennehmen, und sie lächelt, als Carol im Vorbeigehen den Daumen emporreckt. Man klopft nicht sein Lebtag an die Türen von fremden Leuten, ohne dabei ein, zwei Dinge über Eigeninitiative zu lernen, denkt sie und verspürt warmen Stolz auf all das, was ihr Glaube sie gelehrt hat.

Sadie verrichtet die Arbeit an der Rezeption mit der Leichtigkeit einer Person, die es gewohnt ist, wahrgenommen zu werden. Sie tippt, während sie sich den Telefonhörer zwischen Kinn und Schulter klemmt, und bedenkt Patienten, deren Namen sie kennt, mit einem hollywoodreifen Lächeln. *Hallo, Mr Godden, wie geht es uns denn heute Morgen?* Ihre Selbstsicherheit ist wie roter Lippenstift. Intensiv und dynamisch. Isobel findet sie anstrengend.

Sadie und Carol bestehen darauf, Isobel nach Feierabend auf einen Willkommensdrink mit in den Pub zu nehmen. Isobel versucht, sich herauszureden, doch Sadie legt ihr den Arm um die Schultern und schiebt sie sanft über den Parkplatz. »Nichts da«, sagt sie. »Fünf Minuten. Fünf Minuten hat jeder.«

Sie geben ein merkwürdiges Trio ab, wie sie dort an ihrem klebrigen Tisch in der Ecke sitzen: Sadie und Carol mit einem Wodka, Isobel mit einem Saft. Die Handtasche liegt auf ihrem Schoß, und ihr Blick huscht jedes Mal zur Tür, wenn sie aufgeht, weil jemand Bekanntes hereinkommen und sie dabei erwischen könnte, wie sie mit weltlichen Kolleginnen ein Getränk zu sich nimmt. Sie versucht, sich für den Fall eine Ausrede zurechtzulegen.

»Wer mag noch etwas trinken?«, fragt Sadie. »Du bestimmt, Carol. Und Isobel? Ich bin mir sicher, dass ein zweiter Orangensaft Sie nicht umhaut.« Dann tänzelt sie zur Bar, noch bevor Isobel etwas einwenden kann.

Während Carol von der Arbeit erzählt, sieht Isobel, dass Sadie sich am Tresen mit einem Patienten vom Vormittag unterhält. Sie mustert ihn von Kopf bis Fuß, die Motorradkluft, den langen Pferdeschwanz. Als Sadie sich umdreht und auf ihren Tisch zeigt, schlägt Isobel den Blick nieder.

Eine Minute später sitzt er neben ihr, und Sadie stellt ihre Getränke mit ein wenig zu viel Schwung auf dem Tisch ab. »Mr Godden hat uns etwas ausgegeben«, trällert sie und plumpst zurück auf ihren Platz.

Er lächelt verlegen. »Wir sehen uns derzeit so oft, da ist das hier doch das Mindeste.« Er lehnt sich leicht in Isobels Richtung und tippt sich an die Wange. »Ziemlich umfangreiche Bauarbeiten!«

Isobel rutscht von ihm weg.

»Auf Ihren ersten Arbeitstag«, sagt Sadie und hebt ihr Glas.

»Oh, Glückwunsch!«

»Danke«, murmelt Isobel und schiebt sich eine Haarsträhne hinters Ohr. Wider Willen errötet sie und ist erleichtert, als er es bemerkt und sich von ihr abwendet.

Schöpferin

Jen 1999

Erstmals Ton in der Hand hatte sie im Jahr vor ihrem Schulabschluss. Miss Orr, ihre Kunstlehrerin, hatte eine Töpferscheibe mitgebracht, an der sich die Mädchen ausprobieren konnten. Sie würden im folgenden Sommer die Abschlussklausuren schreiben, und als sie hörten, dass das Töpfern nicht in die Abschlussnote eingehen würde, wandten sich die meisten von Jens Klassenkameradinnen lieber den Lernfächern zu.

Aber warum eigentlich nicht?, dachte Jen. Wegen der Klausuren machte sie sich keine Sorgen. Ihre Mitschülerinnen bereiteten sich auf Kollegstufe und Uni vor, während sie selbst einen anderen Weg einschlagen würde. Ihre Karriere würde darin bestehen, den Leuten eine sehr viel wichtigere Sache nahezubringen: die Wahrheit.

So betrachtete sie das Töpfern zu Beginn jenes Schuljahrs. Als einen netten Zeitvertreib. Sie hatte den Ton noch gar nicht berührt, die Finger noch nicht in Wasser getaucht, sie hatte den Rhythmus der Töpferscheibe noch nicht gespürt oder erfahren, wie ein einziger Stups die ganze Form verändern konnte. Sie sah lediglich eine Art Teller vor sich und einen kalten grauen Klumpen. Alles andere war unsichtbar.

Der Damm brach, sobald sie die Töpferscheibe in Bewegung setzte. Sie sah auf ihre fleckigen Hände hinab, auf den Ton, sah der Lehrerin ins Gesicht und dachte: *Oh.*

Ms Orr stand dicht neben ihr und leitete sie leise murmelnd an. Kurz flammte Ärger in ihr auf, als sie den Platz für eine andere räumen musste, und unbeherrscht schob sie ihren Stuhl nach hinten. Als Ms Orr ankündigte, sie würden in der folgenden Woche einen weiteren Anlauf unternehmen, machte Jen ein Pokerface, doch nach der Schule lieh sie sich in der Bibliothek sämtliche Bücher über das Töpfern aus.

In der darauffolgenden Woche wollten es mehr Schülerinnen ausprobieren, und Jen tippte in der Wartezeit ungeduldig mit dem Fuß auf. Als der Gong ertönte, bevor sie drangekommen war, schmetterte Jen ein Buch aufs Pult und errötete, als sich die ganze Klasse nach ihr umdrehte. »Entschuldigung«, flüsterte sie.

Auf dem Weg nach draußen hielt Ms Orr sie auf. »Schade, dass du nicht mehr dran warst, Jen.«

Sie krallte sich in den Gurt ihrer Tasche und schämte sich für ihren Wutausbruch. »Da muss ich eben bis nächste Woche warten.«

Die Lehrerin zögerte kurz. »Du könntest jetzt gleich, wenn du willst …?«

Jen sah ihr ins Gesicht. Der Knoten in ihrem Bauch lockerte sich. »Wirklich?«

Ms Orr lächelte. »Mein Sandwich schmeckt hier genauso wie im Lehrerzimmer.«

Jen stürzte sich auf die Töpferscheibe und vergaß sogar, sich zu bedanken. Sie ließ ihre Schultasche fallen und machte sich sofort daran, den Ton vorzubereiten. Alles, was sie in der vorangegangenen Woche gelernt hatte, war wieder da. Es war fast, als hätte sie immer gewusst, was zu tun war.

»Du bist ein Naturtalent«, bescheinigte Ms Orr ihr vom Pult aus.

Jen beugte sich über ihre Arbeit. »Ach, ich weiß nicht.«

»Doch, wirklich«, sagte sie zwischen zwei Bissen. »Die Schale, die du letzte Woche gemacht hast, und die Art, wie du mit dem Ton umgehst … Du stehst noch am Anfang, aber du hast eindeutig ein Händchen dafür.«

Jen antwortete nicht. Sie konnte den Blick nicht von der Töpferscheibe abwenden.

»Was macht das mit dir?«

»Wie bitte?«

Ms Orr musste erst fertig kauen. »Den Ton zu bearbeiten – wie fühlt sich das für dich an?«

Jen antwortete nicht sofort. Sie stellte die Schale fertig, schnitt sie mit dem Draht von der Scheibe ab und schabte Tonreste von der Oberfläche. Mit der Töpferscheibe zwischen den Beinen überlegte sie, was sie erwidern sollte. Wie sollte sie erklären, dass sie ein Gefühl von Macht verspürte, wenn sie den Ton bearbeitete und für seine Zukunft verantwortlich war? Sie war eine Schöpferin. *Sie.* Das Töpfern verankerte sie in einem speziellen Moment, in der Körperlichkeit der Welt. Der geschmeidige Puls der Scheibe war für sie wie der Herzschlag von jemandem, den man liebte.

Sie starrte auf ihre tonfleckigen Hände hinab. »Es ergibt einfach einen Sinn.«

Abgesehen vom Kunstunterricht besuchte Jen fortan zweimal wöchentlich den Kunstraum. Montags saß Ms Orr an ihrem Pult und machte Mittagspause, während Jen an der Töpferscheibe arbeitete, und dienstags ließ sie Jen sogar allein dort sitzen und kam erst wieder, um den Raum abzuschließen. Sie brannte Jens Arbeiten im Brennofen, lieh ihr

Bücher über Keramiker aus, beteuerte ein ums andere Mal, dass Jen ein Naturtalent sei.

Jen lebte für diese Stunden. Sie saß endlose Tage und Wochenenden aus, bis sie endlich wieder töpfern, gestalten, erschaffen und spüren konnte. Sie lernte, wie der Brennvorgang die Farben veränderte, sodass das Ergebnis mit den Ausgangsbedingungen nicht das Geringste zu tun hatte. Mit der Zeit entdeckte sie, wie sie den Ton unter Einsatz ihres ganzen Körpers und nicht nur der Hände mittig auf der Scheibe platzieren und Rückenschmerzen verhindern konnte. Beim Töpfern war sie glücklich. Und dann war da auch noch Ms Orr, die so dicht neben ihr stand, dass Jen mitunter wie berauscht war. Schwärmereien für Lehrkräfte waren bei Schülerinnen ganz normal, das hatte sie in einer Zeitschrift gelesen.

»Ich bleibe dienstags länger in der Schule«, erzählte sie ihrer Mutter eines Abends beim Abwasch. »Ich nehme den späteren Bus.«

Pause. »Und warum?«

»Ach, du weißt schon«, sagte Jen, »ich hab Klausuren, und …«

Ihr Vater steckte den Kopf durch die Tür und bat um eine Tasse Tee. Im Wohnzimmer lief Fußball.

Angela schaltete den Wasserkocher an und wandte sich zu Jen um. »Aber dienstags ist Zusammenkunft.«

»Ich bin rechtzeitig wieder da, Ehrenwort.«

Und sie war rechtzeitig zu Hause. Drei Monate lang blieb sie dienstags länger in der Schule und rannte zum letzten Bus. Sie kam heim, als ihre Familie bereits zu Abend aß, zog sich anschließend um und fuhr mit ihnen zum Saal. Sie war abgehetzt, aber glücklich.

Doch eines Tages kam der Bus nicht. Sie wartete, Minuten

fühlten sich wie Stunden an, dann rief sie ihren Vater an, der sie abholen sollte. Auf dem Heimweg herrschte Schweigen.

In der darauffolgenden Woche, als sie am Montag gegen Ende der Mittagspause die Töpferscheibe reinigte, teilte sie Ms Orr mit, dass sie dienstags nicht mehr länger bleiben würde.

»Ach?« Ms Orr sah Jen über den Rand ihrer Brille hinweg an. »Ich dachte, du magst das hier?«

Jen räusperte sich. »Es ist kompliziert …«

Ms Orr schlug einen Hefter auf und nahm ein Blatt Papier heraus, das sie Jen in die Hand drückte. »Na, vielleicht findest du das hier ja interessant – auch in Bezug auf deine weitere Ausbildung. Was Kreativität angeht, ist unsere Schule nämlich nicht sehr weit vorn.«

Jen las den Handzettel. An der örtlichen Kunstgewerbeschule wurde Töpfern angeboten. Sie lächelte in sich hinein – dass Ms Orr sie für gut genug hielt! –, doch dann runzelte sie die Stirn. »Ach, eine Kunstgewerbeschule kommt nicht infrage.«

Ms Orr sah sie lange an. Dann schob sie ein paar Unterlagen zurecht. »Weißt du, Jen … Mit sechzehn redet man sich gern ein, man wüsste, wie die Zukunft aussieht. Aber bei deinem Talent … An der Töpferscheibe erwachst du zum Leben. Vergeude das nicht.«

Jen sah erneut auf das Blatt hinab und dann zu Ms Orr. Die wohlmeinende, freundliche Ms Orr – sie würde niemals verstehen, in welcher Welt Jen lebte. »Ich denke darüber nach«, sagte sie, faltete das Blatt zweimal zusammen und schob es in ihre Tasche.

Am selben Wochenende hatte sie Dienst mit Bill Norris, einem der Ältesten. Nachdem sie auf dem Weg von einer

Tür zur anderen das übliche Geplauder hinter sich gebracht hatten, sagte er beiläufig: »Deine Mutter erzählt, du denkst über die Kunstgewerbeschule nach.«

»Eigentlich nicht«, murmelte Jen und sah sich nach ihren Eltern um. »War nur so eine Idee. Eine alberne Idee.«

»Ich kann mir vorstellen, dass du sehr kreativ bist.«

Jen sah zu ihm hoch. »Wirklich?«

»Mhm. Wenn du bei Leuten vorsprichst, ist dein Vortrag immer einfallsreich. Du findest Aspekte, an die du anknüpfen kannst – wie gerade eben, bei diesen Leuten, deren Heckscheibe mit Aufklebern ihrer örtlichen Gemeinde vollgeklebt war. Das hast du gesehen und deinen Vortrag entsprechend aufgebaut. Das ist Kreativität, Jen.«

Sie wurde rot. So hatte sie es nie gesehen. »Ich habe in der Schule getöpfert …«

»Und liegt dir das?«

»Meine Lehrerin findet, Ja. Sie hat mir die Kunstgewerbeschule empfohlen.«

»Und was hältst du selbst davon?«

»Na ja … Ich hatte eigentlich immer vor, mit sechzehn von der Schule abzugehen und Vollzeit zu predigen.«

»Na, das ist doch ein wundervolles Vorhaben.«

»Ja.«

»Und hast du das immer noch vor?«

Jen nickte.

»Wusstest du, dass ich als junger Kerl in einer Rockband gespielt habe? Wir hatten sogar einen Plattenvertrag.«

Jen sah ihn überrascht an. Bei Gemeindeveranstaltungen spielte Bruder Norris oft Gitarre, und er war für seine laute Singstimme bekannt. Alice und sie standen bei Zusammentreffen oft hinter ihm und versuchten, sich das Lachen zu verkneifen.

Er erzählte ihr, wie er durchs Land getourt war, Gitarre gespielt und hin und wieder auch gesungen hatte. Wenn er gefragt worden war, was er mal werden wollte, hatte die Antwort stets gelautet: Rockstar. Mit neunzehn war er dann einer. Als er den Namen der Band erwähnte, sah Jen ihn verdattert an.

»Aber die sind superbekannt!«

Er nickte. »Waren sie auch damals schon.«

Sie versuchte, sich vorzustellen, wie der freundliche, langweilige Bruder Norris seine Gitarre zertrümmerte und die Mädchen seinen Namen kreischten. »Was ist passiert?«

»Ich bin in die Wahrheit gekommen«, sagte er und reckte das Kinn vor. »Ich war total stoned, als jemand bei mir anklopfte, aber ich mochte diese Broschüren. Ich habe eine Zusammenkunft besucht, Bibelstudien begonnen und die Band verlassen.«

»Einfach so?«

»Ein paar Songs zu spielen kam mir im Vergleich einfach nur albern vor.« Er klopfte mit den Fingerknöcheln auf seine Bibel. »Was ich jetzt tue, was *wir* tun … Das rettet Leben.«

Jen schob die Hände in die Taschen. In jener Woche hatte sie sich gestattet, von einem anderen Leben zu träumen. Von einem Leben an der Kunstgewerbeschule und an der Töpferscheibe. Zusammenkünfte und Predigtwerk würde es nach wie vor geben, aber vielleicht könnte sie sich selbstständig machen, als Keramikerin, und ihre Arbeiten verkaufen. Nicht hauptberuflich, einfach nur, um ihre Rechnungen zu bezahlen, während sie weiter dem Predigtwerk nachging. Sie erzählte es ihrer Mutter. Davon kannst du nicht leben, erwiderte die. Warum sollte irgendwer für einen Kaffeebecher mehr bezahlen, als er im Laden kostet?

Alice hatte die Arbeiten stets bewundert, die Jen ihr

gezeigt hatte. Sie hatte sie sorgsam begutachtet und ihr ein *spektakuläres* Talent bescheinigt.

»Vermisst du es?«, fragte sie Bruder Norris.

»Abends und an Wochenenden spiele ich immer noch, wenn Zeit dafür bleibt.«

»Nein, die Band – vermisst du es, auf der Bühne zu stehen und von Leuten für das, was du tust, bewundert zu werden? Den Rausch, wenn man Stücke schreibt?« Jen musste an Ms Orr denken, deren Lob sie so sehr beflügelt hatte.

Lächelnd schob er das nächste Gartentor auf. »Das wartet auf uns in der Ewigkeit, Jen. Bald ist es so weit, aber bis dahin müssen wir in diesem System überleben. Es gibt wichtigere Dinge.«

In der darauffolgenden Woche teilte Jen ihrer Lehrerin mit, dass sie die Töpferscheibe montags in der Mittagspause nicht mehr benötigte. Sie würde im Kunstunterricht einfach warten, bis sie an der Reihe wäre, wie alle anderen auch. Sie nutzte die Gunst der Stunde, um von ihrem Glauben zu erzählen und dass sie vorhabe, sich nach dem Schulabschluss in Vollzeit dem Predigtwerk zu widmen, und sosehr sie das Töpfern liebe – es gebe wichtigere Dinge. Mit einem traurigen Lächeln im Gesicht hörte Ms Orr ihr zu. »Na dann«, sagte sie nur, als Jen fertig war.

Jen nickte und verließ den Kunstraum.

Vielleicht könne sie es als Hobby beibehalten, hatte Bill Norris vorgeschlagen. So wie er seine Musik. An Jens Stelle würde er dem Himmelreich den ersten Platz einräumen und sich in der Freizeit mit Töpfern vergnügen.

Jen pflichtete ihm murmelnd bei. Insgeheim wusste sie, dass es so nie kommen würde. Ein Hobby war etwas, woran man Spaß hatte, was speziellen Momenten vorbehalten war, was man problemlos aufschieben konnte, wenn andere Dinge anstanden. Es wäre gefährlich, ein Hobby mehr zu lieben als die eigentliche Arbeit. Man kann nicht heiraten und dann nur für die Nächte leben, in denen man eine Affäre hat.

Sie würde jene Sehnsüchte beerdigen. Schließlich war es bald so weit.

Sie würde die Ewigkeit abwarten.

Zellophanblumen

Isobel

Isobel sitzt am Empfang, als Victor die Praxis betritt. Sie haben eben erst geöffnet, und im Eingangsbereich ist es still. Seine Bikerstiefel donnern auf dem Boden.

»Schön, Sie wiederzusehen.«

Isobel blickt auf. Er lehnt am Tresen und hält in Plastik gewickelte Blumen in der Hand.

»Hi«, sagt sie ausdruckslos. »Der Name?«

»Godden. Victor Godden. Wir sind uns neulich schon mal begegnet. Und Sie heißen …?«

Sie starrt den Bildschirm an. »Ah, richtig. Setzen Sie sich doch, wir rufen Sie auf.«

Er räuspert sich, und sie blickt erneut auf, als er mit den Blumen in ihre Richtung winkt. Sie nimmt sie ihm ab. In ihrer Zellophanhülle, auf der noch die Überreste eines Reduziert-Aufklebers zu sehen sind, lassen sie bereits die Köpfe hängen.

»Sie ist heute spät dran.« Isobel nickt hinüber zu Sadies Arbeitsplatz. »Aber ich sorge dafür, dass sie sie bekommt.« Sadie hat ihr erzählt, dass sich alle Patienten in sie verlieben. Dieser hier muss mindestens dreißig Jahre älter sein als die Kollegin, typisch.

»Nein, nein, die sind für Sie.«

Sie blinzelt. »Wie bitte?«

»Die haben schon mal besser ausgesehen ... Genau wie ich«, sagt er und lacht heiser. »Aber mehr konnte ich mir nicht leisten.«

»Oh, die kann ich nicht annehmen.« Sie reicht sie zurück über den Tresen, doch er schüttelt den Kopf.

»Es war schon schwierig genug, sie auf dem Motorrad herzubringen. Bitte. Wenn Sie sie nicht wollen, werfen Sie sie einfach draußen in den Müll.«

Isobel ist verunsichert. Ihre Hand hängt in der Luft. Sie wirft ihm alle zwei Sekunden einen kurzen Blick zu, mehr schafft sie nicht, ohne zu erröten. Er ist etwa in ihrem Alter. Schulterlange braune Haare mit grauen Strähnen. Abgesehen von seinem Lächeln – er lächelt mit dem ganzen Gesicht – sieht er wirklich nicht gut aus. Seine Finger sind nikotingelb. Er ist nicht groß. Aber freundliche Augen hat er.

Er und Steven könnten unterschiedlicher nicht sein.

»Danke«, sagt sie in Richtung Schreibtisch.

Die Zahnarzthelferin ruft ihn auf, und mit einem Lächeln verschwindet er im Behandlungszimmer. Isobel sackt in sich zusammen. Dann ruft sie seine Akte auf. Er ist achtundfünfzig und wohnt in dem Wohnblock in der Stadt, den man von überallher sehen kann. Nächste Angehörige ist seine Tochter. Und er hat bereits länger Probleme mit den Zähnen.

Sadie kommt und entdeckt die Blumen. »Oooh, Sie Glückliche! Haben wir einen Verehrer?«

»Kein Verehrer«, sagt sie und errötet. »Ein Patient hat sie vorbeigebracht. Wirklich ein bisschen albern.«

Sadie sieht sie eindringlich an. »Ich hole eine Vase«, sagt sie und verschwindet nach hinten. Als sie wiederkommt, stellt sie die Blumen ins Wasser.

»Ich weiß nicht, warum Sie sich die Mühe machen«, sagt Isobel. »Die sind doch praktisch hinüber.«

Sadie beäugt sie stirnrunzelnd. »Nein, die dürfen noch ein bisschen. Schneiden Sie zu Hause einfach die Stängel ein Stück ab und halten Sie sie ganz kurz in kochendes Wasser. So kommen sie noch mal hoch. Das sagt eine, die damit Erfahrung hat.« Summend nimmt sie auf ihrem Stuhl Platz.

Als Victor aus dem Sprechzimmer kommt, wird er von Sadie überschwänglich begrüßt, während Isobel nicht einmal aufblickt. Mit konzentriert gerunzelter Stirn widmet sie sich ihren Unterlagen, und Sadie trägt seinen nächsten Termin ein. Isobel will nicht hochsehen, bis er gegangen ist, doch dann schiebt er sich am Tresen entlang in ihre Richtung und räuspert sich. Isobel spürt, wie Sadie sie interessiert mustert.

»Kann ich helfen?«

Er sieht sie eine geschlagene Minute lang an. Dann macht sich wieder dieses Lächeln auf seinem Gesicht breit. Isobel umklammert ihren Kugelschreiber. Sie muss sich an etwas festhalten.

»Ich hab mich gefragt, ob ich Sie mal ausführen dürfte.«

Es ist so absurd, dass Isobel um ein Haar lachen muss. Genau genommen ist sie immer noch verheiratet, und mit einem weltlichen Mann auszugehen ist schlichtweg undenkbar. Sie schürzt die Lippen. Jetzt zu lachen wäre brutal. »Ich bin verheiratet«, flüstert sie.

»Oh. Ich habe keinen Ehering gesehen und meine Schlüsse gezogen … Entschuldigen Sie!« Er lächelt immer noch, wenn auch nicht mehr ganz so strahlend.

»Getrennt«, wirft Sadie ein, und als Isobel zu ihr herumwirbelt, zwinkert sie ihr zu. »Ich hab Carol gefragt. Der fehlende Ring ist mir auch aufgefallen.«

Isobel steigt die Hitze ins Gesicht. Sie ist hier Pausengesprächsstoff. Am liebsten will sie sich unter dem Schreibtisch verkriechen.

»Ich wollte Sie nicht in Verlegenheit bringen.« Er weicht einen Schritt zurück. »Aber das habe ich … Und deshalb gehe ich jetzt besser. Wäre trotzdem schön zu wissen, wie Sie heißen. Ich meine – Sie wissen immerhin alles von mir.«

»Sie heißt Isobel«, souffliert Sadie und stützt das Kinn auf die Hand.

Isobel schließt die Augen. Für ihre Kollegin ist das hier ein Spiel. *Flirten.* Sie macht das zum Vergnügen. So etwas machen weltliche Menschen zum Vergnügen.

Als der Arbeitstag endlich vorbei ist, geht Isobel auf ihr Auto zu. Die Blumen hat sie sich unbeholfen unter den Arm geklemmt. Sie legt sie auf den Beifahrersitz, und unterwegs huscht ihr Blick wiederholt hin. Die leuchtenden Blüten fangen das Abendlicht ein.

Zu Hause schneidet sie die Stängel kürzer und hält sie in kochendes Wasser. Dann stellt sie sie in eine Vase und geht nach oben ins Bad. Als sie eine Stunde später im Bademantel nach unten kommt, sind die Rosen auf der Kücheninsel wieder zu Kräften gekommen. Isobel zieht sich das Handtuch von den Haaren und streckt sich nach den Blüten aus. Billigrosen riechen nicht stark, trotzdem beugt sie sich vor und stellt sich den Duft vor. Myrrhe vielleicht, oder Vanille.

Sie denkt an Steven. Wenn er sie jetzt sehen könnte.

Am Wochenende darauf zieht sie um in die Wohnung. Patrick hat sich freigenommen, um ihr zu helfen. »Du hast mit keinem Wort den dritten Stock erwähnt«, sagt er und wuchtet einen Umzugskarton die Treppe hoch. Als er die Wohnung betritt, keucht er auf. »Wow, sieh sich einer das Licht hier an!«

Isobel folgt seinem Blick zum Oberlicht, wo die Sonne hereinstrahlt. »Ja, das muss ich irgendwie abhängen, sonst werde ich noch blind.«

Er starrt sie an.

»Was ist?«

Patrick verschränkt die Arme und sieht sich bedächtig nickend um. »Ich finde die Wohnung toll, Mum. Richtig, richtig toll.«

»Sie ist sehr klein.«

»Du hast doch selbst gesagt, ein Haus mit fünf Zimmern wäre zu groß. Das hier ist perfekt. Und leichter sauber zu halten.«

Isobel nickt. Sie weiß, es führt zu nichts, wenn sie jetzt einwendet, dass Putzen ihr Freude bereitet. Weil sie im Lauf ihres Lebens gelernt hat, dass Putzen nicht Freude bereiten soll. Man soll vielmehr darüber klagen, man erfreut sich am Jammern darüber, stattdessen sollte sie Freude haben am Shoppen, an einer Maniküre oder an einem Chardonnay.

»Du solltest Cass fragen, ob sie dir beim Dekorieren hilft«, sagt Patrick. »Sie wüsste genau, was zu tun ist.«

»Mhm. Ich frage mich nur, ob der Geschmack deiner Schwester für mich nicht ein bisschen zu weit geht.«

Sie spürt, dass er sie ansieht.

»Wann hast du zuletzt mit ihr gesprochen, Mum?«

»Ach, du kennst doch Cassandra. Ich hab es bei ihr versucht, aber sie geht nie ran. Das deute ich schon ganz richtig.« Schnaubend erinnert sich Isobel daran, wie Cassandra, kaum dass sie geheiratet hatte, in eine andere Gemeinde umzog und sicherstellte, dass sich ihre Wege von nun an nur noch selten kreuzten.

»Vielleicht fährst du mal bei ihr vorbei?«

»Und stehe bei ihr vor der Tür wie bestellt und nicht abgeholt?«

Patrick seufzt. »Das hier wäre die perfekte Gelegenheit, etwas zusammen zu machen.«

Isobel presst die Lippen aufeinander. Sie kann sich nicht erinnern, wann sie zuletzt von ihrer Tochter gehört hat. »Mag sein.«

Er trägt die restlichen Umzugskisten nach oben, und sie packt den Wasserkocher aus, um Tee zu machen. Es juckt ihr in den Fingern, die Sockelleisten abzuschrubben, aber sie will auch nicht, dass Patrick geht. Sie drückt ihm einen Becher Tee in die Hand, und dann stehen sie beide in der winzigen Küche.

»Ich muss dir etwas erzählen«, sagt er. »Jude ist schwanger.«

Isobels Hand schnellt an ihren Hals. »Oh, Patrick!«

»Verrückt, oder? Wir waren gerade erst beim Frauenarzt.«

»Oh Liebling! Ich weiß gar nicht, was ich sagen soll!«

»Bist du bereit, Oma zu werden?«

Mit einem Mal kommt ihr eine Erinnerung – an einen Tagesausflug nach Oxford, kurz nachdem Patrick und Jude geheiratet hatten. Isobel drehte sich auf dem Beifahrersitz nach hinten zu Jude und Patrick um. Jude streichelte Patricks Nacken. »Jude, was *machst* du denn da!«, rief Isobel, lachte, und ihre Schwiegertochter zuckte ratlos mit den Schultern, während Patrick aus dem Fenster sah. Im Rückspiegel warf Steven seinem Sohn einen Blick zu. »Lass die zwei doch in Ruhe«, sagte er leise. Das hat sie nie vergessen.

Isobel geht auf ihn zu und gibt ihm einen Kuss auf die Wange. Mit Tränen in den Augen tätschelt sie seinen Arm. »Mein Junge«, sagt sie. »Mein kleiner Junge!«

Kurz nachdem Steven ausgezogen war, hat sie in der Ratgeberkolumne einer Zeitschrift gelesen, dass man seine Gefühle einem Tagebuch anvertrauen oder einen Brief an denjenigen schreiben soll, der einen verletzt hat. Isobel schreibt bereits Tagebuch, täglich ein paar Zeilen, doch Gefühle hat sie nie aufgeschrieben. Die Vorstellung macht ihr Angst.

Aber ein Brief, denkt sie. Ich könnte ihm einen Brief schreiben und ihn dann in tausend Stücke reißen und in den Müll werfen.

Steven,
ich habe zwar von dir nichts mehr gehört, erachte es aber als notwendig, dir trotzdem zu schreiben.
Es ist kalt und garstig, dabei war der Frühling doch so vielversprechend. Dann kam noch mal Schnee, und die Sonne kam gefühlt ewig nicht hervor. Inzwischen scheint sie ab und zu durch Risse in den Wolken, und ich kann ein Viereck aus Licht auf dem Nachbardach sehen. Manchmal strecke ich den Arm aus und halte die Finger in das Viereck. Du würdest mich auslachen – ich steige auf einen Hocker und dann auf die Spüle und lehne mich hinaus. Wahrscheinlich riskiere ich, abzurutschen und drei Stockwerke tief zu fallen und mir den Kopf auf dem Gehweg aufzuschlagen. Aber auch da würdest du wahrscheinlich lachen. Trotzdem knie ich hier, strecke die Hand in die Sonne, mein Gehirn sehnt sich nach Wärme. Es war ein langer Winter.
In Frankreich ist es heiß, nehme ich an. Ich nehme an, du liegst auf einer Sonnenliege und lässt dir den Rücken eincremen. Ich frage mich, ob sie die krausen grauen Haare auf deinen Schultern sieht, die ich dir immer ausrupfen wollte. Du glaubst, du siehst perfekt aus, aber du kannst dich ja

nicht von hinten sehen – ich konnte das. Und ich habe jedes einzelne davon gehasst.

Ich gehe jetzt arbeiten. Ich weiß, du hältst nichts von Frauen, die arbeiten gehen, aber habe ich eine Wahl? Das Geld, das du mir übrig gelassen hast, ist fast weg, die Miete für diese Wohnung hier ist so hoch wie unsere Kreditrate, und irgendwas muss ich schließlich auch essen. Dass ich zuletzt einen Job hatte – von dem der Hausfrau und Mutter einmal abgesehen –, ist lange her. Die paar Jahre nach unserer Hochzeit, in denen ich noch in der Bank gearbeitet habe, kommen mir vor wie eine ferne Erinnerung.

Unsere Hochzeit – weißt du noch? Ich trug das Kleid deiner Schwester: umgeschneidert, natürlich, weil ich in der Taille immer schon schlanker als Helen war. Und wie du es dir gewünscht hattest, trug ich einen Schleier. Unsere Hochzeitstorte war dreistöckig, auf griechischen Säulen, mit eingelegten Früchten und Marzipan und Verzierungen an den Rändern. Jeder brachte etwas zu essen mit, und auf dem Heimweg im Auto lachten wir Tränen über den grässlichen Bohnensalat von Tante Rose. Weißt du noch, Steven? Weil ich nämlich glaube, wenn du heute an den Tag zurückdächtest und einsehen würdest, wie perfekt er war, würdest du das hier nicht tun. Wir hatten kaum einen Penny – unser Mietshaus war voller alter Möbel, die wir von anderen bekommen hatten, Abendbrot aßen wir mit dem Teller auf dem Schoß, und ich gab alles, was ich verdiente, sofort an dich weiter. Ich half dir, die Firma aufzubauen, ich war von Anfang an für dich da, ich habe dich unterstützt. Unterstützt sie dich, Steven? Tut sie alles für dich? Ich habe dir nie etwas abgeschlagen.

Gerade sitze ich an einem Küchentisch, der kaum groß genug ist für zwei. Du kennst den Raum nicht, deshalb beschreibe ich ihn dir. Klein und viereckig mit gelben Wänden (gelb!), ein Fenster nach Norden, klapprige Holzregale – solche, wie wir sie damals in unserer ersten Küche hatten –, an denen die Becher hängen, die schneller Staub ansetzen, als ich sie benutzen kann. Ach, und die Küche selbst? In Fünfzigerjahre-Farben ohne Schranktüren. Schranktüren – ich kann mir nicht einmal Schranktüren leisten! Stattdessen hängen da schmuddelige Vorhänge, die ich wöchentlich abnehmen und waschen muss, und meine Pfannen mit den verbrannten Böden hängen an Haken über dem Kochfeld wie Wäsche an der Leine, die die ganze Nachbarschaft sehen kann.

Ach, Steven, was hast du mir angetan.

Schampus

Zelda und Jen

Jen liegt im Bett und sieht zu, wie das Licht der Morgensonne über die Schaufensterpuppen wandert. Sie streckten einander die Arme zu, als wollten sie tanzen. Sie sind einsam, schießt es ihr durch den Kopf.

Heute will sie Zelda beim Fotografieren einer Hochzeit helfen. Sie war sich anfangs nicht sicher, ob sie eine weltliche Feier besuchen und sich öffentlich mit Zelda blicken lassen sollte, aber dann hat sie die Summe gehört und konnte nicht Nein sagen. Im Laden verdient sie nicht einmal die Hälfte.

Jen kann sich noch gut daran erinnern, wie Alice sie geküsst hat. Sie weiß noch genau, wie der Tag sich anfühlte, die Minute, die Sekunde. Die Wucht, die durch ihren Körper und aus ihren Fingerspitzen herausschoss, als sie Alice gegen den Schrank schubste. Wenn so eine Kraft entfesselt wird, muss sie sich auf ein Ziel richten. Dann muss ein Opfer erbracht werden. Sie denkt an Alice' zerrissenen Brief in der Toilettenschüssel und daran, wie sehr sie fürchtete, was in dem Brief gestanden haben könnte.

Jens Blick wandert zurück zu der weiblichen Schaufensterpuppe.

Es ist traurig, wie manche Freundschaften einschlafen.

Wie wir Offenbarungen zum Schweigen bringen, um die Selbstverleugnung aufrechtzuerhalten, wie wir mit Freunden brechen, die uns vor Augen führen, wer wir sind statt was wir sein wollen. Wir schnüren der Wahrheit die Luft ab, damit sie schweigt. Damit sie verschwindet.

Und jetzt ein Wiedererwachen. Sie haben das Brot miteinander geteilt, die Kluft stillschweigend überwunden. Jen ist überrascht, wie natürlich es sich anfühlt, in Zeldas Nähe zu sein. In der Woche seit ihrem Einzug hat keine von ihnen einen bewussten Versuch unternommen, ihre Freundschaft wieder aufleben zu lassen. Sie ist von allein wiedererwacht.

Ihr kommt ein Gedanke, und sie setzt sich auf. Dass sie ihre alte Verbindung wiederaufgenommen haben, lag zunächst nur daran, dass sie ein günstiges Zimmer brauchte. Aber vielleicht sind ja auch höhere Mächte im Spiel? Hat Jesus nicht von dem Hirten erzählt, der seine ganze Herde zurückließ, um ein einziges verirrtes Schaf zu retten? Vielleicht hat Gott sie ja deshalb hierhergeführt. Um ihre Freundin zu retten. Um deren Leben zu retten.

Als sie aus ihrem Zimmer kommt, ist nicht zu übersehen, wie Zelda sie in ihrem knielangen Rock und der Spitzenbluse mustert. Jen nestelt an ihrem Kragen. »Ist das so okay?«

»Klar.« Zelda dreht sich wieder weg und nimmt einen Schluck Kaffee. »So, wie du dich am besten fühlst.«

»Es ist nur …« Jen zeigt vage auf Zeldas Outfit. »Ein bisschen anders als deins.«

Zelda hält ihren Becher hoch und sieht an ihrem Hosenanzug hinab: smaragdgrüner Brokat mit aufgestickten roten Rosen am Revers. »Sie buchen Zelda Bloom, sie kriegen Zelda Bloom.«

Sie wollen gerade aufbrechen, als Jen den Flyer auf dem

Tisch entdeckt. Ihr Magen zieht sich zusammen, als sie sieht, was ganz zuoberst steht. *Abendkurs Töpfern.* »Was ist das?«

»Ah.« Zelda nestelt an ihrer Tasche. »Hast du das früher nicht gemacht? Dachte, wir könnten uns das mal ansehen. Zusammen.« Und mit einem Schulterzucken eilt sie durch die Tür.

Jen starrt die großen, klobigen Buchstaben an. Sie faltet den Flyer zusammen und fährt mit den Fingerkuppen wiederholt über den Knick.

»Und wie viele Megapixel hat die Kamera?«

Zelda dreht sich zu dem Mann um – es sind immer Männer – und legt das strahlende Lächeln auf, das sie bei derlei dummen Fragen immer auflegt. Es ist derselbe Typ, der nach der Trauung über ihre Schulter hinweg fotografiert hat. »Pff.« Sie schwenkt ihre Kamera. »Keine Ahnung.«

Er schnaubt. Die Sonne schimmert auf seinem blanken Schädel. Er trägt einen zerknitterten Leinenanzug, und die geröteten Wangen lassen darauf schließen, dass das Glas Schampus in seiner Hand nicht das erste ist. »Wie kannst du nicht wissen, wie groß die Auflösung ist?«

Zeldas Blick bleibt an der schlaffen Blume an seinem Revers hängen. Familie der Braut. Sie reißt sich besser zusammen. »Es geht nicht immer nur um die Größe, Schätzchen. Wichtig ist, was man damit macht.« Sie zwinkert ihm zu und schiebt sich weiter durch die Menge, bevor er etwas erwidern kann.

Als sie rund zehn Jahre zuvor anfing zu fotografieren, hat sie sich schnell die Kunst der Täuschung angeeignet. Sie konnte schließlich nicht jedem Trauzeugen, der sich an sie heranmachte – schön mit der Hand auf ihrem Hintern –, einen Karatekick verpassen oder die Augen verdrehen, wenn wieder mal einer der männlichen Gäste fragte, ob sie eine Freundin der Familie sei, als könnte das Fotografieren unmöglich ihr Vollzeitjob sein. Sie lernte ihre Gesichtszüge beherrschen.

Zelda seufzt, rollt die Schultern und hält nach Jen Ausschau. Sie kommt heute nicht in die Gänge. Sie braucht einen Energieschub. Als das nächste Tablett mit Häppchen an ihr vorbeigetragen wird, nimmt sie sich eins und beißt gerade hinein …

»Na, wenn das nicht Zelda Bloom ist!«

Sie dreht sich um und sieht Matt Fish direkt in die Augen. Ihrer ersten großen Liebe. Ihrem Herzensbrecher. Dem sie ewig nachgetrauert hat. An dem sie immer noch jeden misst.

Ihr Husten ist lauter als beabsichtigt, und die Ersten drehen sich schon nach ihr um, während Matt ihr auf den Rücken klopft. So hat sie sich ihr Wiedersehen nicht vorgestellt. So hätte es nicht sein dürfen.

»Also«, sagt sie, als sie den letzten Krümel geschluckt hat. »Jetzt.«

»Hallo«, sagt Matt auf diese teuflisch ruhige Art und gibt ihr ein Küsschen auf die Wange. Er riecht nach Aftershave, nach dem gleichen verdammten Aftershave, das die Hälfte der männlichen Bevölkerung benutzt und das sie dazu bringt, auf der Straße wildfremden Männern hinterherzulaufen.

Ein Schweißfilm liegt auf Zeldas Wangen. Verdammt, flucht sie in sich hinein, verdammte Scheiße noch mal!

»Wieder alles in Ordnung?« Er mustert sie von Kopf bis Fuß.

»Mhm, bestens«, antwortet sie, nimmt die Kamera in beide Hände und wünscht sich, sie hätte ein Kleid angezogen. »Warum hab ich dich nicht bei der Trauung gesehen?«

»Oh, ich war da.« Er nimmt einen Schluck Sekt. »Ich hab dich aus der Deckung heraus bei der Arbeit beobachtet.«

Es sind einhundertfünfzig Gäste, insofern ist es nicht weiter verwunderlich, dass sie ihn nicht gesehen hat. Trotzdem bildet sie sich ein, dass sie seine Anwesenheit hätte spüren müssen. Vom Tablett der nächstbesten Bedienung nimmt sie sich ein Sektglas. Nach dreihundert Hochzeiten bricht sie heute erstmals mit ihrer eisernen Regel, bei der Arbeit nichts zu trinken.

»Bist du allein hier?« Die Kohlensäure kitzelt sie im Hals. Warum muss er immer noch so gut aussehen?

Matt schüttelt den Kopf. »Mel treibt sich hier irgendwo herum …« Er sieht sich flüchtig um. »Hast du Mel damals kennengelernt?«

Noch ein Schluck. Melissa, die Freundin, die er anschließend hatte. Die er geheiratet hat. »Nein, ich hab sie nie getroffen. Wie geht es Mel denn?« *Warum spricht sie bitte schön den Namen aus?*

»Gut, gut. Vielleicht mache ich euch später bekannt.« Er betrachtet sie, und sein Blick bleibt an ihren Brüsten hängen.

Zelda dreht sich weg, stellt ihr Glas beiseite. »Ich würde ja gern weiterquatschen, aber …« Sie winkt mit der Kamera. »Die Arbeit ruft. Dann vielleicht bis später!«

Matt nickt, auch wenn es keine Frage war, legt ihr dann aber die Hand an den Arm und beugt sich zu ihr vor. »Du siehst verdammt gut aus«, flüstert er, sieht ihr tief in die Augen und schlendert davon.

Zelda schäumt vor Wut. *Sie* hätte *ihn* stehen lassen müssen, direkt nachdem sie ihm den Schampus übergekippt hätte. Wie kann er es wagen, das letzte Wort zu haben – das letzte Wort, das sie ihm seit sechzehn Jahren an den Kopf hat schleudern wollen.

Trotzdem …
Trotzdem …
Sie spürt die quälende Freude am ganzen Leib.

Discokugel

Zelda

Er war ihr Chef in der Bowlinghalle, in der sie mit siebzehn einen Aushilfsjob hatte. Kaum dass er sie zum Vorstellungsgespräch in den kleinen fensterlosen Raum geführt hatte, wusste sie, dass sie geliefert war. Dass sie in Schuluniform aufgekreuzt war, schien keine Rolle zu spielen – zumal Zelda da bereits wusste, dass die Uniform sie für Männer nur attraktiver machte. In der örtlichen Bar bekamen Mädchen zwei Drinks zum Preis von einem, wenn sie auf minderjährig machten. Freitagabends umschwärmten die Männer sie dort wie Fliegen.

Matt war drei Jahre älter als sie. Er stellte ihr Fragen und machte bei jeder ihrer Antworten ein nachdenkliches Gesicht, lehnte sich zurück und tippte sich mit dem Kugelschreiber an die Lippen. Draußen waren es fünfundzwanzig Grad, und die Klimaanlage schien defekt zu sein, trotzdem sah er in Hemd und Krawatte makellos aus. Der oberste Knopf zugeknöpft. Nicht der Hauch von Schweiß. »Wir melden uns«, sagte er zum Abschied, rief sie am folgenden Morgen an, und sie hatte den Job.

In der jungen Belegschaft Anschluss zu finden war kein Problem. Sie hatte sich im Monat zuvor in Zelda umbenannt und strahlte von Kopf bis Fuß neues Selbstvertrauen aus. Wie sollen wir dich nennen, fragten sie, Zelda oder etwas Kürzeres? Zee? Weiß nicht, dachte sie, ich hab den Namen erst seit fünf Minuten. Spitznamen muss man sich doch über Jahre verdienen. Zee, antwortete sie dann, als wäre es das Normalste auf der Welt. Ihr könnt mich Zee nennen.

Das hier waren neue Leute, das hier war ein neuer Ort; endlich konnte sie diejenige sein, die sie immer hatte sein sollen. Alice gehörte in ein früheres Leben, die hatte sie abgestreift wie eine alte Hülle.

Ihre Beziehung war anfangs rein beruflich. Er redete mir ihr, wie er mit den anderen redete. Nichts deutete darauf hin, dass er eine Schwäche für sie hatte. Irgendwann fiel Zelda auf, dass er den Dienstplan so organisierte, dass sie immer dieselbe Schicht hatten, und wenn sie abschloss, waren stets nur sie beide übrig, die Kassensturz machten. Er fragte nach ihren Lieblingsfilmen, was für Musik sie hörte, und sie redeten über Politik und Zeitgeschehen. Als Alice war es ihr untersagt gewesen, zu Letzterem Ansichten zu haben, und über aktuelle Ereignisse in der Welt zu sprechen war ihr nach wie vor unangenehm. Sie hatte fast das Gefühl, sie sollte ihm besser nahebringen, dass ihnen das Ende der Welt bevorstand. Dass sie die Bibel aus der Hand gelegt hatte, war jetzt ein Jahr her, aber Religion wurzelte nun mal tief.

Er ergriff jede Chance, sie zu berühren. Nicht unanständig, er streifte sie bloß, wenn sie sich im Flur begegneten, oder berührte ihre Hand, wenn sie ihm einen Stift hinhielt.

Vielleicht bilde ich mir das nur ein, dachte sie. Doch dann bemerkten es auch die Kollegen, und obwohl sie lachend darüber hinwegging, war sie insgeheim froh, weil sie so wusste, dass es stimmte.

»Du hast tolle Haare«, sagte er einmal, als sie hinten die Küche putzte. Er blickte auf sein Klemmbrett hinab und glich den Inhalt des Kühlschranks mit der Vorratsliste ab. »Hat dir das schon mal jemand gesagt? Die Farbe …« Er leckte sich den Finger und blätterte um. »Die ist wie Feuer.«

»Danke«, murmelte sie.

»Ist das deine natürliche Haarfarbe?« Sein Kugelschreiber kratzte über die Seite.

»Das Rot?«

Erst da blickte er auf. Er hielt sich das Klemmbrett vor die Brust, als wartete er auf eine Antwort.

»Natürlich nicht. So eine Haarfarbe hat man nur, wenn man nachhilft.« Zelda beugte sich vor, um den Unterschrank abzuwischen. »Alles andere ist aber echt«, sagte sie, als sie sich aufrichtete und ihr Oberteil zurechtzog.

Er sah ihr noch einen Moment lang zu, lehnte an der Edelstahl-Arbeitsfläche, ehe er mit dem Kugelschreiber daraufklopfte. »Gut zu wissen«, sagte er und ging.

An ihrem achtzehnten Geburtstag war sie bei einer Klassenkameradin eingeladen. Sie waren nur eine Handvoll enger Freundinnen, und die anderen stellten ihr Shots hin und setzten ihr ein Papierhütchen auf und feierten mit ihr die erste Party ihres ganzen Lebens. Nach ein paar Stunden rief eine von ihnen ihren Freund an und lud ihn ebenfalls ein. »Er bringt noch Kumpels mit«, sagte sie mit einem Zwinkern. »Wie war das noch? Ist die Katze aus dem Haus …«

Als Matt eintrat, hatte sie – selbst in der Rückschau – sofort ein wohliges Gefühl im Bauch. Ihre Vergangenheit, Gegenwart und Zukunft kamen in einer langen, gewaltsamen Sekunde zusammen: im Rausch jenes Augenblicks, in dem ein Teenagerschwarm den Raum betritt.

Lächelnd hielt er auf sie zu. »Happy Birthday.« Er beugte sich vor und gab ihr ein Küsschen auf die Wange.

»Willst du vielleicht was trinken?« Nach den Shots, die sie intus hatte, sah er noch besser aus als sonst.

In der Küche mixte sie ihm Red Bull mit Cola in einem Plastikbecher. Irgendwer hatte die Musik aufgedreht, und er musste ganz nah an sie herankommen und ihr direkt ins Ohr schreien.

»Hast du wirklich noch nie Geburtstag gefeiert?«

Sie schüttelte den Kopf.

»Das ist ja irre. Wie kommt's?«

»Lange Geschichte.«

Er rückte näher, sodass sie nebeneinander an der Küchenanrichte lehnten und die anderen im Blick hatten. »Trifft sich gut. Der Abend ist ja noch jung.«

Sie lachte und freute sich, dass er sich nach ihr erkundigte. Er will mich besser kennenlernen, dachte sie und fragte sich, ob sie je zuvor so glücklich gewesen war.

Sie flüchteten vor dem Trubel in seinen Wagen. Auf dem Beifahrersitz erzählte Zelda ihm ihre Geschichte. Sie entschied sich für die zensierte Version, um ihn nicht zu verschrecken. Ihr früherer Glaube wurde zum Gesprächsthema bei Partys – etwas, was ihr bei Bedarf Aufmerksamkeit bescherte. Die Leute machten große Augen, wenn sie sich eine Kindheit ohne Geburtstagsfeiern und Weihnachten vorstellten, eine Kindheit, in der die Guy Fawkes Night und Muttertag verboten waren, in der Samstage und Sonntage entweder in der Gemeinde oder mit dem Klopfen an Haustüren verbracht wurden. Sie erzählte, dass sie nie zu Schulfesten oder in die Disco hatte gehen dürfen, dass so etwas als Teufelswerk betrachtet wurde, das sie vom rechten Weg abbringen sollte. Sie hatte auch nie eine Schulfreundin zu Hause besucht. Sie hatte nie ein Tombolalos gekauft. Sie hatte nie feierlich mit jemandem angestoßen.

»Aber jetzt bist du nicht mehr dabei?«, hakte Matt nach, als sie fertig war.

Kopfschüttelnd strich Zelda über den Sitzbezug. Den Grund verschwieg sie ihm. Dies war nicht der richtige Augenblick für die Wahrheit, für Tränen an seiner Schulter. Außerdem war all das Alice passiert, nicht ihr.

»Ich musste dort einfach raus«, flüsterte sie. »Ich hab keine Luft mehr gekriegt.«

»Das ist echt mutig.« Er drehte sich zu ihr um. »Muss schwer sein, jeden zurückzulassen, den man kennt.«

Sie war erleichtert, dass der Alkohol das Ziehen in ihrer Kehle linderte. »Ich finde, wenn Leute mich lieben, sollten sie *mich* lieben. Ich sollte nicht jemanden spielen müssen, der ich gar nicht bin.«

Matt wollte etwas sagen, ließ es dann jedoch bleiben. Er lächelte und hatte einen zärtlichen Ausdruck im Gesicht. »Du bist anders als die anderen.«

Überhaupt nicht, dachte sie insgeheim. Ich will auch nur geliebt werden, wie alle anderen auch. »Darf ich dich mal was fragen?«

Das Licht der Straßenlaterne schimmerte auf seinem Gesicht.

»Was würdest du machen, wenn ich dich jetzt küssen würde?«

Er lachte verunsichert. »Was ich dann machen würde oder was ich machen sollte?«

»Beides.«

Matt strich mit der Hand über das Lenkrad. »Ich *sollte* mir in Erinnerung rufen, dass wir eine berufliche Beziehung haben. Ich *sollte* Nein sagen.« Er hielt inne. »Ich kann allerdings nicht versprechen, dass es so kommt.«

Als sie sich auf seinen Schoß schob, konnte Zelda immer noch die Wirkung des Wodkas spüren. Er machte keine Anstalten, sie von sich wegzuhalten. Stattdessen griff er unter den Sitz und schob ihn nach hinten, damit sie sich nicht gegen das Lenkrad quetschen musste.

Sie küsste ihn eindeutig zuerst. Sie presste ihre Lippen auf seine, suchte nach seiner Zunge, gab das Tempo vor. Er küsste zaudernd zurück, widersetzte sich jedoch nicht. Sie wusste, wie ernst er seinen Job nahm, was sie aber nur zusätzlich befeuerte. Er begehrte sie also so sehr, dass er das hier nicht verhinderte. Wenn sie irgendjemand gewesen wäre, wenn sie ihm egal gewesen wäre, hätte er an seinen Job gedacht.

»Berühr mich«, sagte sie.

Er biss sich auf die Lippe. »Ich bin mir nicht sicher, ob ich das tun sollte …«

»Nicht so – ich meine: Berühr mich einfach. Berühr meine Haut. Leg deine Hände an meinen Rücken.«

Sie trug Jeans und ein Oberteil aus Kreppseide mit Wasserfallausschnitt, und als er ihr über die Haut an ihrem Rücken fuhr, stieß sie einen leisen Lustschrei aus. Und damit war es besiegelt. Damit gab er klein bei. Er presste seine Hände auf ihren Rücken, tastete sich an ihrem Rückgrat empor, spielte mit der Kette, die das Oberteil auf ihren Schultern hielt.

»Weißt du eigentlich, wie schön du bist?«, fragte er und tastete sich weiter vor. »Bei der Arbeit reden alle über dich.«

Sie erschauderte. Biss ihm sanft in die Zunge. »Die anderen sind mir egal«, sagte sie, woraufhin er seinen Griff verstärkte.

Allerdings passierte es noch nicht in seinem Auto. Er fragte sie, ob sie auf den Rücksitz umziehen wollten, aber sie schüttelte nachdrücklich den Kopf. »Das ist es nicht«, sagte sie, als sie seinen Gesichtsausdruck sah. »Ich will ja – nur nicht dahinten.«

Wieder behielt sie die Wahrheit für sich.

Sie warteten noch eine Woche. Am Freitagabend gingen sie mit den Kollegen aus. Sie spürte, wie er sie den ganzen Abend nicht aus den Augen ließ. Er fragte sie, ob sie etwas trinken wolle, und als er zurück war, flüsterte er ihr zu: »Du siehst in diesem Kleid unfassbar aus.« Sie lachte, machte einen Schritt von ihm weg und schwang auf dem Weg zur Tanzfläche die Hüften. Sie fühlte sich unbesiegbar. In ihrem silbernen Kleid glitzerte sie wie eine Discokugel. Als sämtliche Chefs ihr beim Tanzen zusahen, fühlte sie sich wie die mächtigste Person auf der Welt.

Tags darauf arbeiteten sie in derselben Schicht, und anschließend fuhren sie zu ihm nach Hause.

Es war ein Sozialbau im Norden der Stadt. Für alle Fälle parkte sie ein Stück die Straße entlang. Als sie ausstieg, betrachtete sie die Graffiti und die verbeulten Wagen und fragte sich kurz, ob sie ihr Auto wirklich hier stehen lassen sollte.

Er selbst stellte seinen Ford Escort in der Auffahrt ab. Warum fährst du ein lila Auto?, hatte sie ihn mal gefragt. Beleidigt hatte er erwidert, es sei marineblau, und wenn zehn Prozent der Weltbevölkerung farbenblind seien – wer habe da wohl recht? Die restlichen neunzig Prozent?, dachte Zelda und lobte stattdessen den Spoiler, den er am Heck montiert hatte.

Sie verlor ihre Unschuld in seinem Einzelbett, während seine Mutter und seine kleine Schwester nebenan schliefen.

Über der Tapete mit heraldischen Lilien klebten Basketballposter und Fotos von ihm mit seinen Kumpels am Tag ihres Schulabschlusses. Eine Hantelbank nahm den größten Teil des Zimmers ein. Am Morgen wachte Zelda in seinem Bett auf und sah zu, wie das Licht durch die Gardine flirrte. Das war es also, dachte sie. Ihr war ihr Lebtag eingebläut worden, dass ihre Unschuld heilig und dass sie eine beschädigte, eine unmoralische Frau und gebrandmarkt sei, wenn sie sie vor der Hochzeit verlöre.

»Wie fühlst du dich?«, fragte er, als er aufwachte, sich zu ihr umdrehte und sie in die Arme nahm. »Irgendwie verändert?«

Sie schmiegte sich an seine Brust und sah aus dem Fenster. »Genau wie vorher.«

Lächelnd küsste er ihren Scheitel. »Du hast nicht geblutet.«

Sie drehte sich zu ihm um. »Sollte ich?«

»Passiert manchmal.«

»Oh.«

»Aber nicht immer.«

»Wie viele Jungfrauen hattest du denn schon in deinem Bett?«

Er lachte. »Ups. Hätte das Thema wohl nicht anschneiden sollen.«

Als er nicht weiter auf ihre Frage einging, ließ Zelda sich seine Tattoos zeigen. Er hatte ein Tribal auf dem Oberarm, dicke schwarze Linien – »ein Phönix, der aus den Flammen steigt« – und zwei chinesische Schriftzeichen auf der Brust, die grünlich verblasst waren.

»Das heißt *frei.*« Er tippte sich auf den Brustmuskel. »Ich wollte etwas, was symbolisiert, dass man sich von den Erwartungen anderer freimachen kann.«

Jahre später, als sie ihrer chinesischstämmigen Freundin Anne ein Foto von Matt mit nacktem Oberkörper zeigte, erfuhr Zelda, dass die Schriftzeichen tatsächlich *frei* bedeuteten, allerdings nicht im beabsichtigten Sinne. »*Frei* wie in *kostenfrei, gratis*.« Sie lachten, bis ihnen alles wehtat.

»Und warum ein Phönix?«, fragte sie ihn. Sie weiß noch immer, wie die Sonne das Zimmer flutete.

Statt zu antworten, sah er eine ganze Weile auf seinen Arm hinab. »Ich will hier raus, Zelda«, sagte er schließlich. »Ich will von hier weg. Meine Mutter … Sie steckt in diesem Leben fest, aber ich will mehr als das.«

Er war acht Jahre alt gewesen, als sein Vater sie sitzen gelassen hatte, um nach Kalifornien zu gehen, und seine damals schwangere Mutter zog die zwei Kinder allein groß. In den ersten Jahren ging sie putzen, um über die Runden zu kommen, und bestellte für ihn und seine Schwester Babysitter, wenn sie abends arbeiten musste. Sie war nie da, sagte er. Sie klingt fantastisch, dachte Zelda und hörte ihm zu, wie er davon redete, dass er sich eines Tages auf die Suche nach seinem Vater machen würde. Vielleicht war der ja zu Geld gekommen und wohnte in einem Haus, in dem auch sein Sohn Platz hätte. Wenn er Matt erst wiedersähe, würde er vielleicht erkennen, wie hart sein Sohn arbeitete, um die Armut hinter sich zu lassen und etwas aus seinem Leben zu machen. Vielleicht wäre er ja stolz.

Deine arme Mum, dachte Zelda. Mit Kind sitzen gelassen, stellt jeden Tag Essen auf den Tisch und wird dann von ihrem Sohn bemitleidet, während der abwesende Vater der Held ist.

So denkt Zelda jetzt, Jahre später. Doch damals, in seinen Armen, nickte sie und beteuerte, dass sie das gut verstehen könne. Sie wusste, wie es sich anfühlte, sich nach einem Vater zu sehnen, besonders nach einem, den man verehrt hatte.

»Wo willst du denn hin?«, fragte sie.

»Nach Amerika.« Sein Blick war verklärt. »Wenn man in den Staaten hart arbeitet, kann man etwas aus sich machen. Ich werde erfolgreich, und sie lassen mich dableiben. Irgendwo drüben im Westen.«

Er erinnerte Zelda an die Maus in *Feivel, der Mauswanderer*, die von goldgepflasterten Straßen sang.

»Ich will kein Durchschnitt sein, Zee«, sagte er, und sie war euphorisiert, als er ihren Namen abkürzte. »Es gibt nichts Schlimmeres, als Durchschnitt zu sein. Ich will besonders sein.«

Deshalb stand auch fast die ganze Zeit über ein Bügelbrett in seinem Zimmer. Jeden Morgen bügelte er sein Outfit, sogar Jeans und Unterwäsche. Er musste immerzu bestmöglich aussehen. Nirgends auch nur eine Knitterfalte.

Seine Mutter und seine Schwester Esme lernte Zelda beim Frühstück kennen und hatte sofort das Gefühl, gemocht zu werden. Die Mutter wirbelte herum und machte Pancakes und fragte Zelda nach ihrem Leben aus. Esme fand, sie habe Haare wie eine Disney-Prinzessin.

Zelda weiß nicht mehr, wann sie erstmals zu ihm sagte, dass sie verliebt in ihn sei, auch wenn es ihr vom ersten Moment an klar gewesen war. Ein paar Tage nachdem sie bei ihm übernachtet hatte, reichte sie ihre Kündigung bei einem der anderen Chefs ein – er grinste, als wüsste er ganz genau, warum sie ging – und heuerte bei Pizza Hut in der Innenstadt an. Ihr war egal, wie sie ihr Geld verdiente. Hauptsache, sie hatte Matt.

Er tauschte sein Einzel- gegen ein Doppelbett aus, in dem sie die meisten Nächte verbrachte. Noch so eine Sache. Sie liebte es, mit ihm zu schlafen. Wie ihre Körper zusammenpassten, war einfach magisch, und die Stunden, in denen sie in seinen Mischgewebelaken Sex hatten, rasten wie Minuten an ihr vorbei. Sein Bett war eine Zeitmaschine, in der sie sich gleichzeitig verlieren und zu sich selbst finden konnte. Wenn sie ihn ritt, genoss sie, wie er sie ansah und wie er sich in ihre Hüften krallte, und allein die Vorstellung, dass er sie begehrte, bescherte ihr das einzige High, das sie im Leben brauchte. Wenn er sie vor anderen aufzog – bitte schön, das konnte sie ihm verzeihen, solange er später eine Stunde lang ihren nackten Leib küsste. Wenn sie nach Feierabend verabredet waren und er sie im Scherz *Miststück* oder *Fuckface* nannte – was tat das schon zur Sache, wenn er später gewisse Stellen an ihrem Körper leckte und sie in Ekstase versetzte. Auch wenn er der Einzige war, mit dem sie Erfahrungen gemacht hatte, wusste sie, dass so etwas selten war – eine solche körperliche Verbindung. Mit keinem anderem wäre es so gut. Da konnte man über ein paar Macken hinwegsehen. Niemand war perfekt.

Als sie erfuhr, dass er Zigarettenrauch hasste und Rauchen für eine Charakterschwäche hielt, beschloss sie, sich in seiner Nähe nie wieder eine Zigarette anzuzünden. Sie lief in der Pause in den Park, nahm klammheimlich ein paar Züge und überschwemmte sich anschließend mit Parfüm und lutschte Pfefferminz, um den Geruch zu überdecken. Er sollte nicht wissen, in welchem Maße sie abhängig war.

Sein Zimmer war voll mit Amerika-Klischees. An der Wand hing ein auf alt gemachtes Coca-Cola-Leuchtschild, eine Filmklappe lehnte an der Stereoanlage, und ein Magic 8 Ball lag neben dem Bett. Wann immer Matt morgens nach unten ging, um Tee zu machen, nahm Zelda den

Ball hoch, flüsterte ihm Fragen zu und schüttelte ihn, bis er die Antwort gab, die sie hören wollte.

Du bist anders, wenn du mit ihm zusammen bist, sagte eine Klassenkameradin. Da wirst du ganz still. Er presst die Luft aus dir raus wie aus einem Ballon. Ab da war sie nicht mehr Zeldas Freundin. Hatte eine Frau nicht still, bescheiden und demütig zu sein? Da war es doch wohl besser, dass sie nicht so aufgedreht war? Sie fragte sich, was sie noch tun sollte, damit die Leute mit ihr zufrieden waren.

Eines Tages im Oktober – bei achtundzwanzig Grad Außentemperatur – lag sie in seinem Bett und hörte zu, wie er in der Küche mit seiner Mutter stritt. Als sie ihn die Treppe hochtrampeln hörte, setzte sie sich auf. Er stieß Verwünschungen gegen Esme aus, die Kleine fing draußen im Flur an zu weinen, und er donnerte die Zimmertür hinter sich zu.

»Alles in Ordnung?« Zelda trat auf ihn zu. »Was ist denn passiert?«

Er riss sich von ihr los und stemmte sich beidhändig gegen die Tür. »Ich will hier einfach nur weg! Ich will hier WEG!« Er trat gegen den Türrahmen.

»He, nicht …« Behutsam zog Zelda ihn an sich. Sie schlang die Arme um seinen Leib, der sich weich anfühlte wie Watte. »Du kommst noch weg. Sch. Du kommst schon noch weg.« Sie strich ihm beruhigend über den Rücken.

Sein Nacken war schweißnass. Er ließ zu, dass sie ihn streichelte, und sie lauschte seiner schweren Atmung. Eine Minute verstrich, und er legte seine Hand an ihre klamme Hüfte und zog ihr T-Shirt hoch. Draußen klopfte Esme, schluchzte und flehte Matt an, sie hereinzulassen.

»Deine Schwester …«

Er ging darüber hinweg, küsste Zeldas Hals – heiße,

feuchte Speichelküsse – und schob seine Hände unter ihren BH. Zelda hätte gern die Tür aufgemacht und Esme getröstet, aber noch lieber wollte sie, dass Matt sie fickte. Sie ließ zu, dass er seine Shorts abstreifte, Zelda hochwuchtete und hart an der Wand nahm, während seine kleine Schwester auf der anderen Seite heulte wie ein Schlosshund.

Anschließend ging sie ins Bad, um sich abzuwaschen. Sie lehnte sich rücklings gegen das avocadogrüne Waschbecken und entdeckte im Spiegel den Abdruck des Lilienmusters auf ihrer Schulter. Zelda strich mit dem Finger darüber und wünschte sich, das Muster würde sich auf ewig in ihr Fleisch einbrennen.

Ende Dezember blieb sie bei ihm zu Hause und feierte ihr erstes Weihnachtsfest. Sie gaben sich alle Mühe, es für sie zu einem unvergesslichen Ereignis zu machen. Seine Mutter fragte, ob sie mithelfen wolle, das Wohnzimmer zu dekorieren, und mit der Deko in Händen, die Matt sein Leben lang gekannt hatte, fühlte sie sich bis zum Rand voll mit Liebe. Seine Mutter bat sie sogar, den Stern auf den Baum zu setzen. Zelda hatte genug Weihnachtsfilme gesehen, um zu wissen, welche Ehre das war.

Er gab ein ganzes Monatsgehalt für ihre Weihnachtsgeschenke aus. Sie öffnete Schachtel um Schachtel und sah ihn mit purer Freude im Herzen an.

Zum Valentinstag überreichte er ihr sechs rote Rosen und eine Karte mit einem albernen Reim. Selbst hatte er dazugeschrieben: *Liebe Zelda, ich finde, hiermit ist alles gesagt. Gruß, Matt.* Sie starrte das Wort *Gruß* an, bis ihr der Kopf schwirrte.

Anfang März schrieb er ihr, er sei am Wochenende nicht verfügbar. Fährst du weg?, schrieb sie zurück. Nur viel um die Ohren, lautete die Antwort. Chaos auf Arbeit, und ich muss mal schlafen.

Am Freitag kam sie gerade mit einer Freundin aus dem Kino, als sie ihn in der Schlange vor dem benachbarten Club im Kreis seiner Kumpels entdeckte – in seinem weißen T-Shirt mit dem Aufdruck *Meister mit dem Queue: Einlochen kann ich!*, gebügelten Jeans und Loafers. Anscheinend gab es mit einer Gruppe Mädels einiges zu lachen.

Nach nur drei Stunden Schlaf fuhr sie tags darauf zu ihm, um ihn zur Rede zu stellen. Er stand vor dem Haus, als sie vorfuhr, und setzte sich zu ihr auf den Beifahrersitz, statt sie hereinzubitten.

»Warum bist du ausgegangen, wenn du doch schlafen wolltest?«

Matt seufzte. »Die Jungs haben mich spontan mitgeschleift. Ich bin seit Wochen nicht mehr ausgegangen, das weißt du.«

»Und warum wart ihr mit dieser Mädchenmeute zusammen?« Sie konnte ihn nicht einmal ansehen.

»Mädchen?«

»Ich habe euch in der Schlange gesehen.«

Er schüttelte den Kopf. »Ach Zelda, die haben da bloß in der Schlange gestanden, genau wie wir. Weißt du überhaupt, wie paranoid du gerade klingst?«

Verwirrt sah sie ihn an. Hatten sieben Monate denn gar nichts zu bedeuten? »Ich verstehe einfach nicht, warum du das Wochenende getrennt verbringen wolltest und dann einen Abend in einen überheizten Club gehst, in dem deine Kumpels Frauen aufreißen.«

Er holte tief Luft und sah durchs Fenster in den grauen Himmel. Die Wolken sahen trostlos und regenschwer aus. »Ich glaube …« Er atmete wieder aus. »Unsere Vorstellungen sind zu verschieden. Du willst *in guten wie in schlechten Zeiten*, aber für mich ist das hier erst der Anfang. Ich will keine Durchschnittlichkeit, Zelda, aber genau so fühlt sich das mit dir für mich an. Durchschnittlich.«

Und in diesem Moment ging für sie die Welt unter. Was er sonst noch sagte – keine Ahnung. Sie schrie ihn an, er solle sich verpissen, und dann fuhr sie die drei Meilen zu sich nach Hause. An Regen kann sie sich nicht mehr erinnern, aber sie weiß noch, dass ihre Haut nass war, als sie den Weg zu ihrem Zinnblechhäuschen entlangrannte.

Weiss auf weiss

Zelda

Sie kann sich nicht zwischen Schwarz und Weiß entscheiden.

Sie hält sich das Schwarze vor, presst sich den kühlen Stoff an die Körpermitte: ihr heißestes Kleid, mit Spaghettiträgern und eng anliegender Seide. Um die Taille eingestickte kleine Herzchen, echte, keine Cartoon-Herzen – die einzigen Farbkleckse. Das Kleid ist ein Zaubertrick, der jedes Mal funktioniert.

Aber vielleicht zu sexy fürs Kino. Sie streicht über das Weiße. Der weiche, an der Taille geraffte Tüll, der verspielte, ausgestellte Rock, die Träger, die seitlich an den Schultern sitzen. Sexy. Lässig.

Ihr Handy meldet sich fünf Mal, und sie ignoriert es. Nicht heute Abend.

Am vorangegangenen Wochenende hat Matt sie noch während des Hochzeitsessens aufgespürt. Sie saß im Foyer und ging die Fotos durch, die sie schon gemacht hatte. Jen war nach drinnen zum Büfett gegangen, ihnen was zu essen holen. Matt ließ sich in den freien Sessel neben ihrem fallen.

»Ich bin womöglich leicht betrunken.« Er lehnte sich zurück und verschränkte die Hände im Nacken.

Zelda blickte nicht einmal auf. »Manche Dinge ändern sich wohl nie.«

Er sah zu, wie sie durch die Speicherkarte scrollte, um sicherzustellen, dass sie alles Wichtige im Kasten hatte. Sie nahm ihren Job ernst, und entsprechend strömten regelmäßig neue Aufträge herein. Jedes Mal hieß es, irgendwas an ihren Fotos habe angerührt, etwas sei anders als bei anderen Hochzeitsfotos. Die Leidenschaft sei deutlich zu spüren.

»He.« Matt tippte sie mit dem Fuß an. »Nimm mal die Kamera runter, damit ich dich richtig ansehen kann.«

Zelda legte den Zeigefinger an die Lippen und ging weiter ihre Fotos durch, bis er anfing, unruhig hin und her zu rutschen. Sie setzte die Kamera ab und sah ihn an. »Ganz zu Diensten.«

Er zog eine Augenbraue hoch. »Führe mich nicht in Versuchung.«

»Wo ist denn Mel?«

Matt seufzte. »Da drin, und mal wieder typisch Mel. Nutzt jede Gelegenheit, um zu networken. Wenn ich noch eine einzige Story von ihren C-Klasse-Kunden hören muss …« Er tat so, als würde er sich eine Pistole an die Schläfe halten.

»Wie man hört, ist sie ziemlich erfolgreich«, bemerkte Zelda und rief sich die zahllosen Artikel aus der Lokalpresse in Erinnerung, die sie online gelesen hatte. *Unternehmerin erobert PR-Welt, Blondine stiehlt Platzhirschen die Awards-Show.*

»Ja, ja. Ich beiß mir auf die Zunge und stärke ihr den Rücken. Darum geht es schließlich, wenn man verheiratet ist, oder? Dass man selbst für immer die Klappe hält.«

»Woher soll ich das wissen?«

»Nein, du bist viel zu sehr Freigeist, um dich auf so etwas einzulassen.«

Ihre Ohren glühten. Sie lächelte verlegen und leckte sich über die Lippen.

Jen kam mit zwei Tellern zurück und stellte sie auf dem Tischchen ab. Hühnchen und kunstvoll arrangiertes Gemüse.

»Hm, lecker.« Zelda wandte sich ihrem Abendessen zu.

»Ist das alles, was ihr hier kriegt?« Er verzog das Gesicht.

Zelda tauchte die Fingerspitze in die Soße. »Was ist daran verkehrt?«

»Du warst den ganzen Tag auf den Beinen. Da braucht man doch mehr, um bei Kräften zu bleiben.«

»Das ist normal, Schätzchen«, sagte sie. »Übrigens sitzt du auf Jens Platz.«

Jen wartete höflich, bis Matt aufgestanden war. Er streifte sie mit dem Blick, dann beugte er sich vor und steckte seinerseits den Finger in Zeldas Soße. »Hm.« Er leckte sich den Finger ab. »Lecker.«

Obwohl sie nicht wollte, lächelte Zelda.

Eine halbe Stunde später – sie hatte gerade die angeheiterten Hochzeitsgäste an den Tischen fotografiert – hielt Zelda Ausschau nach Jen, als jemand den Arm nach ihr ausstreckte und sie in einen Nebenraum zog. Überrascht sah sie zu, wie Matt die Tür hinter ihnen zuschob. Er war betrunken. Fröhlich betrunken. Er stellte sich zwischen sie und den Ausgang, sodass sie um ihn herumgreifen musste, um an die Klinke zu kommen.

»Jetzt warte doch mal!« Lachend legte er die Hände an ihre Taille. »Ich hab eine Überraschung für dich.«

»Ich muss arbeiten.« Erneut versuchte sie, sich an ihm vorbeizuschieben. Er verstärkte seinen Griff.

»Gib mir eine Minute.« Dann zog er sie auf einen Tisch zu.

Dort ließ er sie los und hob einen Dessertteller hoch. »Du hast mir leidgetan mit diesem mickrigen bisschen Essen. Die sollten sich schämen, dich wie eine Bedienstete zu behandeln.«

»Na ja, ich bin zum Arbeiten hier.« Sie wünschte sich fast, dass er sie weiter festhielt. »Und da muss ich jetzt auch wieder hin. Ich mag meinen Job nämlich.«

»Moment.« Er zupfte mit einer Gabel ein Stück Kuchen ab und schob es ihr in den Mund. Ließ ihre Lippen nicht aus den Augen. Behutsam fütterte er sie, ein Bissen nach dem anderen. Draußen ging die Hochzeitsfeier weiter. Als nur noch ein Bissen übrig war, hob er ihn erst in ihre Richtung, schob ihn sich dann aber selbst in den Mund. Sie standen sich schweigend gegenüber, nicht mal auf Armeslänge voneinander entfernt, der Raum eindeutig aufgeheizt. »So«, sagte er. »Das ist besser.«

Zelda sah ihn unverwandt an. »Darf ich jetzt wieder zurück?«

»Nur, wenn du mir versprichst, dass wir uns nächste Woche treffen.«

»Matt, ich …«

»Irgendwo in der Öffentlichkeit. Als Freunde.«

Sie antwortete nicht gleich. Spürte die zarte Säure des Kuchens immer noch auf der Zunge. »Wenn ich Ja sage, lässt du mich dann gehen?«

Er schob ihr eine Haarsträhne hinters Ohr. Ein Klassiker. »Du würdest sowieso niemals Nein sagen, oder? Ich kenne dich doch, Zelda Bloom.«

Jen steht in ihren üblichen anständigen Klamotten an der Spüle und trinkt Wasser. Ihre Hand mit dem Glas hält auf halbem Weg zum Mund inne, als sie Zelda die Wendeltreppe herunterkommen sieht.

Sie hüpft von der letzten Stufe, hält sich am Geländer fest und schiebt den Fuß in ihre höchsten High Heels.

»Wo willst du denn in diesem Outfit hin?«

»Ach, nur ins Kino mit einem alten Bekannten.« Sie kichert in sich hinein. Dann beäugt sie Jens Sachen. »Heute ist Zusammenkunft, oder?«

Jen mustert verstohlen Zeldas Kleid und streckt die Hand in Richtung der Tausendschönchen aus, die in Weiß rund um die Taille gestickt sind. »Sollten die nicht gelb sein oder eine andere Farbe, die sich vom weißen Stoff abhebt? So sieht man die ja kaum.«

Zelda streicht selbst über die Blüten. »Ich weiß, dass sie da sind. Das ist alles, was zählt.« Sie hat einen abwesenden Blick. »Und dass man sie kaum sieht, ist Absicht. Man muss genau hinschauen. Wirklich hinschauen.«

Als Jen gerade erst eingezogen war, fragte sie Zelda, warum in deren Haus überall Brüste zu sehen sind: auf den Türklinken, Spiegeln, in den Tisch eingeritzt. Üppige Us oder Os mit Edelsteinnippeln. Jen hatte sogar die Lider zusammengekniffen, um zu sehen, ob es an ihren Augen lag, aber nein, das waren eindeutig Brüste. Woraufhin Zelda bloß mit den Schultern zuckte. Männer schmieren ja auch überall Schwänze hin – was ist so schlimm an einer Titte? Immerhin dient sie sogar der Ernährung. Vielleicht wäre die Lösung ja auch, erwiderte Jen, dass einfach alle damit aufhören, Geschlechtsteile zu malen. Zelda verdrehte die Augen. »Gott, Jen, du bist echt so spießig! Da sind auch Titten unter deinem Oberteil, schon vergessen?«

»Wann kommst du denn wieder nach Hause?«, will Jen von ihr wissen.

Zelda muss fast lachen. »Später.«

»Wenn ich heimkomme, liegst du aber nicht mit einem Typen im Bett, oder?«

Zeldas Schmunzeln verblasst. »Wäre das für dich ein Problem?«

»Es ist dein Haus.«

»Oh, vielen Dank auch.«

Jen holt tief Luft. »Es ist nur … Meinst du nicht, du wärst womöglich glücklicher, wenn nicht? Vielleicht kommst du irgendwann doch wieder mit zu einer Zusammenkunft und versuchst es noch mal? Die Versammlung hat sich verändert. Die Leute haben sich weiterentwickelt.«

Zelda starrt Jen entsetzt an. Sie sieht aus, als würde sie jeden Moment in Tränen ausbrechen, reißt sich dann aber zusammen. »Frag mich so etwas nie wieder.«

»Ich meine doch nur, wenn du dem Ganzen eine zweite Chance geben …«

»Jennifer!«

»Aber …« Jen sieht sich hektisch um. Sie muss zu der Zelda vordringen, die früher gläubig war.

»Rumvögeln macht mir Spaß, okay?«, setzt Zelda nach. »Ich liebe Sex, und ich wüsste nicht, warum ich mich dafür entschuldigen sollte. Und wenn deine Vorstellung von Spaß ist, dir von *Männern* sagen zu lassen, wie du leben sollst … Tja. Dann haben wir über Spaß unterschiedliche Ansichten.«

Jen ist sich bewusst, dass wahre Freundschaft bedeutet, auch Dinge anzusprechen, die Zelda nicht hören will. Beispielsweise dass das Ende nah ist. Dass ihre Freundin untergeht, wenn sie nicht in die Wahrheit zurückkehrt. Kurz blitzt Zelda unter einem Berg aus Schutt und Asche vor ihr auf, und Jen reibt sich die Augen. Nein, denkt sie, sie kann nicht an die Türen von fremden Leuten klopfen und gleichzeitig nicht alles tun, um ihre Freundin zu retten.

»Willst du denn nicht, dass dein Leben bedeutsam ist?«

Zelda sieht sie unverwandt an. »Ich habe dieses Leben mal ausprobiert, Jen. Es war nicht das Richtige für mich.«

»Liebe ist für alle da, Zee. Du bist nicht vergessen.«

Zelda lacht höhnisch. »Du hast keine Ahnung, was ich durchgemacht habe. Wenn es Gottes Wille sein soll, dass Familie und Freunde dich nicht mal mehr ansehen, ist das für mich nur der Beweis, dass es sich um eine gefährliche Sekte handelt. So wie meine Mutter da drüben …« Sie spricht den Satz nicht zu Ende. »Erzähl mir also nichts von Liebe.«

Jen schließt die Augen. Es bricht ihr das Herz zu sehen, wie weit sich Zelda von ihr entfernt hat. »Es ist keine Sekte.«

»Das glauben Sektenmitglieder immer.«

An dieser Stelle schlugen Fremde Jen immer die Tür vor der Nase zu – und sie stellte den Fuß in den Spalt.

»Ich habe mein Baby verloren und bin fast gestorben und habe trotzdem nicht aufgegeben. Wie können deine Erfahrungen schlimmer sein als meine?«

Zelda schlägt beide Hände vors Gesicht. Der einzige Grund, warum sie nicht ausflippt, ist ihr Treffen mit Matt in knapp einer Stunde. Matt sorgt dafür, dass sie ruhig bleibt. Matt. Matt. Matt.

Irgendwann nimmt sie die Hände herunter und tritt vor den Spiegel, wischt sich über die inneren Augenwinkel und streicht sich über die Haare. Jetzt ist nicht der richtige Moment für Geständnisse. Sie dreht sich zu Jen um. »Ich würde dir nie vorschreiben, wie du dein Leben leben sollst. Schreib du mir also auch nichts vor.«

Dicke Tropfen prasseln auf die Windschutzscheibe, als sie in die Stadt fährt.

»Scheiße!« Zelda greift in den Fußraum hinter ihrem Sitz,

und ihr fällt wieder ein, dass sie Jen ihren Schirm geliehen hat. Sie hat auch keinen Mantel dabei. Als sie losgefahren ist, hat die Sonne geschienen. »Scheiße, Scheiße, Scheiße!«

Vor dem Kino hält sie nach einem freien Parkplatz Ausschau, aber andere hatten wohl die gleiche Idee. Er wartet schon, denkt sie und sieht auf die Uhr.

Bis sie eine Viertelmeile entfernt eine Parklücke entdeckt, hat der Regen tropische Ausmaße angenommen, und die Scheibenwischer kommen nicht mehr dagegen an. Zelda bleibt im Wagen sitzen und trommelt mit den Fingern aufs Lenkrad. Wenn sie zum Kino läuft, wird sie bis auf die Knochen nass, aber wenn sie jetzt sitzen bleibt, geht Matt ohne sie rein. Er wird nicht auf sie warten. Sie weiß, dass er nicht warten wird.

Zelda will ihm eine Nachricht schreiben, doch ihr Akku gibt den Geist auf, bevor sie auf Senden drücken kann.

»Fuuuuuuck!«

Ihre Handtasche gibt einen erbärmlichen Regenschutz ab. Wegen ihres Make-ups kann sie nicht aufblicken, deshalb sieht sie auch nicht die zwei Autos, die durch Pfützen pflügen und sie gleich doppelt mit Spritzwasser erwischen. Als sie die Straße überquert, rutscht sie aus, ein Absatz bricht ab, und sie hört nur noch, wie sie innerlich schreit und es in ihrem ganzen Körper widerhallt.

Sie ist nur noch eine Straßenecke entfernt. Sie muss ihr Spiegelbild kontrollieren, bevor sie ihm entgegentritt, und schlüpft in einen überdachten Ladeneingang. Das Schaufenster ist warm ausgeleuchtet, die kopflosen Schaufensterpuppen sind pompös herausgeputzt und werben für die gleiche aufpolierte Perfektion, die sonst auch Zeldas Markenzeichen ist. Der Wanduhr zufolge ist sie zehn Minuten zu spät dran.

Als sie ihr Spiegelbild sieht, kommen ihr die Tränen. Schwarze Schlieren unter den Augen, und ihre Haare liegen nass und platt am Schädel an. Sie presst sich die Clutch und den abgebrochenen Absatz an die Wangen. Die Frau, die sie im Augenblick ist, ist der reinste Albtraum. Finger und Spucke können da nichts mehr ausrichten.

Ein Auto bremst und hupt, und als sie sich langsam umdreht, entdeckt sie Matt, der das Fenster herunterfährt. Dann war er also noch nicht einmal da.

»Alles in Ordnung?«, ruft er, obwohl ihr Anblick alles sagt.

In einer verzweifelten Geste reißt sie die Arme hoch, blickt die Straße entlang, und die Scheinwerfer der vorbeifahrenden Autos huschen über ihr verschmiertes Gesicht.

Die Fahrertür geht auf, und Matt springt heraus. Er schlüpft aus seiner Jacke, legt sie ihr um die Schultern, reibt ihre Arme, um sie zu wärmen. Alles gut, sagt er und tätschelt ihr wie einem Schulmädchen den Rücken. Sie atmet in seine Brust aus. Komm, sagt er und schirmt sie gegen den Regen ab, als beide zur Beifahrerseite laufen und sie auf den Sitz rutscht. Bis er neben ihr auf dem Fahrersitz Platz nimmt, ist sein Hemd klatschnass.

Schweigend fahren sie durch die Stadt, lassen sie nach einer Weile hinter sich. Rund eine Meile jenseits der Stadtgrenze fährt Matt auf einen Feldweg und parkt vor einem Gatter, das mit einem Vorhängeschloss gesichert ist. Der Regen trommelt aufs Wagendach, und die Fenster beschlagen.

»Alles in Ordnung?« Matt streichelt ihr über den Hinterkopf.

Zelda lacht, auch wenn es eigentlich ein Schluchzer ist. »Schau mich an …« Sie blickt an ihrem ruinierten Kleid hinab.

»Hör mal.« Er legt seine Hand an ihr Kinn und dreht ihr Gesicht zu sich herum. »Du warst nie schöner als in diesem Augenblick.« Sein Finger drückt auf ihre Lippe.

Es musste natürlich so kommen. Natürlich musste Zelda ihn auf den Mund küssen und sich wie damals an ihrem achtzehnten Geburtstag auf seinen Schoß schieben. Natürlich musste sie sich das Kleid vom regennassen Leib reißen lassen und keuchen, als er in sie eindrang. Natürlich musste sie bei der Vorstellung, wie sie für ihn aussah, ebenso viel Lust empfinden wie bei seinem Anblick. Natürlich musste sie den Schalter wieder umlegen. Natürlich musste er sie wieder zum Leben erwecken.

Das hier ist ein Traum, denkt sie. Das hier ist nur ein Traum, und gleich wache ich auf. Ich muss es genießen, solange ich kann.

Engel

Jen 1995

Als sie eines Abends beim Abendbrot zusammensitzen, legt sich Jens Mutter ein gestreiftes Geschirrtuch über den Kopf. Dasselbe Geschirrtuch, mit dem sie die Schüssel mit Bratkartoffeln festgehalten hat. Das mit den schwarzen Flecken am Rand.

»Was machst du denn?«, fragt Jen verwirrt.

Ihre Mutter zeigt auf den Vater, der am Tischende sitzt und den Kopf in die Hände stützt. Er hat den dritten Tag Grippe. An diesem Abend hat er es erstmals wieder aus dem Bett geschafft und gesellt sich zu ihnen, aber er sieht nach wie vor geschwächt aus und hat einen Schweißfilm auf der fahlen Haut.

»Eurem Vater geht es noch nicht wieder gut genug, um das Gebet zu sprechen, deshalb hat er mich darum gebeten.« Sie sitzt merkwürdig steif auf ihrem Stuhl, damit ihr das Geschirrtuch nicht herunterfällt.

Jen sieht sie mit offenem Mund an. »Aber warum musst du dabei wie ein Schafhirte aussehen?«

Lina seufzt. »Lies deine Bibel, Jen. Eine Schwester muss ihren Kopf bedecken, wenn sie im Angesicht ihres Ehemanns betet.« Sie dreht sich um und kontrolliert ihren Lippenstift im Spiegel.

Als Jen auflacht, wird sie böse angestarrt. »Ernsthaft?« Doch nach den Gesichtern der anderen zu urteilen, war Lachen gerade ein Fehler.

Ihr Vater räuspert sich, und sie neigen die Köpfe.

Nach der Zusammenkunft tags darauf erzählt Jen Alice davon, die gelangweilt nickt. »Meine Mum macht das *jedes Mal*, wenn sie betet. Ich merke das kaum noch.«

»Aber warum? Die Bibelstelle, die das angeblich erklären soll, ergibt überhaupt keinen Sinn.«

Alice streckt sich und gähnt. »Da geht es um irgendein Zeichen der Befugnis, das die Frau auf dem Kopf tragen soll – wegen der Engel, keine Ahnung … Ich hab das Gefühl, die drehen sich das so, wie sie es gerade brauchen.«

Es ist das erste Mal, dass Jen einen Lehrsatz infrage stellt, und sie behält es im Hinterkopf.

Niemand hätte geglaubt, dass sie künstlich war

Isobel

Toni in ihrem lächerlichen, wehenden Kaftan sieht sich um und nickt anerkennend. »Das Licht ist wirklich unglaublich.«

»Das sagt jeder.«

»Findest du nicht?«

Isobel blickt von ihrem Tee auf, in den sie gerade Milch gerührt hat. »Mhm. Es wird allerdings ganz schön grell, wenn die Sonne scheint.«

»Lass mich raten: Du willst Jalousien anbringen.« Lächelnd nimmt Toni ihren Tee entgegen. »Du hättest auch an einer Erdgeschosswohnung ständig etwas auszusetzen.«

Achselzuckend blickt Isobel sich um. »Außerdem ist es ziemlich klein. Ich brauche neue Möbel, von den alten Sachen passt hier nichts mehr rein.«

»Du kannst alles neu einrichten – wie *schrecklich*!« Toni lacht keckernd. »Diese Wohnung ist an dich verschwendet! Ein kleiner Zweitwohnsitz …? Also, ich bin sehr neidisch!«

»Ich will hier nicht wohnen, Toni.«

»Jetzt komm schon! Du würdest das Schwein doch wohl nicht zurückwollen, wenn er wieder angekrochen käme?!«

Isobel zögert. »Nein.«

»Na also.« Toni macht eine nachdrückliche Geste, dass ihre silbernen Armreifen klappern. »Und somit führt der einzige Weg vorwärts. Versteh diese Wohnung als das, was sie symbolisiert.«

»Und was symbolisiert sie? Was genau heißt es denn bitte, mit Mitte fünfzig wieder Single zu sein? Mal abgesehen von *alter Jungfer* und *gescheiterter Ehe*?«

Toni seufzt und neigt eher gelangweilt denn mitfühlend den Kopf. »Du bist immer noch in der Gewöhnungsphase. Ich verstehe das schon.« Sie summt vor sich hin. »Tut sich etwas mit dem Haus?«

»Wir haben einen Käufer gefunden.«

»Dann hast du bald genug Geld, um woandershin zu ziehen. Mit dem Geld bist du unabhängig. Mehr als Haushaltsgeld hat er dir nie gegeben, aber jetzt kriegst du deinen gerechten Anteil und kannst tun und lassen, was du willst. Du lässt dich scheiden, und dann verkuppeln wir dich mit irgendeinem tollen Typen.«

Isobel verbrennt sich die Lippe an ihrem Tee. »Und wie viele davon gibt es da draußen noch? Ein alleinstehender Mann in der Wahrheit und etwa in meinem Alter ist doch entweder aus guten Gründen geschieden oder nur deshalb allein, weil keine ihn wollte. Und meine besten Jahre liegen hinter mir.«

»Leben ist das, was du daraus machst, Isobel.«

»Fühlt sich ein bisschen anders an, wenn es einem selbst passiert.«

»Tja, wir sind nicht alle in einer so glücklichen Lage. Ein paar von uns würden ihre Ehe nur allzu gern hinter sich lassen. Wenn morgen die Welt untergeht, muss ich die Ewigkeit mit Bill verbringen.«

»Toni!«

»Ist doch wahr! Ich halte mein Eheversprechen, aber das heißt noch lange nicht, dass ich mich in meiner Ehe *wohlfühle.* Gewisse Gefühle kann man nicht erzwingen. Man hat sie, oder man hat sie nicht.« Sie sieht auf die Tasse in ihrer Hand hinab und stellt sie auf den Küchentresen. »Warum trinken wir eigentlich Tee? Los, wir machen ein Fläschchen auf!«

Isobel betrachtet Toni als ihre beste Freundin, doch in Wahrheit ist sie ihre einzige Freundin.

»Ich hab mich gefragt …« Sie zeigt vage auf die kahlen Wände und Ecken. »Würdest du mir vielleicht helfen, das hier aufzuhübschen?«

»Sag jetzt nicht, du hast keinen Korkenzieher«, murmelt Toni und durchwühlt eine Küchenschublade. »Ah, zum Glück … Hm? Oh, klar, gerne!«

Toni hat den Finger am Puls der Zeit. Sie weiß immer, was gerade im Trend liegt. Vor zehn Jahren waren es gepunktete Teller und Shabby Chic, und sie trug Kleider, die für Isobel so aussahen, als stammten sie alle vom Flohmarkt. Sie hatte eine kurze Skandi-Phase – schliff die Farbe von ihren Esszimmerstühlen, damit das blanke Holz zum Vorschein kam –, und inzwischen setzt sie auf Bleistiftzeichnungen nackter Frauen, Terrarien und Keramikohrringe in komischen Formen. Insgeheim findet Isobel das ganze Getue affig, aber sie braucht Tonis Know-how, diese Fähigkeit, einen Raum groß und heimelig zu machen.

Toni gießt Prosecco ein und drückt Isobel ein Glas in die Hand. »Also. Wir brauchen Spiegel, um das Licht in die dunkleren Ecken umzuleiten. Dann vielleicht ein paar Sisalteppiche für die Dielen. Hauchzarte Vorhänge vor die Fenster – bloß nichts Schweres, obwohl du das wahrscheinlich lieber hättest.«

Im vergangenen Jahr verteilte Toni in jedem Zimmer ihres Hauses Grünpflanzen. Eine mit panaschierten Blättern gefiel Isobel besonders gut. Sie erinnerte sie an eine Zimmerpflanze ihrer Mutter. Eigene Grünpflanzen konnte sie sich nicht vorstellen – *die Pflege!* –, deshalb besorgte sie sich eine künstliche, die sie im Bad aufs Regalbrett stellte. Sie verlieh dem Raum einen Hauch Lebendigkeit und stand zu hoch oben, als dass irgendwer sie angefasst hätte. Und sie sah echt aus. Niemand hätte geglaubt, dass sie künstlich war.

Tonis Gesichtsausdruck hellt sich auf. »Du liebe Güte – das hätte ich glatt vergessen zu erzählen! Hast du die Sache mit Pete Musgrove gehört?«

»Was denn jetzt schon wieder?«

»Diese Kundin, mit der er was hatte … Also. Er hat eine Rüge bekommen – das hier ist vertraulich, eigentlich darf ich das gar nicht wissen! –, aber jetzt ist er allen Ernstes aus- und bei dieser Frau eingezogen. Wetten, er wird ausgeschlossen?«

Isobel klappt die Kinnlade runter. Für sie war Pete immer eine Säule der Gemeinde. Er nahm aktiv an Zusammenkünften teil und predigte in der Öffentlichkeit. Zuletzt hat sie mit ihm gesprochen, als sie ein Chili vorbeibrachte, nachdem sie ihr Baby verloren hatten. Unter Garantie war Jen da bereits vom rechten Weg abgekommen, denn nur wenig später wurde sie ausgeschlossen.

»Prediger. Dienstamtgehilfe.« Toni schüttelt den Kopf und schwenkt ihr Glas. »Man sollte meinen, dass solche Titel etwas zu bedeuten haben, aber man weiß nie, was für ein Mensch wirklich dahintersteckt.«

Am Montagmorgen hört Isobel zunächst nur halb hin, als Carol die freie Stelle erwähnt. Ihr Computer braucht eine Ewigkeit, um hochzufahren, und allmählich ist sie besorgt, dass sich draußen schon eine Schlange gebildet hat und dass sie bis zum Eintreffen der Patienten den Kalender nicht aufrufen und deren Termine nicht abhaken kann, und dann weiß der Zahnarzt nicht, wer wartet, und dann ...«

»Isobel? Alles in Ordnung?«

Carols Stimme dringt durch das Durcheinander in ihrem Kopf, und sie blickt auf. Sie versucht verzweifelt, ruhig zu bleiben. »Entschuldigung, ich hab Probleme mit dem Computer, in zwei Minuten machen wir auf, und ...«

»Moment«, sagt Sadie, rollt mit dem Stuhl zu ihr herüber und drückt auf eine Taste am Monitor. »Ihr Bildschirm war auf Stand-by.« Dann rollt sie wieder zurück.

»Oh«, keucht Isobel und nimmt die Hände hoch. »Dann war es so einfach ...« Mit erhitztem Gesicht dreht sie sich zu Carol um.

»Wie ich gerade gesagt habe«, wiederholt sie, »Louise hat gekündigt, und Anish hätte als Ersatz gern jemanden aus dem Team. Jemanden, den er von der Pike auf anlernen kann. Erfahrung als Zahnarzthelferin nicht erforderlich.«

Isobel hört sich alles an – besserer Stundenlohn als am Empfang, dann das Aufgabengebiet. Sie presst die Lippen zusammen, wie jedes Mal, wenn eine Veränderung an sie herangetragen wird. Nein, denkt sie. Das ist nichts für mich.

»Sagen Sie einfach bis morgen Bescheid, ob Sie interessiert sind. Wenn nicht, schreiben wir die Stelle aus.« Dann sieht sie auf die Uhr. »Isobel, könnten Sie aufschließen?«

Victor steht vor der Tür. Lächelnd nickt er ihr zu, sie errötet und wendet sich ab.

»Kommen Sie rein«, sagt sie zu der Auslegeware.

»Hallo, alle miteinander.«

»Mr Godden?« Sadie winkt ihm von ihrem Platz aus zu. »Wir haben am Freitag versucht, Sie anzurufen, weil Dr. Hall krank ist und wir Ihren Termin verschieben wollten … Eigentlich habe ich Ihnen eine Nachricht hinterlassen …«

»Oje.« Er greift sich an die Stirn. »Mein Handy macht ständig Probleme und sagt mir nicht, wenn jemand draufgesprochen hat.« Er tritt auf den Empfangstresen zu, an dem sich Isobel hinter ihrem Papierkram verschanzt. »Wann ist er denn wieder da?«

»Freitag wäre noch eine Lücke, wenn zehn Uhr bei Ihnen passt?«, schlägt Sadie vor. »Nicht vergessen: Die Woche darauf ist wegen Renovierung geschlossen.«

»Zehn Uhr passt wunderbar, danke.«

»Können wir sonst noch etwas für Sie tun?« Verstohlen sieht sie zu Isobel.

Die Tür bimmelt erneut, und Victor macht einen Schritt beiseite, um den neuen Patienten vorbeizulassen. Jetzt steht er direkt vor Isobel.

»Haben die Blumen überlebt?«

»Wie bitte?« Isobel hebt zwar den Kopf, hält den Blick aber auf die Arbeit gerichtet. Sie hat dieselbe Zeile schon zehnmal gelesen.

»Der ramponierte Strauß. War er noch zu retten?«

Dann blickt sie doch auf und muss wider Willen lächeln. »Sie sind wirklich noch mal schön aufgeblüht.« Sie streicht sich über den Schoß. »Sehr aufmerksam von Ihnen.«

»Ach.« Er winkt ab. »Nicht der Rede wert. Na ja – haben Sie noch mal über meine Einladung nachgedacht? Drinks? Oder ein Abendessen?«

Isobel zieht die Stirn kraus. Muss er so hartnäckig sein?

Sie blickt an sich hinab. Was sieht er in ihr? Kopfschüttelnd geht sie über die Hitze hinweg, die seine Aufmerksamkeit in ihr entfacht. Eine kitzelnde Wärme, die durch ihre Adern strömt. »Ich kann wirklich nicht. Bitte fragen Sie mich nicht noch einmal.«

Er nimmt die Hände hoch, um es ihr zu versichern, und legt dann einen Finger auf die Lippen. »Bis dann«, sagt er mit einem Lächeln und geht.

Als Isobel nach Hause kommt, klingelt das Festnetztelefon. Es ist die Anwältin, die sich zum Hausverkauf meldet. Zusätzlich zur Grundschuld habe Steven das Haus mehrfach beliehen, und diese Verbindlichkeiten müssten nun erst beglichen werden, ehe Isobel ausbezahlt werden könne.

Nein, sagt Isobel, nein, von weiteren Schulden wusste ich nichts. Die haben mit mir nichts zu tun. Um das Finanzielle hat sich ausschließlich Steven gekümmert.

Sie kann der Anwältin anhören, wie frustriert sie ist und dass sie am liebsten fragen würde, wie Isobel so dumm hat sein können und warum sie nicht darauf bestanden hat, dass auch ihr Name in den Papieren steht. Wir waren ein Fleisch, will sie erwidern, hält aber den Mund.

Sie legt auf und steht eine Zeit lang immer noch mit der Handtasche in der Hand im Flur. Was übrig bleibt, reicht noch für einen Urlaub. Sie hat keine private Rente, und die gesetzliche dürfte nach den Jahren als Ehefrau und Mutter – so wie es für sie nun mal vorgesehen war – einem Almosen gleichkommen. Aber was war schon die Rente, wenn das Ende der Welt ohnehin kurz bevorstand.

Harmagedon hat ihr Leben lang kurz bevorgestanden. Sie weiß noch, wie sie als Kind erzählt bekam, dass sie in dieser Welt nicht mehr erwachsen würde. 1975, in jenem

Jahr, in dem die derzeitige Welt angeblich untergehen sollte, verkauften ihre Eltern die Firma und verschoben Arzttermine, weil sie den Jüngsten Tag abwarten wollten. Als 1976 schon ein gutes Stück alt war und immer noch Rechnungen kamen, fingen die Oberen an, das vergangene Jahr aus dem Gedächtnis der Jünger zu löschen. Da hätten ein paar Brüder falsche Schlüsse gezogen, behaupteten sie, ein Datum sei nie verlautbart worden. Natürlich, wandte Isobels Vater ein, murrte zwar noch ein paar Jahre lang, aber dann war die Sache vergessen. *Jederzeit* wurde das neue Mantra. *Es kann jederzeit passieren.*

Gut vierzig Jahre später wartet Isobel immer noch darauf, dass sie in dieser Welt nie erwachsen wird.

Einfach nur verschwinden

Alice
1996

Ihr Zugabteil ist von der Sonne grell ausgeleuchtet. Sie haben sich auf der schattigen Seite einen Vierersitz gesucht, Alice' Mutter setzt sich in Fahrtrichtung, Alice und ihr Vater lassen sich in die Sitze gegenüber fallen, woraufhin Marjorie ruft: »Dein Kleid! Dein Anzug!«, Vater und Tochter einander ansehen und laut loslachen.

Mit jedem Halt wird es voller. Alice und ihr Vater unterhalten sich im Flüsterton. So ist sie erzogen worden: Bloß keine Aufmerksamkeit erregen, bloß kein Aufheben machen.

»Sprecht lauter«, fordert Marjorie sie auf. »Flüstern ist unhöflich. Du solltest es besser wissen, Wilfred.«

»Ich bezweifle, dass du uns unter dem Ding auf deinem Kopf überhaupt hören kannst«, entgegnet er zwinkernd. »Darunter könnte sogar die Titanic unbemerkt untergehen.«

Marjories Hand schnellt an ihren Hut. Der blaue Satin hat die gleiche Farbe wie ihr Langblazer und die Handtasche. Ihre Schuhe sind silbern und blitzen über dem Abteilboden. Sie streicht sich mit den behandschuhten Händen über den Schoß.

»Wie die Queen.« Alice schnaubt.

»Ich wüsste nicht, warum das eine Beleidigung sein sollte.«

»Oh, deine Mum war schon immer ein Hingucker«, sagt ihr Vater und stupst sie an.

Wider Willen muss Marjorie lächeln.

Als sie sich London nähern, weichen Bäume und Felder Häusern, kleinen Gärtchen, Straßen. Alice drückt sich an der Scheibe die Nase platt. Sie liebt es, in erleuchtete Fenster zu sehen, hinter denen Menschen ihrem Alltag nachgehen. Die Häuser werden zu Wohnblocks, zu alten Lagergebäuden, Flügelfenstern und rußigen Ziegeln. Noch Jahre später wird Zelda die Zugstrecke nach Charing Cross lieben und beim Anblick der Dächer daran zurückdenken, wie sie neben ihrem Vater saß.

Als sie aus dem Bahnhof ans Licht treten, sind Alice und ihre Mutter vom Verkehr und von den Menschenmassen schier überwältigt. Alice rückt näher an sie heran. In zwölf Jahren war sie kein einziges Mal in London und ist Großstadt nicht gewohnt.

»Und jetzt?«, fragt Marjorie, die sich fehl am Platz fühlt.

»Wohin, Dad?«

Wilfred blickt in Richtung Trafalgar Square. »Da lang, ganz sicher.« Er hakt beide bei sich unter und führt sie auf den Fußgängerüberweg zu.

Sie überqueren den Trafalgar Square, bleiben hier und da stehen, um einem Pantomimen zuzusehen oder einem Straßenmusiker zu lauschen. Alice saugt alles in sich auf, die Farben und die Musik, damit sie sich am Abend allein in ihrem Zimmer alles wieder ins Gedächtnis rufen kann. London ist eindeutig zu viel des Guten, trotzdem findet sie dieses Sprudeln, den Trubel aufregend, den Hauch von Gefahr;

die Gewissheit, dass in dieser Menschenmenge alles passieren könnte, einfach alles.

»Können wir nicht eine ruhigere Straße nehmen, Wilfred?«, ruft ihre Mutter von hinten.

Sie lassen den Platz hinter sich, ihr Vater bleibt stehen und sieht sich um. Er lockert seine Krawatte.

»Du hast dich noch nicht verlaufen?« Marjorie schließt zu ihm auf. »Aber du bist doch ständig hier?«

»Ich gehe immer auf direktem Weg ins Theater. Tee im Ritz ist nicht gerade Alltag.«

Alice zeigt die Straße hoch. »Da geht's lang.«

»Woher willst du das denn wissen?« Marjorie krallt sich ins Revers ihres Blazers und sieht sich um.

»Piccadilly, oder? Da steht ein Schild.« Alice setzt sich in Bewegung.

Ihre Eltern wechseln einen Blick und eilen ihr nach.

Im Ritz haben sie sich gerade hingesetzt, als ein Kellner anbietet, Marjories Hut zu nehmen. Sie sieht ihn entsetzt an. »Oh …« Sie berührt ihr Haar. »Darf ich ihn gar nicht auflassen? Wenn ich ihn absetze, ist meine Frisur ruiniert.«

»Wie Sie wünschen, Madam«, sagt er und zieht sich zurück.

Marjorie beäugt die vergoldeten Simse, die hohen Säulen und die kunstvollen Blumenarrangements. Sie erhascht einen Blick auf sich selbst in einem Spiegel und rutscht nervös auf ihrem Stuhl herum.

Der Afternoon Tea ist so luxuriös, wie sie gehofft haben. Sie gießen sich Tee aus einer Silberkanne ein, nippen an hauchzarten Porzellantässchen, nehmen winzige Bissen von Brandteigküchlein und Gurkensandwiches und luftigen Scones. Alice und ihr Vater lächeln über den Rand ihrer Teetassen, während ihre Mutter schweigend isst. Sie hat die Arme angewinkelt, die Beine verknotet, berührt nur hier und da die Krempe ihres Hutes, der selbst in diesem prunkvollen Raum vollkommen übertrieben wirkt. Alice ahnt, dass sie sich am liebsten in Luft auflösen würde.

Als es allmählich Zeit wird aufzubrechen, zieht Marjorie Alice am Arm. »Wir haben nicht gebetet!« Dann flüstert sie ein paar Worte des Dankes für das Essen, das sie gegessen, den Tee, den sie getrunken haben, und für die Liebe, die Gott sie hat spüren lassen, indem er ihnen einen weiteren Tag auf Erden geschenkt hat. Instinktiv will Alice sich von ihr ab- und ihrem ungläubigen Vater zuwenden, lachen und die Augen verdrehen, doch das Unbehagen und die Scham ihrer Mutter hindern sie daran. Sie beißt sich auf die Lippe und wartet, bis ihre Mutter *Amen* gesagt hat.

Vor dem Theater stehen Limousinen und Fotografen, und ein langer roter Teppich erstreckt sich von der Gehwegkante bis zum Haupteingang. Alice drückt den Arm ihres Vaters, und sie tun so, als müssten sie ihre Begeisterung hinauskreischen.

Als sie im Zuschauerraum Platz nehmen, bittet jemand aus der Reihe hinter ihnen Marjorie, den Hut abzusetzen. Sofort tut sie wie geheißen. Ihre Hände zittern, als sie nach der Nadel tastet. »Warte, Mum«, sagt Alice und hilft ihr. Marjorie legt sich den Hut auf den Schoß, und Alice streicht ihr über ein paar störrische Haare.

Sobald die Auszeichnung für das *beste Kostümdesign* aufgerufen und der Name ihres Vaters verlesen wird, springt Alice auf und jubelt. Sie sieht zu, wie er auf die Bühne steigt, seine Trophäe entgegennimmt, kurz bestaunt, dann blinzelt und ans Mikrofon tritt. Sie kann ihm anhören, dass er nervös ist, und was er nuschelt, ist kaum zu verstehen, trotzdem hört sie ihren Namen heraus, und ihr Herz macht einen Satz. Sie wirft ihrer Mum einen Blick zu. Die versucht verzweifelt, nicht zu heulen.

Auf dem Heimweg sitzen sie erneut in gleicher Formation zusammen: Marjorie gegenüber Alice und ihrem Vater. Es sprudelt nur so aus Alice heraus, sie quillt über von Stolz. Mit dem Daumen reibt sie über den gravierten Namen ihres Vaters auf der Plakette. »Darf ich die in mein Zimmer stellen, Dad?«, fragt sie ihn. »In mein Regal?«

»Sei nicht albern«, fährt ihre Mutter sie an. »Die Auszeichnung gilt deinem Vater, nicht dir.«

Der Vater drückt ihre Hand. »Da mag Wilfred Kay draufstehen, aber was mein ist, ist dein, Liebes. Natürlich stellst du sie in dein Regal.«

Ihre Mutter starrt auf die Stelle, an der die beiden ihre Arme umeinander geschlungen haben. Dann presst sie die Lippen zusammen und sieht aus dem Fenster. Die Wärme in Alice' Brust verfliegt, als ihr Blick zu dem leeren Platz neben ihrer Mutter wandert. Zu dem Platz, auf den sich Alice nie setzt.

Es regnet, als sie ankommen. Ihr Vater lässt sie am Ausgang des Bahnhofs stehen und läuft los, um das Auto zu holen. Schwere Tropfen donnern aufs Vordach, es ist ohrenbetäubend laut.

»Mum?« In ihrem Kopf hat soeben ein Olivenzweig ausgetrieben.

Mit der Hand am Hut starrt Marjorie in die stockdunkle Nacht.

»Ich hab mir überlegt, dass ich mich taufen lassen will. Vielleicht im Sommer.« Seltsam, wie schnell ein Gedanke ausgesprochen sein kann. Binnen eines Wimpernschlags ist er auf der Welt.

Ihre Mutter dreht sich langsam zu ihr um. Macht den

Mund auf, um etwas zu sagen. Diesen Gesichtsausdruck kennt Alice, den sieht sie manchmal, wenn ihr Vater ihrer Mutter unaufgefordert einen Tee macht, woraufhin sie ganz rosig aussieht, freudiger, als Worte es beschreiben könnten. Sie sind einander so vertraut, sie müssen ihre Wünsche nicht aussprechen, der jeweils andere versteht sie auch so. »Also, ich …« Mehr bringt sie nicht zustande.

In einiger Entfernung springt ein Wagen an. Scheinwerfer schwenken in ihre Richtung. Alice fällt auf, dass ihre Mutter leicht gekrümmt dasteht, ihr schicker blauer Blazer spannt um die Schultern, und sie dreht sich vom Licht weg.

»Da kommt dein Vater«, sagt sie, und gemeinsam treten sie in die Dunkelheit.

HEISSES WASSER

Isobel

Niemand reagiert, als Isobel an die Sprechzimmertür klopft. Sie versucht es ein wenig nachdrücklicher.

»Kommen Sie rein!«

Dr. Anish Ramini tippt noch etwas in seinen Laptop ein. Unterdessen sieht Isobel sich um, betrachtet die blitzblanken Oberflächen und das silbrig funkelnde Zahnarztbesteck. Während es draußen nach Zeitreise in die Achtziger aussieht, ist der Behandlungsraum in seinem hochglänzenden Minimalismus beinahe futuristisch. Sie verspürt einen Nervenkitzel, als sie sich ausmalt, die Außenwelt gegen diese hier einzutauschen – wie die Teilnehmerin einer Talentshow, die wie neugeboren aus dem Bühnennebel heraustritt.

Anish klappt seinen Laptop zu. Er verschränkt die Arme über seinem Arztkittel und mustert sie von Kopf bis Fuß. Sein Kinn ist hinter der OP-Maske verborgen. »Carol sagt, Sie sind an der Stelle interessiert?«

Isobel nickt und nestelt an ihren Ärmeln.

»Und …?« Mit einer Geste fordert Anish sie auf fortzufahren.

»Oh. Ja. Ich bin an Zahnhygiene sehr interessiert. Zahngesundheit ist extrem wichtig, und mir wäre sehr daran gelegen, mehr darüber zu lernen.« Sie hofft inständig, dass es nach außen nicht genauso gekünstelt klingt wie in ihrem Kopf.

Er sieht sie interessiert an. »Am liebsten wäre mir jemand, der keine Vorkenntnisse hat. Wenn ich eine ZFA aus einer anderen Praxis einstelle, muss ich erst kostbare Zeit darauf verschwenden, ihr diverse Unarten auszutreiben. Die wichtigste Eigenschaft einer zahnmedizinischen Fachangestellten ist Eigeninitiative. Haben Sie die, Isobel?«

Wenn sie nur ehrlich sein, ihn beiseitenehmen und ihm anvertrauen könnte: Hören Sie, Anish, Sie ahnen nicht, wie sehr ich die Stelle brauche. Meine ganze Welt ist in sich zusammengefallen. Ich muss sie neu aufbauen. Ich brauche eine Ablenkung, und diese Sache hier könnte eine Möglichkeit sein herauszufinden, wer Isobel geworden wäre, wenn sie 1988 bei der Bank nicht gekündigt hätte; wenn sie nur ein klitzekleines bisschen für sich selbst aufgespart hätte.

Stattdessen reckt sie das Kinn. »Ja. Die habe ich. Ich habe Eigeninitiative.«

Zurück an ihrem Arbeitsplatz sieht sie, wie Sadie ihr blondes Haar nach hinten wirft und ihrerseits im Behandlungsraum verschwindet. Die Tür fällt ins Schloss, und es herrscht Stille – die hin und wieder von Sadies Gelächter unterbrochen wird. Isobel spitzt die Ohren. Anish lacht ebenfalls.

Die Entscheidung fällt noch am selben Abend.

Isobel nickt bloß, als Carol ihr die Gründe darlegt.

»Ihre Einarbeitung hier funktioniert ausgezeichnet, Isobel, aber der Eindruck ist doch, dass Sie besser sind, wenn Sie auf Anweisung arbeiten. Mag sein, dass Sie immer noch in der Orientierungsphase sind und Ihr Selbstvertrauen wächst, aber im Augenblick sind Sie eher *re*aktiv als *pro*aktiv, und eine Zahnarzthelferin muss voraussehen, was der Zahnarzt braucht, noch bevor es ihm selbst klar ist. Deshalb ist Sadie im Augenblick besser geeignet.«

Isobel hört nur halb hin. Carols Haare lenken sie ab, sie sehen aus wie ein Reetdach. Instinktiv will sie sich selbst über die Haare streichen. Sind Carol und sie nicht in etwa gleich alt? Natürlich hat Anish sich statt für sie für die Jüngere, Aufgewecktere entschieden.

Am Empfangstresen setzt sie ihr freundlichstes Lächeln auf. »Gratuliere«, sagt sie.

Sadie berührt sie am Arm. »Danke, Isobel. Und es tut mir leid – Joe und ich wollen uns nächstes Jahr ein Haus kaufen, deshalb brauche ich das Gehalt, und nachdem Sie ja einen Range Rover fahren, scheint bei Ihnen finanziell alles in Ordnung zu sein.« Lächelnd wendet sie sich ihrem Computer zu.

Isobel klickt auf die Maustaste, um ihren Rechner aufzuwecken. Dass sie gerade erst eine Stunde zuvor ihren Kontostand gecheckt hat und kaum noch genug Geld fürs Tanken da ist, erwähnt sie nicht.

Als sie nach Hause fährt, regnet es, und erst am Ende der Straße ist ein Parkplatz frei. Sie rennt zu ihrem Haus, der Schlüssel entgleitet ihr, und bis sie durch die Tür schlüpft, ist sie nass bis auf die Knochen. Sie schüttelt die Haare. Tropfen stieben in alle Richtungen. Wie ein Hund, schießt es ihr durch den Kopf. Auf der Treppe fühlen sich ihre Füße bleischwer an, ihre Sohlen quietschen bei jedem Schritt, und Isobel treibt sich an.

Ein Stockwerk.

Zwei Stockwerke.

Fast drei.

»Du dummes Ding«, sagt sie zu ihrem Spiegelbild im Fenster. Ihre Stimme hallt durchs leere Treppenhaus. »Du dummes, dummes Ding.«

An diesem Abend backt sie einen Schokokuchen und isst ihn bis zum letzten Krümel auf.

Der Freitagmorgen ist strahlend hell und zu warm, um eine Jacke zu tragen.

Victor tritt ein, lächelt Isobel an und nimmt im Wartebereich Platz. Sie beobachtet ihn, wie er seine Lederjacke auf einen freien Stuhl legt und zu einer Zeitschrift greift. Ihr Bleistift bewegt sich nicht weiter, und als sie nach unten sieht, hat er sich ins Papier gebohrt.

Als er nach seinem Termin aus dem Behandlungsraum kommt, nickt er ihr und Sadie zu und steuert die Tür an. Isobel gerät in Panik. Sie hat angenommen, er würde an den Tresen kommen, und sie könnte Sadie um einen Gefallen bitten, aber jetzt will er gehen, sie hat keinen Plan B, also springt sie auf und ruft: »Mr Godden?«

Er dreht sich um. Sadie legt die Hand über den Telefonhörer und sieht zu ihr rüber. Es ist mucksmäuschenstill, als beide darauf warten, dass Isobel etwas sagt.

Oh Gott, denkt Isobel. Du lieber Himmel. Sie schnappt sich ein Blatt Papier vom Schreibtisch und hält es hoch. »Sie haben etwas vergessen.« Dann kommt sie hinter dem Tresen hervor.

Victor nimmt die Hand von der Klinke. Er blickt auf das Dokument hinab – das Büromaterial-Bestellformular, wie ihr erst jetzt aufgeht. Sadie kümmert sich wieder um ihren Anrufer, und Isobel stellt sich so hin, dass sie ihnen nichts von den Lippen ablesen kann.

»Mr Godden, ich … ich …«

»Bitte, sagen Sie Victor.« Er spricht ebenso leise wie sie.

»Victor.« Sie schlägt den Blick nieder. »Ich wollte mich nur noch mal für die Blumen bedanken.«

Er lächelt. Isobel mag es, wie er sie ansieht.

»Als ich sie gesehen habe, musste ich einfach an Sie denken, das war schon alles.«

Sie runzelt die Stirn. Die Blumen hatten die Köpfe schon hängen lassen. Ernsthaft? Doch dann erinnert sie sich wieder daran, dass nur ein wenig heißes Wasser nötig war, um sie wieder zum Leben zu erwecken. »Oh.« Sie lacht matt. »Also, ich weiß nicht …«

»Da ist eine Frau, dachte ich mir, die etwas braucht, was sie wieder zum Lächeln bringt.« Er zuckt mit den Schultern. »Albern, ich weiß.«

»Nein, nein, gar nicht. Ich …«

»Ist schon in Ordnung. Ich frag nicht noch mal, Sie müssen sich keine Gedanken machen, wenn ich hier wieder auftauche. Ich lasse Sie in Frieden.«

»Nein. Das ist es nicht.« Sie holt tief Luft. »Ehrlich gesagt würde ich mich freuen, wenn Sie mich noch einmal fragen würden. Wenn das okay wäre.«

Überrascht sieht er erst sie an, dann die Lederjacke in seiner Hand. »Oh, also …« Es herrscht Stille. »Würden Sie vielleicht mal mit mir ausgehen, Isobel?«

»Ja, Victor. Würde ich gern.«

Dann mag man euch

Jen Mitte der Neunzigerjahre

An dem Tag, als ihre erste Periode einsetzte, entdeckte Jen einen braunroten Fleck in ihrer Unterhose. Ach, dachte sie, ich hab aus Versehen Linas erwischt. Doch dann rann ein Tropfen in derselben Farbe ihren Oberschenkel hinab. »Mum«, rief sie. *»Mum!«*

Angela wusste, was zu tun war. Sie holte ihrer Tochter einen frischen Slip, klebte eine Binde hinein und machte ihr eine Wärmflasche. »Jetzt wirst du zur Frau«, sagte sie zu der elfjährigen Jen, tätschelte ihr den Kopf und erklärte ihr, was es mit dem Braunrot auf sich hatte.

»Moment, das heißt, das passiert jetzt jeden Monat – *für immer*?«

»Nicht für immer, Liebling. Nur für die nächsten vierzig Jahre. Plus, minus.«

Jen sah ihre Mutter an, als hätte die sie betrogen, als hätte sie ihr etwas Unverzeihliches angetan, indem sie sie als Mädchen zur Welt gebracht hatte.

Angela Owen erzog ihre Töchter zur Dankbarkeit. »Sagt immer Bitte und Danke«, bläute sie ihnen ein, »dann mag man euch.«

Als die Mädchen noch kleiner waren, verspürte sie jedes

Mal, wenn ihnen ein Kompliment gemacht wurde, einen Adrenalinkick. Ihre langen blonden Haare, die niedlichen Kleidchen, die Höflichkeit – all das übersetzte Angela in *Du bist eine gute Mutter.* Sie hatte zeit ihres Lebens selbst erlebt, welchen Wert Lob hatte: Wann immer sie niedergeschlagen war, bestand ihr Zaubermittel darin auszugehen und dass jemand sie fragte, wo sie ihr Kleid gekauft hatte. Komplimente von anderen Frauen waren ihre Droge. Bewunderung bescherte ihr den Selbstwert, nach dem sie hungerte.

Sie versuchte, diese Weisheit an ihre Töchter weiterzugeben. Lina war ihr sehr ähnlich und saugte jedes ihrer Worte bereitwillig in sich auf. Sie zählte bis hundert, wenn sie sich die Haare bürstete, befolgte sklavisch den Dreischritt von Reinigung der Haut, Straffung und Feuchtigkeit, kaufte nur Kleider, die ihr schmeichelten. Ihre ältere Tochter war so etwas wie Angelas natürliche Erweiterung, und dieser Umstand bereitete ihr Genugtuung. *So gehen wir perfekt in die nächste Welt über, Mädchen – allerdings hindert uns das nicht daran, schon jetzt nach Perfektion zu streben.*

Mit Jennifer lagen die Dinge anders. Anfangs zog sie alles an, was man ihr herauslegte, und zeigte an Kleidung keinerlei Interesse. Doch mit acht oder neun fing sie an, einen eigenen Kopf zu entwickeln. *Das bin nicht ich,* sagte sie zu Rüschen, zu Blümchen, zu allem Rosafarbenen. Sie bestand darauf, sich ihre Kleidung selbst auszusuchen, und Angela bekam nur allzu oft mit, wie ihre Freundinnen guckten, wenn Jen in vom Bäumeklettern zerrissenen Jeans durch die Gegend lief.

Als sie in die Pubertät kam, versuchte Angela es mit Bestechung. Sie zahlte Jen ein extra Taschengeld, wenn sie ihre Hosen gegen Röcke eintauschte, und beschwerte sich nicht mehr über das Durcheinander in deren Zimmer, sobald Jen

Make-up trug. Indem sie auf diese Weise nachhalf, ließ ihre Tochter nach und nach die Starrköpfigkeit sein. Sie hielt mit ihren frechen Meinungen hinterm Berg, saß ruhig in der Ecke und ging niemandem auf die Nerven. Die Widerspenstigkeit war nur eine Phase gewesen, mutmaßte Angela, der Versuch, Grenzen auszuloten.

Na also, sie war eine gute Mutter. Sie hatte ihre Tochter nie aufgegeben. Ihre Beharrlichkeit hatte sich ausgezahlt.

Jen erinnert sich ein wenig anders daran.

Mit acht war sie zu einem Treffen bei jemandem im Garten eingeladen, und irgendwann fingen die Jungs an, Fußball zu spielen. Sie war das einzige Mädchen, das mitspielen durfte. Die Sonne brannte vom Himmel, die Jungs zogen ihre Hemden aus und spielten mit freiem Oberkörper. Sie tat es ihnen gleich. Im allgemeinen Trubel unterschied sich ihr Körper nicht von den anderen. Noch hatte die Pubertät nicht eingesetzt. Sie war immer noch ein Kind.

Ihr Vater marschierte über den Rasen und zerrte sie weg. »Zieh sofort dein Oberteil an«, fauchte er und schleuderte es ihr ins Gesicht.

»Aber die anderen haben ihre doch auch ausgezogen«, wandte sie ein.

»Mädchen sind keine Jungen, Jennifer. Mach das nie wieder.«

Sie begriff nicht, was der Unterschied sein sollte. Niemand erklärte ihr, was so falsch daran war. Stattdessen wurden sie wütend. *Warum bist du nicht wie deine Schwester? Nimm dir ein Beispiel an Lina. Lina versteht so was, warum du nicht?* Dass Jen sich mit Bändern und Rüschen nicht wie sie selbst vorkam, spielte keine Rolle; oder dass sie sich jedes Mal wie eine Lügnerin fühlte, wenn ihre Mutter ihr Sachen herauslegte – gegen Geld, über das Jen frei verfügen durfte. Die eine Hand reichte ihr Unabhängigkeit, während die andere sie ihr wieder wegnahm.

Sie wollen nicht, dass ich ehrlich bin, dämmerte ihr. Sie sind glücklicher, wenn ich ihnen etwas vorspiele.

Und so begrub sie jenen Teil ihrer selbst tief in sich drinnen und klebte außen ein Lächeln drauf.

Bring die Sonne um

Jen

»Meine Haare?« Jen dreht sich zu Bruder Connell um. Ihre Hand schnellt an ihren Hals.

Er legt einen Finger an die Lippen, während er sie nachdenklich ansieht. »Findest du es passend für eine gläubige Frau, dass sie so kurz sind?«

Jen atmet tief ein, trotzdem beruhigt sich ihr Herz kein bisschen.

»Es gibt einen Vers, in dem … Ich komme gerade nicht darauf.« Bruder Connell schiebt sich die Brille auf die Nasenspitze. »Jim, Bill, wisst ihr noch, wo steht, dass es verabscheuungswürdig ist, wenn eine Frau wie ein Mann aussieht?«

Sie beraten sich kurz, blättern in ihren Bibeln, tuscheln miteinander. Jen starrt zu Boden. Die Wände scheinen auf sie zuzurücken.

»Ah, richtig. Deuteronomium 22, Vers 5. Da steht … Jim?«

»Eine Frau darf keine Männerkleidung anziehen und ein Mann keine Frauenkleidung. Wer das macht, ist für deinen Gott abscheulich.«

»Somit ist die Schrift recht eindeutig«, sagt Bruder Connell und nimmt seine Brille ab. »Es ist nur eine Nebensächlichkeit, aber sicherlich wert, darüber nachzudenken.«

Jen lässt sich die Haare schneiden, kaum dass sie das mit Pete erfahren hat.

In der Mittagspause betritt sie den nächstbesten Salon, und die junge Frau am Empfangstresen teilt ihr mit: »Sie haben Glück, uns hat für halb sechs jemand abgesagt, wenn es Ihnen da passt?« Jen nickt, bevor sie es sich anders überlegen kann.

In den folgenden Stunden bei der Arbeit sucht sie wiederholt ihr Spiegelbild in der Scheibe und streicht sich übers Haar. *Auf Wiedersehen.*

Um halb sechs nimmt sie auf dem Stuhl Platz und zückt ein Bild, das sie jahrelang aufbewahrt hat.

Die Friseurin ist verblüfft. Sie ist groß, gertenschlank, hat eine Frisur, die aussieht, als würde sie keinerlei Mühe machen, und Jen stellt sich vor, wie perfekt deren Leben sein muss.

»Sind Sie sich sicher?« Sie lässt Jens Haare zwischen ihren Fingern hindurchgleiten. »Die Frisur ist toll, aber da gehen gut vierzig Zentimeter ab. Hatten Sie schon mal kurze Haare? Oder sollten wir vielleicht erst kinnlang probieren?«

Jen schüttelt den Kopf. »Nein, ich habe mir das gut überlegt. Ich bin bereit.«

Die Frau lächelt ihr im Spiegel zu. Sie muss schon zig Frauen wie mich erlebt haben, denkt Jen. Leute, die behaupten, sie wüssten, was sie wollen, und einfach nur hoffen, dass nicht nachgefragt wird, was passiert ist.

Als sie nach Hause kommt, ist Zelda im Garten und pflanzt frische Blumen. Sie dreht sich nicht um, als Jen ihre Handtasche auf die Vordertreppe stellt, sagt aber *Hey* und trällert weiter ein Lied aus der Stereoanlage mit. Ihre Finger sind schmutzig, es klebt Erde daran. Es gibt immer viel zu tun.

Jen drückt die Pausetaste auf dem zwanzig Jahre alten Gerät, und Zelda schnappt nach Luft.

»Oh, Jen …« Sie umkreist sie und betrachtet sie genau. »Wie Mia Farrow!«

»Magst du es?« Seit Jen den Salon verlassen hat, hat sie gar nicht mehr aufhören können, sich an den Hals zu fassen.

»Ich *liebe* es! So etwas kann nicht jeder tragen. Wie bist du daraufgekommen?«

»Ach …« Sie freut sich über Zeldas Antwort. »Ich wollte immer schon kurze Haare haben, aber irgendwas hat mich davon abgehalten.« Dann erzählt sie Zelda, dass Pete bei der anderen eingezogen ist.

»Ach, pfeif auf den.« Zelda winkt ab. »Er ist weg – und hat deine Haare mitgenommen.« Ihr Gesicht leuchtet auf. »Komm mal mit!« Sie nimmt Jen bei der Hand.

Oben zieht Zelda die Tür zu dem riesigen Kleiderschrank auf, der die ganze Wand bedeckt. Er ist Jen schon beim Einzug aufgefallen, die Art-déco-Türen sind so edel, dass sie sofort den Blick auf sich ziehen. Geöffnet hat Jen den Schrank nie. In den einzelnen Abschnitten hängen farbenfrohe Kleidungsstücke und Accessoires, Stangen voller glitzernder Kleider, leuchtend bunte Federn, Seidenstoffe, Hüte. Wie ein Überseekoffer auf Steroiden.

»Wie hast du den denn hier hochgekriegt?«, fragt sie mit Blick auf die Treppe.

»Der steht immer schon hier«, erklärt Zelda. »Ich nenne ihn den Verwandlungsschrank, als wären die Kleider Rollen, in die ich für eine gewisse Zeit schlüpfen kann.«

»Diese Stoffe …« Ehrfürchtig streicht Jen mit den Fingern darüber.

»Unglaublich, oder? Dad durfte ein paar der abgetragenen oder beschädigten Theaterkostüme behalten. Nachdem er sie aufgearbeitet hatte, waren sie wieder wie neu.« Sie sieht zu Jen. »Los geht's. Was ist dein Stil?«

»Mein Stil?«

»Ja. Was magst du besonders? Wer willst du sein?«

Jen zuckt mit den Schultern. »Ich weiß nicht …«

»Genau das ist dein Problem.«

»Aber warum muss man denn einen speziellen Stil haben? Warum kann man nicht einfach sein, was man gerade ist? Ich bin es leid, ständig zu überlegen, wer ich nach außen hin sein soll. Ich muss doch erst mal herausfinden, wer ich nach innen hin bin.«

Zelda sieht sie einen Augenblick lang unverwandt an, dann zieht sie eine grüne Stoffhose heraus und hält sie vor Jen. »Probier die an. Oder auch nicht. Ganz wie du willst.« Sie nimmt eine Bluse von der Kleiderstange, doch Jen schüttelt bereits den Kopf.

»Die nicht, aber wie wär's mit der da …« Sie zeigt auf etwas anderes.

»Gutes Mädchen.« Zelda überreicht ihr das auserwählte Oberteil und schiebt Jen auf den Paravent in der Ecke zu. »Los, los, los.«

Als Jen wieder hervorkommt, klatscht Zelda in die Hände und stellt sich neben den Ankleidespiegel, der an der Wand lehnt. »Guck her!« Sie tippt auf das Spiegelglas. »Hier ist dein Publikum. Hier bist *du*.«

Sie verbringen den restlichen Abend mit Wein und dem Anprobieren von Kostümen und lachen Tränen, während sie durch das Zimmer stolzieren und tun, als wären sie jemand anders. Der Alkohol macht alles noch viel lustiger. Als sie den Schrank komplett durchprobiert haben, lassen sie sich mit dem Rest der Flasche aufs Bett fallen und reden Blödsinn.

»Das hier ist einfach nur herrlich«, sagt Jen. »Das hab ich vermisst.«

»Ja«, pflichtet Zelda ihr bei, »es ist immer gut, einfach nur herumzualbern.«

Am Morgen wacht Jen am Fußende von Zeldas Bett auf. Ihr Kopf fühlt sich so wattig an wie die Weste, die sie in der vergangenen Nacht nicht mehr abgelegt hat. Mit dem Unterarm über der Stirn murrt sie in Richtung Sonne. Zelda liegt schnarchend neben ihr.

Als ihr Blick am Wecker hängen bleibt, flucht sie in sich hinein und versucht aufzustehen, hat nur leider vergessen, dass ihre Füße noch immer an ein Paar Siebziger-Plateausohlen geschnürt sind. Sie nestelt an den Schnallen.

Zelda breitet die Arme aus und streckt sich. »Gott, bring einer die Sonne um!«

»Es ist Sonntag, halb zehn, und ich hab den Kater meines Lebens!« Jen stellt die Schuhe zurück in den Kleiderschrank.

»Dann bleib doch zu Hause. Herr im Himmel, Jen, du kannst doch wohl *ein* Treffen auslassen.«

Jen antwortet nicht. Zelda daran zu erinnern, dass sie bessere Karten hat, wieder aufgenommen zu werden, wenn sie regelmäßig bei den Zusammenkünften erscheint, hat wenig Sinn. Auch wenn dies die einsamsten zwei Stunden der Woche werden, ist es ihre einzige Möglichkeit, wieder mit ihrem toten Baby vereint zu sein.

Zelda lässt sie nicht aus den Augen. »Dir ist es ernst damit, was?«

Als Jen sich auszieht, ist es mucksmäuschenstill. Obwohl sie spät dran ist, sind ihre Bewegungen verzögert, behutsam, als sie die weite Seidenhose ablegt und zu ihrer Bluse greift. Sie streift eine Haut ab und eine andere über.

»Deine Freunde sprechen doch sowieso nicht mit dir.« Zeldas Stimme ist sanft.

Jen dreht sich um, allerdings nicht zu Zelda. Die Sonne, die durch das runde Fenster fällt, zieht ihren Blick an. Staub, der durchs Licht schwebt. Weder zielgerichtet noch bewusst. Er tanzt einfach. Ach, Staub müsste man sein, denkt sie und sieht durch den Lichtstrahl hindurch zu Zelda.

»Das ist nur deshalb so, weil ihnen etwas an mir liegt.«

Zelda presst sich die geballte Faust an die Stirn. »Da war er wieder, der auswendig gelernte Text. Der ist dir verdammt noch mal in die DNA übergegangen. Du hast dein Baby verloren und bist um ein Haar selbst draufgegangen! Diese Leute sollten bei dir Schlange stehen und dich in den Arm nehmen, statt dir ein schlechtes Gewissen zu machen, weil du noch lebst.«

Jen schließt die Augen. Außerhalb ihres eigenen Kopfes scheint kaum jemand an Jacob zu denken. Er existiert in der Stille, die ihr beim Aufeinandertreffen mit ihrer Familie entgegenschlägt, und sein Name hallt umso lauter in ihr wider, wann immer sie sich von ihr abwenden. Mit der Zeit komme das Vergessen, heißt es, doch ihr kleiner Sohn scheint die Ausnahme von der Regel zu sein. Mit jedem Tag, der verstreicht, wird er realer.

»Sie möchten, dass ich mir das ewige Leben verdiene«, erklärt sie, weil sie es so und nicht anders gelernt hat. »Damit ich Jacob wieder im Arm halten kann. Nur deshalb tun sie es, Zelda. Sie wollen nur, was ich für mich selbst will.« Sie sieht ihre Freundin aus Kindertagen an. »Willst du das auch?«

Im Saal in der hintersten Reihe versucht Jen, nicht einzuschlafen. Das grelle Neonlicht führt Krieg gegen ihre hämmernden Kopfschmerzen, und vor dem monotonen Blöken des predigenden Bruders, das aus den Lautsprechern dringt, gibt es kein Entrinnen. Eine Bewegung lenkt sie ab, und als sie quer durch den Saal zu einer Reihe älterer Schwestern blickt, sind zwei von ihnen eingenickt. Die dürfen das, denkt sie. Ich muss besser sein.

Frische Luft würde ihr guttun. Es gibt zwar Fenster, aber in den Rahmen steckt Spiegelglas und dahinter solides Mauerwerk. Insofern kann man von Fenstern kaum sprechen. Nur von einer Illusion, mit Glas, das den Innenraum widerspiegelt. Jen weiß aus Erfahrung, dass diejenigen, die in der Nähe der Spiegel sitzen, unbemerkt andere beobachten können. Sie selbst sitzt so weit weg davon wie irgend möglich.

Noch vor dem abschließenden Lied klaubt sie ihre Sachen zusammen, damit sie sofort verschwinden kann. Sie will zu ihrem Wagen, ohne mit jemandem reden zu müssen.

Doch als sie gerade durch die Tür schlüpfen will, streckt sich eine Hand nach ihr aus. Sie zuckt zusammen. Es ist Bruder Connell.

»Jen, auf ein Wort?«

In der Bibliothek setzt sie sich den drei Ältesten mit ihren lächelnden Gesichtern und ihren Bibeln gegenüber. Sie beißt sich auf die Lippe und wartet auf das, was kommt.

»Wie geht es dir, Jen?«, erkundigt sich Bruder Norris.

»Gut.« Sie nickt. »Danke.«

»Sehr ermutigend, dass wir dich hier bei jeder Zusammenkunft sehen«, sagt einer der anderen Brüder.

»Ich wüsste nicht, wo ich sonst sein sollte.« Sie starrt einen Ketchup-Fleck auf seinem Kragen an. »Ich gehöre hierher.«

Bruder Norris lächelt, und dann sagt Bruder Connell:

»Jen, uns ist zu Ohren gekommen, dass du bei Alice Kay eingezogen bist. Stimmt das?«

Sie wusste, dass es eines Tages so kommen würde. »Ja.«

»Bist du dir im Klaren darüber, dass Alice ausgeschlossen wurde?«

Sie nickt.

»Ist es da klug, sich mit ihr zu umgeben, obwohl sie ganz offenkundig nicht die Absicht hat zurückzukehren? Wir dürfen schließlich nicht vergessen, dass der Gemeinschaftsentzug eine Geste der Liebe ist, die in der Hoffnung geschieht, dass der Sünder in die Wahrheit zurückkehrt. Der Herr leitet die Ältesten zur richtigen Entscheidung an.«

So wie bei Pete, denkt sie, sagt es aber nicht laut. Sie denkt so viel, was sie erfahrungsgemäß besser nicht ausspricht.

»Das verstehe ich«, sagt sie, »aber was soll ich denn machen?« Muss sie diese Männer wirklich daran erinnern, dass sie nunmehr weder ein Heim noch einen Ehemann hat, dass ihre Familie nicht mehr mit ihr spricht, dass sie nur drei Tage in der Woche arbeiten geht und sich deshalb keine eigene Wohnung leisten kann? Und weil sie mit sechzehn die Schule beendet hat, um dem Predigtwerk nachzugehen, sind ihre Aussichten nicht gerade rosig. Nein. Die drei kennen ihre Geschichte. »Ich hätte kein Dach über dem Kopf …«

Bruder Connell schlägt seine Bibel auf. »Sehen wir nach, was die Schrift, die wir so gut kennen, diesbezüglich zu sagen hat. 1. Korinther 15, Vers 33. Jen, vielleicht magst du ihn uns vorlesen?«

Im Grunde braucht sie nicht nachzusehen, der Vers ist ihr seit ihrer Geburt eingebläut worden, trotzdem nimmt sie ihre Bibel hoch.

»Lasst euch nicht täuschen: Schlechter Umgang verdirbt gute Gewohnheiten.«

»Und vielleicht noch einen.« Bruder Connell leckt sich über die Fingerspitze und blättert um. »Zweiter Brief des Johannes, Kapitel 1, Verse 9 bis 11. Jen, bitte.«

»Jeder, der nicht bei der Lehre des Christus bleibt, sondern vorauseilt, ist nicht mit Gott verbunden. Wer bei dieser Lehre bleibt, ist sowohl mit dem Vater als auch mit dem Sohn verbunden. Wenn jemand zu euch kommt und diese Lehre nicht vertritt, dann nehmt ihn weder in euer Haus auf noch grüßt ihn. Denn wer ihn grüßt, ist an seinen schlechten Taten mitschuldig.«

Bruder Connell schlägt seine Bibel zu. Die anderen tun es ihm gleich.

»Jen, begreifst du, wie ernst das hier ist? Wie unser Herr hierzu steht, ist unmissverständlich. Wenn Harmagedon kommt und du mit einer Sünderin zusammenwohnst – ganz zu schweigen von deiner eigenen Situation –, dann ist unser Vater vermutlich nicht geneigt, dir das mit Leben zu vergelten.«

Sie beugt sich leicht vor. Die schnöde Logistik scheint die Ältesten nicht zu interessieren, also muss sie die Taktik ändern. »Aber ich weiß, dass ich dort Gutes bewirken kann und den Teil von ihr finde, der immer noch glaubt.«

Bruder Norris sieht Bruder Connell an, ehe er das Wort ergreift. »Jen, es steht uns nicht zu, uns über die Schrift zu erheben. Wir dürfen die Gebote nicht einfach beiseitewischen, ganz gleich, wie gut deine Absichten sein mögen. Alice ist nicht deine Aufgabe.«

»Wie wahr«, pflichtet Bruder Connell ihm bei. »Sie ist nicht deine Verantwortung – dein Weg zurück zu deinem Heiligen Vater und deine Beziehung mit ihm allerdings sehr wohl. Die sind allein deine Verantwortung. Wir unsererseits lassen uns von seinem Geist leiten, wenn wir entscheiden, ob ein Mitglied wieder in die Gemeinschaft aufgenommen wird. Und um es ganz deutlich zu sagen, Jen: Wir dürften nicht mal darüber nachdenken, solange du mit einer ausgeschlossenen Person unter einem Dach lebst.«

Jen hört Gemurmel aus dem Eingangsbereich. Sie ist allein.

Bruder Connell räuspert sich.

»Und dann deine Haare.«

Zelda ist nicht zu Hause, als Jen heimkommt. Sie tritt an die Spüle und kippt nacheinander drei Gläser Wasser in sich hinein. Dann zieht es sie zur Treppe, und sie geht nach oben in Zeldas Zimmer.

Sie sieht sich die Kleidungsstücke an, die Geister des Lebens anderer Leute. Sie hält einen Hosenanzug aus Samt vor sich und zieht sich aus. Ihre eigenen Sachen wirft sie auf einen Haufen.

Hinter der Kleidung stehen mehrere nackte Schaufensterpuppen wie jene, die Zelda in Jens Zimmer gestellt hat. Jen sieht erst sie an, dann ihr Spiegelbild. Sie streift ihre Unterwäsche ab. Ihr Bauch ist rund von den drei Gläsern Wasser, und sie dreht sich so, dass sie sich im Profil sehen kann. Das Wasser ist ein Baby. Ihre Hand ruht auf der Wölbung.

Sie betrachtet sich dabei, wie sie sich betrachtet.

»Jacob«, sagt sie.

Der Apfel

Alice und Jen 1999

»Guten Morgen. Wie schön, dass Sie zu Hause sind. Ist heute nicht ein wundervoller Tag? Ja, es ist kühl, aber gucken Sie sich die Blüten an! Und wie herrlich, nach den Nachrichten der vergangenen Woche so etwas Schönes zu sehen. Ich bin gerade mal fünfzehn, aber ich frage mich doch, welche Zukunft ich habe. Wussten Sie, dass die Bibel uns eine Zeit verspricht, in der es keine Kriege mehr gibt? Sind das nicht wunderbare Aussichten?«

Nach Jahren der Übung klingt Jens Stimme sanft und ungezwungen. Sie stellt Fragen, um ein Gespräch mit der Frau in Gang zu bringen, die ihr geöffnet hat, und fasst zusammen, was in der Broschüre steht, die sie gern dalassen will.

Hinter Jen späht Alice auf die oberste Broschüre hinab. Eine pilzförmige Wolke, die den Tod verspricht, darunter eine Stadt hinter fetten Lettern: WANN HÖRT DER KRIEG AUF? Sie zieht ihren Schal enger.

Zwei Minuten später – die Broschüre ist überreicht – gehen sie auf die nächste Haustür zu. Jetzt ist Alice dran. Sie streckt die Hand aus und wartet darauf, dass Jen ihr den Lesestoff anreicht. Über deren hochgezogene Augenbrauen sieht sie hinweg. »Die haben nicht mehr in meine Tasche gepasst, okay?«

Alice klopft leise an den Glaseinsatz.

»Klopf lauter, sonst hören sie dich nicht«, sagt Jen.

Alice flucht leise in sich hinein, als sich ein Schlüssel im Schloss dreht. Die Tür geht auf, und ein Mann mit zerzausten Haaren und zerknittertem Schlafanzug sieht sie ausdruckslos an.

»Hallo«, sagt Alice. »Wir wollten Ihnen zwei Broschüren dalassen. Wären Sie daran interessiert?«

Er schüttelt den Kopf.

»Danke für Ihre Zeit«, sagt Alice und macht sofort kehrt. Achselzuckend stopft sie die Broschüren zurück in Jens Tasche. »Es ist Samstag. Lassen wir sie brunchen.«

»Wenn wir schon den ganzen Vormittag damit verbringen, warum machen wir es dann nicht richtig?«

Alice nimmt einen Apfel aus ihrer Tasche und beißt hinein. »Keine Ahnung, Jennifer. Sag du es mir.«

Am Ende der Straße warten sie auf die anderen aus der Gruppe. Aus allen Richtungen strömen in Zweierteams Brüder und Schwestern herbei, bis sie zu zehnt am Rinnstein stehen. Der federführende Bruder runzelt die Stirn beim Anblick von Alice' Beinen. »Keine Klamotten mehr im Schrank gehabt?«, fragt er und reibt sich die Hände, um sie zu wärmen.

Alice isst weiter ihren Apfel. »Zeig mir die Stelle, wo explizit steht, dass Frauen keine Hosen tragen dürfen.«

Er lacht. Sein achtzehnjähriges Gesicht ist von Pickeln und Rasierschnitten gezeichnet. »Ach, Alice. Wenn du deine Bibel kennen würdest, wüsstest du, dass es da ums Prinzip und nicht explizit um Hosen geht.«

»Ach, Pete. Im Prinzip ist es nun aber so, dass es kalt draußen ist und eine Hose mich warm hält. Außerdem sind Hosen dezenter als die Kontur meiner Beine.«

Kurz herrscht Stille. Das einzige Geräusch ist Alice' Biss

in den Apfel. Alle starren zu Boden oder zu Pete, um zu sehen, wie er reagiert. Er zieht seinen schwarzen Wintermantel enger.

»Gehen wir ein Stück. Wir machen heute bis zwölf.« Er setzt sich in Bewegung, und die anderen folgen ihm. Sie werfen Alice verstohlene Blicke zu, und die älteren Schwestern funkeln sie hämisch an.

Auch Jen starrt sie an.

»Ach, du jetzt auch?« Alice wirft das Kerngehäuse ins Gebüsch. »Dann darf er also sarkastisch sein, aber ich nicht? Ich bitte dich!«

Jen will erst etwas erwidern, seufzt dann nur und zückt die nächsten Broschüren.

Eine weitere Tür geht auf, und Jen wiederholt ihren Vortrag von zuvor, doch als sie fragt: »Finden Sie nicht, dass es um diese Welt nicht zum Besten bestellt ist?«, schüttelt die Frau nachdrücklich den Kopf.

»Aber …«, stammelt Jen. »Wirklich nicht?«

»Wir könnten in keiner besseren Zeit leben«, erwidert die Frau seelenruhig. »Zumindest wir hier in der westlichen Welt.«

Jen kichert nervös. Sie sieht zu Alice und dann hinab auf ihre Broschüren. »Aber all die Kriege und Krankheiten …«

»Kriege hat es schon immer gegeben«, entgegnet die Frau, »und Krankheiten ebenfalls. Allerdings können wir die schlimmsten inzwischen behandeln. Wir werden achtzig, neunzig Jahre alt. Kinder sterben nicht mehr in den ersten Lebensjahren, überleben ihre Eltern, sie haben Zugang zu Bildung, und von sinkenden Armutsraten will ich gar nicht erst anfangen. Und als Frauen haben wir mehr Möglichkeiten denn je. Wir sterben nicht mehr im Kindbett. Wir können Karriere machen. Wir haben die Wahl.«

Die Frau bedankt sich für ihren Besuch und schließt die Tür. Schweigend kehren die beiden auf die Straße zurück.

Jen schiebt das Tor zu und hat die Frau im nächsten Moment auch schon wieder vergessen.

Alice hingegen schwirrt der Kopf.

VORSICHT

Zelda

Schon komisch, denkt sie, wie jemand in einem Moment so eng mit dir verbunden und im nächsten Moment auf Nimmerwiedersehen verschwunden sein kann.

Eines Tages kommen Zelda und Matt gerade aus dem Kino, auf dem Weg durch die Tür streift Will sie am Arm, er will etwas sagen, doch dann bleibt sein Blick an Matt hängen, und er geht ohne ein Wort weiter. Als Zelda sich einen Augenblick später nach ihm umdreht, starrt er auf Matts Hand hinab, die in ihrem Hosenbund steckt. Er wendet sich ab.

»Pizza Hut?« Matt nickt in Richtung des Neunzigerjahre-Gebäudes am anderen Ende des Freizeitcenters.

»Ernsthaft? Können wir nicht irgendwohin gehen, wo …«

»Nee, mir ist gerade nach Fressen. Außerdem ist es dort entspannt.«

Drinnen feiert ein Achtjähriger mitsamt Ballons und Heidenlärm seinen Geburtstag. Es ist fünf Uhr nachmittags, immer noch früh, und sie hat keinen Appetit. Sie entschuldigt sich und lässt Matt mit der Speisekarte allein.

Auf dem Damenklo starrt Zelda in den Spiegel. Sie sieht verändert aus. Sie mustert ihr Gesicht aus verschiedenen Blickwinkeln, könnte aber nicht recht sagen, was genau anders ist. Ein stechender Schmerz in einem Zahn, und sie zuckt zusammen, hält sich die Wange, wartet darauf, dass der Schmerz wieder abklingt. Sie ist seit Jahren nicht mehr beim Zahnarzt gewesen. Wird wohl mal wieder Zeit.

Als sie hinausgeht, sieht sie durch die Eingangstür Will an einem Poller lehnen. Er hat dasselbe Cord-Sakko an wie bei ihrem Date und sieht aus, als würde er auf jemanden warten.

Zelda späht in Matts Richtung, der am Büfett zufrieden lächelnd einen Teller mit Salat befüllt. Sie geht zur Tür.

»Hallo, Fremder«, sagt sie.

Er dreht sich zu ihr um, und etwas geschieht mit seinem Gesicht. Weder Schock noch Überraschung, keine Reaktion, die sie benennen könnte, es ist fast, als würde er ihr in die Seele blicken. Ja, denkt sie, genau das – er sieht mich richtig an. So richtig. Er sieht, wer ich bin. Im nächsten Moment wird ihr Gesicht ganz warm, und sie steht wieder an jener Straßenecke, ein Bein schon im Taxi, immer noch das Gefühl seiner Berührungen auf ihrer Haut.

»Ich hab mich schon gefragt, ob ich dich je wiedersehe«, sagt er.

»Tja, bei Pizza Hut bin ich am allerliebsten.«

Er zieht eine Augenbraue hoch und beäugt das Neonschild. Eine weitere Kindergeburtstagsgesellschaft drängelt durch die Tür.

Sie schiebt sich eine Strähne hinters Ohr. »Wartest du auf jemanden?«

Auf vertraute Art reibt er sich die Lippe. Sie ist verblüfft. Ein einziges Date, und er hat sich ihr ins Gedächtnis eingebrannt.

»Da kommt dein Prince Charming«, sagt er, und ehe sie etwas erwidern kann, geht die Tür auf, und Matt steckt den Kopf heraus.

»Alles in Ordnung?«

Sie dreht sich zu ihm um. »Oh, hey. Bin sofort wieder da.«

Matt sieht Will von Kopf bis Fuß an und schiebt angriffslustig die Zunge in die Wange. »Sicher, dass alles in Ordnung ist?«

Fast muss Zelda lachen. Sie fragt erst Will: »Bist du gefährlich?«, dann sagt sie zu Matt: »Ich hab doch gesagt, ich bin gleich wieder da.«

Matt starrt sie ausdruckslos an. »Komm jetzt!« Er streckt seine Hand aus. »Ich habe Hunger. Ich will allmählich bestellen.«

Zelda seufzt und geht rückwärts auf die Tür zu. Tschüss, haucht sie Will lautlos zu, der ihr stirnrunzelnd nachsieht.

Am Tisch dreht sich Matt zur Fensterfront um. Von Will keine Spur mehr. »Wer war das?« Er schiebt sich eine Gurkenscheibe in den Mund.

»Ach, bloß jemand, den ich kenne.«

»Hast du ihn gefickt?«

Zelda schnaubt. »Wie bitte?«

»Hast du ihn gefickt?« Diesmal stellt er die Frage lauter.

Sie sieht sich irritiert um. »Ich glaube kaum, dass das die angemessene Sprache oder ein angemessenes Thema für einen Pizza Hut ist.«

»Sag schon.«

Seine Eifersucht amüsiert sie. »Ja«, raunt sie ihm zu, »ich hab ihn gefickt. Und zwar ordentlich.«

Matt beißt die Zähne zusammen. »Ich hätte ihm eine verpassen sollen.«

Sie muss lachen. Ein erwachsener Mann, der damit droht, seinen Rivalen auszuschalten, während am Nachbartisch Kindergeburtstag gefeiert wird, hat etwas leicht Lächerliches.

»Ach, er ist schon okay«, sagt sie und nimmt die Speisekarte zur Hand. »Eigentlich ist er sogar ziemlich süß.«

Quer über den Tisch packt Matt sie am Handgelenk. »Hast du ihm gesagt, dass wir zusammen sind?«

Zeldas Schmunzeln ist wie weggefegt. Sie starrt auf seine Hand hinab, sieht, wie seine Finger um ihr Handgelenk liegen, wie er ihr die Knochen brechen könnte, wenn er wollte. Sie verspürt Panik und Verlangen gleichermaßen. »Sind wir denn zusammen? Bist du mit mir zusammen?«

»Du weißt genau, dass wir zusammen sind.«

Zeldas Blick huscht von seiner Hand empor zu seinem Gesicht. Sie kann die Luft zwischen ihnen annähernd riechen, den herrlichen, toxischen Geruch der Erregung, den Benzindampf der Explosion, die unweigerlich bevorsteht. Angst vermischt mit Lust. Sie kennt seinen Körper, er ist das Einzige, was sie an Liebe jemals gekannt hat. Er ist ein heißer Sommer, in dem sie sich die Kleider vom Leib reißen und um ein kaltes Getränk betteln muss.

Da ist er wieder, der Benzingeruch. Er bedeutet: Vorsicht, gleich passiert etwas. Pass bloß auf.

Weicher

Isobel

Nichts hier erinnert mehr an das vorige Jahrhundert.

Die einstigen Dekorputzwände sind jetzt glatt und hell, das schwere, dunkle Holz ist herausgerissen und durch honigfarbene Akzentflächen ersetzt worden, und statt der einst grünen durchgesessenen Stühle wurden moderne, edle blaue Sitzbänke L-förmig arrangiert. Sadie lässt sich mit Schwung auf einer davon nieder und beurteilt sie sofort als *soooo bequem*!

Überall stehen Grünpflanzen – echte –, die die Luft reinigen, und der zuvor in Mahagonibraun gehaltene Tresen ist jetzt hellgrau. Isobel streicht mit den Fingern leicht über die Körnung. Der Teppichboden ist durch Parkett ersetzt worden, und sie sieht auf einen Blick, wie viel leichter es sein dürfte, all dies schön sauber zu halten.

Auch das Licht ist anders. Die alten Neonröhren sind Deckenstrahlern gewichen, der Raum ist noch immer taghell, aber das Licht ist jetzt wärmer. Die Härte ist verschwunden, alles fühlt sich viel friedlicher an.

Im Mittelpunkt steht auch nicht mehr der klapprige alte Couchtisch mit stapelweise Zeitschriften, sondern ein großes Aquarium mit bunten Zierfischen. Die Angestellten beugen sich vor, suchen sich ihren Lieblingsfisch aus, außer Isobel, die sich immer noch wortlos umsieht.

Fünf Tage, denkt sie. Eine komplette Verwandlung in fünf Tagen.

In der Mittagspause ruft sie in einem Friseursalon an und macht für den Folgetag einen Termin aus.

»Früher Feierabend?«, fragt Sadie, als Isobel tags darauf den Computer herunterfährt. »Ist heute Ihr Date mit Victor?«

»Oh bitte«, antwortet Isobel betont schnippisch. »Außerdem habe ich die Mittagspause durchgearbeitet. Das war mit Carol so abgesprochen.«

»Nur ruhig, ich wollte Sie bloß ein bisschen aufziehen, nichts weiter.«

Zieh einfach Leine, denkt Isobel.

Auf dem Friseurstuhl zeigt sie der Friseurin ein Bild aus einer der Praxiszeitschriften. »So etwas würde Ihnen auch stehen, Isobel«, hat Sadie zu ihr gesagt, als die Zeitschrift in der vergangenen Woche in der Post war. »Ich meine – Ihre Frisur ist total okay, aber das hier wäre etwas Frischeres!« Isobel tat so, als hätte sie Sadie nicht gehört, schnitt dann aber, sobald Sadie in der Pause war, die Seite heraus.

»Oh, ein *Bob*«, sagt die Friseurin. Sie sieht aus, als wäre sie kaum alt genug fürs Haarewaschen, geschweige denn Schneiden. »Der ist zurzeit wahnsinnig angesagt.« Sie inspiziert Isobels Haare. »Das wäre etwas kantiger als Ihre derzeitige Frisur. Wird toll aussehen! Damit werden Sie um Jahre jünger!«

Isobel runzelt die Stirn. Was ist verkehrt daran, fünfundfünfzig zu sein? Soll sie sich jetzt eine Tüte über den Kopf ziehen? »Hm«, sagt sie nur.

»Und dazu Highlights, oder? In welcher Farbe?«

Isobel ist ihrem Spiegelbild bislang ausgewichen, doch jetzt sieht sie sich selbst direkt an. Sie muss an das Aquarium denken. »Honigblond«, sagt sie. »Irgendwas Warmes.«

Sadie ist restlos begeistert. Am folgenden Morgen stößt sie auf dem Parkplatz einen spitzen Schrei aus, und Isobel ist überrascht, wie sehr sie sich geschmeichelt fühlt. Trotzdem verdreht sie sicherheitshalber die Augen.

»Wahn-sinn!« Sadie stemmt die Tür für sie beide auf. »Sie sehen gleich zehn Jahre jünger aus!«

Isobel kommentiert es nicht. Ihre Haare wippen, als sie den Flur entlanggeht, und sie verspürt wieder jene Leichtigkeit, die so lange weg war, auch wenn sie es nie bemerkt hat. Sie schaltet das Licht im Eingangsbereich ein. Alles frisch und neu.

Ihr Handy vermeldet eine Nachricht von Victor. *Bleibt es beim Wochenende?* Sie lächelt und drückt auf Antworten.

»Ist das unser Mr Godden?«, fragt Sadie auf dem Weg in die Kaffeeküche. Sie dreht den Wasserhahn auf. »Wann ziehen Sie denn nun mit ihm um die Häuser?«

Isobel sträubt sich. *Unser* Mr Godden, klar. »Samstag … Ich bin mir allerdings noch nicht sicher, ob ich wirklich mitgehe.«

Sadie steckt den Kopf durch die Tür. »Oh, das können Sie nicht machen! Er ist so ein Schätzchen! Wussten Sie, dass er der einzige Patient hier ist, der mir nicht auf die Titten stiert? Ich hab mich schon gefragt, ob er vielleicht schwul ist.«

Isobel weiß nicht, wie sie darauf reagieren soll. »Nein, Sadie, das wusste ich nicht. Aber danke, dass Sie mich ins Bild gesetzt haben.«

»Was haben Sie beide denn vor?«

»Das haben wir noch nicht besprochen. Er hat ein Abendessen vorgeschlagen, aber ...«

»Aber?«

Wenn sie in der Öffentlichkeit mit ihm gesehen würde, müsste sie bei den Ältesten Rechenschaft ablegen – wie bitte schön soll sie das ihrer jungen Kollegin erklären? Sich mit einer weltlichen Person zu verabreden ist an sich schon kritisch, und Isobel ist noch nicht mal geschieden. Die ganze Woche denkt sie schon darüber nach, das Treffen abzusagen, aber ihr Friseurbesuch hat ihr einen Hauch Verwegenheit beschert. Sie ist noch nicht bereit, dieses Gefühl wieder abzuschütteln.

»Das ist schwer zu erklären ...« Sie weiß, dass sie hinsichtlich ihres Glaubens ehrlich sein muss. Es ist nicht in Ordnung, bei fremden Leuten anzuklopfen und dann bei denen, die sie tagtäglich sieht, damit hinterm Berg zu halten.

»Also, ich finde, Sie sollten dem Mann eine Chance geben. Er hat Ihnen immerhin Blumen geschenkt.«

»Und damit schulde ich ihm zum Dank einen gemeinsamen Abend?« Sie ist alarmiert. So läuft das also?

»Seien Sie nicht albern.« Sadie kommt mit zwei Bechern Tee zurück. »Ich meine doch nur: Er mag Sie. Da können Sie doch genauso gut ein bisschen Spaß haben.« Sie stellt Isobels Becher vor ihr ab. »Haben Sie schon überlegt, was Sie anziehen?«

Isobel folgt dem Blick der Kollegin und streicht ihre Bluse glatt. »Ich bin mir noch nicht sicher. Warum?«

»Na ja, es ist nur ...« Sadie neigt leicht den Kopf und mustert sie eingehend. »Verstehen Sie mich jetzt nicht falsch, Isobel, aber Sie ziehen sich manchmal nicht gerade zu Ihrem Vorteil an. Ich meine – ein Tweed-Rock! Im Sommer!«

Isobel setzt sich kerzengerade auf und fängt an, Unterlagen zu sortieren. »Ich wusste nicht, dass meine Kleidung ein Ärgernis sein könnte.«

»So habe ich es doch nicht gemeint.« Sie verschränkt die Arme. »Ist Ihnen gar nicht klar, was für eine Bombenfigur Sie haben? Ich kann nur hoffen, mal so auszusehen wie Sie, wenn ich alt bin.«

»Also …«

Sadie reißt die Augen auf. »Ich hab eine Idee! Wir schließen in der Mittagspause zu, fahren zusammen zum Outlet und finden ein schönes Outfit für Ihr Date?«

»Es ist kein Date.«

»Wetten, wir finden etwas, was Victor aus den Socken haut? Haben Sie schicke Unterwäsche?«

Mit offenem Mund starrt Isobel sie an. »Um ganz ehrlich zu sein, sage ich wahrscheinlich einfach ab.« Sie nestelt an ihrer Tasche.

»Ich hab Sie verschreckt, oder? Ach, hören Sie nicht auf mich. Vergessen Sie den Schlüpfer, wir finden einfach ein schönes Kleid.« Sie trommelt mit den Fingerspitzen auf den Schreibtisch. »Ich biete Ihnen gerade gratis meine Hilfe an, und ich mache das nur, weil ich glaube, dass Ihnen ein ordentlicher F…« – sie hüstelt –, »… ein netter Kneipenabend nicht schaden kann.«

Isobel sitzt mit dem Handy in der Hand da. Der blinkende Cursor wartet darauf, dass sie endlich ihre Antwort eintippt. Sie sollte absagen. Aber ihr neuer Haarschnitt … Sie wüsste zu gern, was er davon hält.

Ja, okay, schreibt sie an Victor. »Ja, okay«, sagt sie zu Sadie.

Angst

Alice und Jen 1997

»Meine Brüder und Schwestern, wir müssen uns auf den Krieg vorbereiten, der hier auf Erden ausbrechen wird. Wenn wir uns ansehen, in welchem Zustand die Welt ist, dürfte uns allen klar sein, dass die letzten Tage unmittelbar bevorstehen.«

Die Luft in dem fensterlosen Saal ist stickig und riecht nach nassen Wollmänteln. Regen trommelt aufs Dach über der Gemeinde, deren Blicke auf den Bruder auf dem Podium gerichtet sind.

Jen wartet nur darauf, dass Alice hinter ihr sie anstupst. Das tut sie immer, wenn Bruder Connell spricht, oder zumindest kommt ein Zettelchen mit irgendeinem fiesen Kommentar. Es ist bereits eine Viertelstunde vergangen – und immer noch nichts.

»Macht euch der Anblick eines toten Tieres am Straßenrand traurig? Nun, Brüder, wenn unser Herr die Schlacht für sich entschieden hat, werden auf den Straßen Leichenberge liegen, verbrannte, verstümmelte Leichen. Stellt euch den Gestank vor. Unsere Aufgabe wird es sein, sie zu beseitigen. Es ist also wesentlich, dass wir in diesen letzten Tagen nicht mehr nur an uns denken – denn dort draußen wird unsere Hilfe benötigt. Wir stehen in diesem Krieg auf der richtigen Seite, wir haben Glück. Unsere Aufgabe besteht jetzt darin, den Menschen die Botschaft zu ver-

künden, damit sie nicht alle auf den verwesenden Leichenbergen landen.«

Bruder Connell legt eine Kunstpause ein, und in der letzten Reihe kreischt ein Kind. Die Eltern versuchen, es zu beruhigen, dann wird es hinaus ins Foyer getragen.

Jen dreht sich um, tut so, als wollte sie nach der Uhr sehen, und späht verstohlen in Alice' Richtung. Die guckt kein bisschen wie erwartet, sondern sitzt stocksteif da und starrt gebannt aufs Rednerpult. Jen spürt den spitzen Ellenbogen ihrer Mutter in den Rippen und dreht sich wieder nach vorn um. Aber sie hört nicht mehr zu.

Alice' Gesichtsausdruck – die Angst in ihrem Blick – geht ihr nicht mehr aus dem Kopf.

Später stehen sie zusammen mit den anderen Jugendlichen im Eingangsbereich. Die Jungs reden über die Premier League. Alice steht ein Stück abseits und starrt eine Vase mit Trockenblumen an.

»Erde an Alice«, flüstert Jen, »wo bist du gerade?«

Alice blinzelt, schüttelt den Kopf und kehrt wieder ins Hier und Jetzt zurück. »Sorry, diese Predigt …«

»Was war damit?«

Alice antwortet nicht. Sie sieht erst Jen an, dann die Jungs, die über irgendeinen Witz lachen. Im nächsten Moment zieht sie Jen in eine Ecke.

»Er hat gesagt, wir stehen alle auf derselben Seite. Auf der *richtigen* Seite.«

Jen runzelt die Stirn.

»Wenn Harmagedon kommt«, zischt Alice. »Er hat gesagt, die weltlichen Leute sterben und dass *wir* zusammen auf der richtigen Seite stehen.«

»Ja? Und?«

»Dann stehen wir auf der richtigen Seite, nur weil wir hier sind? Dann sind wir die Überlebenden, nur weil auf uns allen das gleiche Etikett klebt?«

Jen gibt sich alle Mühe, Alice' Ausführungen zu folgen. »Na ja, das kann nur der Herr beurteilen. So steht es doch in der Bibel? Er entscheidet, wer gut und wer schlecht ist, wer überlebt und wer nicht.«

»Aber das hat er nicht gesagt«, wendet Alice ein. »Er hat gesagt, dass wir alle auf derselben Seite stehen.«

»Das war verallgemeinert. In dreißig Minuten kann er ja nicht ins Detail gehen.«

Alice starrt sie an. »Aber es geht ums Detail. Wie kann er bei diesem Thema so ungenau sein? Hier geht es um Leben und Tod, da muss man doch präziser werden.«

Jen weiß nicht, was sie dazu sagen soll, und zuckt mit den Schultern. Dass Alice sich so in eine Glaubensfrage hineinsteigert, hat sie noch nie erlebt. Normalerweise langweilt sie sich bei den Zusammenkünften, versucht, nicht zu gähnen, und hängt mehr auf dem Stuhl, als dass sie sitzt. Seit sie im vergangenen Jahr getauft wurde, scheint sie jedes Interesse verloren zu haben.

»Aber stehen wir denn nicht auf derselben Seite?«, hakt Jen hoffnungsvoll nach. »Wir sind immerhin keine Mörder oder Vergewaltiger oder Diebe, wie der Rest der Welt. Keiner von uns ist perfekt, aber ich würde jetzt nicht behaupten, dass wir den Tod verdient hätten.«

Die Tür zum großen Saal geht auf, und drei Älteste kommen heraus und flüstern ernst miteinander. Jen lächelt, als sie zwischen den Jugendlichen hindurchgehen, und einer von ihnen, Steven, zwinkert ihr freundlich zu. Sie halten auf die Bibliothek zu und schließen die Tür hinter sich. Jen starrt das Schlüsselloch an. Irgendwas ist da im

Busch, wenn sie sich nach einer Zusammenkunft so verhalten.

Sie dreht sich wieder zu Alice um, die mit tieftraurigem Blick an der Wand lehnt.

Alice sieht ihr ins Gesicht. »Dann ist also keiner von uns schlecht? Wir schaffen es alle?«

Tote Blumen

Jen

Jen nimmt jeden Tag, wie er kommt. Sie geht über das nagende Gefühl in ihrem Bauch hinweg, das auch nicht abflaut, wenn sie gegessen hat, ignoriert die feuerroten Flecken an ihrem Kinn und am Hals und verbringt mehr Zeit als sonst damit, aus dem Fenster zu starren.

»Was ist denn los mit dir?«, will Zelda wissen, als Jen vergisst, den Wasserhahn zuzudrehen.

»Nichts.« Sie weicht Zeldas Blick aus.

Am Mittwoch fährt sie wie üblich zur Arbeit, und der nicht nachlassende Strom aus Kundinnen lenkt sie von dem Problem ab, das ihr den Schlaf raubt. Sie schiebt es beiseite, während sie Kleidungsstücke vom Boden aufhebt und sich wiederholt bei Wildfremden dafür entschuldigt, *im Weg zu stehen*.

Nach der Arbeit ist sie mit Zelda zu ihrem Kurs verabredet. Sie stellt sich bereits den Ton vor, den sie auf die Töpferscheibe legt, und sieht ihn vor sich, wie ihre Hände ihn zum Leben erwecken. Der schöpferische Akt beschert ihren Gedanken sonst Ruhe, heute allerdings nicht. Die Schmerzen sind einfach zu stark.

Gegen vier Uhr lässt sie das Kleid fallen, das sie gerade zusammenlegt, krümmt sich hinter der Kasse, keucht und versucht verzweifelt, nicht in Ohnmacht zu fallen. »Alles in Ordnung?«, fragt eine Kundin, und die Schichtleiterin kommt angerannt. »Alles gut«, antwortet Jen, presst sich die Hand vor den Mund und versucht, ihren Mageninhalt bei sich zu behalten. »Ehrlich, es geht mir gut.«

Man schickt sie nach Hause.

Vielleicht sollte sie Zelda alles erzählen. Falls sie zu Hause ist, könnte Jen ihr vielleicht erklären, dass sie ausziehen muss, dass sie keine Wahl hat, dass sie das nicht entscheidet. Zelda versteht das bestimmt.

Oder vielleicht wartet sie noch ein bisschen. Egal, was die Ältesten sagen: Sie weiß, dass Zelda sich nach etwas sehnt, was außerhalb ihrer Reichweite liegt, und dass Jen sie zurückholen kann. Auf diese Weise kann ich ihr meine Liebe zeigen, denkt sie. Das ist die einzige Möglichkeit. Bei der Vorstellung wird ihr ganz warm, und die Schmerzen in ihrem Kopf lassen nach. *Ich will es versuchen, Vater,* betet sie. *Sieh, wie sehr ich es versuchen will.*

Als sie ankommt, ist der Garten verwaist und das Haus still. Stand Zeldas Wagen in der Einfahrt? Jen lässt ihre Handtasche fallen, tritt an die Spüle und nimmt sich ein Glas Wasser. Sie lässt es überlaufen, sodass das Wasser an dem gewellten Rand hinabströmt. Ihre Hand ruht auf ihrem Bauch, als sie den Durst stillt, der ihr bis zu diesem Augenblick gar nicht bewusst war.

Von oben hört sie einen Schrei und ein dumpfes Geräusch, als wäre etwas vom Bett gefallen. Jen stellt das Glas ab und spitzt die Ohren. Da, schon wieder – Zelda, die vor Schmerzen aufschreit.

Jen nimmt zwei Stufen auf einmal und platzt in das Zimmer, sieht Zelda nackt auf dem Bett, einen Mann hinter ihr, der sie würgt und mit der anderen Hand an ihren Haaren reißt. Zum Nachdenken bleibt keine Zeit. Sie stürzt sich auf den Mann, boxt ihm mit aller Kraft in die Seite, zerrt ihn von ihrer Freundin herunter, er kracht auf den Boden, und mit gespreizten Beinen versucht er, Jens Schläge abzuwehren. »Hör sofort auf!«, brüllt er sie an.

Dann schlingt Zelda ihr den Arm um die Taille und schleudert sie aufs Bett.

»Was soll das?«, kreischt sie.

Jen sieht sie schockiert an. »Moment … *Was?*«

»Ich blute«, sagt der Mann, der inzwischen im Schneidersitz auf dem Boden sitzt und seine Stirn betastet. »Du hast mich verletzt, du blöde Schlampe!«

Zelda geht auf ihn zu und berührt die Wunde. »Ist nur ein Kratzer. Nicht weiter schlimm.«

»Tut mir leid«, stammelt Jen verwirrt. »Ich hab dich schreien hören und dachte … Moment.« Sie stemmt sich hoch. »Du bist der Typ von der Hochzeit. Der uns nicht in Ruhe gelassen hat.«

Er streckt ihr die Hand entgegen. »Matt. Scheißerfreut.«

»Aber du bist verheiratet!«, keift Jen angewidert.

Zelda schnappt sich ihren Kimono. »Verschwinde«, sagt sie zu Jen, sieht sie aber nicht an. Sie beugt sich über Matt, inspiziert erneut die Wunde, und dann dreht sie sich halb zur Tür um. »Raus!«

Jen bedenkt sie noch mit einem herablassenden Blick und verschwindet nach unten. Sie ist außer sich vor Wut. Sie kauert sich auf die Sofakante und schiebt die Hände zwischen die Knie. Hier ist keine Kundin, die sie fragt, ob alles in Ordnung ist. Hier ist niemand.

»Ich bin es so leid«, sagt sie, als Zelda in ihren tonfleckigen Arbeitsklamotten nach unten kommt. »Ich wohne hier jetzt einen vollen Monat und weiß immer noch nicht, warum überall tote Blumen herumstehen. Hier.« Sie schlägt nach einem braunen Blatt. »Die *verreckt.* Gieß sie, verdammt noch mal!«

»Geht es hier gerade um Grünpflanzen?«

Jen lässt die Schultern hängen. »Er ist verheiratet, Alice. *Verheiratet!*«

»Glaub mir, das ist mir bewusst.«

»Und warum hat er das dann mit dir gemacht?« Jen zeigt nach oben, wo Matt hörbar über die Dielen schlurft. »Du hast geschrien! Kein Wunder, dass ich geglaubt habe, du wärst überfallen worden.«

»Also, jetzt reicht's.« Sie sieht auf die Uhr. »Wenn wir rechtzeitig beim Kurs sein wollen, müssen wir allmählich los.«

Jen wendet sich ab. Draußen in der Brise schaukeln die Rosen. Scharlachrot, Karminrot, Purpurrot, Schattierungen der Romantik und des Blutes. »Verkauf mir das nicht als Liebe«, sagt sie. »So sah das nämlich nicht aus. Niemand, der einen anderen Menschen wirklich liebt, würde ihm so etwas antun.«

Zelda schnaubt und schüttelt den Kopf. »Vielleicht mag ich es so? Vielleicht zeigt das nur, wie sicher ich mich mit ihm fühle, dass ich sogar diese Seite von mir genießen kann? Liebe ist nicht gleich Missionarsstellung, Jennifer!«

Jen hält sich den Bauch, gegen die Schmerzen, und dann sagt sie leise: »Was er seiner Frau antut, hat Pete mir angetan.«

»Tut mir leid, dass du das mitgekriegt hast, okay?« Zelda klingt jetzt sanfter. »Aber das hier geht nur mich etwas an. Du hast kein Recht, einfach hereinzuplatzen oder es jetzt so hinzudrehen, als hätte ich dir absichtlich wehtun wollen.

Und mir ist auch völlig egal, wie das *ausgesehen* hat. Mir ist wichtiger, wie Sachen *sind*, als welchen *Anschein* sie haben.«

Zeldas Schlafzimmertür geht auf. Sie sehen nach oben, wo Matt den kompletten Türrahmen einzunehmen scheint. Lässig kommt er die Treppe herunter, dann wirft er sich seine Jacke über die Schulter und drückt Zelda einen Kuss auf den Mund. Er zieht es in die Länge. Jen wendet sich ab. Als er fertig ist, schlendert er pfeifend zur Tür. »Bis dann, Mädels.« Und weg ist er.

»Du behauptest von dir, du wärst Feministin, aber was ist mit seiner Ehefrau?«, faucht Jen.

Zelda berührt ihre Lippen wie in Erinnerung an den Kuss. »Jetzt komm aber …«

»Nicht dein Problem, was? Er ist ein Idiot, und du solltest es besser wissen!«

Sie nimmt beide Hände hoch. »Warum dürfen Männer Affären haben, und jeder findet das okay? Niemand macht sich Gedanken darüber, dass sie solidarisch mit anderen Männern sein müssten. Warum bitte schön ist das anders bei mir? Bei uns? Warum muss ich die halbe Menschheit bei meinen Entscheidungen berücksichtigen? Ich meine – ja, ich bin mit der Situation auch nicht glücklich. Aber erzähl du mir nicht, was ich zu tun und zu lassen habe. Das hatte ich jahrelang zur Genüge. Ich will frei sein.«

Jen lässt den Blick über die Vasen mit den toten Blumen schweifen, die traurig die Köpfe hängen lassen. »Du bist ein Fake. Du redest von Ehrlichkeit und davon, offen für alles zu sein, aber hier ist alles Fake. Deine Haare, dein Name, deine Kostüme, die Art, wie du Fotos von dir bearbeitest … Das sind alles Methoden, um die Wahrheit zu vertuschen.«

Zelda neigt den Kopf und sieht Jen höhnisch an. »Weil du ja so ehrlich bist? Zum Beispiel damals, in deinem Zimmer? Da wollest du deine eigene Wahrheit auch nicht wahrhaben.«

Jen wird schlagartig eiskalt. Sie steht stocksteif da, ihre Gedanken rasen, sie reckt das Kinn vor. Sie weiß jetzt, dass sie nicht länger hierbleiben kann. »Alice«, sagt sie.

Zelda zuckt mit den Schultern. »Nenn mich meinetwegen Alice, wenn du willst. Die ist immer noch irgendwo in mir drin. Aber vielleicht war ihr Leben einfach zu verdammt traurig. Vielleicht hatte sie die Möglichkeit, sich ein neues Leben zu erschaffen, sich neu zu erfinden – und wer könnte es ihr verübeln?«

»Aber das hier ist nicht echt. Man kann einfach die Hand hindurchschieben. Es ist alles nur Schein.«

»Dann soll ich jetzt also der Wahrheit ins Gesicht sehen? Dass mein Vater gestorben ist und meine Mutter mich nicht mehr anguckt, dass mein Leben in sich zusammengefallen ist, als ich ein Kind war und ein alter Sack mich vergewaltigt hat? Ist *das* für dich vielleicht wahr genug? Sag doch mal – hättest du so ein Leben haben wollen?«

Bei der letzten Frage versagt ihr die Stimme. Sie wirbelt herum und rennt nach draußen.

Der Schnitt

Alice 1998

»Das ist ein sehr ernster Vorwurf, Alice.«

Alice sitzt ihnen gegenüber und weiß nicht, wo sie hinsehen soll. Nicht zu dem Mann jedenfalls, der sie anspricht, mit dem Ansatz einer Glatze und der gebogenen Nase. Sie hat Bruder Connell noch nie leiden können. Er nimmt die Jüngeren von ihnen nicht mal zur Kenntnis – es sei denn, sie rennen im Saal oder haben sich die Haare nach weltlicher Art frisiert. Da fällt er über sie her und verdreht Bibelstellen, gerade wie es ihm passt. Die anderen beiden lassen sie nicht aus den Augen. Aber auch die will sie nicht ansehen, sie ist fünfzehn und hat von älteren Männern die Schnauze voll.

»Ist dir klar, wie ernst deine Anschuldigungen sind?«

Alice zuckt mit den Schultern. Sie hat nur die Wahrheit gesagt. Hätte sie erst deren Ernsthaftigkeit durchleuchten sollen, bevor sie sie ausgesprochen hat? Und wie genau hätte das gehen sollen?

»Vielleicht fangen wir noch mal von vorn an«, schlägt Bruder Mason vor und rückt seine Krawatte zurecht. »Wann hat das alles angefangen?«

»Vor etwa zwei Jahren.« Alice starrt den Teppichboden an.

»Vor *etwa* zwei Jahren?«

Alice runzelt die Stirn – wollen sie jetzt ein Datum von

ihr? »Im Sommer. Kurz vor meinem dreizehnten Geburtstag. Also ja, vor etwa zwei Jahren.«

Ihre Antwort klingt abgehackt. Wie einzelne Sätze aus einem Telegramm. Die Sätze haben wie Graffiti-Schriftzüge in ihrem Innern existiert, ohne Füllwörter, die die Wahrheit aufweichen könnten.

»Wie kommt es, dass du dich daran so genau erinnern kannst?«, will Bruder Boyd wissen.

»Weil ich in der Woche zuvor getauft worden war. Ich hatte ein Kleid an, keine Strumpfhose, und er hat einen Schnitt an meinem Knie bemerkt.« Alice errötet, als sie daran zurückdenkt, wie sie sich die Beine rasiert hatte. »Er hat mein Bein berührt und nach dem Schnitt gefragt. Deshalb weiß ich es noch so genau.«

Bruder Boyd verzieht das Gesicht und blickt auf seine Bibel hinab.

»Und wie war er dort hingekommen?«, hakt Bruder Connell nach. »Der Schnitt?«

Alice' Gesicht steht in Flammen. Das Letzte, was sie diesen Männern darlegen will, ist ihre Pubertät, aber ihre Mutter wird genau wissen, wenn sie jetzt lügt. Sie wartet draußen und lauscht. Und sie weiß von dem Schnitt. »Ich kann mich nicht mehr erinnern«, flüstert Alice.

Einer der Brüder macht sich Notizen.

»Fang noch mal ganz von vorn an, Alice«, sagt Bruder Mason sanft. »Was ist an jenem Tag alles passiert?«

Alice holt tief Luft und lauscht der Stille. Aus dem Eingangsbereich ist kein Gelächter zu hören, weil niemand dort ist. Der Saal ist nur für sie aufgeschlossen worden.

»Er kam vorbei, um mich abzuholen. Josh Townes saß vorn. Er hat geklopft, ich bin raus und hinten auf der Rückbank eingestiegen.«

»Was für ein Auto war das?«

Alice schluckt. »Keine Ahnung, wie so etwas heißt – er fährt inzwischen ein anderes –, aber es war weiß und hatte hinten einen Spoiler.« Und glühend heiße Ledersitze, auf denen sie sich die Schenkel verbrannt hat.

Bruder Boyd gibt ihr mit einer Geste zu verstehen, dass sie fortfahren soll, während er alles mitschreibt.

»Wir waren mit dem Stadtrand dran, deshalb mussten wir zwischen den Häusern immer ein Stück fahren. Er bat mich, das erste Haus mit ihm zusammen zu machen. Anschließend sind wir wieder eingestiegen und zum nächsten Haus gefahren. Dort war dann Josh an der Reihe. Eine Zeit lang haben wir uns abgewechselt, und dann hat er Josh aufgefordert, es mal allein zu probieren.«

»Warum sollte er das tun?«, hakt Bruder Mason nach.

Verwirrt runzelt Alice die Stirn. Liegt das nach allem, was sie erzählt hat, nicht auf der Hand? »Das Haus lag am Ende eines längeren Gartenwegs, die Tür war vom Auto aus zu erkennen, und ich nehme an, er dachte, wenn Josh Hilfe bräuchte, könnte er ja winken, und wir würden es sehen.«

Einer der Brüder flüstert Bruder Connell etwas ins Ohr. Alice versucht, nicht hinzuhören, aber sie versteht jedes Wort.

»Ich bin mir nicht sicher, ob er sich noch daran erinnern kann«, wirft sie ein.

»Und warum sollte er sich nicht mehr daran erinnern?«, fragt Bruder Connell.

»Weil das zwei Jahre her ist und für Josh Townes einfach nur ein normaler Predigtdienstmorgen war.«

Nicken. »Und weiter?«

»Josh ist ausgestiegen, und er hat sich auf der Rückbank zu mir umgedreht. Er hat mich nach dem Schnitt gefragt, und dann hat er sich danach ausgestreckt.« Sie rutscht auf ihrem Stuhl herum und presst die Beine zusammen. »Er hat immer weiter geredet, aber seine Hand ist dabei an meinem Bein hochgefahren und dann unter mein Kleid.« Alice stellt sich vor, wie ihre Mutter draußen stocksteif auf ihrem Stuhl sitzt.

»Ich weiß, dass das hier schwer für dich sein muss, Alice, aber wir müssen die Umstände ganz genau kennen. Bitte erzähl uns, wo genau er dich angefasst hat.«

Alice starrt die Bücherregale hinter den drei Männern an. Reihe um Reihe dicker gebundener Bücher, angefangen bei der Gründung der Organisation Ende des neunzehnten Jahrhunderts bis zum heutigen Tag. Sie kennt diese Bücher schon ihr Leben lang. Sie kennt diesen Raum schon ihr Leben lang. *Die Bibliothek.* Ein Ort zum Lernen. Alles in diesem Raum ist immer ihr Anker gewesen.

»Er hat seine Finger in mich reingeschoben. Er hat die ganze Zeit weiter geredet, als würde das, was da gerade passierte, in Wahrheit gar nicht passieren.«

»Worüber hat er gesprochen?«

»Über die Spice Girls. Das Wetter. Dass er in der Woche darauf einen öffentlichen Vortrag hätte. Ich weiß es noch genau.«

»Was hattest du an?«

Alice blinzelt. »Wie bitte?«

»Was hattest du an?«

»Ein Kleid, das meine Mutter genäht hatte. Rot mit karierten Taschen.« Inzwischen ganz zuhinterst in ihrem Kleiderschrank begraben.

»Welche Form hatte es?«

Alice versteht nicht, warum sie das wissen wollen, antwortet aber: »Wie ein weites Sommerkleid. Es hatte schmale

Träger, und ich hab immer eine Strickjacke darüber getragen, wenn es nicht gerade heiß draußen war.«

»Hattest du die Strickjacke an dem Tag an? Und wie kurz war das Kleid?«

»Ja, ich glaub schon …« Ihr Herz fängt an zu rasen. »Ähm, das Kleid ging bis hier.« Sie berührt ihr Knie. »Was ist … Warum ist das wichtig?«

Bruder Connell räuspert sich. »Alice, uns ist nicht entgangen, dass du mitunter dazu neigst, dich an der Grenze zu … sagen wir … unangemessen … zu kleiden. Hier und da haben wir Kommentare zu deinen weit ausgeschnittenen Oberteilen gehört. Ist dir dieser Umstand bewusst?«

Alice' Hand schnellt an ihre Brust, und sie sieht, wie ihr die Blicke der Männer folgen. Ich dachte, der Tag im Auto wäre der schlimmste in meinem Leben gewesen, schießt es ihr durch den Kopf, aber ich habe mich geirrt. Ich habe mich so was von geirrt.

»Es ist … nicht ganz einfach für mich … Sachen zu finden, die passen …« Tut mir leid, dass sich mein Körper so plötzlich verändert hat, denkt sie, ich bin auch nicht begeistert. Aber wenn er euch ein Dorn im Auge ist, warum glotzt ihr mich dann ständig an? Selbst wenn ich Sachen anhabe, die keine Blicke auf sich ziehen, starrt ihr trotz alledem. Vielleicht hört ihr mal auf Jesus, der gesagt hat, ihr sollt euch die Augen ausreißen, wenn ihr eine Frau ständig anseht, und schiebt die Verantwortung, ihren sich entwickelnden Körper unter Kontrolle zu halten, nicht einer Fünfzehnjährigen zu. Genau das würde sie ihnen am liebsten sagen. »Ich verstehe nicht ganz, was das eine mit dem anderen zu tun haben soll.«

Bruder Connell starrt ihr einen Augenblick lang ins Gesicht, als versuchte er, sie zu durchschauen. »Alice, wie oft ist das vorgefallen? War der Vorfall im Auto eine einmalige Sache oder nicht?«

»Fünfmal in dem Jahr.«

»Und hast du ihn je aufgefordert, es bleiben zu lassen?«

Sie zuckt mit den Schultern. »Ich hab versucht, von ihm wegzurutschen. Ich hab mich hinter den Fahrersitz gesetzt, aber er ist dann immer auch hinten eingestiegen. Nichts von dem, was ich versucht habe, hat funktioniert.«

»Wann ist es zuletzt passiert?«

»Etwa vor einem Jahr.«

»Und was glaubst du, warum hat es aufgehört?«

Alice versteht nicht, warum sie *ihr* diese Frage stellen, auch wenn sie die Antwort kennt. »Er hat aufgehört, mich zu beachten, als ich aufgehört habe, wie ein kleines Mädchen auszusehen.«

»Und wie wusstest du, dass er dich nicht mehr beachtet?«

»Er hat mich nicht mehr angestarrt. Vorher hat er mich die ganze Zeit angesehen und wollte ein Gespräch anfangen. Dann hat mein Körper angefangen, sich zu verändern, und er hat mich nicht mehr zum Predigtdienst mitgenommen.«

»Du wusstest also, dass er dich angesehen hat. Hast du ihn auch angesehen?«

Alice überkreuzt die Arme vor der Brust und würde sich am liebsten in Luft auflösen. »Wie bitte?«

»Na ja, wenn jemand weiß, dass er angesehen wird, muss er ja wohl auch selbst hingesehen haben.«

Alice hat keine Ahnung, was sie darauf erwidern soll. Sie gibt Geräusche von sich, wie Anlaute zu einzelnen Wörtern, aber keins davon spricht sie voll aus.

»Hast du noch jemand anderem davon erzählt?«, fragt Bruder Boyd.

Alice beißt sich auf die Lippe, damit sie nicht losheult. »Meine Eltern wären am Boden zerstört gewesen. Mein Vater … Das hätte ich ihnen nicht antun können. Aber ich habe Tagebuch geführt. In Geheimsprache.« Ihr wird schlagartig mulmig, als sie sich vorstellt, wie sie das Tagebuch einfordern. Ihre innigsten Geheimnisse auf violettem Papier.

»Geheimsprache?«

»Er hat darin einen anderen Namen. Und ich hab geschrieben, dass er mich mit Eis gefüttert hat.« Sie kichert verlegen. »Echt albern.«

»Und warum hast du niemandem davon erzählt?«

Erneut würde Alice am liebsten lachen. Ist das sein Ernst? Wem denn? Sie erzählt es ihnen doch gerade, und sie glauben ihr nicht. »Er ist ein *Ältester*«, sagt sie, als würde das alles erklären.

Bruder Connell gibt Bruder Boyd ein Zeichen. »Holen wir ihn dazu.« Der Bruder hält auf die Tür zu. »Gut, Alice«, sagt er dann und dreht sich wieder zu ihr um. »Die Schrift ist, was die erforderlichen Beweise angeht, unmissverständlich. Entweder gesteht der Beschuldigte seine Sünden, oder aber wir brauchen zwei Zeugen, um eine Schuld festzustellen. Du bist einer davon, aber ohne Geständnis brauchen wir einen zweiten. So schreibt es die Bibel vor, damit sichergestellt ist, dass keine falschen Anschuldigungen erhoben werden. Wir holen den Bruder jetzt rein und hören uns seine Version der Geschichte an.« Er sieht zu der Tür in ihrem Rücken und schnipst mit den Fingern.

Alice bleibt fast das Herz stehen. Er steht dort draußen, im Flur, bei ihrer Mutter. Wartet, wie auf einen Arzttermin. Als wäre heute ein ganz normaler Tag. Die Tür fällt ins Schloss, und dann setzt sich der Bruder wieder.

Und *er* setzt sich neben sie. »Alles klar, Les?«, fragt er, und: »Alles klar bei dir, Tim?«

Was immer *er* gleich tut, wird sie im Augenwinkel mitansehen.

»Alice«, sagt Bruder Connell, »vielleicht könntest du noch einmal wiederholen, was du uns eben erzählt hast?«

»Alles?«, flüstert sie.

»Ja, wenn das nicht zu viel verlangt ist? Wir müssen der Wahrheit auf den Grund gehen.«

Und so sitzt Alice mit hochrotem Kopf allein vor vier Männern in der Bibliothek und schildert abermals, was ihr einer von ihnen angetan hat. Sie versucht, es so genau wie nur möglich zu wiederholen, damit niemand ihr vorwerfen kann, dass sie es sich ausgedacht hätte. Sie versucht, nicht darüber nachzudenken, dass ihre Mutter draußen sitzt und weint. Sich die Einzelheiten ins Gedächtnis zu rufen fällt ihr nicht schwer, weil sich ihr jede Einzelheit jenes Tages in die Erinnerung eingebrannt hat. So wie es auch mit diesem heutigen Tag sein wird.

Als sie fertig ist, beißt sie sich auf die Zunge und wartet darauf, was als Nächstes kommt.

Er streitet alles ab.

Es gibt keinen zweiten Zeugen.

Alice weiß nicht genau, was das zu bedeuten hat.

Ihre Mutter fährt sie nach Hause. Schweigend sitzen sie nebeneinander. Sie erwähnen mit keiner Silbe den Moment, da Bruder Connell ihre Mutter gefragt hat, weshalb sie Alice erlaubt habe, ohne erwachsene Aufsicht in *seinem* Auto mitzufahren – als wäre Marjorie schuld daran. In Alice krampfte sich alles zusammen, als ihre Mutter – hauchzart und von Natur aus still – sich ein ums andere

Mal dafür entschuldigte. Keine von ihnen erwähnte die nervöse Freude, die beide packte, als ihre Mutter am Morgen ein Kleid für sie herauslegte und noch betonte, welches Privileg es sei, dass *er* sich ausgerechnet sie als Predigtpartnerin ausgesucht habe und dass dies ein Zeichen der Liebe in ihrer Gemeinde sei, wenn sie jemandem, dessen Vater nicht in der Wahrheit war, besonders gewogen seien.

Sie erwähnen auch nicht, dass Bruder Connell Alice ins Visier genommen und ihr nahegelegt habe, die Sache für sich zu behalten. »Ohne zweiten Zeugen legen wir die Angelegenheit in Gottes Hände. Vertrau seiner Liebe, und er wird dir eine Stütze sein. Nähere dich ihm im Gebet. Wir dürfen nicht riskieren, dass sich die Gemeinde durch Gerede entzweit. Und Alice … Diese Artikel hier könnten vielleicht hilfreich sein.« Er drückte ihr ein paar zusammengetackerte Kopien in die Hand. Die erste Seite war überschrieben mit *Ein gutes und angemessenes Erscheinungsbild.* Alice drückte sich die Seiten an die Brust. Sie war verwirrt, weil er die Lektüre schon herausgesucht haben musste, bevor er wusste, was sie vorbringen würde.

In Richtung ihrer Mutter murmelte er: »Am besten sprichst du mit niemandem darüber, Marjorie. Du weißt, wie weltliche Institutionen sein können. Sie lauern nur auf einen Grund, über Gottes Herde herzufallen, und wir dürfen dem Satan nicht die Genugtuung geben, mit anzusehen, welches Unheil er anrichten kann. Wenn du Bedenken hast, sprich mich darauf an. Aber wir müssen die Sache nun in die Hände unseres himmlischen Vaters legen und dürfen seinem Namen keine Schande machen.«

Sie sagen beide kein Wort. Allein das Quietschen der Scheibenwischer begleitet die Fahrt, bis sie zu Hause den

Wagen abstellen und Marjorie sich halb zu ihr umdreht, als Alice gerade die Beifahrertür aufmachen will.

»Kein Wort zu deinem Vater«, sagt sie. »Das würde ihn umbringen.« Und damit steigt sie aus.

In ihrem Zimmer wirft Alice die Artikel aufs Bett.

»Das war's also?«, fragt sie niemand Bestimmten.

Der Tag bleibt in Alice für immer präsent. Er wird nie Vergangenheit. Er läuft in Dauerschleife in ihr ab.

Vergissmeinnicht

Alice 1998

Der einzige Hinweis darauf, dass sich etwas verändert hatte, war Marjorie, die tags darauf in Alice' Zimmer kam und deren Kleiderschrank durchforstete. Alles Unanständige kam weg. Sie versuchte sogar, mit Alice shoppen zu gehen, nur dass es ein Ding der Unmöglichkeit war, für deren schmalen Körperbau mit üppiger Oberweite etwas Passendes zu finden.

»Du hast einfach keine normale Figur.« Tadelnd schüttelte sie den Kopf.

»Ja, anscheinend bin ich eine Art Monster.«

»Dann muss ich dir eben wieder Sachen nähen«, beschloss Marjorie und produzierte an der Nähmaschine weit geschnittene Blusen und Kleider, in denen Alice schier unterging.

»Die trage ich nicht«, sagte Alice, als ihre Mutter die Kleider in ihren Schrank hängte. »Himmelherrgott noch mal, ich bin fünfzehn! Ich will nicht aussehen wie ein Heißluftballon!«

»Meine Tochter zieht sich nicht wie eine Schlampe an«, entgegnete Marjorie. »Und hör sofort auf zu fluchen!«

Von da an gab Alice ihr Taschengeld für Kleidung aus. Sie durchwühlte die Billigläden in der Stadt, in denen ein Zehner sogar für mehrere Oberteile ausreichte. Für Stoff, der juckte und der sich verzog, Klamotten, wie sie andere Mädchen ebenfalls trugen. Sie stylte sich, zog die von ihrer Mutter genähten Sachen darüber, aber kaum außer Sichtweite zog sie sie aus und stopfte sie in ihre Tasche.

Zu täuschen war nie ihre Absicht. Dies war nun mal ihr Körper.

Mein wahres Ich ist fortan tabu, überlegte sie; wenn ich mich aber verstecke, bin ich mit mir nicht ehrlich. Doch wenn ich ehrlich mit mir bin, dann wollen sie mich nicht. Egal, wie ich mich entscheide – ich bin unehrlich, also müssen sie die Täuschung doch höher schätzen als die Wahrheit. So wie sie *seine* Aussage höher geschätzt haben als meine. Dabei war *seine* gelogen.

Ihr war verboten worden, darüber zu sprechen, also sprach sie auch nicht darüber, nicht einmal mit Jen, die ihr immer zugehört hatte. Klassenkameradinnen standen nicht zur Debatte – *das sind weltliche Leute, Alice* –, und selbst bei jenen, die ihr nahestanden, hatte sie so eine Ahnung, dass sie niemals verstehen würden, in welcher Welt Alice lebte. Mit einem Bein hier, mit dem anderen dort. Zwischen allen Stühlen.

Bei Zusammenkünften saß sie weiterhin im Saal, während *er* predigte. Sie sah zu, wie er weiterhin Bibelstudien anleitete und Jugendliche mit zum Predigtdienst nahm. Kein zweiter Zeuge bedeutete: kein Beweis. Er hatte ihr ihre Unschuld genommen. Ihm selbst war nichts genommen worden, die Leute liebten ihn wie eh und je.

Alice trieb sich mit Jungs herum. Mit sechzehn hatte sie jeden Einzelnen aus der Gemeinde geküsst und einigen sogar erlaubt, die Hand unter ihr Oberteil zu schieben. Während eines Südfrankreichurlaubs flirtete sie am Abendbrottisch mit dem niedlichen französischen Kellner. Als sie sich Rotwein über das weiße Häkelkleid mit den Tausendschönchen am Saum kippte, schickte ihre Mutter sie auf die Toilette, um Abhilfe zu schaffen. Sie schlängelte sich zwischen den Tischen hindurch in den rückwärtigen Teil des Lokals, er ging ihr nach, sie verriegelte die Kabine, und er fingerte sie zum Orgasmus. Als sie an ihren Tisch zurückkehrte, waren ihre Wangen so rot wie die Weinflecken, die sie vergessen hatte auszuwaschen.

Eine Zeit lang knutschte sie auch mit Mädchen, aber da war sie nicht mit dem Herzen dabei. Sie waren nur Übung für den entscheidenden Augenblick. Und der entscheidende Augenblick kam in einem lila Auto, hatte blondierte Haarspitzen und ein Lächeln, das sie auf null zurücksetzte.

Zuvor jedoch, noch vor ihrem siebzehnten Geburtstag, gab ihre Mutter endlich Alice' Bitten nach, und sie schlossen sich einer anderen Zusammenkunft an, die zwanzig Minuten in die entgegengesetzte Richtung lag. Doch Erinnerungen sind nun mal nicht an Gebäude oder Rückbänke von Autos geknüpft. Sie folgen einem wie der eigene Schatten.

Ihr Vater bekniete sie, ihr Leben auf die Reihe zu kriegen. Stundenlang saß er mit ihr zusammen, brachte ihr bei zu nähen und zu sticken, und versuchte, zu ihr durchzudringen. »Ich habe das Gefühl, ich kenne dich gar nicht mehr«, sagte er, und sie ertappte ihn dabei, wie er sich eine Träne aus dem Augenwinkel wischte. »Was ist nur mit dir passiert, Schätzchen?«

Also erzählte sie es ihm. Sie saß in seiner blechernen Werkstatt am Ofen und ließ alles raus, was sie bislang so verzweifelt für sich behalten hatte, all die Wut, den Zorn, und ihr dämmerte, dass sie es nie würde hinter sich lassen können. Ganz gleich, was sie jemals täte – es würde für immer unter der Oberfläche lauern. Bei der Vorstellung wollte sie am liebsten durch die Ritzen im Boden verschwinden.

Ihre Mutter behielt recht. Es brachte ihren Vater um. Als Marjorie sich weigerte, zur Polizei zu gehen, und ihn anflehte, es auch nicht zu tun, begann er, sich aus dem Leben zurückzuziehen. Sechs Monate später wurde bei ihm ein Gehirntumor diagnostiziert. »Das überrascht mich kein bisschen«, sagte er, als er es erfuhr. »Schließlich sind Herz und Hirn miteinander verbunden.«

Drei Monate nach dem Tod ihres Vaters nahm Alice an einem Sonntag gerade Platz im Saal, als verkündet wurde: *Heute beehrt uns ein Bruder aus der Gemeinde Telhill*, und *er* ans Podium trat, um zu predigen. Sie rannte nach draußen, zu den Waschräumen, und kotzte ins Klo, und dann kehrte sie zurück und lauschte *seiner* Stimme für weitere zwei Stunden.

In derselben Woche kochte sie über. Auf einer Versammlungsfeier am Samstag küsste sie drei Jungs und rauchte am helllichten Tag mitten in der Stadt eine Zigarette, was die Ehefrau eines der Ältesten prompt mitbekam. Sie ließ sich ein Bauchnabelpiercing stechen. Sie rauchte einen Joint. Sie wollte jedes mögliche Gefühl ausprobieren.

In der Bibliothek saßen die üblichen drei Männer über sie zu Gericht. In einer anderen Gemeinde, aber Bibliotheken sahen überall gleich aus. Die gleichen Bücher, die gleiche abgehängte Decke, die gleiche Atmosphäre, als man sie ins Verhör nahm. Diese Ältesten wussten nicht, was ihr widerfahren war. Der Vorwurf von damals war archiviert worden und durfte nur im Ausnahmefall wieder hervorgeholt werden. Was sie damals vorgebracht hatte, war nicht für fremde Ohren bestimmt. Ihr Ruf indes, die mit den knappen Oberteilen zu sein, die gern provozierte, war ihr aus der letzten Versammlung vorausgeeilt.

So ungezogen von dir, dass du mich dazu treibst. Das hier ist alles deine Schuld. Seine Worte, beim ersten Mal. Als die Ältesten sie aufforderten, ihre Geschichte zu wiederholen, brachte sie es nicht fertig, davon zu erzählen.

Ein Teil von ihr hätte es ihnen gern erklären wollen. Jetzt hört mir gut zu, Brüder, hätte sie gern gesagt. Er hat das getan, weil ich für ihn als kleines Mädchen keine Gefahr dargestellt habe. Erst als sich mein Körper veränderte, ließ er von mir ab. Meine Kurven sind meine Waffen, Frau zu werden hat mich endlich befreit, deshalb muss ich sie feiern, sie herzeigen, für ihre Entstehung dankbar sein. Versteht ihr das nicht? Ich will Angst machen, will euch vor mir hertreiben. Ich muss meine Macht zurückerobern.

Doch all das existierte nur als vage Idee in ihrem siebzehnjährigen Gehirn. Sie hatte die Sache noch nicht vollends durchdrungen. Deshalb verschränkte Alice, zwei Jahre nachdem sie sich erstmals drei Männern anvertraut hatte, die Arme vor der anstößigen Brust und biss sich bei jeder ihrer Fragen bloß auf die Lippe. Ich kann es nicht wieder zur Sprache bringen, dachte sie. Außerdem haben sie mir schon beim ersten Mal nicht geglaubt. Also hielt sie den Mund und wurde für reuelos befunden. *Überheblich. Weltlich. Ein Freigeist.*

Sie wurde aus der Gemeinschaft ausgeschlossen und vor die Tür gesetzt.

Wenig später wurde sie Zelda. Sie investierte ihr kleines Erbe in den Umbau der alten Werkstatt und zog dort bei nächster Gelegenheit ein. Eine letzte Umarmung oder ein Gespräch mit der Mutter gab es nicht. Marjorie schob hinter ihr einfach die Tür ins Schloss.

Zelda liebte das Leben in ihrem Blechhaus. Dort war sie von Liebe umgeben – in Gestalt der Kostüme und Schaufensterpuppen ihres Vaters und eingedenk all der Stunden, die sie dort zusammen verbracht hatten. Das Blechhaus war sein Ort, seine Zuflucht gewesen, und nun gehörte es ihr.

Sie versuchte, wieder zu lieben. Sie versuchte es wirklich. Die erste Liebe loderte wie Feuer in ihren Adern. Selbst als sie erloschen war, so wie alles erlischt, blieb Zelda weiterhin von jenem merkwürdigen und herrlichen Schmerz erfüllt. Ihre ureigene Leidenschaft war zum Leben erwacht.

Mit neunzehn verliebte sich jemand in sie, und obwohl sie genau wusste, dass er nicht der Richtige war, probierte sie es eine Zeit lang mit ihm aus. Er war wie ein neues Kleid, von dem jeder behauptete, es würde ihr stehen. Er schrieb ihr Briefe und Gedichte und sprach von Seelenverwandtschaft. Als sie einmal am Rand eines Kornfelds lagen, stand er auf, machte ein Foto von ihr und verkündete, sie sei für ihn jetzt auf ewig mit Vergissmeinnicht verknüpft. Oh bitte, nicht Vergissmeinnicht, erwiderte Zelda. Das ist so ein Klischee. Aber *du* bist kein Klischee, sagte er. Du bist kaltes Wasser an einem heißen Tag. Du bist die Tinte, die meinem Papier Sinn verleiht. Du bist der Inbegriff von Vergissmeinnicht. Und dann fiel er im langen Gras auf die Knie und gab ihr einen Kuss.

Warum hatte sie sich nicht in ihn verlieben können? War die Liebe für sie auf ewig durch schlechte Tattoos und Basketballposter verdorben? Sie erwiderte seinen Kuss, strich ihm über den Kopf und dachte: *Wenn ich dich nur zuerst kennengelernt hätte.*

Voll entwickelte Wesen

Zelda und Jen

Zelda blickt nicht auf, als Jen das Atelier betritt. Sie sitzt an der mit Flecken und Furchen übersäten Werkbank und schlägt auf den silbrigen Ton ein. Zelda modelliert lieber. Die Sprache der Töpferscheibe beherrscht sie nicht. Die ist für ihre Persönlichkeit zu präzise.

Jen setzt sich neben sie, macht aber keine Anstalten anzufangen. Sie dreht sich zu Zelda um, die ihrerseits hoch konzentriert vor sich hin arbeitet.

»Du hattest recht – das war deine Privatsache«, sagt Jen. »Ich hätte nicht schlussfolgern dürfen, dass …« Sie spricht den Satz nicht zu Ende.

Zelda hämmert die Faust in den Ton.

»Jen?« Mary betritt den Raum. Wie üblich trägt sie eine Latzhose über einem bunten Shirt und hat sich die krausen Locken im Nacken zusammengezurrt. »Nimmst du die Töpferscheibe? Wir sind heute nur zu dritt, und Tariq verspätet sich.«

Jen reißt den Blick von Zelda los. »Ich wollte heute eigentlich modellieren.«

Mary ist überrascht. Sie sieht von einer zur anderen und

nickt knapp. »Gut, ich bin draußen, ruft einfach, wenn ihr mich braucht.« Dann geht sie, und die beiden sind wieder unter sich.

Minutenlang wartet Jen darauf, dass Zelda etwas sagt. Sie lässt den Blick über die mit Gefäßen, Büchern und Farbdosen vollgestellten Regale schweifen. Seit einem Monat kommen sie mittwochs hierher, und für Jen ist es jedes Mal das Highlight der Woche. Sie sehnt das Ende des Wochenendes herbei, auf dass die nächste Woche beginne. Hier inmitten des Durcheinanders, in diesem Atelier, das nach Erde und Sommerregen riecht, kann sie mit Zelda zusammensitzen und Dinge erschaffen. Wenn sie sich nur besser ausdrücken könnte, würde sie dieses Gefühl auch beschreiben, das sie tief in ihrem Innern, in ihren Fingern und Zehen spürt.

»Ich hatte mit Pete nie einen Orgasmus«, sagt sie dann.

Zelda sieht sie verblüfft an, und dann gellt ihr scharfes Lachen durch das Atelier. »Wie bitte?«

Auch Jen lacht. Sie ist erleichtert. Vielleicht kann sie sich ja doch ausdrücken. »Beim ersten Mal hab ich's nur vorgespielt, und danach hatte ich irgendwie keine Wahl, als so weiterzumachen. Ich hab so getan, als wäre alles gut, damit er bloß bald wieder aufhört.« Sie schüttelt den Kopf. »Ich bin dermaßen verkorkst.«

Zelda starrt den Ton an. »Wir sind alle verkorkst.«

Jen steht auf, um sich Ton und eine Schüssel mit Wasser zu holen. Sie setzt sich zurück an die Werkbank, fängt aber immer noch nicht an.

»Weißt du, was ich gefühlt habe, als klar war, dass er mich betrügt?« Sie lächelt schief. »Erleichterung. Endlich ein Ausweg. Dann kam das schlechte Gewissen – weil ich froh war. Ich hätte ihn für das hassen müssen, was er mir angetan hat, und stattdessen …«

Zelda schüttelt den Kopf. »Genau das vermisse ich an diesem System am allerwenigsten. Das schlechte Gewissen bei jeder Kleinigkeit.«

Und dann erzählt sie Jen alles. Die Rückbank des Wagens eines Ältesten. Matt. Ihr Vater. Jen hört ihr zu und hat die ganze Zeit die Hand vor dem Mund.

Zelda stützt die gespreizten Hände auf. »Ich betrachte alle um mich herum als voll entwickelte Wesen. Aber was bin ich bitte schön? Ich stecke immer noch auf dieser Rückbank fest und weiß immer noch nicht, wie ich weitermachen soll. Die Leute starren mich an und denken: Warum kann sie nicht einfach normal sein? Warum kann sie nicht funktionieren? Und ich denke nur: Ich weiß es nicht.«

Jen berührt Zelda am Arm, und sie sehen einander weinen.

»Ich hatte keine Ahnung …«, sagt Jen. Ein stummer Wutausbruch bricht sich in ihr Bahn, als sie darüber nachdenkt, wie ihr Leben hätte verlaufen können, wenn sie all das gewusst hätte. Sie hätte Alice besucht und sie in die Arme genommen. Sie hätte sie nicht mehr losgelassen.

»Deshalb mag ich, was Matt mit mir macht. Weil es diesmal meine Entscheidung ist. Ich kann dem Ganzen jederzeit ein Ende setzen.« Zelda zupft ihren Ton auseinander. »Wahrscheinlich klingt das jetzt total gestört, aber das gibt mir die Macht zurück.«

Beide drehen sich um, als ein Ast ans Fenster klopft. Eine Wolke schiebt sich vor die Sonne, und im Atelier wird es kurz dunkler. Doch die Wolke ist ebenso schnell wieder weg, wie sie aufgetaucht ist, und alles ist heller als vorher.

Dann platzt ein Typ Mitte zwanzig herein. »Hey, Mädels!« Er lässt seine Tasche fallen und schüttelt die langen Haare aus. »Was geht?«

Zelda fährt sich mit dem tonverschmierten Finger am Lidrand entlang. »Wir freuen uns auch, dich zu sehen, Tariq.«

»Hey, tut doch nicht so, als würde euch meine Anwesenheit nicht glücklich machen.« Einen Klumpen Ton jonglierend tritt er an die Werkbank. »Scheiße, ihr habt ja noch gar nicht losgelegt. Nur noch anderthalb Stunden, Mädels, jetzt aber dalli!« Dann fängt er an, Mary, die hinter ihm hereingekommen ist, von seinem Horrortag zu erzählen.

Über ihren jungfräulichen Ton hinweg sieht Jen ihm dabei zu. Sie starrt seinen Mund an, diese selbstbewusste Art, wie er einfach drauflosplaudert, die Gesten, die locker sitzende Jeans. Der weiß, wer er ist, denkt sie. Der zweifelt nicht. So etwas ist ihr völlig fremd, eine Utopie.

Mary schlendert mit Tariq zum Arbeitsplatz mit der Töpferscheibe, und Jen begegnet Zeldas Blick. Sie hat ihr zugesehen, wie sie Tariq angesehen hat.

»Tut mir leid, dass ich dich damals geküsst habe.«

Jen springt auf, tritt an die Wand, wo das Werkzeug bereithängt, und fährt mit dem Finger die Reihen ab. Sie lässt sich Zeit, will, dass sich ihr Puls erst wieder beruhigt. »Ah«, sagt sie schließlich, »da.« Sie nimmt sich, was sie braucht, und kehrt an die Werkbank zurück.

Vor sich hin summend bereitet sie ihren Arbeitsplatz vor. Dann lässt sie sich auf den Schemel fallen und nimmt die Hände hoch, um endlich anzufangen. Sie greift zu ihrem Werkzeug, starrt dann jedoch darauf hinab. Es ist eine hölzerne Rippe, die man nur für die Töpferscheibe braucht.

Zelda beobachtet sie immer noch. »Jen«, flüstert sie und streckt sich nach ihr aus. »Ich wollte nur, dass du kapierst …«

Kaum dass sie Zeldas Berührung spürt, schließt Jen die Augen. Es erinnert sie an damals. »Ich dachte, das hört auf, wenn ich verheiratet bin. Ich hab es zu spät begriffen.«

»Aber jetzt weißt du es.« Zeldas Stimme klingt eindringlich.

»Und was hilft mir das? Dass ich mich immer in die Falschen verliebe?«

Zelda schüttelt den Kopf. »Jen, willst du nicht endlich ehrlich sein?«

Sie starrt den kalten Ton an. »Ich will Jacob zurück. Ich wusste ab seinem ersten Tritt, dass ich nur noch seine Liebe wollte. Seine bedingungslose Liebe.«

»Aber doch nur, weil du wusstest, wenn du zu anderen ehrlich wärst, hättest du herausgefunden, dass deren Liebe an Bedingungen geknüpft war.« Zelda verstärkt ihren Griff.

Jen hält inne. »Vielleicht will ich ihn deshalb so sehr zurück – mehr, als möglich ist. Weil ich diese Liebe zulassen darf.«

»Aber soll dein Leben eine Lüge sein?«

Jen starrt ihre Freundin an. Gibt es ernsthaft Menschen, die einfach so jedweden Weg einschlagen, der ihnen gerade passt? Sie könnte Zelda erzählen, wie sie sich zwicken muss, wenn sie sich unwillkürlich nach einer Frau umdreht, wie sie sich bei jedem unkeuschen Gedanken fest in die Haut kneift. Vielleicht sollte sie ihr die blauen Flecken zeigen. Sie hat ihr Lebtag gehört, dass derlei Begierden unrein sind. Schmutzig. Ihre Art Liebe ist die verkehrte. Es wäre gelogen, wenn sie abstreiten würde, dass sie nicht selbst schon darüber nachgedacht hätte, aber jene Welt hinter sich zu lassen würde nun mal bedeuten, dass sie ihre Familie verlieren und nur mehr Zelda dabei zusehen würde, wie die sich an billige Typen vergeudet. Es wäre den Tausch nicht wert.

»Manchmal wünschte ich mir, ich wäre gestorben.«

»Jen …«

»Wenn ich einfach weggedämmert wäre, würde ich die

Augen aufschlagen und wäre mit Jacob vereint. Verstehst du das nicht? Ich habe ganz umsonst die Wahrheit gesagt. Ich hätte ihn schneller zurückgehabt, wenn ich einfach getan hätte, was ich hätte tun sollen.« Sie zittert, und Zelda nimmt sie in die Arme, will sie trösten, ihren Schmerz lindern. Nach und nach beruhigt sich Jen wieder.

Sie lassen einander los. Wo zwei Menschen sich einander anvertraut haben, ist es heller.

»Es gibt Leute«, sagt Zelda, »die schneiden dir tief ins Fleisch, und wenn sie fertig mit dir sind, bist du nicht mehr derselbe Mensch. Nichts wird je wieder, wie es mal war. Aber das ist schon okay. Weil eine schmerzhafte Phase immer noch besser ist als unendliches Nichts. Lieber handelt man sich Verletzungen ein – weil man so zumindest weiß, dass man blutet. Zumindest weiß man so, dass man nicht versteinert ist.«

Nickend wischt Jen sich die Tränen weg. Sie vermischen sich mit dem Ton.

Zehn Minuten später kommt Mary mit einer frisch gedrehten Vase zurück. Die Vase sieht so fantastisch aus, dass Jen und Zelda sie sich unbedingt genauer ansehen wollen.

»Die ist unglaublich.« Zelda beugt sich vor.

Sie ist unten bauchig und verzweigt sich nach oben zu mehreren Röhren, fast wie ein menschliches Herz. Ringsum schlagen rote und pinkfarbene Flammen empor, die entlang der Röhren in einer Farbe verschmelzen und sie förmlich in Brand stecken. Jen stellt sich vor, wie sie sich die Finger daran versengt.

»Und das ist …?«, fragt sie.

»Was meinst du?« Mary runzelt die Stirn.

»Ein Herz, oder?«

Mary neigt den Kopf und mustert die Vase. »Erklär nie deine Arbeiten. Leg all deine Liebe und deine Seele hinein, aber die Deutung überlass anderen. Sie werden sowieso nur das darin sehen, was sie sehen wollen. Eine Erklärung lohnt da nicht.«

Marys Arbeiten sind immer schwer zu beschreiben. Sie sind mit bunten, abstrakten Mustern übersät, mit Batikstreifen, Blockstreifen, Zickzacks – oder mit traditionelleren Motiven auf überraschenden Formen. In der allerersten Stunde hat sie erwähnt, dass ihr Heimatland, das sie als Kind verlassen hat, sie stark beeinflusse. Sie werde nie wieder dorthin zurückkehren – sie habe hier eine neue Heimat gefunden –, sie könne es aber auch nicht gänzlich hinter sich lassen. Die heiße Wüstenluft, der Geruch von gerösteten Gewürzen, Licht, so wie es nur in jener Ecke der Welt sei. All das stecke tief in ihr drin. Seine Wurzeln nimmt man überallhin mit, sagt sie. Man schiebt sie bloß in neue Erde.

Mary wirft einen Blick auf die Werkbank. »Ihr habt ja kaum angefangen. Ist alles in Ordnung?«

»Alles gut«, antwortet Zelda und kehrt an ihren Platz zurück. »Keine Sorge, wie haben einiges gelernt.«

Tariq stößt mit seiner frisch getöpferten Schale zu ihnen und trägt sie vor sich her wie einen Kelch mit Weihwasser. Er setzt sich, sieht erst ihren Ton und dann sie beide an.

Zelda stochert in ihrem Ton. »Tariq, darf ich dich mal was fragen?«

»Habt ihr nicht schon genug gequatscht?«

»Wann wusstest du, dass du schwul bist?«

Tariq lacht, als er sieht, wie Jen Zelda anstarrt.

»Wie kommst du darauf, dass ich schwul bin?«, fragt er und dreht sich mit der Hand auf dem Herzen um die eigene Achse.

»Oh.« Zelda lehnt sich stirnrunzelnd zurück. »Du hast recht, sorry, ich hätte nicht einfach annehmen dürfen, dass …«

»Schon okay, Süße. Ich *bin* schwul. Ich finde es einfach nur amüsant, dass ihr Heteros immer denkt, ihr könntet uns überall erspähen, wie bei einer Safari … Aber um deine Frage zu beantworten: Ich habe es immer gewusst. Wann wusstest du, dass zwei plus zwei vier ist?«

»Aber manche Menschen wissen es nie«, wirft Jen ein. »Oder?«

Tariq verdreht die Augen. »Also bitte. Natürlich wissen wir es.«

Jen spürt, dass Zelda sie ermutigend ansieht. »Wie haben deine Eltern darauf reagiert?«, fragt sie leise.

»Wer sagt, dass ich es ihnen erzählt habe? Erzählst du deiner Mum, wen du vögelst?«

»Aber fühlst du dich so nicht einsam?« Jen hat Mut gefasst. »Indem du nicht offen und ehrlich bist, was deine Identität angeht?«

Tariq lacht, allerdings nicht mehr so laut. »Mädchen, du kennst meine Eltern nicht. Ich tue alles, um zu überleben.«

Eine Weile herrscht Stille.

Jen starrt Tariq an, der sich über seine Schale beugt. Sie hat ihn für stark, mutig und selbstbewusst gehalten. Sie war genau wie alle anderen, die dachten, sie wüssten Bescheid.

Zelda mustert den geformten Ton auf ihrem Platz. Dann haut sie die Faust darauf. »Verdammt, ich wüsste zu gern, wie viel besser die Welt wäre, wenn alle Eltern ihre Kinder in den Arm nehmen und ihnen sagen würden, dass sie sie lieb haben.«

Sie fällt, fällt, fällt

Isobel

Als Isobel aus dem Bus steigt, fühlt sie sich der Lächerlichkeit preisgegeben. Die Leute starren schon, da ist sie sich sicher. Sie ahnt, dass alle denken: Wie sieht die denn aus? Aufgedonnert wie mit Mitte zwanzig … und kann auf diesen albernen Riemchendingern nicht mal richtig gehen!

Etwas Ähnliches hat sie sogar selbst gesagt, als Sadie den Vorhang aufzog und ausrief: »Das ist perfekt!«, woraufhin Isobel erwiderte: »Es ist rot.«

»Genau! Die Farbe der Romantik, die Farbe der Liebe! Genau, was Sie brauchen!«

»Aber es ist so … rot!«, wiederholte Isobel. »Und es ist bloß ein Abendessen, Sadie, wir wollen mal nicht übertreiben.«

Trotzdem hat sie es gekauft. Sie hatten abzüglich des Hin- und Rückwegs nur vierzig Minuten Zeit, denn in gewisser Weise vertraute sie Sadie und wollte wohl auch die Aufmerksamkeit, die Sadie zuteilwurde, einmal kosten – nur probehalber! Verglichen mit Sadie war Isobel immer noch eine Nonne.

Auf dem Weg zur Kasse griff Sadie nach einem Paar hoher Schuhe. »Die sehen sexy aus – und sie sind dreißig Prozent reduziert! Welche Schuhgröße haben Sie, Isobel?«, und dann drückte sie die Schuhe einer Verkäuferin in die Hand. »Bringen Sie sie einfach zurück, wenn sie nicht passen«, erklärte sie, als Isobel sie alarmiert ansah. »Und jetzt los – Carol flippt aus, wenn wir nicht rechtzeitig zurück sind.«

Für Isobel sind fünf Zentimeter – und dann auch noch Pfennigabsätze – eine Herausforderung. Damit muss sie neu laufen lernen. Zumindest ist das Kleid nicht kurz. Obenrum passt es perfekt, nur ein winziges bisschen Haut ist zu sehen, die Schultern sind bedeckt, und der leichte, weite Rock umschmeichelt ihre Beine.

Victor hat vorgeschlagen, dass sie sich vor einem französischen Bistro ein Stück abseits der Innenstadt treffen. Sie hat von dem Lokal noch nie gehört, was dafür spricht, dass sie dort niemandem begegnet. Als sie die Straße überquert, geht die Sonne allmählich unter. Die Bistrofenster sind mit Blumenkästen voller Geranien geschmückt, und von drinnen fällt warmes Licht auf die Straße. Sie späht durchs Fenster. Rot-weiß karierte Tischtücher, echte Blumen, Kerzen auf den Tischen. Das würde Steven gefallen, denkt sie, und dann fällt ihr wieder ein, dass sie hier in einem ungewohnten Outfit auf einen Fremden wartet.

Ein Taxi hält neben ihr, Isobel erkennt den Umriss des Beifahrers sofort wieder und huscht in den benachbarten Hauseingang. Toni und Bill Norris steigen lachend aus und halten direkt auf das Bistro zu.

Sie haben mich nicht gesehen, redet sie sich gut zu, spürt jedoch ihren Puls am ganzen Leib. Sie hätten mich in dieser Aufmachung gar nicht erkannt. Aber wenn doch, was würden sie denken … Sie stakst vom Lokal weg, als sie hinter sich ein Motorrad tuckern hört. Sie dreht sich nach ihm um, und auf seiner Maschine bleibt Victor gerade stehen. Lackschwarz und Chrom. Das Dröhnen des Motors hallt in der Straße wider.

»Wollen Sie schon wieder gehen?« Er nimmt seinen Helm ab und lächelt sie mit seinen frisch reparierten Zähnen freundlich an. Statt Lederkluft trägt er Jeans und ein geblümtes Hemd mit Siebzigerjahre-Manschetten und spitzem Kragen. Isobel versucht, ihn nicht zu sehr anzustarren.

»Ich …« Verlegen blickt sie auf ihre Handtasche hinab. »Ich kenne da drin Leute, und …«

»Ich auch. Der Oberkellner ist ein Freund von mir und hat uns den besten Tisch reserviert. Sollen wir?«

»Ich kann nicht.«

Er sieht sie an. »Na, dann finden wir doch bestimmt ein anderes Lokal, obwohl die guten samstags voll sein werden.«

Samstagabend. Überall Leute. Beobachter. Sie klammert sich an ihre Tasche. »Ich sollte besser heimgehen.«

»Oh.« Er sieht zu Boden. »Kann ich Sie in dem Fall vielleicht nach Hause fahren? Ich hab auch an alles gedacht.« Er zeigt auf den zusätzlichen Helm, den er an seinem Motorrad festgezurrt hat.

Isobel hat noch nie auf einem Motorrad gesessen. Autos waren eher Stevens Ding. Schnittige, polierte Wagen, die Jugendlichkeit ausstrahlten. Sie schüttelt den Kopf. »Da kommt bestimmt gleich ein Bus.«

»Sicher? Wenn Sie in der Innenstadt wohnen, habe ich Sie in fünf Minuten nach Hause gebracht. Der Vorteil an einem Motorrad.«

Sie zögert. Motorräder sind für sie immer waghalsig und gefährlich gewesen, aber die Aussicht, nicht auf Stilettos zur nächsten Bushaltestelle stolpern zu müssen, ist überaus verlockend. Sie sieht auf ihr rotes Kleid hinab. Auf dem

Motorrad würde sie niemand erkennen – nicht mit Helm auf dem Kopf und einem Körper wie dem einer anderen Frau.

»Kommen Sie schon«, sagt er und zieht lächelnd am Brems- und Kupplungshebel. »Haben Sie doch mal ein bisschen Spaß.«

Vielleicht ist es das Kleid oder die Frisur oder der unvertraute Umstand, dass ein Mann ihr an einem warmen Sommerabend Aufmerksamkeit schenkt – jedenfalls schießen ihr zwei Wörter durch den Kopf: Warum nicht?

Sobald sie unterwegs sind, fährt ihr der Wind um Beine und Leib. Isobel ahnt, dass er extra behutsam fährt, trotzdem hat sie ihre Arme fest um seine Taille geschlungen und presst die Oberschenkel gegen den Sitz. Als sie an einer verspiegelten Fassade vorbeifahren, erhascht sie einen Blick auf ihr Spiegelbild: verwischtes Schwarz, Chrom und Rot. Ihr Kleid weht im Wind. Sie könnte sich einhändig festhalten und mit der anderen das Kleid über die nackten Beine ziehen, aber sie lässt es bleiben. Sie zeigt ihre Beine her. Eine berauschende Mischung aus Anspannung und Verlangen ergreift von ihr Besitz, als sie sich wünscht, dass jeder, der sie kennt, sie jetzt sehen könnte. Isobel Forge auf einem Motorrad.

Als sie vor ihrem Haus vorfahren, steigt er ab und hilft ihr vom Soziussitz. Sobald sie den Boden berührt, schießt ihr der Schmerz in die Zehen. »Mein erstes und letztes Mal auf einem Motorrad«, sagt sie mit einem verlegenen Lachen, fährt sich über die Haare und fürchtet das Schlimmste für ihre Frisur. Als sie die Enttäuschung in seinem Gesicht sieht, fügt sie eilig hinzu: »Aber danke fürs Heimbringen!«

»Schönes Haus.«

»Oh, es ist nur das oberste Stockwerk. Normalerweise sitzen die anderen Bewohner auf der Vordertreppe und rauchen, was mir wirklich nicht recht ist, aber es ist nun mal ein Mietshaus, da muss man mit solchen Leuten wohl rechnen.«

Am liebsten würde sie es sofort zurücknehmen.

»Aber architektonisch ein Traum«, sagt er und zeigt hoch zum Dach. »Diese Rundgauben – die sieht man heutzutage nur noch selten. Fantastisch.«

Sie sieht nach oben. »Da haben Sie recht.«

»Sorry«, sagt er, »mit solchen Details langweile ich jeden. Aber man verpasst so viel, wenn man nicht hochguckt.« Und dann sehen sie gemeinsam nach oben.

»Ich gehe dann wohl besser.« Verlegen hebt Isobel die Hand an ihre Haare. »Tut mir sehr leid wegen heute Abend.«

»Vielleicht ein andermal.«

Bei der Vorstellung, sich noch mal verkleiden zu müssen, atmet Isobel scharf ein. »Warum kommen Sie nicht einfach noch kurz mit hoch?«

»Meinen Sie das ernst?«

Irgendwie hat es in ihrem Kopf besser geklungen. »Auf einen Tee? Ich habe sonst nicht viel daheim, vielleicht noch Toastbrot und Käse … Ich weiß, das klingt nicht gerade verlockend, und es wäre schon in Ordnung, wenn …«

»Nein, nein, furchtbar gern«, entgegnet er und strahlt sie an.

Auf dem Weg nach oben gerät sie in Panik. Was macht sie denn da – sie kennt diesen Mann überhaupt nicht. Er könnte ihr etwas antun. Dass sie mit wenigen Mausklicks seine Personendaten aufrufen konnte, beruhigt sie kein bisschen. Was, wenn er sie umbringt? Doch ein flüchtiger Blick in sein Gesicht, und sie weiß, sie hat von ihm nichts zu befürchten.

In der Wohnung haben die Oberlichter den Sommer eingelassen, und die Zimmer sind stickig. Isobel steuert zuallererst den Spiegel an, um ihre Frisur zu kontrollieren.

»Was für ungewöhnliche Räume«, sagt Victor und sieht sich um.

»Das Licht, oder?«

»Ein Traum!«

»Hm.«

»Noch nicht alles ausgepackt, oder?«

Isobel dreht sich zu ihm um. »Doch. Warum?«

»Oh, ich dachte nur …« Eine vage Geste. »Sie haben gar keine Bilder an der Wand. Keine Fotos.«

Isobel beäugt die kahlen Wände. »Nein, na ja … Ich bin mir noch nicht sicher, welche ich aufhängen will.«

»Bei mir kann man sich vor Bildern kaum noch bewegen. Sie sind überall – Mollie, meine Tochter, schickt mir ständig neue Fotos von meinem Enkel, die ich an meinen Kühlschrank pinne, nur gehen mir langsam die Magnete aus. Aber es ist immer schön, ihn zu sehen, wenn ich mir Milch nehme.«

»Klingt nett.«

»Und bei Sam, meinem Sohn, ist es genau das Gleiche. Schickt Fotos von uns beim Fischen oder von Bikertreffen. Er wohnt im Norden, deshalb sehen wir uns nur selten, und da sind die Fotos echt hilfreich. Außerdem ist es lustig zu sehen, wie ich mich verändere.«

Statt zu antworten, starrt Isobel ihr Spiegelbild an.

»Sie sollten auch welche aufhängen – Fotos von Ihnen über die Jahre. Bei Unternehmungen.«

»Ich hab keine Fotos von mir selbst …«

»Alle noch eingepackt?«

»Nein. Ich meine, überhaupt.«

»Ah. Kamerascheu.«

Isobel betrachtet ihre neue Frisur, die er mit keinem Wort erwähnt hat. »Ich war immer diejenige, die die Fotos gemacht hat«, erklärt sie. »Es hat nie jemand angeboten, auch mal Fotos von mir zu machen. Das ist mir gar nicht aufgefallen.«

Eine Zeit lang herrscht Stille.

»Aber ich könnte Fotos von meinen Kindern aufhängen. Patrick und Cassandra. Die sehe ich auch nicht allzu oft. Obwohl sie nicht im Norden wohnen.«

Er sieht sie lange an. Dann räuspert er sich und geht zielsicher auf die Küche zu. »Ich mache uns Tee.«

Das Festnetztelefon klingelt, und Isobel wirft einen Blick aufs Display. Es ist Patrick. Ihr Puls beschleunigt sich. Wenn sie nicht rangeht, versucht er es auf ihrem Handy, und wenn sie da nicht rangeht … Denn sie geht immer ran. Was würde er tun, wenn nicht?

»Hallo?«

»Mum«, sagt Patrick mit gepresster Stimme. »Wie geht es dir?«

Isobel hustet, um das Klappern in der Küche zu übertönen. »Gut. Gleich gibt's Tee.«

»Mum, ich hab Neuigkeiten. Du setzt dich vielleicht besser hin.«

»Neuigkeiten?« Sie dreht sich von der Küche weg, um das Telefon abzuschirmen.

»Sicher, dass es dir gut geht? Du klingst irgendwie komisch.«

»Alles bestens«, raunt sie in den Hörer. »Was ist passiert?«

Er holt tief Luft. »Dad hat gerade angerufen.«

»Was?«

»Ich habe sofort aufgelegt. Wollte nicht mit ihm sprechen. Also hat er eine Nachricht hinterhergeschickt.«

Sie wartet auf die Fortsetzung.

»Sie ist schwanger. *Amber.* Ungefähr so weit wie Jude.«

Isobel lässt den Hörer fallen.

»Mum? *Mum?*« Patricks Stimme vom Fußboden klingt dünn und entfernt.

Isobel geht in die Knie. »Ich bin noch dran.«

Ihm sei klar, dass er nicht mit ihm hätte reden dürfen, aber er habe ihm einfach sagen müssen, was für ein Mistkerl er sei. Dass er gleichzeitig Vater und Großvater würde. Dass dies ein Moment der Freude sein solle. Dass Amber nur halb so alt sei wie er. Es geht in jedem einzelnen Satz nur darum, wie schlimm dies alles für Patrick ist.

»Patrick, ich muss auflegen«, sagt Isobel unvermittelt und legt auf. Der Sisalteppich verbrennt ihr die Knie.

»Alles in Ordnung?«, fragt eine sanfte Stimme hinter ihr. Victor. Sie hat ganz vergessen, dass er noch da ist. Er beugt sich über sie, die Sorge steht ihm ins Gesicht geschrieben, und dann streckt er ihr eine Hand entgegen. Sie starrt die Hand an, ist sich nicht sicher, ob sie echt ist oder Illusion, dann greift sie danach und kommt auf die Füße, auf die schmerzenden, müden Füße, die immer noch in diesen albernen Schuhen stecken.

Sie kickt sie sich von den Füßen und starrt die Wände in ihrer Wohnung an. Mit einem Mal scheinen sie von Dauer zu sein. Eine schäbige Gefängniszelle, aus der sie nie wieder herauskommt.

»Ich war so frei und hab mal geguckt, was im Kühlschrank war«, sagt Victor. »Ich könnte Bohnen auf Brot machen?«

Er drückt ihr den Teebecher in die Hand, und sie starrt auf das trübe Braun hinab, als stünde dort ihre Zukunft geschrieben.

Ihr wird schwindlig. Sie streckt sich nach dem Beistelltisch aus, will den Becher abstellen, Tee kleckert auf die Dielen.

»Hoppla.« Victor springt auf sie zu und nimmt ihr den Becher ab. Er zieht einen Küchenstuhl unter dem Tisch hervor und führt sie hin. »Setzen Sie sich, hier … Vielleicht war Tee bei der Hitze keine gute Idee.« Er sieht sich um. »Sie brauchen frische Luft.«

»Keine Terrasse, kein Balkon. Nur so kann ich mir eine eigene Wohnung leisten.«

»Und was ist das?« Er lehnt sich über die Arbeitsplatte und zieht das Küchenfenster auf. Dahinter liegt ein Stück Flachdach – die Decke des Stockwerks unter ihr. Die Fläche ist nicht groß, nicht mal zwei auf zwei Meter, und fällt leicht ab, sodass man in die benachbarten Gärten sieht. »Bingo«, sagt Victor.

Isobel sieht ihn an, als hätte er den Verstand verloren.

»Da hätten wir frische Luft.«

»Ich krieche aber jetzt nicht über die Arbeitsplatte, um auf fremder Leute Dächern zu sitzen!«

»Gehört nicht das ganze Gebäude fremden Leuten? Was ist dann an dem Dach anders? Okay, nach draußen zu kommen ist vielleicht ein bisschen umständlich, aber in der Not frisst der Teufel Fliegen. Kommen Sie, ich helfe Ihnen.«

Er rückt einen Stuhl davor, räumt die Arbeitsplatte frei, und sie klettert durchs Fenster und sieht empor in den rosafarbenen Himmel. Die schwarze Teerpappe unter ihren Füßen ist warm, die Fasern haben Sonne getankt. Ein bisschen Abendrot bleibt ihnen noch, und kurz hält sie das Gesicht in die Sonne. Eine Brise streift über sie hinweg, genau wie zuvor auf dem Motorrad.

»Hier.« Victor reicht die Kissen von ihrem Lesesessel durchs Fenster. »Lehnen Sie sich da dran. Machen Sie es sich bequem, Essen kommt sofort.«

Isobel setzt sich und lehnt sich vorsichtig an das schmale

Fenster zum Wohnzimmer. Sie versucht, einen klaren Gedanken zu fassen, ist sich aber nicht sicher, wie sie damit umgehen soll, dass in ihrer Küche ein fremder Mann werkelt.

»Sollen wir die aufmachen?« Victor hält die Flasche Rotwein hoch, die Toni zuletzt mitgebracht hat – zusammen mit dem Sisalteppich und ein paar Spiegeln. Isobel nickt, und dann hört sie, wie der Wein in zwei Gläser gluckert.

Als das Essen fertig ist, reicht Victor zwei Teller und die Weingläser durchs Fenster. Isobel nimmt ihr Glas entgegen und starrt das geschliffene Muster an. Ein Geschenk zu ihrer Hochzeit. Die besten Gläser für besondere Anlässe. Isobel hat sie all die Jahre geschont, doch jetzt überlegt sie ernsthaft, beide vom Dach zu schleudern und zuzuhören, wie sie auf dem Asphalt zerschellen. Nein, das wäre albern. Stattdessen will sie sich zurücklehnen und zusehen, wie ein anderer Mann aus Stevens Glas trinkt.

Sie machen sich über das Essen her. Auf den letzten Scheiben Sauerteigbrot vom Vortag häufen sich Limabohnen und rote Zwiebeln an einer würzigen Tomatensoße, darüber geriebener Käse. Es ist unfassbar köstlich, eindeutig das Werk eines Menschen, der kochen kann.

»Lecker!«, sagt Isobel und nippt am Wein.

»Mit der geräucherten Paprika hab ich's ein bisschen übertrieben …«

»Sieht die Küche sehr schlimm aus?«

»Ich hab nebenbei aufgeräumt, es weicht alles in der Spüle ein. Also, der Wein ist gut.« Er nimmt die Flasche hoch und inspiziert das Etikett. »War der teuer?«

»Wahrscheinlich.« Isobel greift wieder zu ihrem Glas. »Ich trinke sonst nicht, insofern … Keine Ahnung.«

»Dann machen Sie langsam«, sagt er und fuchtelt mit der

Gabel in ihre Richtung, als sie das halbe Glas auf einmal leert.

»Spielt doch keine Rolle mehr«, sagt sie leise, während der Himmel sich pflaumenblau verfärbt. »Schade, dass wir den Sonnenuntergang nicht sehen können.«

Victor stellt seinen Teller beiseite und verschränkt die Arme über den Knien. Er sieht lächelnd nach oben. »Ach, aber man kann es sich vorstellen.«

Sie leert ihr Glas und winkt damit in Victors Richtung. Er greift zur Flasche und schenkt ihr nach.

»Machen Sie langsam«, mahnt er erneut.

»Das entscheide ich selbst, vielen Dank auch.« Sie zieht sich das Kleid über den Beinen zurecht und reibt sich die nackten Knöchel.

»Ich will nur nicht, dass Sie hier abstürzen und mich mit in den Abgrund reißen.« Er späht über die Kante. »Sieht ziemlich tief aus.«

»Solche Umstände würde ich Ihnen gewiss nicht machen wollen.«

Victor lächelt schief. »Ich glaube, wir haben uns gerade missverstanden. Ich habe damit wirklich nichts andeuten wollen.«

»Genau wie Sie mich nicht beleidigen wollen, indem Sie kein nettes Wort über meine Frisur verlieren? Oder mein Kleid? Beides nur für diesen Anlass gekauft.« Sie unterdrückt einen Rülpser und läuft angesichts ihres Selbstmitleids dunkelrot an. Vielleicht sollte sie sich vom Dach rollen. Platsch.

Er starrt das Glas in ihrer Hand an. »Tut mir leid«, sagt er nach einer Weile, »mir ist beigebracht worden, dass es unhöflich ist zu kommentieren, wie jemand aussieht.« Er blickt zu ihr hoch. »Aber möchten Sie denn, dass ich ehrlich bin?«

Sie beißt sich auf die Lippe. Kann sie Ehrlichkeit gerade ertragen? Trotzdem nickt sie.

»Ihre Frisur ist toll. Andererseits sah Ihr Haar vorher auch schon gut aus. Und Ihre Sachen … Na ja, dafür gilt das Gleiche. Aber wenn ich ehrlich sein soll, glaube ich, dass *Sie* Ihre neuen Sachen nicht mögen. Habe ich recht?«

Isobel starrt auf ihr Kleid hinab und auf die Füße, an denen sich immer noch die Riemchen abzeichnen. »Ich hasse sie«, antwortet sie.

»Warum ist es dann wichtig, was *ich* davon halte?«

Sie zuckt mit den Schultern. »Genau darum sollte ich mir doch Gedanken machen, oder nicht? Immer erzählen mir alle, wie altmodisch ich bin. Von vorgestern.«

»Aber warum kümmert es Sie denn, was andere Leute reden? Und warum sollte das Äußere so wichtig sein? Sehen Sie mich an.« Victor zupft an seinen Haaren und an seinem Hemd. »Man sieht deutlich, dass ich nichts darauf gebe. Und wissen Sie was? Ich bin glücklich so.«

Isobel sieht ihn sich an. Das schreckliche Hemd – lila mit psychedelischen Blumen, der spitze Kragen, die Manschetten, die seit vierzig Jahren aus der Mode sind. Die Haare hat er sich zum Glück zurückgebunden, aber sie reichen ihm bis über die Schultern. Sein Bart ist gestutzt, aber er bedeckt die untere Hälfte seines Gesichts. Er ist absolut nicht ihr Typ. Trotzdem hat sie Ja gesagt, oder etwa nicht? Sie hat ein Gutteil ihres Gehalts für ein Outfit ausgegeben, das er bewundern soll. Sie ist auf seinem Motorrad mitgefahren. Sie hat sich an ihm festgehalten. Irgendetwas hat Victor Godden an sich, was über *nicht ihr Typ* hinausgeht.

Ein Maunzen von oben, und eine schwarze Katze taucht an der Dachkante auf. Sie springt zu ihnen runter und sucht sich Victor aus, den sie umschnurren will, während Isobel ein Stück zurückweicht. Die Katze hat kein Halsband um. »Vorsicht, vielleicht ein Streuner.«

»Dann braucht sie besonders viel Liebe – oder, Süße?« Er krault die Katze zwischen den Ohren, und sie schnurrt dankbar. »Da hätten wir noch jemanden, der sich kein bisschen darum schert, was andere denken.«

Isobel hält aus sicherer Entfernung Ausschau nach Flöhen.

Die Katze legt sich neben sie, rollt sich auf den Rücken und genießt die Wärme.

»Die Katze auf dem heißen Blechdach«, witzelt Victor, woraufhin Isobel sagt: »Das ist Dachpappe.«

Er lacht und seufzt dann tief auf. »Sie sind echt eine harte Nuss, was?«

Isobel nimmt noch einen Schluck Wein und spürt, wie sie sich leicht entspannt. Sie hat das dringende Bedürfnis, ihm etwas zu geben. »Hier.« Sie zieht den Ausschnitt ihres Kleides ein Stück zur Seite und entblößt eine Narbe von fünf Zentimetern.

Victor zieht scharf Luft durch die Zähne. »Wie ist das denn passiert?«

»Ein Autounfall, als ich achtzehn war. Bin mit dem Auto nachts einer Katze ausgewichen. Der Wagen hat sich überschlagen. Ich weiß noch, wie ich hinterher dasaß und dachte, jetzt muss ich sterben.«

»Das ist ja furchtbar.«

»Zum Glück kam jemand vorbei.«

»Waren Sie schwer verletzt?«

»Sie haben meinen Eltern gesagt, dass ich die Nacht vielleicht nicht überleben würde. An dieser Stelle hier ist eine Scherbe eingedrungen.« Sie streicht über die Narbe. »Sie hat mein Herz nur um Haaresbreite verfehlt. Ich habe überlebt, aber das hier ist mir geblieben.«

»Eine Erinnerung daran, dass es schlimm hätte ausgehen können.«

Sie sieht in den Himmel empor. »Ich wache oft mitten in der Nacht auf und kann nicht mehr einschlafen. Also stehe ich auf und fange an zu putzen, zu staubsaugen, die Küche zu schrubben. Wenn es draußen dann hell wird oder die ersten Lichter angehen, weiß ich, dass ich mich wieder hinlegen kann. Ich weiß, dass ich die Nacht überlebt habe.«

Er sieht sie unverwandt an.

»Steven fühlte sich immer gestört, wenn ich aufgestanden bin. Er fand das unmöglich. Als könnte ich meine Seele und meinen Körper irgendwie steuern.«

»Das ist Ihr Exmann, richtig?«

Sie schluckt Luft. Exmann. Das hört sie gerade zum ersten Mal. Mehr als ein Nicken bringt sie nicht fertig.

Sie trinken die Flasche leer. Unterhalten sich weiter so ungezwungen, dass sie es zunächst gar nicht bemerken, als die Sonne den Himmel in Brand setzt. Isobel erzählt ihm von ihrem Glauben und von ihren Kindern und von ihrem bisherigen Leben. Victor hört zu. Einmal geht er zur Toilette, und auf dem Rückweg erledigt er schnell den Abwasch. Sie hört die Teller aufs Abtropfbrett klappern und wünschte sich, sie hätten eine zweite Flasche Wein.

Als es ihr draußen zu kühl wird, klettert sie durchs Fenster, und er hilft ihr rein. Auf der sauber gewischten Arbeitsplatte rutscht ihr Fuß weg, und fast stürzt sie. Der Wein zeigt Wirkung. Aus verlegenem wird hysterisches Lachen, und am Ende plumpsen sie beide auf den Boden, und kaum dass sie etwas sagen wollen, müssen sie erneut lachen.

Als Victor zu guter Letzt sagt, dass er jetzt wirklich gehen sollte, verspürt Isobel einen zehrenden Schmerz und lehnt sich vor, um ihm einen unbeholfenen Kuss auf die Lippen zu drücken. Sie hat keine Ahnung, was das zu bedeuten hat – vielleicht Dankbarkeit für den nettesten Abend, den sie seit Jahren gehabt hat, oder für den Abwasch oder womöglich auch für etwas ganz anderes. Ausnahmsweise versucht sie gar nicht erst, dieses Gefühl zu sezieren. Er erwidert den Kuss. Es ist das erste Mal seit viel zu langer Zeit, dass das passiert.

Als sie voneinander ablassen, dreht sie lächelnd den Kopf weg. Er zieht sie auf die Beine, doch ihre Füße funktionieren nicht, wie sie sollten, und sie fällt, fällt, fällt, und alles wird schwarz.

Am folgenden Morgen wacht sie vollständig bekleidet in ihrem Bett auf, und in ihrem Kopf ist nur Watte. Die Sonne scheint durch die Oberlichter, und sie denkt: Das war's. Jetzt reicht's. Sie schert sich nicht mehr darum, was andere sagen. Morgen besorgt sie sich Jalousien. Es ist das erste Mal in ihrem Leben, dass sie ganz bewusst eine Entscheidung trifft, von der andere ihr abraten.

Aus der Küche kommen Geräusche – ein leises Klappern, als wollte jemand lieber nicht gehört werden. Isobel zieht sich das Kleid über die Beine und sieht sich um. Hat sie am Vorabend das Fenster aufgelassen? Ist jemand eingestiegen?

Aber Einbrecher pfeifen nicht. Und sie brutzeln auch keinen Speck. Sie nimmt Witterung auf, krabbelt ans Fußende der Matratze. Durch den Glaseinsatz sieht sie, wie Victor in der Küche auf und ab geht. Er bewegt sich langsam und entspannt und sieht beschwingt aus. Isobel streicht sich über die Haare und greift nach einer Strickjacke. Sie tastet sich an der unebenen Wand entlang bis zu der Halbgeschosstreppe. Eine Bewegung im Fenster weckt ihre Aufmerksamkeit – es ist die schwarze Katze, die auf dem Flachdach liegt.

Als sie durch die Tür kommt, hält Victor zum Gruß die Pfanne hoch. »Guten Morgen.«

Isobel zieht die Strickjacke enger um ihren Leib. »Was geht hier vor?«

»Ich dachte mir schon, dass du früh aufwachst, und habe schon mal mit dem Speck angefangen. Dann sind jetzt die Eier dran.«

Ein flüchtiger Blick auf die Uhr – es ist Viertel nach neun. Am Sonntag. Ihre Hand schnellt an ihren Hals. Zur Versammlung schafft sie es nie im Leben. Nicht so, wie sie aussieht, und nicht, solange er immer noch hier ist. »Warum bist du … Hast du hier übernachtet?«

»Da am Boden.« Er zeigt in Richtung Wohnzimmer. »Ich hab ganz kurz darüber nachgedacht zu gehen, nachdem du eingeschlafen warst, aber dich in deinem Zustand allein zu lassen fühlte sich nicht richtig an. Du warst komplett ausgeschaltet. Und was, wenn du dich übergeben hättest?«

Sie versucht, sich die letzte Nacht ins Gedächtnis zu rufen. Das Dach, der Wein – oh, der Wein! –, die Katze, der Kuss … Der Kuss. Er schrillt in ihr wie eine Sirene.

»Wir haben nicht … Bitte sag, dass wir nicht …« Isobel schlingt sich die Arme um den Leib.

Victor sieht sie bestürzt an. »Natürlich nicht.« Er schlägt den Blick nieder. »Ich … also … Die Eier!« Er dreht sich zur Herdplatte um.

»Tut mir leid, ich hab einfach …« Isobel erhascht einen Blick auf ihr Spiegelbild im Fenster und zuckt zusammen. Sie muss dringend putzen, waschen, schrubben – und sofort bei sich selbst damit anfangen. Wortlos verschwindet sie ins Badezimmer und schließt sich ein.

Sie duscht, so schnell sie kann. Sie will nicht noch unhöflicher erscheinen, indem sie auch noch das Frühstück verdirbt. Sie frottiert sich die Haare, wickelt sich in ihren Bademantel, sodass ihr Körper bedeckt ist. Sie wischt über den beschlagenen Spiegel, und ihr müdes Gesicht kommt zum Vorschein. Ihr Spiegelbild beruhigt ihre Nerven mitnichten, und ihre Gedanken rasen, auch wenn ihr Kopf immer noch wattig ist. Entschuldige, Victor, will sie sagen. Ich hätte nicht davon ausgehen dürfen, dass du schlechte Absichten hast – aber du bist ein weltlicher Mann, und weltliche Männer denken so. Da können sie nicht aus ihrer Haut.

Sie hört, dass er den Tisch deckt.

So anders als Steven, denkt sie. Der gut aussehende, erfolgreiche Steven, der Strahlemann jeder Gesellschaft. Steven, der Feste ausgerichtet und Reden geschwungen hat und immer als *einer von den Guten* angesehen wurde. Steven, der nie einen Fuß in die Küche gesetzt hat, außer um zu fragen, wann das Essen fertig ist. Steven, der sich mit seiner achtzehnjährigen Angestellten, die inzwischen von ihm schwanger ist, nach Südfrankreich abgesetzt hat. Steven, der Älteste. Kein weltlicher Mann. Einer von den Guten.

Billiger Laminatboden

Jen

Es ist Spätsommer geworden, als Jen auszieht. Als sie ihre Klamotten zusammenlegt und ihre wenigen Habseligkeiten packt, segelt draußen ein Blatt zu Boden. Sie sieht es nur zufällig, weil sie im richtigen Augenblick aus dem Fenster geguckt hat. Ein einsames goldenes Aufblitzen. Es ist zu früh, denkt sie noch, doch dann fällt ihr wieder ein, dass es fast September ist. Der Herbst lässt sich nicht mehr aufhalten.

Zwei Wochen sind seit ihrem Gespräch im Atelier vergangen. Die Atmosphäre ist seither entspannter. Trotzdem war es ein Schock, als Jen Zelda vor ein paar Tagen eröffnet hat, dass sie eine Wohnung gefunden habe. Zelda kaute weiter auf dem Bissen Lamm, das Jen stundenlang geschmort hatte, und der einzige Hinweis auf eine Gefühlsregung war die Gabel, die sich in das Fleisch bohrte. »Wie schön«, sagte sie, lächelte aber nicht, und sie aßen weiter.

Ich liebe dich, Zelda, sagte Jen. Ich hab dich schon als Alice geliebt, und das nicht nur, wie man seine Freundinnen liebt. Und genau deshalb muss ich ausziehen. Mir ist klar geworden, dass ich dich niemals zurückbringen kann, und ich muss versuchen, mich selbst zu retten.

Sie sagte es, indem sie sich über den Tisch beugte und

mit ihrer Serviette einen Tropfen Soße von Zeldas Kinn tupfte. Ihre Blicke begegneten sich für einen Moment, ehe Jen ihren Stuhl nach hinten schob.

»Zumindest sehen wir uns weiter im Atelier«, sagte Zelda, als Jen den Nachtisch hereinbrachte.

Jen wischte sich die Hände an der Schürze ab. »Ich hab Mary gesagt, dass ich nicht mehr komme.«

Zelda sah sie ausdruckslos an.

»Es hat doch keinen Zweck. Ich kann hoffentlich ein paar Stunden zusätzlich im Laden arbeiten, und da bleibt keine Zeit mehr für andere Sachen.« Sie hat Zelda nicht erzählt, was sie für eine neue Kreditkarte und die Miete berappen muss. Bei der Summe wird ihr ganz anders.

»*Ich* höre auf«, sagte Zelda nachdrücklich, »nicht du. Ich bin sowieso nur deinetwegen hingegangen.«

»Es geht dabei nicht um dich«, sagte Jen und hoffte inständig, dass sie ihr die Halblüge abnahm.

Zelda schob den Teller von sich weg. »Sondern?«

Jen konnte sie nicht ansehen.

Dann sprang Zelda auf. Sie stand einen Augenblick lang da, legte die Hände auf den Tisch, fuhr mit den Fingerkuppen über die Unebenheiten im Holz. Sie suchte Jens Gesicht nach Zweifeln ab.

»Darfst du überhaupt nichts Eigenes haben?«

Jen lädt die Kisten und Taschen ein. Sie läuft zwischen Zufahrt und Blechhaus hin und her und hält den Blick auf den Pfad gerichtet. Zelda ist im Garten und köpft Rosen. Weder bietet sie ihre Hilfe an, noch lässt sie durchblicken, dass es kein Tag wie jeder andere ist. Sie heuchelt nicht.

Drinnen lässt Jen ein letztes Mal den Blick schweifen. Hier hat sie den Sommer verbracht, hier ist ihre alte Freundin von den Toten auferstanden. Hier haben sie geredet, haben binnen drei intensiver Monate ganze achtzehn Jahre wettgemacht. Das Haus birgt Erinnerungen an viele glückliche Momente.

Die weiße Vase, die sie in ihrer ersten Stunde getöpfert hat, steht auf einem Schränkchen neben der Tür. Sie hat vergessen, sie einzupacken. Jen fährt die Kurven in der Keramik nach, und ihr fällt wieder ein, wie Zelda nach Luft geschnappt hat, als die Vase aus dem Brennofen kam. Sie legt ihren Schlüssel daneben. Ein Teil von ihr bleibt hier.

Die Sonne steht am blauen Himmel, der Vormittag ist dunstig. Vorsichtig scheucht Jen eine Biene weg, die auf ihrem Pullover landen will. Sie wirkt benommen, vermutlich berauscht von den Äpfeln, die ein Stück weiter vom Baum gefallen sind und jetzt leicht lädiert auf der Erde liegen. Sie nimmt einen tiefen, zitronigen Atemzug. Dort, wo sie als Nächstes hinzieht, gibt es nichts von dieser Schönheit. Sie will diesen Duft in sich aufsaugen, sich Balsam für düstere Tage stibitzen.

»Tschüss dann«, sagt sie und hebt die Hand über die Augen, um Zelda besser zu sehen.

Zelda knipst eine rosa Rosenblüte ab und wirft sie in den Korb, der in ihrer Ellbeuge hängt. Sie trägt ein lockeres weißes Kleid und hat etwas Ätherisches an sich, so wie sie dort barfuß in ihrem eigenen kleinen Garten Eden steht. »Tschüss.«

»Können wir uns diesmal bitte ohne Donnerwetter verabschieden?«

Zelda kneift die Augen zusammen. »Du willst, dass ich fröhlich bin, weil du hier ausziehst?«

»Nicht *fröhlich* …«

»Du machst einen Riesenfehler.«

Jen spürt, wie der Boden ins Wanken gerät, und ringt die Hände. »Lass mich ihn trotzdem machen.«

Jen will diesen Moment als Schnappschuss in ihrem Gedächtnis bewahren: Zelda, die in der Sonne auf sie zukommt, umringt von Rosen und Farben und Leben, hinter ihr die Blechfassade ihres Hauses. Schlagartig ist ihr speiübel, sie hat Angst vor einem Schritt, den sie nicht ungeschehen machen kann, doch dann presst sie sich die Hand auf den Bauch und schiebt die Übelkeit beiseite.

»Es geht um Kontrolle«, sagt Zelda und bleibt vor ihr stehen.

Jen sieht sie verwirrt an.

»Wenn ich die Blumen sterben lasse, wenn ich sie sehenden Auges vernachlässige, kann ich spüren, wie sehr sie mich brauchen. Das erinnert mich wieder daran, dass ich die Zügel in der Hand halte. Es ist ein Trost.«

»Du weißt schon, dass du echt durchgeknallt bist?«, erwidert Jen leise.

Zelda starrt auf den Boden zu ihren Füßen. »Sie sterben nie ganz. Im letzten Moment schreite ich ein.«

Jen würde am liebsten heulen, als sie sieht, wie das Licht Zeldas Gesicht streichelt. »Da ist echt eine bedenkliche Dunkelheit in dir drin.«

»Und du hast wirklich tote Blumen gebraucht, um das zu erkennen?«

Jen sieht sich ein letztes Mal im Paradies um. Die Ältesten würden unken, dass hier irgendwo im Unterholz eine Schlange lauere. Urplötzlich hat sie das Bedürfnis, sich einen Finger auszureißen und hier in die Erde zu pflanzen, ihn hier zurückzulassen, auf dass er bei Zelda gedeihe, auf dass Zelda ihn gieße, hege, pflege, liebe. Ich will Leben und Tod, denkt sie. Ich will beide Extreme. Ich will, will, will.

»Ich bin nicht so stark wie du«, sagt sie.

Zelda legt ihr die Hand an die Wange, beugt sich vor und gibt ihr einen Kuss auf die andere Wange. Es ist ein sanfter Freundschaftskuss, ein Kuss der Vergangenheit, der Zukunft. »Ich bin hier«, flüstert sie.

Jen nimmt ihre Freundin in die Arme und drückt sie an sich.

Das hier ist nicht das Ende, redet sie sich ein. Es ist der Beginn von etwas anderem.

Die kleine Einzimmerwohnung liegt im Herzen der Stadt, in einem großen Wohnblock aus den Neunzigerjahren mit klemmender Eingangstür. Der Aufzug ist kaputt, und im Treppenhaus stinkt es nach Biertrinkerpisse. Jen hat die Lieferung ihres Futons auf den Umzugstag terminiert, allerdings sieht der Fahrer nur am Gebäude hoch und schüttelt den Kopf. »Bis Bordsteinkante«, sagt er und lässt den riesigen Karton vor dem Hauseingang stehen. Jen klopft an der nächstbesten Tür im Erdgeschoss, stellt sich kurz vor und fragt, ob der Nachbar ihr vielleicht helfen könne, ihr Bett in den vierten Stock hochzutragen. »Tut mir leid, Schätzchen, kaputte Schulter«, bekommt sie zu hören, und er schlägt ihr die Tür vor der Nase zu. Sie lehnt sich gegen die Wand und seufzt. Die folgende Stunde verbringt sie damit, das Bett in Einzelteilen nach oben zu schleppen.

In der Wohnung baut Jen den Futon zusammen und rückt ihn an die Wand. Sie lässt sich darauf fallen – und winselt, weil die Matratze so hart ist. Aus dieser Position kann sie ihr komplettes neues Reich überblicken: von der verzogenen Wohnungstür über die Küchenschränke und das deckenhohe Fenster – mit Blick auf die Mülltonnen – bis hin zu der Tür, hinter der ein in die Jahre gekommenes Bad mit angeschlagenen Fliesen und tropfendem Wasserhahn liegt. Dafür geht also nun beinahe ihr kompletter Monatslohn drauf.

Sie hat sich eine billige Bohrmaschine gekauft, um Bilder aufzuhängen, doch die Wände sind so porös, dass sie spezielle Aufhänger bräuchte, deshalb lehnen die gerahmten Drucke fürs Erste auf dem billigen Laminatboden.

Pulsierende Bässe dröhnen durch die Wand.

Morgen kaufe ich mir Zimmerpflanzen, beschließt Jen. Und dann sehe ich ihnen beim Sterben zu.

Ungläubige

Isobel

Die Zusammenkunft am Sonntag ist gerade vorbei, als die Ältesten Isobel in die Bibliothek bitten. Sie hat nicht mal Zeit, kurz mit Patrick zu reden. Hochrot im Gesicht geht sie an den Brüdern und Schwestern vorbei, die so tun, als würden sie nicht mitbekommen, wie sie nach nebenan geführt wird. Das Flüstern. *Auf ein Wort* bedeutet Schwierigkeiten. Die Tür fällt hinter ihr zu. Isobel setzt sich, faltet die Hände und wartet darauf, dass einer der beiden das Wort ergreift. Es wäre unpassend, wenn sie es täte.

»Isobel, wie geht es dir?«, fragt Bruder Connell mit ernster Stimme.

»Gut«, antwortet sie.

»Ich weiß, dass der gemeinsame Predigtdienst mit dir einigen Schwestern sehr fehlt.«

»Tja, hoffentlich kann ich eines Tages wieder Vollzeit dabei sein.« Sie runzelt die Stirn. Liegt hier ein Missverständnis vor? Glauben sie, Isobel hätte eine Wahl gehabt und den Predigtdienst aus freien Stücken eingestellt? »Ihr wisst doch, *warum* ich derzeit nicht kann? Wie ich schon gesagt …«

Mit erhobener Hand bringt Bruder Connell sie zum Schweigen. »Alles gut, Isobel. Uns ist klar, in welcher schwierigen Lage du steckst.«

Sie presst die Lippen zusammen. Mehr als zwanzig Jahre, jährlich fast eintausend Stunden freiwilligen Predigtwerks – und sie bekommt, sobald sie pausieren muss, nicht mal ein Danke zu hören. Natürlich geben hier alle ihr Bestes, insofern hätte sie einen Dank nicht mehr verdient als andere, die nur ein, zwei Stunden in der Woche schaffen, trotzdem …

Trotzdem.

»Wir fragen uns, ob es irgendwas gibt, was du uns vielleicht erzählen möchtest.«

Isobels Kehle schnürt sich zusammen. »Was sollte das sein?«

Die beiden sehen sie wortlos an.

Sie atmet tief ein, während ihr hundert Gedanken durch den Kopf schießen. »Ich bin mir nicht sicher …«

»Bill hat dich am Wochenende in der Stadt gesehen.«

Ihr rutscht das Herz in die Hose.

»Samstagabend«, wirft Bruder Norris ein. »Vor dem Henri's.«

»Oh. Samstag? Stimmt, kann sein.«

»Und wie ich gehört habe, warst du anders gekleidet.« Bruder Connell deutet mit dem Kinn auf ihre heute blaugraue Zusammenkunftskluft.

»Der Mann, mit dem du zusammen warst«, sagt Bruder Norris und weicht ihrem Blick aus. »Eindeutig kein Bruder. Die Haare, der Bart … War das nur ein Freund?«

Isobel nickt betont nachdrücklich. Ja, natürlich. Weil Victor doch wohl nichts weiter ist. »Mr Godden ist Patient in der Praxis, in der ich arbeite. Er war so freundlich und hat mir für den Abend angeboten, mir Gesellschaft zu leisten. An einem öffentlichen Ort, versteht sich.«

»Ja, nur dass ihr das Lokal nicht betreten habt, oder?«,

hakt Bruder Connell nach. »Wenn ich es richtig verstanden habe, bist du regelrecht geflohen, als Bill und Toni dort ankamen. Das stimmt doch, Bill?«

»Ja, das ist richtig.« Es ist ihm sichtlich peinlich. »Toni hat dich gesehen, als das Taxi gehalten hat, und dann haben wir beide dich weglaufen sehen.«

»Fast als hättest du gewusst, dass die Situation, sagen wir, unangemessen war.« Bruder Connell wendet sich wieder ihr zu. »Was hast du dazu zu sagen, Isobel?«

Alles in ihr sträubt sich. Leslie Connell hat immer schon auf Steven hinabgeblickt, und weil Steven und sie ein Fleisch waren, galt ihr die gleiche Herablassung. »Mir ist klar, wie gewisse Dinge nach außen wirken, aber wie schon gesagt, er ist ein Patient, und wir haben ein paar Stunden zusammen verbracht, das ist alles.« Sie achtet genau darauf, was sie sagt.

Bruder Connell sieht sie noch einen Moment lang starr an. Seine Mundwinkel verschieben sich spöttisch nach unten. »Du bist dabei beobachtet worden, wie du auf seinem Motorrad davongefahren bist.«

Ihr Mund ist staubtrocken. »Mag sein.«

»Wahrscheinlich zu einem privateren Ort, an dem du nicht mit ihm gesehen würdest und unbeobachtet wärst?«

Sechs Monate zuvor hätte sie lediglich genickt, doch nun kocht Isobel regelrecht über. Wie können sie es wagen, sie wie eine Halbwüchsige ins Verhör zu nehmen, als wäre sie nicht imstande, eigene Entscheidungen zu fällen? Sorgt sie nicht schon seit Monaten für sich selbst? Sie streicht sich über den Schoß. Ihre Hände zittern. »War sonst noch etwas, was ihr besprechen wolltet?«

Bruder Connell rückt seine Brille zurecht. »Isobel, du bewegst dich auf dünnem Eis. Denk daran, dass du bis zur

Scheidung in den Augen der Welt und vor Gott immer noch verheiratet bist. Romantische Überlegungen müssen warten, bis du in der Position bist, wieder zu heiraten, allerdings verdammt die Schrift selbstredend jede abhängige Verbindung mit einem Ungläubigen.«

»Wir sagen dies aus wärmster christlicher Nächstenliebe, Isobel«, fügt Bruder Norris hinzu. Bill – der passive, initiativlose, schlicht gestrickte Bill, mit dem Isobel und Steven schon in den Urlaub gefahren sind und dem sie finanziell unter die Arme gegriffen haben, als seine Firma pleiteging. Derselbe Bill, der sie jetzt an den Pranger stellt und durchblicken lässt, dass er sie für unfähig hält, ihr Leben zu sortieren.

»Sehr freundlich, dass ihr euch Sorgen macht«, sagt Isobel eisig. Mit vor der Brust verschränkten Armen steht sie auf und geht.

Isobel legt die Kleidung für die Zusammenkunft ab und bindet sich die Schürze um. Sie stellt eine große Rührschüssel auf den Küchentisch und legt Backutensilien und Zutaten bereit. Das Rezept braucht sie nicht. Sie kennt es in- und auswendig.

Zwei Stunden später steht der fertige Kuchen in der Mitte des Tisches, auf einer Tortenplatte aus Milchglas, die sie sich als Geschenk zum dreißigsten Hochzeitstag ausgesucht hat. Kauf dir was Schönes, hat er immer gesagt. Sie schneidet ein Stück aus dem perfekten Rund und legt es auf einen Dessertteller. Sie nimmt sich eine Kuchengabel und verputzt es bis zum letzten Krümel.

Ihr Blick wandert zurück zu dem Kuchen. Kein Mensch würde es erfahren, wenn sie den Rest auch noch essen würde. Hier haben die Ältesten sie nicht im Blick. Sie ist allein …

Ein Maunzen dringt durchs offen stehende Fenster. Die Katze sieht sie schwermütig an. Sie streckt sich nach dem Tier aus, und es reibt den Kopf an ihrer Hand. »Hallo, du«, flüstert sie. Dann dreht sie sich nach der Rührschüssel um und stellt sie nach draußen. Die Katze schnuppert an den Teigresten und schleckt gierig drauflos. »Nur als kleines Bonbon«, sagt sie. »Iss nicht so viel, dass dir schlecht wird.«

Sie muss daran denken, wie sie einst – in einem anderen Leben – Kuchen für die Einsätze in der Gemeinde gebacken hat. Die Schwestern kümmerten sich um die Verpflegung, und wenn die Brüder Pause machten und sich ein Stück Kuchen holen kamen, war das leise Klappern der Blechdosen zu hören. Isobels Laune hing für den restlichen Tag davon ab, wie schwer die Dose noch war, wenn sie sie abends mit nach Hause nahm, und wie viele Brüder am liebsten von ihrem Kuchen genommen hatten. Einmal aß sie weinend sieben übrig gebliebene Stücke.

Isobel starrt den Kuchen an. Sie hat keinen Appetit mehr. Das Ziehen im Bauch hat sich verzogen.

»Lieber Steven«, sagt sie laut und setzt den Fuß auf das Pedal des Tritteimers. »Du hast meinen Red Velvet Cake immer geliebt. Der beste, den du je gegessen hast, himmlisches Frosting, hast du gesagt.«

Der Kuchen klatscht auf den Boden des Abfalleimers, und Isobel zieht den Fuß vom Pedal, damit der Deckel nach unten klappt.

»Lieber Steven«, sagt sie, *»fick dich.«*

Drei Wochen später

Isobel stellt den Motor ab und sieht zu dem hübschen kleinen Reihenhaus hinüber. Ziegel, an denen sich eine weiße Kletterrose emporrankt, schwarz lackierte Schiebefenster. Victors Motorrad steht im Garten, davor wehen drei Luftballons, die ans Tor geknotet sind.

Sie überprüft kurz ihr Spiegelbild und überlegt, ob sie nicht lieber doch wieder fahren soll.

Seit ihrem Gespräch mit den Ältesten haben sie und Victor sich mehrmals zu Mittagspicknicks im Park hinter der Arztpraxis getroffen, oder sie haben abends telefoniert. Ihre Treffen enden mit einem Kuss, und fast zählt Isobel die Minuten zwischen dem letzten und dem nächsten. Wie merkwürdig, geküsst zu werden. Wie viele Jahre ist es bitte her, seit jemand sich nach ihr ausgestreckt und sie berührt hat.

Die Haustür geht auf, und Victor heißt sie mit ausgebreiteten Armen und einem strahlenden Lächeln willkommen. »Da bist du ja«, ruft er, und hinter ihm prescht ein Hund hervor. »Ich wollte schon anrufen und fragen, wo du bleibst.«

Isobel zieht ihren Rock enger um die Beine, als der Hund sich ihr nähert. Es ist ein Labrador oder Retriever – die kann sie nicht auseinanderhalten –, er schnüffelt an ihr und zeigt dann seine nasse, abstoßende Zunge.

»Dave, hey, aus!«, sagt Victor, schiebt den Hund von ihr weg und gibt ihr einen Kuss auf die Wange.

»Dave?«, fragt Isobel. »Für einen Hund?«

»Dad!«, ruft jemand von drinnen. »Wir sind so weit!«

»Bin ich zu spät dran?«, fragt sie und geht hinter ihm her. »Hast du nicht *so ab zwei* gesagt?« Bei all dem Lärm aus allen Richtungen weiß sie gar nicht, wohin sie zuerst sehen soll.

»Alles bestens, mach dir keine Sorgen. Mollie will nur die Kerzen lieber gleich als später auf den Kuchen setzen, weil Joey langsam ungeduldig wird. Du weißt ja, wie Kinder sind.«

Isobel wirbelt zu ihm herum. »Feiert ihr Geburtstag?«

»Hab ich das gar nicht erwähnt? Ach, mach dir wegen des Geschenks bloß keine Gedanken, das war mein Fehler. Ich setze deinen Namen einfach mit auf meine Karte.« Er schiebt die Tür zu und hält auf die Küche zu, als sie ihn am Arm zurückhält.

»Victor, ich … Ich kann keine Geburtstagsfeier besuchen.«

Er sieht sie verwirrt an. »Warum denn nicht?«

Muss sie es ihm wirklich erklären? Er hat *Feier* gesagt. Wenn man jemanden zu einer Geburtstagsfeier einlädt, sagt man doch explizit *Geburtstagsfeier.* Weil es nämlich nicht nur eine Feier ist. Es ist eine *Geburtstags*feier. Sie schließt die Augen und fasst sich an die Stirn. Warum müssen Männer mit Details immer so nachlässig sein? Denn wenn der Teufel im Detail steckt, dann ist dies hier die Karikatur der Hölle.

»Ich darf keine G…«

»Du musst Isobel sein.«

Beim warmen Klang ihres Namens dreht sie sich um. Eine blonde junge Frau kommt auf sie zu. Wahrscheinlich Anfang dreißig, im selben Alter wie Cassandra, und sie hat das Lächeln ihres Vaters.

»Mollie«, stellt sie sich vor und drückt Isobel zur Begrüßung zwei Küsschen auf die Wangen. »Schön, dich endlich kennenzulernen! Bitte, komm rein … Hier herrscht ein ziemliches Durcheinander … Überdrehte Kinder auf zu viel Zucker … Kann ich dir was zu trinken anbieten? Dad, hol Isobel einen Teller, damit sie sich etwas nehmen kann!«

Isobel wird in die kleine Küche gezogen, an die hinten ein schmales, lang gezogenes Gartenstück grenzt. Draußen stehen rund fünfzehn Erwachsene umgeben von Luftballons, Girlanden und einem Pulk verschwitzter Kinder. Auf einem Tisch mit Papiertischdecke liegen zig bunte Geschenke. Das Sonnenlicht fängt sich im Metallic-Geschenkband. Isobel entdeckt eine Buchstabengirlande mit HAPPY BIRTHDAY, JOEY! Ihr Herz schlägt wie verrückt.

»Ich muss nur noch schnell den Kuchen vorbereiten«, sagt Mollie. »Er ist leider nicht annähernd so gut wie der Karottenkuchen, den du für Dad gebacken hast.«

»Ach, das war bloß ein altes Familienrezept …«

»Isobel backt jede Woche«, erklärt Victor, schenkt die Getränke ein und tätschelt sich dann den Bauch. »Bald brauche ich eine Nummer größer!«

Mollie lacht und stupst Isobel an, die peinlich berührt dreinblickt.

»Hier.« Victor drückt ihr einen Teller und einen Pappbecher in die Hand. Dann führt er sie hinaus in den Garten und stellt sie reihum den anderen vor. Die Namen rauschen nur so an ihr vorbei. Sie errötet, als diese Leute sie begrüßen, und versteckt sich hinter ihrem Becher mit dem Softdrink.

»Dann bring ich mich wohl mal in Position.« Victor zückt sein Handy und ruft die Videofunktion auf.

Isobel hat keine Ahnung, was er meint. Dann dämmert es ihr. Und es ist zu spät, um noch irgendetwas dagegen zu unternehmen, außer puterrot anzulaufen und sich an den Zaun zu pressen.

»Sam ist dran«, ruft Mollie und winkt mit ihrem Handy. Auf dem Display spricht ein Gesicht. Sie drückt das Handy einem Freund in die Hand, der den Hunderte Meilen entfernten Sam für alle sichtbar hochhält.

»Happy Birthday to you …«, hebt der Chor an, Mollie kommt abermals durch die Tür und trägt einen selbst gebackenen Kuchen mit Zuckerfiguren und fünf brennenden Kerzen vor sich her, die ausgepustet werden wollen. Victor beugt sich vor und filmt einen aufgeregten kleinen Jungen, der beim Anblick des Kuchens einen kleinen Luftsprung macht.

Dann bläst Joey die Kerzen aus. Alle klatschen. Victor johlt und gibt seinem Enkelsohn ein High Five. Alle sehen so zufrieden aus – anscheinend wissen sie nicht, dass das, was sie gerade getan haben, ganz offenkundig böse ist. Gott hasst Geburtstage, hat Isobel Patrick und Cassandra in deren Kindheit immer wieder gepredigt. Geburtstage sind in der Bibel nur erwähnt, wenn etwas Negatives passiert. Wollt ihr euren himmlischen Vater etwa verärgern? Dann schaltet bitte jetzt diese Sendung aus. Reiß diese Seite aus deinem Malbuch. »Aber was ist mit Hunden?«, fragte Cassandra mit zwölf. »Wenn die in der Bibel erwähnt werden, ist auch immer irgendwas schlimm. Sollen die Leute also auch keine Hunde haben?«

Sie sieht die glücklichen Gesichter. Joey wirft sich seinem Großvater an den Hals, und Victor drückt ihn an sich, während jemand ein Foto von ihnen macht.

Das ist also böse, denkt sie und lächelt, als Joey in die Hände klatscht.

Später, als die anderen Gäste gegangen sind, kommt Mollie und setzt sich neben Isobel. Sie können Victor, der den Abwasch macht, durch die Terrassentüren pfeifen hören. Joey spielt jetzt schon eine halbe Stunde mit der Rennbahn, die Victor ihm gekauft hat – zusammen mit Isobel. Jedes Mal, wenn ein Wagen die Kurve nimmt, quietscht er begeistert.

»Danke für die Rennbahn«, sagt Mollie und lehnt sich auf

ihrem Stuhl zurück. »Die wünscht er sich schon seit Monaten.«

»Oh, keine Ursache«, murmelt Isobel und wischt unsichtbare Krümel von ihrem Rock. Sie hat Joey beobachtet und denkt an ihr eigenes Enkelkind, das bald zur Welt kommt. Es ist jetzt zwei Wochen her, seit sie zuletzt von Patrick gehört, und Monate, seit seine Schwester sich bei ihr gemeldet hat.

In der Küche scheppert Geschirr, und sie wappnen sich beide für Scherben. Victor gibt Entwarnung. »Alles okay! Hatte nur glitschige Hände!«

Mollie muss lachen. »Dem Himmel sei Dank für Dad! Ich mache die Planung und er den Abwasch. Teamwork!«

»Stimmt.« Isobel dreht sich nach ihm um. Sie hat angeboten zu helfen, aber er hat sie mit einem Glas Wein wieder nach draußen gescheucht – und mit der Weigerung, von ihr Geld für Joeys Geschenk anzunehmen. Dein Geld will hier niemand, hat er gesagt. Sie lehnt sich zurück und spürt im selben Moment, dass Mollie sie ansieht.

»Ich habe ihn seit Jahren nicht mehr so glücklich erlebt.«

Schlagartig ist Isobel angespannt. Sie nötigt sich ein Lächeln ab.

»Danke dafür«, sagt Mollie leise.

Isobel leert ihr Glas.

»Möchtest du noch eins?«

»Oh nein«, sagt sie und steht auf. »Ich sollte langsam los. So bleibt mir der Berufsverkehr erspart.«

»An einem Samstag? Du darfst wirklich gern bleiben.«

Victor kommt zu ihnen und wischt sich die Hände an einem Geschirrtuch ab. »Fertig.«

»Dad, sag Isobel, dass sie den Abend mit uns verbringen soll.«

»Das ist sehr freundlich, aber ich muss wirklich zurück.« Sie wühlt in ihrer Tasche nach ihren Schlüsseln.

Victor sieht ihr einen Augenblick lang dabei zu, dann sagt er zu Mollie: »Ich fahre besser auch, Liebling. Es ist schon spät, und ich bin mir sicher, Joey will nach all der Aufregung bald ins Bett. Oder wie sieht's aus, Kumpel?« Er zerzaust ihm die Haare.

»Dad, du kannst nicht mehr fahren, du hast viel zu viel Wein getrunken.«

»Ach was. Schon okay. Das waren allerhöchstens drei. Und das letzte vor über drei Stunden.«

»Nichts da«, sagt Mollie. »Das lasse ich nicht zu.«

Victor schnaubt gutmütig. »Isobel, fährst du mich heim? Dann komme ich morgen mit dem Bus und hole das Motorrad.«

Als sie losfahren, dreht Victor sich nach hinten um und winkt, bis Mollie und Joey, die ihnen ihrerseits hinterherwinken, nicht mehr zu sehen sind. Lachend dreht er sich nach vorn um.

»Es fiel ihnen schwer, dich gehen zu lassen«, sagt Isobel halb zu sich selbst und setzt sicherheitshalber ihre Sonnenbrille auf.

Zahnabdrücke

Zelda

Zelda macht mit Matt weiter, als hätten sie sich nie getrennt.

Normalerweise treffen sie sich bei ihr zu Hause, und jetzt, da Jen ausgezogen ist, laufen sie auch nicht Gefahr, gestört zu werden. Oft kommt er direkt von der Arbeit, in Anzug und mit Krawatte, und Zelda hat Spaß daran, ihn noch an der Tür zu Boden zu drücken, damit sein Anzug gebügelt werden muss, bevor er wieder geht. Anschließend läuft er nackt auf und ab, während sie das Bügelbrett aufstellt, ihm die Sachen bügelt und die Spuren ihrer Leidenschaft beseitigt. Eine Stunde Sex, eine halbe Stunde Hausarbeit, und dann kehrt er in sein Leben zurück.

Sie haben auch im Auto Sex. Er fährt auf irgendeine Nebenstraße oder parkt vor dem Ambulanz-Notzugang an der Autobahn, und dann vögeln sie, während die Sattelschlepper an ihnen vorbeidonnern.

Zelda hat ihm nie erzählt, warum sie immer Nein zum Rücksitz sagt. Wenn sie mit Matt zusammen ist, denkt sie kaum je daran.

Auch ihr Kleidungsstil hat sich verändert. Seit er ihr damals an der Tanzfläche zugeraunt hat, wie gut sie in einem Kleid aussieht, bezirzt sie ihn mit einer feminisierten Version ihrer selbst. Sie hat die Hosen und Blazer in den

Schrank gehängt, die Anzüge und Schlipse gegen flattrige, zarte Kleider getauscht. Die neue Garderobe hat auch Auswirkungen auf ihr Auftreten. Sie marschiert und geht nicht mehr zielsicher, sondern schwebt, gleitet und macht dabei nicht das leiseste Geräusch.

Zelda kann nicht kochen, aber wenn sie sich dann und wann erlaubt, sich eine gemeinsame Zukunft mit ihm auszumalen, steht auf dem Tisch ein Braten mit gekonnt zubereiteter dicker Soße und Kartoffeln, die in Gänsefett leicht angebraten sind. Sie trägt eine Schürze und sieht zu, wie Matt und die Kinder sich über das Essen hermachen, was merkwürdig ist, weil sie nie Kinder wollte. Aber derlei Träume sind schon okay. Sie machen ihr keine Angst. Sie nehmen die Gestalt von Kindheitsfantasien an, von Wiederholungen der *Waltons* und von *Unsere kleine Farm*, die ihre Mutter – selbst Hausfrau – für akzeptabel befunden hat.

Ich würde sogar deinen Namen annehmen, denkt sie. Ich tausche Bloom gegen Fish ein, wenn dich das glücklich macht. Ich würde alles tun, um dich glücklich zu machen.

Das macht die Liebe mit einem, denkt sie. Sie verändert dich.

Matt erzählt ihr, dass Mel selbst eine Affäre habe; sie beide führten eine offene Ehe, sagt er, doch das gibt Zelda mitnichten ein besseres Gefühl. Würdest du auch fremdgehen, wenn wir verheiratet wären?, fragt sie sich, und: Heißt das, du wirst dich nie von ihr trennen? Statt ihn zu fragen, hinterlässt sie mit den Zähnen Abdrücke in seinem Fleisch.

Manchmal, wenn sie allein ist, versucht Zelda, ihre Gefühle zu analysieren. Doch ihr bleibt nur der Atem weg. Wenn sie es erklären müsste, würde sie sagen, dass mit ihm zu schlafen sich anfühlt, wie aufwärts durch Wasser zu schwimmen – und dann endlich die Oberfläche zu durchstoßen und gierig Luft einzuatmen. Die Erfahrung ist schier überwältigend, genau wie all die Versuche, sie zu definieren. Es ist Ertrinken und Überleben gleichzeitig. Schwer zu beschreiben, leicht zu fühlen.

Und keine Spielchen. Sie ist immer verfügbar. Das Leben ist zu kurz, um sich rarzumachen.

An einem Nachmittag versucht sie, sich im Bett aus seiner Umarmung zu winden. Ich hab noch ein Shooting, sagt sie, als er an ihrem Hals knabbert. Ich muss los. Seine Hände kriechen über ihre Haut. Bleib, flüstert er. Sag ihnen, du bist krank. Ich will dich für mich allein. Sie lacht und denkt sogar kurz darüber nach, allerdings hat sie die Arbeit in den vergangenen Monaten schleifen lassen – Kunden mussten ihr hinterhertelefonieren, bei Hochzeiten sah sie zu oft aufs Handy, und für das kommende Jahr hat sie noch nicht genug Aufträge akquiriert. Sie ist keine achtzehn mehr und muss Rechnungen bezahlen. Sie hat versucht, ihm das zu erklären – dass sie zu wenige Jobs hat, um ihre Ausgaben zu decken –, aber er hört ihr nicht zu. Er sagt dann immer nur, dass sie ihn anfassen soll, und lenkt sie auf andere Art von ihren Sorgen ab.

Sogar an Wochenenden, wenn er mit Mel zusammen ist, spukt er durch jede Minute. Sie versucht, ihren kreativen Funken neu anzufachen, stellt ihre Großformatkamera im Garten auf, der von Leben nur so explodiert ist, doch die Fotos werden steril und flach. Schon beim Anblick ihres Nähzeugs ist sie erschöpft. Sie versteht es nicht. Mit Matt als Muse sollte sie vor Energie übersprühen.

An einem Nachmittag im August schlägt er vor wegzufahren. Er holt sie ab, und sie fahren in eine Stadt, die eine halbe

Stunde entfernt liegt und wo er niemanden kennt. Zelda ist vorbereitet. Sie hat eine Tüte mit altem Brot dabei, das sie im Park an die Enten verfüttern können, und trägt ihre aufreizendste Unterwäsche. Enten füttern oder rammeln wie die Karnickel. Sie ist für alle Eventualitäten gewappnet.

Nur für die nicht, die eintritt: im Schneidersitz auf Asphalt zu sitzen und Matt dabei zuzusehen, wie er auf dem Basketballfeld im Park Körbe wirft. Einen nach dem anderen.

Ich bin verdammt noch mal vierunddreißig, denkt sie.

Er trifft.

»Der war gut!«

Als sie zum Auto zurückgehen, beugt sie sich zu ihm rüber, um ihm einen Kuss zu geben, doch er schiebt sie von sich weg. *Jemand könnte uns sehen.* Ein schmerzhafter Stich in ihrer Brust, und sie fahren schweigend zu ihr nach Hause. Sie weiß genau, sie wird schluchzen, sobald sie den Mund aufmacht, deshalb starrt sie stattdessen raus in die Landschaft.

Er geht hinter ihr her über den Gartenweg. Zwischen ihnen hängt eine wütend-verdrossene Wolke, und Zelda versteht nicht, warum er nicht einfach fährt. Als sie die Tür aufschließt, tritt auch er ein, und erstmals im Leben wünschte sie sich, er würde gehen.

»Und?«, fragt er.

»Was, und?«

»Willst du heute gar nichts mehr sagen?«

Sie starrt ihn an. Innerlich brodelt sie. All die Stunden, die sie investiert, die Mühe, die sie sich gegeben hat, um so zu sein, wie er sie will – und immer noch erwartet er von ihr, dass sie über ihren Schatten springt. Schlagartig ist sie todmüde.

»Mach die Tür zu, wenn du gehst«, sagt sie, kickt sich die Schuhe von den Füßen und steigt die Wendeltreppe hoch.

Ihr Handy vermeldet eine Nachricht von Will. *Hey, fremde Frau. Wahrscheinlich hast du gerade die Zeit deines Lebens, aber du bist mir gestern im Traum durch den Kopf gegeistert, und da wollte ich fragen, wie es dir geht.*

Sie lächelt in sich hinein. *Gutes Timing*, tippt sie, während sie Matt auf der Treppe hört. *Ich bin drauf und dran, einen Mord zu begehen.*

Der Türknauf dreht sich, als sie sich gerade das Kleid über den Kopf zieht. Trotz aller Müdigkeit verspürt sie einen Hauch Genugtuung, weil Matt ihr gefolgt ist.

»Tut mir leid, Zee«, sagt er zu ihrem Rücken, und sie erschaudert, als er seine Arme um ihre Taille schlingt. »Es ist nicht so, wie du denkst. Ich will dich auch in der Öffentlichkeit berühren. Du ahnst gar nicht, wie sehr.«

»Und warum machst du es nicht?«

Er seufzt. »Mit dir bin ich jemand, den die Außenwelt nicht akzeptieren würde. Ich will für dich da sein und dich beschützen, weil du besonders bist, Zelda. Du hast ja keine Ahnung, wie verdammt besonders du bist.«

Sie schmiegt ihren Rücken an seine Brust, und seine Hände wandern über ihren Körper. »Red weiter.«

»Ich mag es, dein Geheimnis zu sein.« Seine Hand gleitet zwischen ihre Beine.

»Stopp.« Sie macht sich von ihm los und geht auf ihr Bett zu, zieht ihre Unterwäsche aus. Dann legt sie sich nackt auf die Matratze und blickt zu ihm hoch.

»Ich will das, was wir haben, nicht mit anderen Leuten verderben.« Matt knöpft seine Jeans auf. »Ich will das für uns behalten. Wir wissen, was wir aneinander haben.« Dann lässt er sich aufs Bett fallen.

»Sag mir, was du für mich fühlst.«

Heiße Küsse an ihrem Hals.

»Ich hätte immer schon mit dir zusammen sein sollen.«

Zelda stöhnt, als sein weiches Baumwollshirt sich auf ihre Hüften legt und die Jeans, die er gar nicht erst ausgezogen hat, an ihren Schenkeln scheuert. Dann leuchtet ihr Handy auf dem Fußboden auf, weil eine Nachricht eingegangen ist, und mit einem Mal steht ihre Haut in Brand. »Du willst mich, oder nicht?«

Er schiebt einen Finger in sie hinein. Sie leckt sich über die Lippen und drückt den Rücken durch, wölbt sich ihm entgegen. Licht von draußen strömt über die Laken.

»Achtung, gleich kommt der Alphawurf.« Er wuchtet sie herum.

Als er sich hinterher wieder anzieht, fragt er, ob sie nicht mal übers Wochenende wegfahren sollen.

Sie stemmt sich hoch. »Ernsthaft?«

»Warum denn nicht?«

»Ich dachte nur ...«

Er zieht den Gürtel fest. »Mel ist nächsten Monat auf Dienstreise. Warum nutzen wir nicht die Gelegenheit und fahren irgendwohin?«

Sie kniet sich hin und sieht zu ihm hoch. »Und wohin?«

»Es gibt da einen Ort, wo ich immer schon mal hinwollte. Wo ich dich immer mal hinbringen wollte.« Er lächelt und streicht ihr übers Haar. »Das wird eine Überraschung.«

Zeldas Magen zieht sich zusammen. Könnte es ... Nein. Das meint er ganz sicher nicht. »Ein Wochenende?«

»Ja. Ist ein Stückchen entfernt, aber ... Wir sind nur einmal jung.«

»Brauche ich einen Reisepass?«

Matt lacht. »Ach Zee. Du bist wie ein Kind kurz vor der Bescherung. Hör auf zu raten!«

»Aber ich muss doch wissen, was ich packen soll.«

Er beugt sich vor und gibt ihr einen langen Kuss, während er die ganze Zeit weiterspricht: »Reisepass – ja. Und es wird heiß. Pack unbedingt deinen Badeanzug ein. Das sexy *Baywatch*-Ding, das ich vom Foto kenne.«

Mit neuer Intensität widmet Zelda sich seiner Zunge. In Kalifornien muss es um diese Jahreszeit gute dreißig Grad warm sein. Sie sieht schon vor sich, wie sie in einer Strandbar sitzen, den Sand zwischen den Zehen spüren, frisch gepressten Orangensaft trinken und einander küssen, als würden sie nie wieder nach Hause zurückkehren.

Du bist ganz anders, wenn du mit ihm zusammen bist. Die Bemerkung ihrer alten Klassenkameradin schießt ihr durch den Kopf.

Stimmt, denkt sie. Ich bin besser.

Ihr Herz, ihr Herz

Isobel

Victors Wohnung lässt sich beim besten Willen nicht kategorisieren. Ein großer Wohn-Ess-Bereich, aber Raumteiler und Pflanzen sorgen für Gemütlichkeit. Isobel fährt diskret mit dem Finger über eine Kommode, als er die Tür hinter ihr zumacht. Kein Staub.

Sie hatte nicht vor, mit hochzukommen. Eigentlich hat sie nach Hause fahren und sich ein Bad einlassen und nachsehen wollen, ob Patrick sich gemeldet hat, und vielleicht sinnlos fernsehen. Aber als er sie gefragt hat, ob sie noch etwas trinken wolle, hat sie sich dabei ertappt, wie sie nickte. Insgeheim war sie neugierig zu sehen, wie dieser Mann wohnt. Was er vor sich sieht, wenn er aufsteht. Und ob seine Wohnung sauber und ordentlich ist, auch wenn er nicht mit Besuch rechnet.

Kurz flackert Enttäuschung in ihr auf, als sie sieht, dass er sehr gut imstande ist, für sich zu sorgen.

»Kaffee?«, fragt er und wirft den Schlüsselbund in eine Schale.

In ihr legt sich ein Schalter um. »Ich kümmere mich darum«, sagt sie, lässt die Handtasche fallen und steuert, immer noch in ihrer Jacke, die Küche an. Sie wirft einen Blick in den Wasserkocher und ist beglückt, als sie darin Kalk entdeckt. Hier könnte sie helfen.

Mit ihren Kaffeebechern in der Hand stehen sie am Wohnzimmerfenster und lassen den Blick über die Stadt schweifen. Die Abendsonne taucht alles in weiches Rosa, und Isobel ist merkwürdig gerührt angesichts des Verkehrs auf dem Stadtring und der Häuser mit Minifenstern, in denen Menschen leben. Da sind Ordnung und Struktur in der Anlage dieser Gebäude und Straßen – und doch herrscht Chaos in den Herzen derer, die sie bewohnen. Wenn sie zu lange darüber nachdenkt, bekommt sie garantiert Kopfschmerzen.

»Deine Familie liebt dich«, stellt sie fest.

Victor lächelt schief, will keine große Sache daraus machen, dass ihm dieser Umstand, na ja, bewusst ist.

»Deine Kinder – sie *tolerieren* dich nicht nur. Sie *mögen* dich nicht nur. Sie lieben dich.«

»Die meisten Kinder lieben ihre Eltern«, erwidert er. »Sie zeigen ihre Liebe nur auf unterschiedliche Art und Weise, das ist alles.«

Isobel fällt wieder ein, wie sie die weiche Patschehand ihres Sohnes gehalten hat, wenn sie gemeinsam unterwegs waren. Wie sie immer zwischen ihm und der Straße ging. Und Cassandra. Besuchte Isobel nicht jedes Jahr die Schultheateraufführung und saß inmitten der anderen Eltern auf diesen niedrigen, harten Bänken? Sie liebte diese Aufführungen.

Es ist Wochen beziehungsweise Monate her, seit sie von den beiden gehört hat.

Victor schwenkt seinen Becher. »Kinder sind wie Kaffee.«

Sie sieht ihn verständnislos an. »Wie bitte?«

»Man zieht ein Kind groß, so wie man Kaffee macht: Man

darf nie die Milch im Nachhinein eingießen, weil das Weiße so vom Dunklen geschluckt wird und der Eindruck von Bitterkeit bleibt. Wenn man das Helle zuerst eingießt, ist es völlig egal, wie viel Dunkles man hinzufügt: Das Helle schluckt das Dunkle. Die Farbe ist deutlich angenehmer. Das Gleiche gilt auch für Kinder. Man muss ihnen schon als Babys alle Liebe zuteilwerden lassen – noch bevor sie wissen, wer sie sind und wie hart die Welt da draußen sein kann. Wenn man ihnen Helligkeit gibt, können sie später mit der Dunkelheit umgehen, mit der sie unweigerlich konfrontiert werden. Sie absorbieren sie – wie die Milch den Kaffee. Sie lassen sich davon nicht unterkriegen. Sie überlassen der Dunkelheit nicht das Feld.«

Isobel blickt auf ihren dunklen, bitteren Kaffee hinab.

Victor macht einen Schritt auf sie zu und zieht sie an sich. Das Gefühl, in die Arme genommen zu werden, ist ihr immer noch fremd, Hände, die sich ohne eine bestimmte Absicht nach ihr ausstrecken. Im Supermarkt ist sie immer wütend geworden, wenn jemand ihren Arm gestreift oder sich im Eingang an ihr vorbeigequetscht hat. Diese vergeudete Berührung. Wer sind diese Leute, dachte sie immer, die Körperkontakt so sehr gewohnt sind, dass sie völlig sorglos damit um sich werfen.

Ich sollte gehen, denkt sie in seinen Armen.

Er weicht von ihr zurück, sodass sie einander gegenüberstehen, und streicht ihr über die Wangen. Als seine Lippen ihre berühren, weiß sie nicht, ob sie aufblühen oder die Dornen wetzen soll. Doch seine Lippen sind weich.

»Victor …« Sie macht sich von ihm los. »Ich kann nicht. Du weißt, was ich meine.«

Er legt die Finger an die Lippen und nickt bedächtig. »Sollen wir einen Wein aufmachen?«

Sie ist schlagartig angespannt. »Glaubst du, mit Wein würde ich nachgeben?«

Er macht einen Schritt zurück. »He, hör auf damit.«

»Womit denn? Mit meinen Prinzipien?«

»Damit, dass du immer gleich denkst, ich hätte Hintergedanken.« Er klingt sanft, aber nachdrücklich. Sie geht ihm auf die Nerven. Sie weiß es.

Isobel schlägt die Hände vors Gesicht und stößt einen lang gezogenen, kehligen Seufzer aus, der sie selbst ebenso sehr überrascht wie Victor. Sie weicht in die Ecke zurück. Und dann kommen die Schluchzer, schwer und in schneller Folge. Sie presst sich die Hand auf die Brust. Ihr Herz, ihr Herz. Es donnert.

»Komm.« Victor führt sie zum Sofa. Er eilt in die Küche, sie hört ihn hantieren, und im nächsten Moment drückt er ihr ein Glas Whisky in die Hand.

Mit zitternden Händen nimmt Isobel gierige Schlucke. Sie beugt sich vor, will den Kopf zwischen die Knie schieben, und Victor streichelt ihr den Rücken.

»Oh Gott«, flüstert sie dem Boden zu, auf den Tränen tropfen.

»Lass los«, sagt Victor und nimmt ihr das Glas ab. »Dein Körper will etwas sagen.«

Langsam richtet sie sich auf und lehnt sich zurück. Er verschwindet in der Küche, und dann hört sie, wie er in der Wohnung auf und ab geht.

»Bleib heute Nacht hier«, sagt er und bleibt kurz stehen, um sie anzusehen. »So kannst du sowieso nicht mehr fahren. Ich schlafe hier draußen. Oder ich rufe dir ein Taxi, wenn dir das lieber ist.«

Isobel streckt sich aus. Allmählich kommt ihr Kopf zur Ruhe. So hat sie noch nie geheult – und sie hat auch noch nie ein ganzes Glas Whisky getrunken. Sie hat sich nie auf einem Sofa ausgestreckt. Alles dreht sich.

Was, wenn die Leute, die sie kennt, sie jetzt sehen würden?

Aber das können sie nicht. Und werden sie nicht. Und sie weiß, hier ist sie sicher.

Als sie am folgenden Morgen aus dem Schlafzimmer kommt, steht Victor in der Küche und betrachtet die Welt draußen vor dem Fenster. Lächelnd dreht er sich zu ihr um.

Bei dem Gedanken, dass sie in seinem Bett geschlafen hat, errötet sie. Am liebsten würde sie zu ihm sagen: Ich habe die halbe Nacht wach gelegen und die Wände angestarrt. Ich habe mich gefragt, auf welcher Seite du normalerweise schläfst. Ich glaube, links, deshalb habe ich rechts gelegen und die Hand nach der Stelle ausgestreckt, an der du gewesen wärst.

»Ganz schön hart«, sagt sie, »deine Matratze.«

Er antwortet nicht. Er hat seinen Kaffeebecher in der Hand, die andere Hand hat er in die Hosentasche geschoben. Isobel stellt sich vor, wie er sich Kaffee gemacht und die Milch zuerst eingeschenkt hat.

Sie denkt an all die Dinge, die sie sagen könnte. »Ich muss jetzt gehen.«

Er stellt seinen Becher ab und sieht weg.

»Ich glaube, ich habe dir nie wirklich von meinem Glauben erzählt. Oder davon, dass ich verheiratet sein muss.«

Victor greift zum Wasserkocher und hält ihn unter den Wasserhahn. »Ich hab mich schon gefragt.« Er stellt den Wasserkocher an, und Isobel wartet darauf, dass es blubbert. Ein tröstliches Geräusch. Besonders jetzt, in dieser Küche, in der sie soeben verkündet hat, dass sie gehen muss, und er Wasser aufsetzt, als wollte sie bleiben.

»Aber ich sollte ehrlich mit dir sein«, sagt Victor dann. »Ich bin mir nicht sicher, ob ich noch mal heiraten will.«

Der heiße Atem des Wasserkochers steigt in der Küche nach oben.

»Oh.«

»Verheiratet zu sein hat der ersten Frau, die ich geheiratet habe, nicht viel bedeutet, und da ... Na ja ... Es kam mir vor, als würde man einen schnöden Vertrag abschließen.«

»Verstehe.« Sie sieht auf ihre Hände hinab. Natürlich, er will nicht heiraten.

»Außerdem bin ich nicht gläubig.« Er lacht verlegen.

»Ach Victor.« Isobel fasst sich an die Stirn und lacht ebenfalls. »Was machst du mit mir?«

»Ganz ehrlich – mit mir willst du nicht über Religion reden.«

Die Stimmung ist annähernd komisch. Isobel – die ihr Leben lang jeden Dienstag in der Gemeinde verbracht hat, um zu lernen, wie man verhindert, dass sich eine Tür vor ihr schließt – hat keine Ahnung, was sie darauf erwidern soll. Sie weiß nur, dass dies eine Tür ist, die nicht zugehen darf.

»Tja, dann ist es eben so.« Sie strafft die Schultern und kramt ihre Schlüssel hervor. Sie weicht seinem Blick aus und geht zur Tür, wo sie umständlich ihre Schuhe anzieht. Sie muss schnell sein, nicht dass ihr Körper sie wieder hintergeht.

Eine Schwester aus ihrer Versammlung tritt aus der Wohnung gegenüber. Isobel haucht den Namen, und dann blickt sie mit verblüffender Klarheit an sich hinab und sieht sich, wie die Schwester sie sieht: durch den Wind, müde, eindeutig hat sie hier übernachtet, Victor, der hinter ihr in der Tür auftaucht. In diesem außerkörperlichen Moment sieht sie sich als Gemälde in der Tate Britain hängen und betrachtet sich aus Sicht der Schwester. Isobel starrt zwar zur gegenüberliegenden Flurseite, doch statt der Schwester sieht sie Museumsbesucher, die tuschelnd mit dem Finger auf sie zeigen, alles Männer, sie haben graue Bibeln dabei. Das Gemälde heißt *Isebel.*

Die Schwester hat einen schwarzen Müllsack in der Hand und starrt Isobel an, die ihrerseits die Hände vor den Mund geschlagen hat. Nein, will sie schreien, es ist nicht so, wie es aussieht! Angst schießt ihr durch die Adern, als ihr dämmert, dass in jener Welt, die sie mit dieser Schwester gemein hat, lediglich zählt, wie etwas aussieht.

Kamera

Jen und Zelda
Der Monat nach Jens Auszug

Jen studierte den alten Fotoapparat. Eine Antiquität, und er stand neben einer Vase mit verblühten Sonnenblumen. Sie sah kurz zu Zelda auf, die gerade aus dem Garten hereingekommen war und Rosen in einem Krug arrangierte.

»Mein Experiment, schon vergessen?« Zelda stach sich an einer Rose und fluchte in sich hinein. »Noch sind sie nicht ganz so weit, aber es dauert nicht mehr lange.«

»Mir war nicht klar, dass du sie dann fotografierst.«

»Findest du sie nicht wunderschön? Sogar wenn sie tot sind – oder fast –, strahlen sie etwas aus.«

Jen runzelte die Stirn. »Vergänglichkeit?«

»Es hat etwas von letztem Atemzug, ja.« Zelda saugte an ihrem blutenden Finger. »Aber wenn wir sie tot vor uns sehen, stellen wir sie uns doch sofort lebendig vor. Wir brauchen den Kontrast, weil wir das Leben aus dem Blick verlieren – bis wir plötzlich mit dem Gegenteil konfrontiert werden. Indem wir einen Blick auf den Tod erhaschen, wünschen wir uns, dass die Blumen wieder neu aufblühen. Es wäre schlichtweg zu beängstigend, einfach zu akzeptieren, dass alles irgendwann ein Ende hat.«

Jen kniff die Augen zusammen, versuchte, es zu sehen,

aber der Geruch des abgestandenen Wassers war übermächtig. »Das sind einfach nur tote Blumen.«

»Für dich vielleicht.«

Jen wandte sich ab. Sie hatte genug vom Tod.

Rauch ohne Feuer

Isobel

Dienstag, 28. August
Nach der Zusammenkunft in die Bibliothek gerufen worden. Sie haben um eine Erklärung gebeten, also hab ich es ihnen erklärt. Dass ich mich unwohl gefühlt hatte und dass er im Wohnzimmer geschlafen hat. Mir ist fast schlecht geworden, als sie gefragt haben, ob es zu einer körperlichen Begegnung gekommen sei. Es klang so klinisch, so wie sie es formuliert haben, als wären er und ich ein Gesundheitsproblem, das es zu behandeln gilt. Mir ist die Hitze gar nicht mehr aus dem Gesicht gegangen. Es müsse darüber Gericht gesessen werden, sagten sie. Nächste Woche. Draußen an die dreißig Grad.

Mittwoch, 29. August
Arbeit. Schlecht gefühlt. Kein Lebenszeichen von V. Les Connell hat angerufen – Beschluss am 3. September. Abends nichts runtergekriegt. Heiß draußen.

Donnerstag, 30. August
Arbeit. Furchtbar heiß, Ventilator kaputt. Sadie hat selbst gebackenen Kuchen mitgebracht. Meinte, ich solle das letzte Stück essen. Sie hat wohl gespürt, dass ich melan-

cholisch war. Sie hat Antennen, auch wenn ihr Biskuit zu trocken war.

Freitag, 31. August
Immer noch nichts von V. Vielleicht besser so. Besser, es zu beenden, ehe es richtig beginnt. Arbeit – zu gestresst, um nachzudenken. Auch das besser so. Anscheinend gibt es bald Unwetter.

Samstag, 1. September
Predigtdienst abgesagt, weil es schüttet. Versucht, Patrick zu erreichen, Jude etwas ausrichten lassen, aber bestimmt kommt die Nachricht nicht bei ihm an. Konnte mich nicht auf den Fernseher konzentrieren, stattdessen in der Bibel gelesen. Keine Ruhe gefunden. Kopfschmerzen. Auf Patricks Rückruf gewartet. Mit dem Handy sein Festnetz probiert, nicht dass irgendwas mit der Leitung ist, vielleicht liegt es ja an seinem Anschluss. Spät ins Bett. Gewitter.

Sonntag, 2. September
Keine Ahnung, wie das Wetter war, den ganzen Tag verschlafen.

Montag, 3. September
Ich weiß nicht, was ich sagen soll. Ich kann gerade nicht denken.

Lieber Patrick,
du musstest so schnell wieder weg – ich konnte es dir ansehen, an der Art, wie du mich angeguckt hast, als wäre ich plötzlich ein anderer Mensch. Aber ich bin immer noch

deine Mutter. Hörst du, was ich sage? Ich bin immer noch ein und dieselbe.

Du meintest, wo Rauch ist, da ist auch Feuer. Aber lass mich dir sagen, mein lieber Junge: Es ist nichts passiert. Ich weiß natürlich selbst, wie das aussieht – dass ich die Nacht in der Wohnung eines weltlichen Mannes verbracht habe –, aber vielleicht, nur vielleicht entspricht der äußere Anschein ja nicht den Tatsachen. Ich habe die Wahrheit gesagt. Ich war ehrlich zu ihnen. Trotzdem ...

Sie haben in der Schrift nachgeschlagen, sie haben gebetet, sie haben betont, dass der Gemeinschaftsentzug eine Geste der Liebe Gottes sei, die mich zur Besinnung bringen soll. Aber eines verstehe ich nicht. Wenn Gott es so will – dann muss er doch wissen, dass nichts passiert ist? Wenn Entscheidungen durch den Heiligen Geist vermittelt werden, muss der Heilige Geist doch die Wahrheit kennen?

Ich weiß das alles schon mein Leben lang, aber es selbst zu erleben ist etwas vollkommen anderes.

Ach Patrick, verweigere mir nicht, das Baby zu sehen. Was du gesagt hast ... Ich habe nichts falsch gemacht. Ich würde dich niemals belügen. Bitte, nimm mir das nicht weg, gerade jetzt, da mein Enkelsohn jede Minute zur Welt kommen könnte. Ich weiß nicht, warum sie mir das antun, Patrick, ich habe die Wahrheit gesagt. Die reine Wahrheit.

Wen habe ich denn jetzt noch?

Sag Jude, dass ich damals alles versucht habe – Currygerichte, Dehnübungen, Ananas –, aber Erstgeborene kommen oft später als zum berechneten Termin. Sogar Rizinusöl habe ich probiert. Nichts davon hat deine Schwester dazu gebracht, sich zu rühren. Sie kam erst, als ihr danach war. Bei dir habe ich nichts davon ausprobiert. Ich konnte den Gedanken nicht ertragen, dass du meinen Bauch verlassen würdest.

*

Am darauffolgenden Sonntag zwingt Isobel sich hin und schlüpft in den Saal, als die anderen bereits das erste Lied angestimmt haben, so wie es für Ausgeschlossene vorgesehen ist. So vermeidet man das peinliche Gesehen- und Übersehenwerden. Früher war sie es, die so tat, als wäre das schwarze Schaf überhaupt nicht da. Jetzt ist sie es, die später kommt, die sich in die letzte Reihe setzt, die sonst für Verspätete, schreiende Babys und Frevler reserviert ist.

Wenn jemand sie fragen würde, was sie von der Zusammenkunft mitgenommen hat, könnte Isobel sich an kein einziges Wort mehr erinnern. Nein, das stimmt so nicht. Es gibt einen Moment, der sich ihr Wort für Wort ins Gedächtnis eingebrannt hat.

»Und jetzt noch eine schöne Nachricht: Bruder und Schwester Forge haben gestern Morgen ihren Sohn Noah bekommen. Ist das nicht wunderbar? Ich bin mir ganz sicher, dass sie in diesen aufregenden Zeiten eure Glückwünsche sehr zu schätzen wissen – oder ein Essen, das sie nicht selbst zubereiten müssen.«

Victors Tür fühlt sich unter ihren Fingern kühl und glatt an. Ihr bleiben womöglich nur ein paar Minuten, ehe die Schwester von gegenüber von der Zusammenkunft kommt. Isobel darf ihr unter keinen Umständen noch einmal hier im Treppenhaus begegnen. Bitte, sei da, wispert sie und klopft hektisch an.

Als die Tür aufgeht, stürzt sie fast über die Schwelle. In

einem luftigen Hemd – beim Anblick des Blumenmusters zieht sich ihr der Magen zusammen –, in Shorts und mit offenem Mund steht Victor vor ihr. »Was …«, setzt er an. »Komm rein. Komm.«

Mit der Handtasche im Arm taumelt sie vorwärts. Victor murmelt betreten vor sich hin, als er gebrauchte Tassen und Teller einsammelt und Bücher aufeinanderlegt. »Tut mir leid, ich hab keinen Besuch erwartet.«

Isobel weint. »Es muss dir nicht leidtun.« Sie sieht sich in dem Durcheinander um. »Du hast keine Ahnung, wie froh mich dieser Anblick macht.«

Er sieht sie verwirrt an. Als hätte sie ihm eine Fangfrage gestellt. Das Geschirr hat er in die Spüle gestellt, und jetzt steht er verlegen neben dem Sofa und schiebt die Hände in die Hosentaschen. Drei Wochen. Noch hat er sich das Recht, sie zu trösten, nicht wieder verdient, deshalb tippt er mit dem Fuß gegen einen Bücherstapel, bis der umkippt. »Wie war das? Unordnung macht dich froh?«

Sie lacht und wischt sich die Tränen mit der Handkante aus dem Gesicht. Ich bin immer noch ein und dieselbe, hat sie Patrick geschrieben, doch so, wie sie hier ist, ist sie neu.

»Ach Victor …«

Als hätte er genau darauf gewartet, geht er auf sie zu, und sie fällt ihm in die Arme. Einen Augenblick lang stehen sie nur da, spüren dem Atem des jeweils anderen nach, dann setzen sie sich, und es platzt alles aus ihr heraus. Es auszusprechen macht es real. Sie hält sich auch nicht mehr die Augen zu.

»Dann sprechen sie nicht mehr mit dir? Patrick auch nicht?«

Isobel erzählt ihm von ihrem Enkelsohn, dass sie von dessen Geburt erst zusammen mit allen anderen erfahren habe, und er steht auf und stellt sich ans Fenster.

»Was ist mit Cassandra?«

»Die ist sowieso nie ans Telefon gegangen.«

Er schüttelt leicht den Kopf. »Und ich dachte, im christlichen Glauben ginge es um Nächstenliebe?«

»Der Gemeinschaftsentzug ist eine Geste der Liebe, wirklich. Er bringt Sünder wieder zur Besinnung. Sie können eine neue Beziehung zu Gott aufbauen und sich so das ewige Leben verdienen.«

Er dreht sich zu ihr um. »Aber du hast nicht gesündigt.«

»Na ja, nein, aber …«

»Du gibst gerade nur das wieder, was sie dir jahrelang eingeimpft haben. Aber Isobel – du musst doch erkennen, dass das nicht Liebe ist. *Sie* verhalten sich falsch. *Du* hast die Wahrheit gesagt, und *sie* haben – willkürlich – beschlossen, dir nicht zu glauben.«

Sie starrt auf ihre Hände. Es fühlt sich merkwürdig an, die jüngsten Vorkommnisse zu verteidigen, andererseits hat sie das schon ihr Lebtag gemacht. Wir denken in der Sprache, die wir gelernt haben.

»Du verstehst das nicht«, entgegnet sie.

»Nein. Wirklich nicht.« Er sieht runter zur Straße. »Aber ich weiß, was Liebe bedeutet.«

Von Liebe sprechen. Liebe infrage stellen. Verschiedene Versionen von Liebe umreißen. Von all dem Gerede wird sie hungrig.

Isobel mustert die Kontur seines sonnenbeschienenen Körpers. Sie steht vom Sofa auf und geht auf ihn zu. Er dreht sich überrascht zu ihr um, als sie ihn berührt, und lässt zu, dass sie ihn in die Arme nimmt. Sanfte Küsse.

Denk nicht drüber nach, schießt es ihr durch den Kopf. Du bist für alle anderen, die du kennst, gestorben, das hier zählt also nicht.

Ein doppeltes Wagnis.

Es ist vollkommen anders, als sie es kennt. Victor lässt sich Zeit. Er wendet den Blick nicht von ihr ab, küsst ihre Narbe, und sie ist gleichermaßen glücklich und geniert.

Und sie hatte recht. Er schläft auf der linken Seite des Bettes.

Verstecktes Bild

Jen

Jahr für Jahr wartete sie im Herbst darauf, dass sich die Blätter verfärbten. Wird es in diesem Jahr wieder passieren?, fragte sie sich. Sehen die Baumkronen in diesem Jahr endlich wieder so aus, als würden sie in Flammen stehen – wie einmal zuvor, die Jahreszahl weiß sie nicht mehr. In den meisten Jahren wurde das Laub einfach nur schlammbraun. Doch hin und wieder eröffneten ihr die Bäume ihre Wahrheit. Dann loderten sie zu beiden Seiten der Straße, während die Passanten darunter ihrer Wege gingen. Die Blätter glichen mystischen Himmelskörpern, fingen die ersten Sonnenstrahlen nach dem Regen ein, bildeten rote und orangefarbene Herzen über den Köpfen der Menschen. Seht nach oben!, rief sie innerlich. Seht euch den Zauber über euch an! Warum steht so etwas nicht in der Zeitung? Warum lauten die Schlagzeilen nicht: *Seht hoch! Es ist endlich so weit! Seht hoch!*

Im Bus auf dem Heimweg zurück von der Schule erzählte sie es ihrer Freundin Dawn. Dawn – die wie immer am Fenster saß – sah erst stirnrunzelnd zu den Bäumen, dann zu ihr zurück und drehte sich zu dem Jungen in der Sitzreihe hinter ihnen um.

Das war nur einer von vielen Momenten im Leben, in denen ihr schwante, dass sie nicht wie die anderen tickte.

Jen dachte im Frühling ähnlich, wenn an jedem Zweig neues Leben knospte, aber bis dahin hatte sie ihre Lektion gelernt.

Behalt solche Sachen für dich.

*

»Bereust du es, zu der Bluttransfusion eingewilligt zu haben?«

Sie hat sich vorbereitet. In ihrer schäbigen kleinen Wohnung hat sie es so oft vor dem Spiegel gesagt, dass es durch Wiederholung zur Wahrheit geworden ist.

»Ja, ich bereue es.« Doch dabei belässt sie es nicht. »Sicher war es naiv von mir, auf mein eigenes Verständnis der Schrift zu vertrauen. Ich habe lange darüber nachgedacht und bin zu dem Schluss gekommen, dass ich womöglich nicht davon ausgehen sollte, dass ich Antworten hätte. Gott ist größer, als ich es bin, und die Organisation ist damit betraut, die geistlichen Leitlinien vorzugeben.« Jen hofft, dass sie damit alles abgedeckt hat. Bitte stellt mir keine weiteren Fragen, fleht sie innerlich. Bitte zwingt mich nicht zu lügen.

Die Brüder sehen einander an, kommunizieren durch Blicke und durch einen heiligen Geist, dessen Botschaft nur sie empfangen. Jen neigt den Kopf. Sie hat die Hände gefaltet und die Knöchel artig überkreuzt. Sie ist für dieses Vierertreffen passend gekleidet.

»Dann bist du nicht mehr davon überzeugt, dass das Blut zu empfangen richtig war?« Bruder Connell lässt sie nicht aus den Augen.

Jen krallt die Hände im Schoß zusammen. Sie kann sich noch gut an das Gesicht ihres Vaters erinnern, als der sie in seinem Arbeitszimmer mit dem Buch erwischt hat – an seine Fangfragen, an die Enttäuschung. Sie zögert ihre Antwort ein, zwei Sekunden hinaus. »Es war dumm, auf mein eigenes Verständnis zu vertrauen.«

Er kneift die Augen zusammen, lächelt aber weiterhin. »Das sagtest du schon. Um es ganz deutlich zu machen: Du hältst Bluttransfusionen inzwischen für inakzeptabel?«

Noch eine Sekunde. »Ja.«

»Du weißt jetzt, dass deine Entscheidung falsch war?«

»In den vergangenen Monaten hatte ich viel Zeit, um darüber nachzudenken.« *Jacob.* »Ihr ahnt nicht, wie sehr ich es bereue, das Blut angenommen zu haben.«

Als sie sie in das Zimmer zurückrufen und davon in Kenntnis setzen, dass ihr Antrag auf Wiederaufnahme erfolgreich war, wird ihr ganzer Körper von Schluchzern geschüttelt. Sie habe mit ihrer kontinuierlichen Anwesenheit bei den Gottesdiensten und ihrer Bereitschaft beeindruckt, Ratschläge zu beherzigen. Sie zeige Reue, indem sie gewisse Anstrengungen unternehme, und stelle unter Beweis, dass ihr Gewissen von der Wahrheit durchdrungen sei. Dann empfehlen sie ihr, sich eine neue Wohnung zu suchen und ihre Schulden abzubauen. Beim nächsten Treffen werde ihr Beschluss öffentlich verkündet. Bis dahin gelte sie weiterhin als ausgeschlossen – kein Kontakt zu Familie oder Freunden, bis die Gemeinde informiert sei. Ob sie das verstanden habe.

Jen nickt, ohne richtig hinzuhören. Sie weiß, die Wahrheit liegt im Unausgesprochenen. Dass die Wiederaufnahme – in so kurzer Zeit – nicht allein ihrer Reue, sondern auch ihrer Bereitschaft zu verdanken ist, anderen Mitgliedern der Versammlung zu helfen, die in die Fänge der Sünde geraten sind. *Ihr Gewissen ist von der Wahrheit durchdrungen.*

Sie schiebt die Erinnerung an ihre Mitschwester, die sie auf der anderen Seite des Hausflurs flehentlich angesehen hatte, beiseite.

Jen redet sich ein, dass sie durch ihr Einschreiten Isobel Forge vor der Verdammnis bewahrt hat.

Nicht weinen

Jen

Am folgenden Abend klingt es wie Musik in Jens Ohren, als die ganze Versammlung ihr Beifall klatscht. Sie drehen sich nach ihr um, lächeln sie an, und Jen sieht, wie die Schultern ihrer Eltern in der ersten Reihe beben. Anschließend wird sie umringt, bekommt Küsschen auf die Wangen, und man sagt ihr, wie sehr man sie vermisst habe. Ich war die ganze Zeit hier, denkt sie und schiebt den Gedanken wieder beiseite. Ihre Schwester Lina flüstert ihr ein *Gut gemacht* ins Ohr, ihre Eltern warten darauf, dass die Menge sich zerstreut. Sie tätscheln ihr den Rücken, und ihre Mutter ringt die Hände.

»Jetzt nur nicht weinen«, sagt Angela, »du zerstörst bloß dein Make-up.«

Merkwürdigerweise sind es nicht die Umarmungen, an die sich Jen in der Rückschau erinnern wird.

Als sie den Wagen abgestellt hat, überquert sie mit der Abendsonne auf den Schultern den Parkplatz. Die Brüder und Schwestern singen bereits, sie sind bis draußen zu hören. Der Sommer geht in den Herbst über. Bald wird die Luft anders riechen. Ihre Schritte tragen sie durch das Foyer bis in den fensterlosen Saal. Als sie in der hinteren Bank ihre Tasche abstellt, bleibt ihr Blick an einem Lichtbündel hängen, das durch die offene Tür hereindringt. Sie dreht sich nach vorn um, doch immer wieder ziehen die Strahlen ihre Aufmerksamkeit auf sich. Erst als das Lied geendet hat, treten zwei Brüder vor, um die Tür zu schließen. Die Strahlen werden ausgesperrt. Jen sieht wieder nach vorn.

Manche Menschen wählen den Tod.

TEIL DREI

Amerika-Kitsch

Zelda

Zeldas Uhr zufolge ist Matt eine Viertelstunde zu spät. Sie steht sich die Beine in den Bauch, doch sie ignoriert die Bewegung der Gardine im Fenster ihres Elternhauses. Nichts kann ihr heute etwas anhaben. Die Sonne brennt, ihr Lover holt sie gleich ab. Sie trägt einen geblümten Jumpsuit und Blumen im Haar, genau wie es das Lied fordert.

Sie sieht erneut auf die Uhr und hofft, dass sie nicht in einen Stau geraten. Ihr kleiner Handgepäckkoffer steht im Kies neben ihr. Pack nur das Nötigste, hat er gesagt. Ohne Ballast unterwegs zu sein macht alles nur umso aufregender.

Als sein Wagen sich endlich nähert, lehnt Zelda sich gelassen an den Zaun, als hätte sie nicht wochenlang auf diesen Moment gewartet.

Kurz schießen ihr Schmerzen in die Wange, und sie presst die Finger darauf. Sie hat den ganzen Sommer lang Zahnschmerzen gehabt, hätte vor der Reise zum Zahnarzt gemusst, aber dann ist die Zeit nur so vorübergerauscht. Die Schmerzen sind vom Zahn in den Gaumen gewandert. Sie hat Schmerztabletten eingepackt und hofft, dass die Endorphine den Rest erledigen.

Der Kofferraum geht auf, noch während der Wagen langsamer wird, und als sie ihren Koffer hineinwuchtet, bleibt Matt am Steuer sitzen. Sie steigt ein und bekommt einen Kuss. »Hey, Schönheit. Bereit?«

Sie fährt sich übers Haar. »Ich hab mich für Blumen entschieden, als Hommage an San Fran.« Sie zwinkert.

Er lacht verunsichert auf. »Also, toll siehst du aus, wie immer. Da hab ich sogar genau das Richtige, um in Stimmung zu kommen.« *California Dreamin'* schallt aus den Lautsprechern.

Sie hat Schmetterlinge im Bauch. Na also, denkt sie, als der Motor aufröhrt und sie ihre Straße hinter sich lassen.

Erste Zweifel beschleichen Zelda, als sie sieht, dass Matt Badeschlappen trägt. Wohl kaum das Richtige für einen Flug.

»Werden deine Füße nicht kalt?«

Er sieht in den Fußraum und dann zu ihr. »Kalt? Es ist superheiß draußen.«

Zelda runzelt die Stirn und richtet den Blick auf das Flirren zwischen Autobahn und Himmel. »Eigentlich schade, das hier zurückzulassen. Es ist wirklich sehr warm für den Herbst.«

»Ich bin mir sicher, an unserem Reiseziel wird es auch superheiß.« Matt zwinkert ihr zu. »Gilt natürlich auch für das Wetter.«

Er überspringt einen Song, und sie hören das Intro von Childish Gambinos *This is America.* Zeldas Herz trommelt den Takt mit.

Der Song ist halb vorbei, als sie an der Flughafenausfahrt vorbeirasen. Verwirrt sieht sie ihn von der Seite an. »Hast du gerade die Ausfahrt verpasst?«

Matt späht nach oben, wo ein weiteres Schild über sie

hinwegrauscht. »Nein, wir fahren noch ein Stück.« Er trällert weiter. Sie starrt seine Hand mit dem Ehering an.

Eine Stunde später ist der Himmel trostlos grau, und Zelda bemüht sich nicht mehr um Konversation. Sie fahren an einem Schild nach dem anderen vorbei, er singt einen Song nach dem anderen mit, und Zelda hat aufgegeben, die Klimaanlage runterzudrehen, die er jedes Mal sofort wieder hochdreht.

Sie starrt aus dem Fenster, und mit einem Mal erinnert sie sich an Will und die Art und Weise, wie er sie geküsst hat. Seine Hände an ihrem Gesicht.

Noch eine Stunde. Es schüttet. Matt hat Zeldas kompletten Proviant aufgegessen.

Drei Stunden nachdem sie losgefahren sind, biegt er von der Schnellstraße auf den Parkplatz eines Diners ein. Er setzt rückwärts in eine Parklücke und stellt den Motor ab.

»Pinkelpause?«, fragt Zelda, ohne von ihrem Handy aufzublicken. Sie will nur noch ankommen, ganz egal, wo es hingeht.

»Tada!«, tönt er und reißt die Arme hoch.

Sie sieht ihn an. Sie sieht nach vorn. Nein. Ein Achtzigerjahre-Kasten mit lachsrosa Mauern, mit Kunststofftüren und -fenstern und mit knallbunten Picknicktischen auf dem zubetonierten Hof – und sind das darüber die Zimmerfenster? Dann ist dies wirklich ein Motel? Und statt nach Kalifornien, zu Palmen, Orangensaft und coolen Vintage-Secondhand-Läden entführt er sie in die Karikatur eines amerikanischen Diners an einer Schnellstraße in den West Midlands? Das muss ein Witz sein, das kann nicht der Ort sein, wo er mit ihr ein romantisches langes Wochenende verbringen will.

Sie wirft ihm giftige Blicke zu.

Er sieht erst das Diner, dann Zelda an. »Okay, im Regen wirkt es vielleicht nicht ganz so toll. Aber du hast doch Fantasie. Und drinnen ist es *so cool*!«

»Du hast gesagt, ich bräuchte meinen Reisepass.«

»Na ja, ich dachte, vielleicht fahren wir an einem Tag rüber nach Wales. Ist von hier aus nur eine halbe Stunde.«

»Für Wales braucht man keinen Reisepass.« Sie betont jedes einzelne Wort.

»Ja, hab ich dann auch rausgefunden. Trotzdem hab ich nichts gesagt, weil es eine Überraschung sein sollte.«

Sie starrt durch die Frontscheibe und beißt sich so fest auf die Lippe, dass sie blutet. »Die Überraschung ist dir gelungen.«

Als sie ihr Gepäck zum Eingang tragen, müssen sie den Pfützen in den Schlaglöchern im rissigen Asphalt ausweichen. Auf dem benachbarten Grundstück das grelle Schild eines Gebrauchtwagenhändlers: *WIR KAUFEN IHR AUTO GEGEN BARES!* Das Vordach über dem Seiteneingang wird von pseudogriechischen Säulen gestützt.

»Willkommen im Heartbreak Hotel«, trällert die Rezeptionistin mit Marilyn-Monroe-Make-up.

Heilige Scheiße, denkt Zelda.

»Ich hab reserviert, auf Fish.« Matt trommelt mit den Fingern auf den Empfangstresen.

Die Rezeptionistin schiebt ihm ein Formular hin und erklärt ihnen das Wichtigste. Sie hat einen australischen Akzent. Die blonden Fifties-Locken sind mit Haarspray fixiert. Zelda steht mit verschränkten Armen hinter Matt und lässt den Blick über das spärliche Retro-Interieur schweifen. In der Ecke steht neben einem Plastikflamingo ein künstlicher Kaktus.

»Dann gibt es auch noch den Pool, und der Diner ist hinter Ihnen durch diese Tür. Heute Abend ist Fifties-Abend, das wird Sie vielleicht interessieren …«

Matt dreht sich vom Tresen weg und wackelt mit den Augenbrauen.

»Zwanzig englische Dollar Eintritt, es gibt All You Can Eat, und unser Elvis singt sämtliche Hits. Sie müssten allerdings reservieren. Wenn Sie woanders essen wollen, ist ein Stück weiter die Straße runter ein ganz guter Imbiss. Bitte hier unterschreiben.«

Matt bittet sie um ein Bügelbrett fürs Zimmer.

Oben geht Zelda hinter Matt den schmalen Korridor entlang. Rechter Hand gehen Fenster nach draußen, und beim Anblick des Pools bleibt sie stehen. Ein nierenförmiges blaues Becken inmitten von Pflastersteinen, drumherum Unkraut, das wohl als Wiese durchgehen soll. Sie starrt noch kurz darauf hinab und dann Matt hinterher, der einfach weitergegangen ist.

»Bingo«, ruft er und schiebt den Schlüssel in eine der letzten Türen.

Ohne große Eile setzt sie sich wieder in Bewegung. Als sie das Zimmer betritt, liegt er bereits ausgestreckt auf dem Bett und tippt in sein Handy.

Das Zimmer ist winzig, quadratisch, petrolblauer Teppichboden, limettengrüne Wände und orangefarbene Vorhänge. Eine mehrflammige Deckenleuchte verbreitet nur unzureichend Licht. An der Wand über dem Bett klebt eine Palmentapete. Zelda fährt mit dem Finger über einen Palmwedel. Wie sehr sie sich echte Palmen gewünscht hat.

In sechzig Sekunden hat sie das ganze Zimmer in Augenschein genommen. Matt ist Manager einer landesweiten Bowling-Kette – und mehr ist nicht drin. Ein Zimmer ohne jede Hoffnung. Kein Sessel, in dem man es sich mit einem Buch bequem machen könnte, keine Badewanne, in die man zu zweit steigen und sich unterhalten oder einfach nur entspannen und nachdenken könnte. Nein. Sie ist gerade gut genug für eine billige Absteige zum Vögeln.

Zelda lässt sich auf das Bett fallen.

»Ziemlich warm, oder?« Matt streckt sich nach dem Fenster aus. Verkehrslärm schlägt ihnen entgegen. Dann kniet er sich hin und küsst ihren Hals. »Oder vielleicht bist das auch nur du, die so heiß ist.«

Sie sieht ihn nicht an.

»Hey, alles in Ordnung?«

»Ja.«

Er streicht ihre Haare nach hinten und knabbert an ihrem Ohrläppchen. »Komm schon, spiel jetzt nicht die Eisprinzessin.«

»Ich bin nicht in Stimmung.«

Matt runzelt die Stirn. Das hat er sie noch nie sagen hören. Er folgt ihrem Blick zum staubigen Heizkörper, zu den erstarrten Farbnasen in den Vertiefungen. Er seufzt. »Okay, ist vielleicht nicht Beverly Hills …«

»Freundlich formuliert.«

»Ich hätte gedacht, du könntest darüber hinwegsehen.«

Sie starrt ihn an. »Darüber hinwegsehen? Ist da irgendwas, was ich nicht checke? Himmel noch mal, das hier heißt *Heartbreak Hotel*.«

»Mel wollte nie mit mir her …«

»Nimm den Namen nicht in den Mund! Ich will ihren Namen nicht hören. Verstanden?«

»Schon gut.« Er sieht aus dem Fenster. »*Sie* wollte nie mit mir herkommen. Nie ist ihr irgendwas gut genug. Aber du bist anders, Zee.«

»Ach, wie bin ich denn?«, fragt sie betont gelangweilt.

»Du bist nicht fixiert auf materielle Dinge. Du gehst tiefer. Das hier wird ein heißes Wochenende – nur du und ich … und ein Bett.« Er sieht sie vielsagend an, doch sie reagiert nicht. »Dein Hemingway – hat der nicht genau auf so was gestanden? Billige Hotels, billiges Essen, Drinks. Und Zusammensein.«

»*Hemingway?*«

»Ich hab sein Buch gelesen. Das mit Paris. Feier das Leben oder so.«

»Wann hast du das denn gelesen?«

»Du hast mal erzählt, das wäre dein Lieblingsbuch, deshalb …« Verlegen zuckt er mit den Schultern.

Zelda sieht ihn verblüfft an. In besseren Zeiten wäre es eine Randbemerkung gewesen, aber nach Schlaglöchern und Plastikpalmen und *WIR KAUFEN IHR AUTO* ist es, wie Wasser in der Wüste zu finden. Ein wahres Wunder.

Er beugt sich vor, um sie zu küssen, und diesmal weicht sie nicht zurück.

»Warte«, sagt sie nach einer Minute. »Du hast bestimmt Hunger. Sollen wir runtergehen und etwas essen?«

Matt knöpft sein Hemd auf. »Ich könnte auch einfach hier etwas naschen.« Er schiebt sie auf die Matratze.

Unter der mehrflammigen Deckenleuchte haben sie Sex. Als Matt Zelda gegen das MDF-Kopfteil des Bettes drückt, versucht sie, das Dröhnen von der Straße zu überhören, aber es flutet den Raum, bis sie fast darin ertrinkt. Sie gerät in Panik und täuscht zum ersten Mal in ihrem Leben einen Orgasmus vor.

Als es vorbei ist, ziehen sie sich an und gehen nach unten in den Klischee-Diner. Schachbrett-Fliesen, gepolsterte Sitznischen, Resopaltische, Chrom, Leuchtröhren und Amerika-Kitsch. Matt ist im siebten Himmel. »Ach du Scheiße, eine Jukebox!« Er füttert sie mit Münzen.

Als sie sich in einer kaugummipinken Nische niederlassen, sieht Matt sich sehnsüchtig um. »Mein Dad würde das hier lieben.«

Ach was, denkt Zelda.

Sie bestellt Pommes, doch nach der halben Portion vergeht ihr der Appetit. »Ich muss duschen«, sagt sie, als Matt den letzten Rest Oreo-Milchshake durch den Trinkhalm schlürft. »Ich fühle mich ein bisschen … du weißt schon.«

Matt reckt den Daumen. »Cool. Ich esse noch fertig und gehe mir den Pool ansehen. Halt mal den großen Zeh rein.«

Auf dem Zimmer quetscht Zelda sich am Bett vorbei und schließt das Fenster. Dann starrt sie die Straße entlang. Ein Bus hält vor dem Diner, und eine Frau etwa in ihrem Alter steigt aus. Die Türen gleiten zu, und Zelda sieht dem Bus hinterher, bis er außer Sicht ist.

Die Lüftung streikt, und als sie aus der Dusche steigt, steht der Wasserdampf im Bad. Sie wischt den Spiegel mit ihrem Handtuch ab. Die Wimperntusche ist ihr über die Wangen gelaufen.

Draußen schlägt die Zimmertür zu, und Matt reißt sich die Klamotten vom Leib. »Hab uns zwei Plätze für den Rummel heute Abend reserviert.«

Zelda frottiert sich die Haare. »Dann gehen wir da wirklich hin?«

»Also, ich schon«, sagt er und kickt sich die Schlappen von den Füßen.

Sie sieht erst ihn und dann ihr benebeltes Spiegelbild an. »Hast du vor, ihn demnächst mal abzunehmen?«

»Was meinst du?«

»Findest du es nicht komisch, dass wir zwei übers Wochenende wegfahren und du immer noch deinen Ehering trägst? Ist das nicht irgendwie ein bisschen schräg?«

Matt sieht auf seine Hand hinab, zuckt gleichgültig mit den Schultern, nimmt den Ring ab und wirft ihn in seinen Kulturbeutel. Dann schiebt er sich an ihr vorbei und geht ebenfalls duschen. Zelda starrt den Kulturbeutel auf der Matratze an.

Am späten Nachmittag gehen sie die Straße entlang spazieren, aber abgesehen von Gebrauchtwagen und Strommasten und einem verbarrikadierten indischen Restaurant gibt es nichts zu sehen. Anschließend liegen sie eine Stunde im Bett, Matt spielt mit seinem Handy, und Zelda liest das Buch mit Kurzgeschichten, das sie sich für den Flug gekauft hat. Die Buchstaben verschwimmen auf der Seite. Das hier halte ich keine drei Tage aus, denkt sie.

Sie geht nach unten zum Pool. Unter den nackten Sohlen spürt sie den heißen, rissigen Beton. Vom Beckenrand lässt sie die Beine im Wasser baumeln und rupft faustweise Unkraut aus. Wenn sie die Augen schließt, wird die Schnellstraße noch lauter. Sie greift zu ihrem Buch, um nicht nachdenken zu müssen.

Die erste Kurzgeschichte handelt von einem Mann, der nach seiner Scheidung in seine Heimatstadt zurückkehrt. Hierher hat er sich in Gedanken geflüchtet, wann immer er schwere Zeiten durchlitten hat. Er nimmt sich ein billiges Hotelzimmer und ruft seine Freunde von damals an. Sie verabreden ein Wiedersehen in der Kneipe, in der sie früher immer waren, und er ist vor der verabredeten Zeit dort, kann es kaum erwarten, wieder an damals anzuknüpfen. Doch seine Freunde sind keine Jungs mehr. Die Jahre haben Spuren hinterlassen, auch sie haben Trennungen hinter sich, und Zukunftsträume sind geplatzt. Sie gehen abermals getrennte Wege. Auf dem Weg zum Hotel kommt ihm das Mädchen entgegen, für das er einst geschwärmt hat. Sie erkennt ihn nicht wieder. Die Straßen, durch die er früher geschlendert ist, in denen er getrunken und geliebt hat, sind verschmutzt, und die einst prächtigen Bäume am Straßenrand wurden gefällt. In seinen Erinnerungen ist der Ort lebendig, doch inzwischen ist er versteinert, in einer Sturzflut eingefroren, Überbleibsel vergangener Tage. Er weiß, dass er hier nichts mehr zu suchen hat.

Als sie die Geschichte fertig gelesen hat, starrt sie kurz auf das Buch hinab und wirft es in den Pool. Sieht ihm hinterher. Auf dem schimmernden Umschlag blitzt das Sonnenlicht.

Um sechs Uhr machen sie sich fertig. Matt bügelt seine Sachen, und Zelda schminkt sich. Das Bügelbrett nimmt so viel Raum ein, dass sie andauernd über das Bett klettern müssen. Zelda schlüpft in ihr Kleid – ein fließendes Trägerkleid aus Seide in einem Nude-Ton mit aufgestickten roten Drachen und orangefarbenen Feuerbällen und verschlungenen Goldfäden. Das Kleid hat einen tiefen V-Ausschnitt, und sie klebt es für den besten Effekt mit Gewebeband an ihre Brüste.

Sie schiebt gerade die Füße in ein Paar High Heels, als ihr Blick an Matt hängen bleibt, der erst halb angezogen ist.

»Ist das da ein Hawaiihemd?«

Er blickt an sich hinab. »Ist daran etwas verkehrt?«

»Ich hab mich nur gerade gefragt, was aus *Einlochen kann ich* geworden ist.«

»Was?« Er steigt in seine Hose.

»Vergiss es. Bist du so weit?«

Es ist einiges los im Speisesaal, als sie nach unten kommen. Ein Elvis-Imitator schraubt an einem uralten Verstärker herum. Seine künstliche Tolle liegt neben ihm auf einem Stuhl. Aus der Jukebox dröhnt David Bowie, und Zelda muss lachen.

»Was?« Matt lächelt sie an.

»Der Song. In welchem Jahrhundert leben wir noch mal?«

»Der ist großartig.«

Eine Bedienung saust auf Rollschuhen vorbei. »Essen kommt gleich«, ruft sie über die Schulter. »Getränke bestellen Sie an der Bar.«

Zelda steuert eine Sitznische am Fenster an, während Matt sich schon mal anstellt. Sie sind eindeutig die Jüngsten hier. Die Frauen tragen Tellerröcke und Twinsets, die Männer umgeschlagene Hosen und Karohemden über weißem Feinripp. Zelda blickt an sich hinab und hat das merkwürdige Gefühl, zugleich overdressed und zu achtlos gekleidet zu sein. Immerhin zollt Matt mit seinem Hemd dem Motto Tribut. Ich bin hier fehl am Platz, denkt sie.

Sie würde jetzt gern eine Zigarette rauchen.

Matt kommt mit zwei Gläsern Bier und einem Körbchen mit Pommes zurück. »Sogar das Geschirr ist typisch USA!«

Zelda nimmt einen großen Schluck Bier. »Du warst doch noch nie da.«

Alle verziehen das Gesicht, als eine Rückkoppelung durch den Speisesaal kreischt. »Test, Test«, ertönt eine Stimme, und dann sehen sie, wie Elvis sein Glas in Richtung der Gäste hebt. »Guten Aaaaabend, alle miteinander! Und, wie fühlen wir uns heute?« Sein amerikanischer Akzent ist genauso Fake wie die Palmen, trotzdem johlt der ganze Diner begeistert auf. »Bereit zu rocken und zu rollen?«

Zelda atmet hörbar durch die Zähne aus. Draußen hält ein Bus, diesmal auf der anderen Straßenseite. Sie runzelt die Stirn, als eine Frau in ihrem Alter – *eine andere?* – von der Wartebank aufsteht und einsteigt. Die Türen gehen zu, die Silhouette nimmt Platz, und der Bus fährt weiter.

Als das Büfett eröffnet wird, ist Zelda die Erste in der Schlange. Sie schaufelt Berge auf ihren Teller, und als sie alles verschlungen hat, holt sie sich Nachschlag. Matt ist bei ihrem Anblick sichtlich unwohl.

»Lecker, was?« Sie lässt ein abgenagtes, klebriges Rippchen fallen und schleckt sich einen Finger nach dem anderen ab.

»Komm, gehen wir tanzen«, schlägt er vor, als Elvis *Suspicious Minds* anstimmt, steht auf und winkt sie hinter sich her.

Sie starrt seine wackelnden Finger an, die sie zur Eile auffordern. »Geh du gern allein«, sagt sie. »Ich bleib lieber hier.«

»Ich kann nicht allein tanzen. Guck, die anderen sind alle zu zweit. Komm endlich, ich will tanzen.«

»Tja, ich aber nicht«, entgegnet Zelda, als im selben Moment Marilyn von der Rezeption an ihrem Tisch vorbeikommt.

»Hallo«, sagt sie und drapiert ihren Ellenbogen über Matts Schulter. »Ich wär für einen Boogie-Woogie zu haben, Schätzchen – solange Ihre Frau nichts dagegen hat.« Demonstrativ zwinkert sie Zelda zu.

»Nein, nein, bitte.« Zelda lächelt sie an. »Dann mal viel Spaß … mein Göttergatte!« Sie nimmt einen großen Schluck Bier.

Achselzuckend ergreift Matt die Hand der Rezeptionistin, und sie zieht ihn hinter sich her zwischen die anderen Tänzer. Hin und wieder entdeckt Zelda sie in der Menge, die aber zu dicht ist, um genauer hinzusehen, allerdings liegen Matts Hände eindeutig auf den von getupftem Lycra umspielten Hüften. *Let's not let a good thing die*, schmettert Elvis, und Zelda stellt sich vor, wie die Frau Matt hinter sich her ins Büro hinter ihrem Empfangstresen zieht und sich von ihm im Stehen durchvögeln lässt. Oder wie sie in ihrem schmalen Doppelbett einen Dreier haben. Sie kippt ihr Bier.

Auf der Damentoilette saugt sie sich die Fleischfasern zwischen den Zähnen heraus und trägt frischen Lippenstift auf. Eine Frau in *Grease*-Klamotten und mit pinkfarbener Perücke kommt aus einer Klokabine und wäscht sich die Hände. Während sie sich Papierhandtücher nimmt, mustert sie Zelda argwöhnisch.

»Ihr Kleid ist aber nicht sehr Fifties.«

Zelda leckt sich über die Schneidezähne und schiebt die Hülse über den Lippenstift. »Stimmt, ich bin ja auch nicht sehr Fifties.«

Am folgenden Morgen schlafen sie aus. Es ist heiß im Zimmer, die Luft ist abgestanden, und Zelda streckt sich nach dem Fenster, um zu lüften. Den Verkehr hört sie nicht mehr. Seit sie hier angekommen sind, ist noch kein ganzer Tag vergangen, trotzdem fühlt es sich nach einer Ewigkeit an, eine Stunde wie die andere in Endlosschleife. In dieser petrol-orangefarbenen Kiste hier überlebe ich nicht lange, denkt sie und starrt eine staubige Steckdose an.

Sie haben Sex, und als sie kommt, fühlt sich Zelda an Leib und Seele heilig. Ihre Haut ist unter seinen Berührungen sengend heiß. Ja, denkt sie. Ja, ja, ja. Nichts anderes zählt noch, wenn es Momente wie diesen gibt. Seine Lippen auf ihrem Körper sind sein Bekenntnis. Ich verzeihe dir, stöhnt sie im Kopf.

Er wiederholt ihr Ja, ja, ja, sobald sie seinen Dienst erwidert, doch es hört sich hohl und mechanisch an. Er liegt am Fußende, hält sich den Kopf und atmet schwer. »Verdammte … Hacke …«

Zelda lehnt sich gegen das Kopfteil. »Männerorgasmen sind dermaßen anspruchslos. Als würde man einem Hund Essensreste hinwerfen.«

Er lacht, legt sich auf die Seite, um sie anzusehen, und streicht ihr über den Spann. »Du bist gut. Echt, echt gut.« Dann schiebt er sich zu ihr hoch und gibt ihr einen Kuss.

Zelda starrt ihn einen Moment lang an. Ihr ist etwas eingefallen. »Moment«, flüstert sie, als er die Hände an ihr Gesicht legen will. Sie tippt sich an die Schläfe. »Willst du eigentlich jemals da rein?«

Er runzelt die Stirn. »Du meinst … einen Blowjob?«

Sie sieht ihn eine gefühlte Ewigkeit lang an. Dann steigt sie aus dem Bett.

»War ein Witz«, sagt er und lacht.

Gegen Mittag verlassen sie das Zimmer und gehen nach unten. Im Diner ist nicht viel los, nur der Retro-Flair ist immer noch da. Zelda nimmt ihre Sonnenbrille ab.

»Was darf ich Ihnen bringen?«, fragt die Bedienung und zückt den Bleistift, den sie sich hinters Ohr geklemmt hat.

Zelda bekommt Kopfschmerzen.

»Ich nehme den Triple-Steak-Burger«, nuschelt Matt hinter der laminierten Speisekarte, »einen Erdbeer-Milchshake, große Pommes mit Käse und Zwiebelringe.«

»Für mich den Cheeseburger und Pommes«, sagt Zelda. »Und eine kleine Cola.«

»Normal ist die kleinste Größe.«

»Ich nehme Ihre kleinste Größe. Wenn Sie die *normal* nennen, ist das Ihre Sache.«

Das Lächeln der Bedienung verblasst. Als sie sich wegdreht, sieht Zelda über den Rand ihrer Brille zu Matt. »Was?«

»Du weißt schon, dass die wahrscheinlich gleich in unser Essen spuckt?«

Zelda zuckt mit den Schultern. »Aber hey, immerhin ist es dann *amerikanische* Spucke.«

Sie planen den Nachmittag. Er schlägt ein Designer-Outlet vor, das eine Autostunde entfernt liegt. Sie nickt und klopft rhythmisch auf ein Zuckertütchen. Ihr Hirn greift zu hirnlosen Gesten, um sich die Zeit zu vertreiben.

Aus der Jukebox kommt ein Song, und Matt verzieht genüsslich das Gesicht.

»Ah, herrlich!«

»Ist der nicht aus *Toy Story*?«

»Ja. Ein Klassiker.« Er tippt den Takt auf dem Tisch mit, während Zelda sich in Richtung Küche nach ihrem Essen umdreht.

»Mel hat *Toy Story* nie begriffen«, sagt er. »Erst in den Flitterwochen in Disney World hat sie gesehen, was der ganze Trubel …«

»Moment. Wie bitte?«

»Mel hat *Toy Story* nie begriffen – aber …«

»Disney World? Ihr wart in den Flitterwochen in Disney World?«

»Na und?«

Sie starrt ihn unverwandt an. »Nichts.«

»Das in Florida«, führt er aus, damit sie es nicht missversteht, »nicht das in Paris.«

»Ah, okay«, sagt sie, »kapiert.«

Die Bedienung bringt ihr Essen, und Zelda sieht zu, wie Matt seine Pommes in Ketchup ersäuft, ehe er einen großen Schluck von seinem Milchshake nimmt. Dann schiebt er sein Glas von sich weg und stößt einen langen, zufriedenen Seufzer aus.

»Wenn ich hier endlich wegkomme, besuche ich auch das in Kalifornien.«

Mit halb zum Mund gehobener Gabel starrt sie ihn an. »Du willst immer noch auswandern?«

»Na klar.«

»Trotz all dem, was dort los ist?«

»Was meinst du?«

Sie kommt sich vor wie bei *Versteckte Kamera*. »Du weißt, wer derzeit Präsident ist, oder?«

Matt schüttelt den Kopf. »Ach, jetzt aber. Du nicht auch noch. Klar, der Typ ist echt ein bisschen *too much*, aber er spricht nur laut aus, was alle denken.«

Sie lässt ihre Gabel fallen. »Wie bitte?«

»Ich kann verstehen, warum die Amis so aufgebracht sind. Was hat Obama in acht Jahren denn bitte geschafft? Nichts. Hat Krieg im Nahen Osten geführt – was man übrigens gern mal vergisst – und über das Nein der Leute zur Gesundheitsreform einfach hinweggehört. Das sind eben keine Kommunisten. Er wollte immer nur den netten Typen spielen, statt wirklich was anzupacken.«

Zelda starrt auf den Burger hinab, der auf ihrem Teller kalt wird. »Und wenn der Typ eine Frau wäre? Glaubst du, sie hätten eine Frau gewählt, die zweimal geschieden ist, die Kinder von mehreren Männern hat, der sexuelle Übergriffe vorgeworfen werden und die einfach mit allem herausplatzt, was ihr durch den Kopf schießt? Hm?«

»Was ist denn los mit dir?«

Sie stochert Pommes ins Ketchup. »Ich frag nur.«

»Ganz genau.«

Zelda mustert ihn erneut. Nimmt einen großen Schluck

Cola, während draußen als lang gezogene, verschwommene Reihe die Autos vorbeirasen.

»Kann ich kurz den Zimmerschlüssel haben?«, fragt sie und streckt die Hand aus. »Ich muss nur was holen.«

Matt kramt in seiner Tasche und drückt ihr den Schlüssel in die Hand. »Aber beeil dich«, sagt er mit vollem Mund. »Ich will noch Nachtisch. Wollen wir uns ein Bananensplit teilen?«

Als sie den Flur entlanggeht und flüchtig einen Blick hinaus auf den Pool wirft, blitzt eine Erinnerung auf, an den Tag ihrer Führerscheinprüfung. Endlich allein am Steuer, und Zelda fuhr meilenweit, ohne einen Blick auf das Armaturenbrett zu werfen. Als ihr der Sprit ausging, kam der Wagen stotternd in einer nicht ganz ungefährlichen Kurve mit Steigung zum Stehen. Sie rief ihren Vater an, und eine Stunde später war er mit einem Benzinkanister und einem Lächeln zur Stelle. Damals, als er noch da war, um sie vor sich selbst zu retten.

Sie weiß nie, wann es genug ist.

Im Zimmer legt sie neuen Lippenstift auf. Leuchtend pink, immer schon ihre Lieblingsfarbe. Sie reibt die Lippen übereinander und betrachtet ihr Spiegelbild. Runzelt die Stirn. Eigenartig. Die Farbe macht blass. Dabei war sie doch immer schon ihre Geheimwaffe, sie benutzt sie seit ihrem achtzehnten Lebensjahr. Auf einmal steht sie ihr nicht mehr.

Ihr Blick wandert zu der Ablage, wo Matts Zahnbürste in einem durchsichtigen Becher an ihrer lehnt. Sein Rasierapparat liegt neben ihrer Wimperntusche. Ihr gemeinsames Badezimmer. So hat sie es sich immer gewünscht.

Zelda bewegt sich wie auf Autopilot. Alles landet in der Tasche. Sie putzt sich die Zähne, packt ihre Zahnbürste ein, lässt die Sachen liegen, die sie gemeinsam benutzen. Kann er alles behalten.

Die Bettlaken sind immer noch zerwühlt, also quetscht sie sich um das Bett herum und zieht sie glatt. Perfekte Knicke in den Ecken. Ihre Leidenschaft nimmt sie mit.

Ein letzter Blick, und Zelda geht.

»Gibt es hier in der Nähe irgendwo einen Bahnhof?«, fragt sie die Rezeptionistin.

»Da nehmen Sie da draußen den Dreier-Bus. Der fährt alle fünfzehn Minuten. Checken Sie aus?« Die Frau hat den Hotelschlüssel in Zeldas Hand entdeckt und wirft einen Blick auf ihren Bildschirm. »Sie haben für zwei weitere Nächte gebucht.«

Zelda schüttelt den Kopf. »Nein, nur ich … Könnte ich den Schlüssel bei Ihnen lassen? Er sitzt noch beim Essen. Ich bin mir sicher, es dauert nicht lange, bis er kommt.«

Die Frau nimmt den Schlüssel entgegen. Ihr Gesichtsausdruck besagt, dass sie so etwas schon häufiger erlebt hat. »Er soll erst fertig essen.«

Zelda lächelt zum Abschied und geht zur Tür, wo sie von einem anderen Gast eine Zigarette schnorrt.

Die Bushaltestelle ist keine zehn Meter von Matts Fensterplatz entfernt. Autos spiegeln sich in der Scheibe, und Zelda kann ihn nur vage erkennen, wie ein doppelt belichtetes Foto. Zwei Bilder in einem. Ein halbes Bild.

Sie könnte auch ein Stück weiter entfernt warten, sich hinter der Mauer verstecken und dann rennen, sobald der Bus in Sicht käme. Aber sie hat die Nase voll davon, sich zu verstecken.

Es dauert keine fünf Minuten, ehe sie ihn ihren Namen rufen hört.

Sie dreht sich nicht um. Die Wartebank schneidet sich ihr in die Schenkel, die vor Kälte mit einer Gänsehaut überzogen sind. Sie ist für kalifornische Gluthitze gekleidet, nicht für eine Bushaltestelle in den englischen Midlands an einem bewölkten Tag.

»Zelda, kannst du mal reagieren?« Er hat sich vor ihr aufgebaut und die Fäuste geballt.

»Ich will nicht mehr hierbleiben.« Sie blickt auf seine Schlappen hinab, auf seine krummen Zehen.

»Gefällt es dir nicht?« Er starrt die Zigarette in ihrer Hand an. »Seit wann rauchst du?«

Zelda bläst Rauch nach oben. »Schon immer.«

»Wer *bist* du?«

Sie lächelt, schiebt sich ihre Waffe zwischen die Lippen und zieht Macht aus jedem Zug.

»Hör mal«, sagt er und macht einen Schritt vorwärts. »Sollen wir vielleicht woandershin fahren? Irgendwo hier in der Nähe soll es ein Fünfsternelandhotel geben. Ich mache es wieder gut.« Er streicht ihr über den Kopf, und sie blickt zu ihm hoch.

»Du glaubst, ich will Luxus?« Zelda schüttelt den Kopf. Sie hat es satt, immer nur nach den Resten zu schnappen.

»Zee …« Seine Hand wandert langsam an ihrer Wange hinab. »Ich lasse nicht zu, dass du gehst. Du gibst mir das Gefühl, unbesiegbar zu sein, als wäre ich der Mann, der ich immer sein sollte.«

Unter seiner Berührung zerbricht etwas in ihr.

»Ja, tja, aber ich will nicht nur da sein, damit du dich gut fühlst.« Sie lässt die Kippe fallen.

»Du weißt, dass ich dich liebe.«

»Woher denn? Hast du mir nie gesagt.« Sie starrt zu Boden. »Und wir waren auch nie auf derselben Ebene, was Liebe angeht.«

»Ach, na ja, du bist da immer gleich voll dabei. Du fühlst die Dinge zu tief.«

Zelda hält sich die pulsierende Wange. »Du sagst das, als wäre es etwas Schlechtes.«

Er seufzt. »Ach Mensch. Ich kann ein Arschloch sein, aber jetzt komm schon, Zelda. Du und ich, wir können nicht ohne einander, wie damals, als du immer wieder zu mir zurückgekommen bist.«

Zelda sieht ihn an, während ihr Erinnerungen im Kopf herumschwirren. Eine Nacht nach der anderen ist sie ihm aus einem stickigen Club nach Hause gefolgt in der Hoffnung, dass seine Hände auf ihrer Haut das Herz, das er ihr zuvor gebrochen hatte, wieder heilen würden. Ficks gegen die Hoffnung, ihm näherzukommen. Dann wieder – kein Lebenszeichen, bis zur nächsten Begegnung.

»Meine Freundin damals hatte recht«, sagt sie. »Ich bin anders, wenn ich mit dir zusammen bin. Ich bin dieses kaputte, zerbrochene Ding, das sich so sehr um dich bemühen will, dass es darüber sich selbst vergisst. Weißt du, dass ich davon geträumt hab, deine Frau zu sein und dir Essen zu kochen? Dabei kann ich verdammt noch mal gar nicht kochen. Und ich *will* verdammt noch mal auch gar nicht kochen. Trotzdem hab ich mir ausgemalt, die artige kleine Fifties-Hausfrau zu sein, irgendeine versaute Version meiner Mutter.«

Der Bus kommt. Zelda gibt dem Fahrer mit erhobener Hand, die Matt sofort wegschlagen will, ein Zeichen.

»Jetzt komm schon, Zee – lass mich dich wenigstens nach Hause fahren.«

Drei Stunden in seinem Wagen, mit gebrochenem Herzen. Sie nimmt ihren Koffer hoch und schiebt sich an ihm vorbei.

»Du weißt genau, dass du früher oder später zu mir zurückkommst.«

Als der Bus bremst, muss Zelda an Jen denken, die jenes Leben nicht hinter sich lassen konnte. Selbst als sie sie vor die Tür setzten, kam sie wieder angekrochen, ließ ihre eigene Wahrheit nicht zu, nur damit sie sein konnte, wie sie sie haben wollten. Sie hat das Band nicht zerschneiden können.

Die Bustür geht auf. Sie dreht sich nach Matt um. Er hat die Arme verschränkt, den Kopf leicht geneigt und sieht sie verächtlich an, als würde er sich fragen, ob sie wohl ohne ihn überlebensfähig wäre.

»Ich bin fertig mit dir. Die Wahrheit ist: Ich bin über dich hinausgewachsen. Ich will keinen Durchschnitt, und genau das ist es mit dir. *Durchschnitt.*«

Dann steigt sie in den Bus.

Gesicht zur Wand

Isobel

Später denkt sie darüber nach, dass sie gar nicht dort hätte sein sollen. Normalerweise macht Carol die Einzahlungen, aber aufgrund einer Verletzung am Fuß hatte sie den Empfang übernommen und stattdessen Isobel in die Stadt geschickt.

Isobel presst sich den Umschlag an die Brust, als sie am Nachmittag die Bank betritt. Sie ist grundsätzlich immer nervös, wenn sie mit anderer Leute Geld hantiert, weiß aber, es ist ein gutes Zeichen, dass Carol es ihr anvertraut hat. Sie denkt an das Feedback-Gespräch, als sie die freie Stelle in der Praxis nicht bekommen hatte. Oh doch, sie kann das Heft in die Hand nehmen. Die werden schon sehen.

Während sie ansteht, sieht sie sich an dem Ort um, an dem sie dreißig Jahre zuvor angestellt war. Genau wie in der Zahnarztpraxis ist auch hier renoviert worden, und der lila Teppichboden und die fleckigen Tapeten wurden durch Holz und deckenhohe Glaseinsätze ersetzt. Alles verändert sich, denkt sie. Selbst wenn der Zweck immer noch derselbe ist, kann alles urplötzlich anders aussehen.

Eine Bewegung in der Schlange vor ihr weckt ihre Aufmerksamkeit. Eine Frau durchwühlt auf vertraute Art ihre Tasche. Die Frisur sieht aus wie die von Toni, denkt Isobel und schmunzelt beim Anblick des krausen Haares. Doch dann wirft die Frau einen flüchtigen Blick über die Schulter und rückt sich den Taschenriemen zurecht, und Isobel sieht, dass es wirklich Toni ist, die sich sofort wieder in Richtung Schalter umdreht.

»Oh.« Isobel schlägt die Hand vor den Mund und lässt den Umschlag fallen. Sie beugt sich vor und tastet blind über den Boden, kann den Blick nicht vom Hinterkopf ihrer Freundin losreißen. Ich wäre normalerweise nie hier gewesen, will sie rufen. Aber Carol hat sich den Fuß verletzt, nur deshalb hat sie mich geschickt.

Sie richtet sich auf und sieht sich um. Alles geht seinen Gang, als wäre nichts geschehen. Die Schalterangestellten bedienen Kunden, die Welt dreht sich weiter. Und trotzdem ist aus diesem gänzlich normalen Ort schlagartig etwas anderes geworden.

Isobel ahnt, dass Toni rot anläuft. Minuten dauern Jahre. Isobel weicht ein Stück zur Seite aus, duckt sich und beobachtet Toni am Schalter. Sie hält nach mir Ausschau, schießt es Isobel durch den Kopf.

Einen Augenblick lang stellt sie sich vor, wie sie Toni beiseitenimmt. Hör mir zu, Toni, würde sie sagen. Ich hab nichts gemacht. Sie haben mich ausgeschlossen, weil sie mir nicht geglaubt haben, aber das ändert nichts an den Tatsachen. Und welchen Wert hat die Wahrheit, wenn sie nicht als solche erkannt wird? Wenn sie nicht *anerkannt* wird?

Aber nein. Noch schändlicher, als eine Wahrheit nicht zu akzeptieren, ist, gegen die Ältesten zu rebellieren. Wenn sie Toni ansprechen würde, obwohl es ihr untersagt wurde, wäre das schlimmer, als einer Sünde beschuldigt zu werden, die sie nicht begangen hat.

Außerdem kennt sie Toni. Sie weiß genau, dass ihre

Freundin spurt. Aber hier und jetzt, da sie Tonis modisches Outfit beäugt – weiße Sneaker zum Folklorekleid –, dämmert es Isobel. Toni passt sich nur an. Sie tut, was sie tun muss, um dazuzugehören.

Als Toni geht, dreht Isobel das Gesicht zur Wand.

Es war das erste Mal, aber es wird nicht das letzte Mal bleiben. Isobel kennt das zur Genüge. Sie ist oft Ausgeschlossenen begegnet, hat Mitleid verspürt, aber auch moralische Überlegenheit – und Angst, wenn sich ihre Blicke gekreuzt haben. Auch wenn sie nie den Grund für deren Ausschluss kannte – sie hatten sich schuldig gemacht, so einfach war das. Niemand wurde unberechtigt aus der Gemeinschaft verstoßen. Das war einfach nicht möglich.

Dachte sie immer.

Nicht mehr lange

Jen

»Du bist Jen, oder?«

Jen lässt das Stück Brie fallen und dreht sich zu der jungen Frau links von ihr am Käsebüfett um. Mit einem schiefen Lächeln hebt sie den Käse vom Boden auf, der neben deren nackten Füßen gelandet ist.

»Ich bin Susanna«, stellt sie sich vor. »Aus der Versammlung in Chestone. Meine Familie ist mit Lina und Tom befreundet. Na ja, hauptsächlich mit Tom. Er ist in unserer Gemeinde aufgewachsen.«

Jen nickt und sieht sich nach ihrer Schwester und ihrem Schwager um, die den Gästen im Wohnzimmer Getränke nachschenken. Sie versucht, Susanna nicht anzustarren. Jen schätzt sie auf Anfang zwanzig, und sie hat ein bildschönes Gesicht. »Hi«, murmelt sie.

»Lina ist überglücklich, dass du zurück bist. Sie hat damals, als es passiert ist, Rotz und Wasser geheult. Wir haben alle unser Bestes gegeben, um sie abzulenken und zu unterstützen, aber nichts hat geholfen. Sie wollte dich wiederhaben.«

»Aha.«

Als Jen ankam, hatte sie angenommen, die Familie würde sich treffen, doch dann kreuzte stattdessen die halbe Versammlung zu Wein und Käse auf. »Hab ich das nicht erwähnt?«, fragte Lina, als sie Jen den Mantel abnahm. Es war ihr erster Besuch bei Lina seit der Wiederaufnahme im vergangenen Monat. »Ach, egal. Das haben wir vor einer Ewigkeit geplant. Geh wieder, wenn es dir nicht recht ist. Niemand zwingt dich zu bleiben.«

Jen hat den Abend in der Küche verbracht und sich dort nonstop beschäftigt, um sich nicht einsam zu fühlen. Nach all den Monaten, in denen man ihr aus dem Weg gegangen ist, will sie nicht Gefahr laufen, inmitten von anderen Leuten festzustellen, dass sie einander immer noch nichts zu sagen haben. Diese Leute kennt sie ihr Leben lang. Die Leute, zu denen sie zurückgekehrt ist. Bei der Vorstellung wird ihr ganz anders.

Doch dann ist da diese Susanna, die sie angesprochen hat.

»Wie wär's«, sagt Susanna, »du schnappst dir die Stühle dort in der Ecke, und ich hole uns zwei Prosecco?«

Jen will sie aus diversen Gründen küssen.

Als Susanna nach fünf Minuten nicht zurück ist, fängt Jen an, nervös auf ihrem Stuhl herumzurutschen. Sie ist gleich wieder da, will sie den neugierigen Blicken entgegnen. Sie holt uns nur Wein, ihr werdet schon sehen.

Dann kommt Susanna tatsächlich mit zwei Sektgläsern zurück und streift Jens Bein, als sie sich setzt. »Die hier musste ich gegen zwei alte Damen verteidigen.«

Jen lacht und nimmt einen Schluck. Die Bläschen kitzeln auf der Zunge.

»Das mit deinem Baby tut mir sehr leid«, sagt sie und berührt Jen am Arm. »Das muss schrecklich gewesen sein.«

Jen starrt ihren Käse und ihre Cracker an.

»Ich war mir nicht sicher, ob ich es erwähnen soll«, legt

Susanna eilig nach. »Aber meine Cousine hat das Gleiche durchgemacht und meint, das Schlimmste ist, dass die Leute so tun, als wäre nichts passiert. Sie sollten sich an das Baby erinnern, sagt sie. Sorry, wenn das nicht in Ordnung war.«

»Doch, doch«, sagt Jen. »Du bist nur die Erste, die ihn erwähnt, das ist alles.«

Stille breitet sich zwischen ihnen aus.

»Wie hieß er denn?«

»Jacob.«

»Schön.«

»Er war wirklich schön.« Jen spürt Susannas Hand an ihrer Schulter.

»Nicht mehr lange«, sagt sie und lächelt sanft. »Dann hältst du ihn wieder im Arm.«

Jen nimmt noch einen Schluck.

Zwei Frauen stürzen kreischend in die Küche. Sie sind ungefähr in Susannas Alter, jünger als Jen, was vielleicht die Ekstase angesichts von Käse und Wein erklärt. Susanna stellt ihr Emma und Donna vor, die sie entfernt von Feiern in den vergangenen Jahren wiedererkennt.

»Ich mag deine Frisur«, sagt Emma. »Sehr mutig!«

Jen berührt sich am Hals. »Oh, ich lasse sie wieder wachsen.«

»Die Ältesten würden über mich herfallen, wenn ich mir die Haare so schneiden würde! Wahrscheinlich würden sie mich für eine *Lesbe* halten!« Sie flüstert das Wort.

Dann ist die Rede davon, dass man früher gehen und in einer Bar noch Freunde treffen will, und als Susanna fragt, ob Jen sich anschließen mag, zuckt sie mit den Schultern. »Wenn du willst?«

Sie entschuldigen sich bei Lina, die abwinkt. »Ach, geht

nur und habt Spaß!« Doch dann hält sie Jen am Arm zurück. »Du weißt schon, dass die alle so was wie zwanzig sind?«, flüstert sie ihr ins Ohr.

Hab ich eine Wahl?, will Jen schon antworten. Keiner deiner Freunde kann etwas mit mir anfangen. Sie macht sich los und läuft den anderen hinterher.

Jen spürt jedes ihrer fünfunddreißig Jahre, als sie den Pub betreten und die Männer begrüßen. Lina hatte recht – sie sind alle sehr jung. Jungs. Frauen können zwischen dem Ende der Teenagerjahre und Anfang dreißig alles sein, aber Männern sieht man das Alter an. Die picklige Haut und der Haaransatz sind mehr oder weniger genaue Hinweise.

Die Jungs nicken Jen desinteressiert zu, drehen sich wieder zu den Mädels um und vertiefen sich ins Gespräch.

Nach dem ersten Getränk fühlt Jen sich beschwipst. Dann fallen ihr der Prosecco und der Käseteller wieder ein, von dem sie sich nichts genommen hat. Bestimmt knurrt ihr Magen, allerdings ist es zu laut, als dass sie es hören würde.

»Los, bestellen wir Shots«, ruft sie, und die Jungs drehen sich gleich ein bisschen interessierter um.

»Meinst du wirklich?«, fragt Susanna überrascht.

Jen ist aufgekratzt, als sie die Blicke der anderen auf sich spürt. Sie haben sie eindeutig unterschätzt. Sie, die Neue in der Gruppe. Nervöse Energie pulsiert durch ihre Adern. »Tequila?«

»Go, Jen!«, ruft Donna und hebt ihr Glas.

»Für mich nicht«, sagt ein schlaksiger, großer Typ namens Simeon. »Ich muss morgen vortragen, da sollte ich heute halbwegs nüchtern bleiben.«

»Wir setzen uns alle in die erste Reihe und verdrehen besoffen die Augen!« Emma drückt seinen Arm.

Jen kommt mit sechs Tequilas und Limettenspalten

vom Tresen zurück. Sie muss zweimal gehen und ein drittes Mal, um den Salzstreuer zu holen. Die anderen sind in angeregte Gespräche verwickelt. Sie reiht die Gläser an der Tischkante auf und hebt die Stimme, damit alle sie hören – »Leute? Tequila? Schon vergessen?« –, und dann zählen sie bis drei und huldigen dem Salz-Tequila-Limetten-Ritual. Als Susanna den Kopf schüttelt, greift Jen ein zweites Mal zu. Donna verpasst ihr einen solidarischen Knuff.

»Bäh«, sagt jemand, »ich vergesse jedes Mal, dass ich Tequila nicht mag.«

Jen ist angenehm wattig im Kopf, die scharfen Kanten sind abgerieben. Das ist angenehm, denkt sie, so soll es bleiben.

Sie bestellt eine weitere Runde auf Kreditkarte.

»Ich lasse mein Auto stehen und hole es morgen ab«, flüstert Susanna ihr ins Ohr. »Okay, wenn wir uns nachher alle ein Taxi teilen?«

Jen nickt und vergisst dabei, dass ihr eigener Wagen bei Lina steht. In ihrem Tequila-Nebel sieht Susanna noch besser aus als zuvor. Treib's nicht zu weit, Jennifer, ruft sie sich zur Räson und leckt die letzten Tropfen Tequila aus ihrem Glas.

Wo es als Nächstes hingehen soll, müssen die anderen ohne sie abgesprochen haben, denn kaum dass sie sichs versieht, folgt sie ihnen hinaus an die kalte Herbstluft. Auf der Schwelle des altehrwürdigen Pubs stolpert sie. Irgendwer lacht.

Als sie über die Brücke laufen, bleibt sie stehen, um sich die Schuhe zuzubinden. »Wartet kurz«, ruft sie, aber ihre Stimme wird vom Verkehrslärm verschluckt. Autos brettern vorbei, die Lichter der Scheinwerfer verschwimmen. Als sie zu guter Letzt aufblickt, sind die anderen weg. Sie läuft schneller, erreicht das andere Ende der Brücke, als die anderen gerade die Treppe zu einer Bar hochgehen.

Jen stolpert über die erste Stufe, reißt die Hände hoch und fängt sich gerade noch rechtzeitig. Ein Stöhnen entringt sich ihrer Kehle. Die Drinks schwappen in ihrem leeren Magen.

»Hoch, Jennifer«, murmelt sie und greift nach dem Geländer. Dann steigt sie die Stufen nach oben.

»Ich glaube nicht«, sagt der Türsteher, als sie fast oben ist. »Sorry, Schätzchen, du bist zu betrunken.«

»Aber meine Freunde sind da drin.«

Er verschränkt die Arme und schüttelt den Kopf.

»Was …« Sie rülpst in die hohle Hand. »Was mach ich denn jetzt?«

Sein Walkie-Talkie knistert, als er in Richtung des Taxistands zeigt. »Da.«

»Aber … meine Freunde. Die wissen dann nicht, wo ich bin.«

»Dann ruf sie an. Schreib eine Nachricht. Schon erstaunlich, was die Technik von heute möglich macht.«

»Ich weiß die Nummern doch gar nicht.«

»Dachte, es wären deine Freunde?«

Jen starrt auf ihr Handy hinab, als könnte sie Susannas Nummer auf dem Display heraufbeschwören. Ein kleineres Grüppchen schiebt sich an ihr vorbei und klopft dem Türsteher auf die Schulter, als er einen Schritt nach hinten macht, um sie einzulassen. Ihre Einsamkeit ist ohrenbetäubend.

Doch dann, als sie die Treppe wieder runtergeht, sieht sie Emma und Simeon oben auf dem Balkon. Er steht dicht neben ihr und hat seine Hand auf ihren unteren Rücken gelegt.

Jen muss mehrmals rufen, bis sie sie hören. Emma späht

über das Balkongeländer und runzelt die Stirn, als müsste sie erst überlegen, wer die Frau dort unten ist.

»Ach, du bist das!«, ruft sie dann. »Wir haben uns schon gefragt, wo du steckst!«

»Sie lassen mich nicht rein. Meinen, ich wäre zu betrunken.«

Simeon flüstert ihr etwas ins Ohr, und Emma nickt. Dann lachen sie beide und unterhalten sich weiter.

»Ähm … Hallo?«, ruft Jen nach oben.

»Ja?«

»Also … Könnten wir vielleicht alle zusammen woandershin gehen?«

Obwohl sie betrunken ist, weiß Jen, was Emmas Gesichtsausdruck zu bedeuten hat. Verachtung. Sie schluckt einen Schluchzer hinunter.

»Leider nicht«, sagt Emma gespielt mitfühlend. »Wir haben gerade erst unsere Drinks bestellt, und …«

»Da drüben sind Taxis«, ruft Simeon.

»Könntet ihr Susanna bitten, kurz rauszukommen?«

Emma nippt an ihrem Getränk. »Klar«, antwortet sie und schiebt Simeon nach drinnen. Jen setzt sich auf ein Mäuerchen und wartet.

Minuten verstreichen. Weder die kühle Nachtluft noch das Alleingelassenwerden hat sie ausgenüchtert. Andere Betrunkene ziehen vorüber. Sie alle haben einen Arm, an dem sie sich festhalten können.

Ich kann hier nicht bleiben, denkt sie. Jen traut ihrem benebelten Schädel nicht, kurz blitzt ein Bild vor ihr auf, wie sie rückwärts von der Mauer fällt und dann in irgendeine dunkle Ecke geschleift wird. Sie dreht sich zum Taxistand um, der hell erleuchtet ist und vor dem sich eine lange Schlange gebildet hat.

Ich bin gleich wieder nüchtern, denkt sie, stützt sich an der Wand ab und stellt sich leicht breitbeinig hin, um das Gleichgewicht zu halten. Doch eine Minute nach der anderen verstreicht, und noch immer dreht sich alles. Ihr betrunkener Kopf will nur noch schlafen, und sogar so benommen, wie sie ist, hat sie Panik, dass sie mutterseelenallein einfach umkippen könnte.

Nach mehreren Anläufen hat sie die Nummer gefunden. Es geht sofort jemand ran.

»Du musst mir helfen«, sagt Jen, und der Rest geht in Tränen unter.

Orangenblüten

Zelda

Kaum dass sie um die Kurve fährt, entdeckt Zelda Jen, die an einem Mäuerchen in sich zusammengesackt ist. Es ist halb elf, viel zu früh für Schnapsleichen, aber da kauert sie und bekommt nicht einmal mehr mit, wie die Leute auf sie zeigen und lachen. Zelda hält an, schaltet den Warnblinker ein und steigt aus, um ihrer Freundin zu Hilfe zu kommen.

Jen rutscht zur Seite. Ihr Kopf ruht an der Backsteinmauer. Zelda vergewissert sich, dass sie ihr Handy in der Tasche hat, und legt sich Jens Arm über die Schultern.

»Lssmch«, stöhnt Jen und stemmt die Beine in den Boden.

»Ich bin's«, sagt Zelda, und Jen reißt die Augen auf.

»Du bist es wirklich. Da bist du ja.«

»Was zur Hölle ist hier los?«

»Ich hab dich vermisst, Alice.«

Zelda bugsiert Jen in Richtung Straße, wo sich hinter ihrem Volvo bereits der Verkehr staut. Einem Mann, der sie durchs Autofenster anblafft, zeigt sie den Mittelfinger, und als Jen endlich sitzt, rennt sie hinüber zur Fahrerseite und wirft den Wartenden noch ein Küsschen zu.

»Wow, hier stinkt's nach Hund«, stellt Jen fest und lehnt sich gegen die Beifahrertür.

Zelda schnuppert. »Kein bisschen.«

»Hat schon immer nach Hund gerochen. Ich hab's nur nie gesagt.«

»Also, ich weiß nicht, ob ich die betrunkene Jen leiden kann.« Sie kurbelt das Fenster runter und riecht dann an ihrem Ärmel. »Moment. Bin *ich* das vielleicht?«

Triefäugig wuchtet sich Jen zu ihr herum und atmet theatralisch ein. »Du riechst nach Zitrus … und Hund.«

»Halt die Klappe.«

»Ich meinte … nach einem niedlichen Pudel. Nicht nach Schäferhund oder nach diesen sabbernden … wie heißen die … die großen, sabbernden Dinger. Wie *Beethoven.*«

»Bernhardiner.«

»Genau!« Jen klatscht in die Hände. »Also, so riechst du nicht.«

»Können wir mal darüber reden, warum du mitten in der Stadt zusammengeklappt bist? Und wo genau sind deine *Freunde*?«

Jen lehnt den Kopf ans Fenster. »Du riechst nicht nach Hund. Du riechst wunderbar. Wie Orangenblüten an einem heißen Tag. Hab ich dir das schon mal gesagt?«

Zelda sieht sie von der Seite an. »Hast du dir den Kopf angeschlagen?«

Jen denkt immer noch verlangsamt, trotzdem kann sie jetzt, da sie neben Zelda sitzt, die Wärme durch sich hindurchströmen fühlen. Seit Wochen sind sie sich nicht mehr begegnet, aber an der Hitze hat sich nichts geändert.

»Sag Bescheid, wenn dir schlecht wird«, sagt Zelda. »Ich will nicht, dass mein Auto zu allem Übel auch noch nach Kotze riecht.«

Sie starrt hinaus in die nicht enden wollende Dunkelheit.

Sie lassen die Stadt hinter sich. Dann spürt sie Jens Blick auf sich. »Ist dir schlecht?«

»Du weißt, dass ich dich liebe, oder?«

Zelda antwortet nicht sofort. Dann: »Ja, ich weiß.«

»Nein, ich meine – liebe. Wie niemanden sonst auf der Welt.«

»Jetzt werde mal nicht schwülstig.«

»Es ist, als wäre … der Deckel die ganze Zeit zugedreht gewesen. Als hätte jemand versucht, ihn aufzudrehen, aber es hat nicht funktioniert. Tja, und jetzt ist er durch den Alkohol aufgegangen. Er ist ab, und jetzt kann man in das Glas gucken. Weil ich das Glas bin … Das Glas bin ich. Ich bin ein Marmeladenglas voller Gefühle.«

»Sicher, dass du nicht auch high bist?«

Sie nähern sich Zeldas Haus. Als Jen wimmert, ihr sei schlecht, befielt Zelda ihr, das Fenster aufzumachen. Sie stellt Musik an, und ein Neunziger-Popsong dröhnt durch den Wagen.

»Weltklasse«, sagt sie und dreht die Lautstärke hoch. »Weißt du noch? Als wir Combat-Stiefel getragen haben und ich ein Tattoo auf der Titte wollte?«

Jen antwortet nicht. Sie lehnt den Kopf an und hält den Blick starr auf die Straße gerichtet.

Als sie aussteigen, hakt Zelda Jen bei sich unter. In ihrem Elternhaus brennt Licht in der Küche, und Zelda späht durch die offenen Vorhänge zum Esstisch. Er sieht immer noch aus wie eh und je. Doch dann taucht eine Silhouette im Fenster auf. Zelda schirmt Jens Gesicht mit der Hand ab, und die Vorhänge gehen sofort zu.

Irgendwann haben sie es den Pfad entlang geschafft. Sobald Zelda sie loslässt, taumelt Jen von ihr weg und kotzt in das Blumenbeet vor der Tür.

Sie ächzt. »Auch noch über deinen schönen Rosen.«

»Ach, das geht als Dünger durch. Du hast schon die ganze Zeit nur Mist rausgelassen.«

Jen verzieht das Gesicht. »Nicht … kann nicht lachen … tut weh …« Sie taumelt zurück und versucht, an sich hinabzublicken. »Ach du Schande …«

»Komm her, ich halte dich.« Zelda packt sie am Arm und führt sie ins Haus, wo der Ofen für angenehme Wärme sorgt. Sie steuern aufs Bad zu, wo Zelda Jen vorsichtig auszieht, während ihre Freundin fast im Stehen einschläft. Sie vergewissert sich, dass die Wassertemperatur stimmt, dann hilft sie Jen in die Wanne und duscht sie ab.

Jen lehnt gegen die geplatzten Fliesen und stöhnt leise, als die Nacht von ihr abgewaschen wird.

Der steinigere Weg

Jen

Sie hat diese Träume oft.

Sie hat gelernt, ihrem Kopf nicht zu vertrauen. Nach besseren Tagen, wenn der Schmerz nicht ganz so brutal war, schläft sie ein und hat lediglich Albträume. In den Nächten, in denen sie sich hin- und herwälzt, wenn sie das Gefühl hat, ihr Innerstes würde bis auf die Knochen zernagt, wird sie am Ende mit dem Anblick seines Gesichts belohnt.

Am Ende des steinigeren Weges wartet die größere Belohnung.

Aus den guten Träumen will sie nie aufwachen. Da ist Jacob zwei, drei Jahre alt und sitzt auf ihrer Hüfte. Er spielt auf einer Wildblumenwiese und pflückt für sie die schönsten Blumen. Sie wohnen in einer kleinen, bescheidenen Hütte aus Holz und Blech – Überbleibsel der Bauten von früher. Vor ihnen liegt nichts als die Ewigkeit. Mum, ruft er. Mum.

Dann die schrecklichen Träume.

Gebäude stürzen in sich zusammen. Die Erde tut sich auf. Menschen taumeln in den Abgrund. Über ihr donnert und blitzt es, während sie über Geröll kriecht, über tote Kinder, über die Leichen und Leichenteile derer, die schlecht waren. Gleich erfährt sie, ob sie ebenfalls schlecht war. Oft blitzt es dann heftig, und sie wacht schweißgebadet auf, bevor sie es herausfinden kann.

Am schlimmsten ist der Traum, den sie am häufigsten hat. Jacob ist schon etwa ein Jahr alt, liegt schlafend zwischen den Blumen. Allein. Aus einer Wolke in der Ferne ertönt sein Name, und er wacht auf. Für einen kurzen Augenblick sieht er sich um, rupft Gänseblümchen aus und lässt sie zwischen seinen Fingern hindurchrieseln. Dann kommt er auf die Füße und tapst in den Wald.

Sie schreit seinen Namen.

Er hört sie nicht. Weil sie nicht da ist.

Glühende Kohlen

Zelda

Auch Zelda hat Träume.

Sie trägt schlichtes, locker sitzendes Weiß und liegt im Dunkeln in einem aufgemalten Kreis mitten in einem Feld. Das Kleid ist quer über ihrer Brust und bis zur Hüfte zerrissen, sodass sie annähernd entblößt ist. Um sie herum stehen die Ältesten mit ihren Bibeln in den Händen und zitieren im Singsang Stellen aus der Schrift, während sie ihren Kopf mit glühenden Kohlen überhäufen. Zur Besserung, sagen sie. Das reinigt die Seele. Ihre Mutter darf den Kreis nicht betreten. Frauen müssen stets ein Stück abseitsstehen. Sie selbst ist die Ausnahme, die Außenseiterin, und erhält Trost nur von Männern.

Die Ältesten trösten sie mit ihren Händen. Sie lassen die Kohlen fallen und betatschen sie. Sie verschlingen sie mit ihren Blicken und fordern sie kopfschüttelnd auf, sich zu bedecken. Schwester, sagen sie. *Schwester.* Das hast du allein dir selbst zu verdanken. Und dann vergehen sie sich abwechselnd an ihr. Niemand glaubt ihr, weil sie einen Vorhang vorgezogen haben, sodass es keinen zweiten Zeugen gibt.

Als sie mit ihr fertig sind, greifen sie zu ihren Schaufeln, und mehr Kohlen landen auf ihrem Kopf. Ich kann nicht atmen, schreit sie, aber entweder ignorieren sie die Hilferufe oder können sie nicht hören. Ihre Stimme geht unter.

Sie wacht auf. Obwohl es mitten in der Nacht ist, muss sie sich den Schweiß abduschen. Sie dreht das warme Wasser auf, bis die Rohre rattern und der Raum voller Dampf ist. So viele Jahre später, trotzdem erinnert sie sich noch an die Gesichter, die sie genötigt haben, es wieder und immer wieder neu zu erzählen.

Sie redet sich ein, dass sie ihr nicht geglaubt haben. Das ist leichter zu akzeptieren als das, was sie insgeheim für die Wahrheit hält.

Dass sie in ihr den eigenen Sündenfall erkannt und sich deshalb für die Hexenverbrennung entschieden haben.

Wonderwall

Jen

Tags darauf wacht Jen in ihrem Zimmer auf. Oder vielmehr in dem, was mal ihr Zimmer war. Es dauert einen Augenblick, bis sie sich wieder an das Was, Wann und Warum erinnert, und dann blüht der Schmerz in ihrer Brust auf.

Sie streicht über den Baumwollschlafanzug, der Zelda gehört. Warum fühlt sich ihr Körper so sauber an? Bruchstücke der vergangenen Nacht fügen sich zusammen, und sie hat das Gefühl von Wasser auf Haut und von Zelda, die sie abtrocknet.

Unter der Tür wehen Geräusche hindurch. Das Klappern von Geschirr und Besteck. Jen stemmt sich hoch und tritt durch die Tür in das große Zimmer, in dem sich die Decke bis zu einem heiligen Punkt in der Höhe erstreckt. Dort fällt das Licht herein.

Zelda steht in der Küche und isst etwas aus einer Schüssel. Die Erinnerungen an vergangene Tage strömen auf sie ein. Joghurt mit Heidelbeeren, manchmal eine Handvoll Nüsse oder Kerne. Der Löffel kratzt über das Porzellan.

Jen erkennt Zeldas blassrosa Anzug aus der Verkleidungskammer wieder. Aufgestickte blaue und orangefarbene Blüten am Revers. Zelda hat sich die roten Haare auf dem Oberkopf locker zusammengezwirbelt, allerdings haben sich ein paar Strähnen gelöst. Sie sieht zugleich schick und leger aus. Ihre Fototasche steht an der Tür.

Erst als Zelda sich zu ihr umdreht, ertappt sie sich selbst dabei, wie sie starrt. Sie lächeln beide, und nach einem kurzen Moment des Schweigens fasst Zelda sich winselnd an die Wange.

»Immer noch nicht beim Zahnarzt gewesen?« Jen schüttelt den Kopf. »So erfährst du nie, was da los ist.«

»Ich weiß. Diesbezüglich sind wir uns anscheinend ähnlich.« Zelda stellt die Schüssel beiseite, beugt sich über die Arbeitsplatte und überfliegt ihren Zeitplan. »Irgendwas von deinen Freunden gehört?«

Jen macht ein paar Schritte und sieht sich um. Nichts hat sich verändert, trotzdem ist alles anders. »Meine Sachen …?«

Zelda nickt in Richtung Ofen. Dort hängen ihr Rock und ihr Oberteil am Trockengestell. Der Stoff fühlt sich warm an. Sie schnuppert daran. »Dann war mir doch nicht schlecht«, sagt sie und will die Erinnerung an die vergangene Nacht aus ihrem Gedächtnis tilgen.

Zelda dreht das Blatt Papier um. »Oh doch. Hast ordentlich gekotzt.«

Jen schnuppert erneut an ihren Sachen. »Aber die riechen sauber …?«

»Weil ich sie gewaschen habe.«

Jen sieht sie unverwandt an. Zelda besitzt keine Waschmaschine. Fast all ihre Kleidungsstücke sind so empfindlich, dass sie sie in der Küchenspüle per Hand waschen muss, mit spezieller Seife und Waschbrett. Jen drückt die Sachen an sich.

»Wo wohnst du eigentlich jetzt?«, will Zelda wissen.

Letzte Nacht, nachdem Zelda ihr ins Bett geholfen hatte, hat Jen ihr erzählt, dass man sie wiederaufgenommen hat.

Sie hatte den Kopf aufs Kissen fallen lassen, Zelda im Türrahmen unverwandt angesehen und auf eine spöttische oder scharfzüngige Antwort gewartet. Doch Zelda blickte nur ausdruckslos drein, stand reglos da, und mit einem leisen *Gute Nacht* knipste sie das Licht aus. Die Tür ging zu, und das Zimmer war dunkel.

»Ich muss noch ein paar Monate in meiner Wohnung bleiben.« Jen legt sich die Kleidungsstücke über den Arm. »Dann … weiß auch nicht … ziehe ich vielleicht zu meinen Eltern. Traurig, oder?«

Zelda antwortet nicht gleich. Sie faltet das Blatt Papier mehrmals zusammen und schiebt es sich in die Jackentasche. Dann drückt sie das Fenster auf und zündet sich eine Zigarette an. »Zieh hier ein.«

Jen kann sie nicht ansehen. »Ich sollte nicht mal mit dir reden.«

Kopfschüttelnd nimmt Zelda einen Zug. »Dann sind diese Idioten, die dich betrunken allein gelassen haben … *Die* sind heilig, ja? *Die* sind besser als die gute Samariterin, die sofort zu Hilfe kam und dich gewaschen hat?«

»Zelda …«

»Diese Arschlöcher, die dich dort sitzen gelassen haben …« Sie muss tief durchatmen. »Das sind nicht deine Freunde, Jen.«

»Zelda, du kennst die Regeln.«

»Regeln?«

Jen kann ihre Freundin noch immer nicht ansehen. Das hier haben sie doch schon besprochen, und sie weiß nur zu gut, wie es ausgehen wird. Sie will den Zorn nicht, trotzdem ist es tröstlich zu wissen, dass sie hier widersprechen kann. Sie muss an ihr Elternhaus denken, an den Saal, an Linas Haus – an all die Orte, an denen sie sich benimmt. Bei

Zelda darf sie Widerworte geben, und trotzdem ist hinterher alles in Ordnung.

»Ich habe all das nicht ertragen für nichts und wieder nichts«, erklärt sie. »Diesmal mache ich es nicht wieder kaputt.«

»Indem du mich Teil deines Lebens sein lässt, meinst du.«

Jen macht einen Schritt auf sie zu. »Komm zurück in die Wahrheit, Zelda. Ich kann meine Beziehung zu Gott nicht aufs Spiel setzen. Nur indem ich ihm zu Diensten bin, kann ich eines Tages …«

»Die *Wahrheit*?« Zelda donnert die Faust auf die Arbeitsplatte. »Hast du den Ältesten etwa die Wahrheit gesagt? Als sie dich vorgeladen haben, haben sie dich doch bestimmt gefragt, ob du die Bluttransfusion bereust. Und was hast du da geantwortet?«

Jen sieht Zeldas Zigarette auf dem Weg zu deren Lippen zittern. »*Ja*. Ich habe geantwortet, dass ich es bereue, mittels Blut mein Leben verlängert zu haben.«

Zelda schlägt die Hand vor den Mund. Sie schüttelt den Kopf, und rote Strähnen fallen ihr über die Schulter. Sie wissen beide, was das heißt.

»Dann glaubst du das wirklich?«

Jen presst sich immer noch ihre Kleidung an die Brust, allerdings ist die Wärme verflogen. »Für welches Leben hätte ich mich denn entscheiden sollen? Für eines, in dem meine Familie mich behandelt, als wäre ich tot? In dem ich zu nichts anderem imstande bin, als Teilzeit in einem Laden zu stehen?«

»Aber du könntest kreativ arbeiten, Jen. Die Leute würden gutes Geld für deine Sachen bezahlen.«

Jen sieht auf ihre Hände hinab. »Das ist nur kalter Ton. Der hat keinen Herzschlag.«

Zeldas Blick brennt sich durch ihre Haut und fährt die Wunden entlang, die nie zu heilen scheinen.

»Nur weil man sich wünscht, etwas möge wahr sein«, sagt Zelda leise, aber mit Schärfe, »heißt das noch lange nicht, dass es auch wahr ist.«

In Jen flammt Wut auf. »Hast du je ein totes Kind im Arm gehalten? Und deinen eigenen Körper gehasst, weil du unfähig warst, es zu beschützen?«

Zelda drückt ihre Zigarette aus. Sie macht ein paar Schritte, legt die Arme um Jen, drückt sie an sich, als Jen von Schluchzern geschüttelt wird, und hält sie weiter fest, als die sich von ihr losmachen will. Sie wissen beide, was diese Geste bedeutet: Du kannst mich von dir wegschieben, aber ich bin immer noch da. Dein Schmerz ist hier willkommen.

Jen riecht den Zitrusduft an Zeldas Hals. Es ist der Duft des Frühlings, des Hochsommers, der Möglichkeiten, des Lebens. Und es ist noch etwas: das Zuschlagen einer Tür, die sie verzweifelt aufhalten wollte. Zeldas Berührung beruhigt und wühlt sie auf, und ihre Schluchzer gelten nicht allein Jacob. »Du verstehst das nicht«, flüstert sie.

»Ich weiß.«

Nach einer Weile lassen sie einander los und weichen wortlos voneinander zurück.

»Ich mache uns Frühstück«, sagt Zelda. »Immerhin die wichtigste Mahlzeit des Tages.«

»Aber du musst doch irgendwohin?« Jen wischt sich mit dem Ärmel übers Gesicht.

»Du weißt, dass ich bei Hochzeiten immer viel zu früh da bin. Ich hab noch Zeit. Setz dich.«

Jen setzt sich, während Zelda in der Küche hantiert. Jen sieht sich um, mustert alles, macht Inventur. Die bestickten Tücher an den Wänden, die toten Blumen in ihren Vasen, das Chaos aus Farben und Weiß. Den Verlust all dessen betrauert sie schon jetzt.

Über Rührei und Toast plaudern sie weiter. Über ihre Teenagerjahre, in denen sie im Park Hooch tranken und sich aus den Fenstern von Jungs lehnten und mitten in der Nacht *Wonderwall* grölten. Sie besiegeln das Ende ihrer gemeinsamen Zeit mit schönen statt schmerzhaften Themen. Für diesen kurzen Moment gilt nur das Hier und Jetzt.

»Ich wünschte mir, es gäbe eine Möglichkeit …« Jen verstummt und sieht auf ihren leeren Teller hinab.

Zelda, die mit Berührungen immer schon großzügig ist, beugt sich über den Tisch und drückt Jens Hand. Sie hebt an, etwas zu sagen, und hält inne. Sie wissen beide, dass ihre Wege sich hier trennen.

Und dann sagt Zelda doch noch etwas, sieht Jen dabei aber nicht an. Ihr Stuhl schrammt über die Dielen, und das Geräusch hallt von den Dachsparren wider. »Lass das Geschirr einfach stehen. Wenn du nicht mehr da sein solltest, schließ ab und leg den Schlüssel ins übliche Versteck, ja? Du weißt schon.« Es klingt beiläufig, als wäre dies ein normaler Morgen, und Jen käme wieder zurück.

Zelda geht zur Tür, nimmt die Fototasche hoch und macht sich auf den Weg.

Nach einer Weile steht Jen auf und spült ab, ehe sie sich anzieht. Sie ruft sich ein Taxi, schreibt *ZAHNARZT* auf einen aussortierten Briefumschlag und legt ihn auf den Esstisch. Sie klaubt ihre Sachen zusammen. Ein letzter Blick.

Auf einem Beistelltischchen liegen wild durcheinander Schwarz-Weiß-Fotos. Auf dem hochglänzenden Fotopapier ist jede Einzelheit der Blumen zu sehen. Der Hintergrund im Schatten, die toten Blüten im Licht.

»Manche möchten ein Foto«, sagt die Hebamme. »Sie finden das tröstlich. Wäre das auch etwas für Sie?«

»Ähm …« Jen wird mulmig, und sie muss den Kopf aufs Kissen legen. »Ich bin mir nicht sicher … Was machen denn die meisten?«

Pete schüttelt den Kopf. »Ich will kein Foto.«

Die Hebamme – die ihr den Rücken gestreichelt hat, die mit dem freundlichen, älteren Gesicht – lächelt Pete mitfühlend an, dreht sich dann aber wieder zu Jen um. »Es gibt da keine Regel, meine Liebe. Jeder ist anders. Es gibt kein Richtig oder Falsch. Sondern nur das, womit Sie sich wohlfühlen.«

Jens erster Impuls ist, Ja zu sagen. Ein Foto könnte hilfreich sein, es könnte diesen Tag irgendwann in der Rückschau besser erklären. Aber in ihrer Handtasche nach ihrem Handy zu kramen, die Pushnachrichten auf dem Display zu sehen, die Kamera auf Jacob zu richten und das Fake-Klicken zu hören, kommt ihr geschmacklos, sogar abstoßend vor.

In ihrem Sichtfeld schweben schwarze Flecken.

Jen blickt ein letztes Mal hinab und weiß, dass sie kein Foto braucht. »Sie müssen ihn mir jetzt abnehmen, solange er sich nach meiner Körperwärme anfühlt. Ich könnte die Vorstellung nicht ertragen, dass er kalt wird.« Sie presst die Lippen auf seine Stirn und spürt den Knochen unter seiner Haut.

Berührung ist die einzige Erinnerung, die sie braucht.

Jen sieht die Fotos an, die Blüten, nimmt eines hoch und starrt es an. Endlich sieht sie, was Zelda gemeint hat.

Wenn wir sie tot vor uns sehen, stellen wir sie uns sofort lebendig vor. Wir brauchen den Kontrast, weil wir das Leben aus dem

Blick verlieren – bis wir plötzlich mit dem Gegenteil konfrontiert werden. Indem wir einen Blick auf den Tod erhaschen, wünschen wir uns, dass die Blumen wieder neu aufblühen.

Sie lässt das Bild fallen.

Draußen verriegelt sie die Tür und schiebt den Schlüssel unter den angestoßenen Terrakottatopf. Sie geht an den Rosen vorbei, deren Blütenblätter überall verstreut liegen. Bald ist Winter.

Jen geht ohne einen Blick zurück den Pfad entlang, dann in Richtung des Wäldchens.

Jacob.

Sie wird ihn wieder im Arm halten.

Jacob.

Ich komme, mein Engel. Ich komme zu dir.

Zum Vorschein gekommen

Isobel

Isobel erkennt sie wieder, kaum dass sie durch die Praxistür kommt. Es ist bestimmt zwanzig Jahre her, seit sie sie zuletzt gesehen hat, und ihre Haare sind inzwischen absurd rot gefärbt, aber im Großen und Ganzen ist Alice Kay immer noch die Alte. Ihr Blick bleibt am Aquarium hängen. Sie presst die Hand an die Wange.

Als sie Isobel hinter dem Empfangstresen sieht, bleibt sie wie angewurzelt stehen und erstarrt.

Alles okay, würde Isobel am liebsten sagen. Ich bin jetzt auch eine wie du. Stattdessen: »Wie kann ich helfen?«

Alice bleibt reserviert. »Ich hab seit Monaten Schmerzen … Es ist ganz furchtbar.«

»Haben Sie einen Termin?«

Sie schüttelt den Kopf.

»Oje, dann wird es schwierig, weil wir heute keine Lücke im Terminplan haben.«

»Oh.«

Sie trägt ein lockeres Etuikleid, das mit Rosen aus pinkfarbenen und roten Fäden bestickt ist. Die Stängel sind silbern. Die Rosen scheinen zu welken, über dem Saum liegen Blütenblätter. Isobel kann kaum den Blick von diesem Muster losreißen, das ihr gleichermaßen modern und traditionell vorkommt. *Sehr besonders*, schießt es ihr durch den Kopf.

Sadie kommt durch die Tür. Die Maske hängt ihr um den Hals. Sie hat zwei leere Becher in der Hand und summt vor sich hin.

»Sadie«, sagt Isobel, »diese junge Dame hat keinen Termin, aber sie hat starke Schmerzen. Können wir da was machen?«

Sadie sieht Alice an. »Sie armes Ding. Der Doktor kann Sie sicher dazwischenschieben, wenn Sie ein bisschen Geduld haben. Genau wann, kann ich leider nicht sagen.«

»Ich warte gern«, sagt Alice mit gepresster Stimme. Sie wimmert bei jedem Wort in sich hinein. »Die Schmerzen sind nicht auszuhalten.«

Isobel hält ihr ein Klemmbrett hin. »Füllen Sie bitte unseren Patientenbogen aus, und dann lege ich für Sie eine Akte an.«

Zögerlich nimmt Alice das Klemmbrett entgegen. Sie setzt sich und starrt auf das Formular hinab, macht aber keine Anstalten, es auszufüllen. Isobel beobachtet sie zwischen ihren Telefonaten.

Als Alice das Klemmbrett zurückgibt, lächelt Isobel und macht sich daran, die persönlichen Daten einzutippen. Dann runzelt sie die Stirn. In der Spalte für den Namen steht Zelda Bloom. Isobel späht zu ihr hinüber. Es ist eindeutig Alice Kay.

Sie gerät in Panik. Was soll sie jetzt tun? Isobel weiß genau, dass sie einen falschen Namen angegeben hat. Soll sie sich einen Ausweis zeigen lassen? Das machen sie sonst nie, aber wenn jemand lügt, muss sie doch nach einem

Nachweis fragen. Ihr Puls beschleunigt sich. Carol ist heute nicht da, und Isobel kann niemanden fragen.

Sadie steckt den Kopf durch die Tür. »Isobel, wir hätten jetzt Zeit für die Patientin. Schicken Sie sie durch – ihre Daten sind schon im System, oder?«

Isobel steht von ihrem Stuhl auf. Sie sieht erst Sadie, dann Alice an. »Ich gebe sie gerade ein, bin gleich …« Sie blickt abermals auf das Klemmbrett hinab. »Zelda?«

Immer noch mit der Hand an der Wange steht Zelda auf. Sadie schließt die Tür hinter ihnen.

Als sie wieder herauskommt, wirkt sie ruhiger. Sie hätten den Abszess provisorisch behandelt, erklärt Sadie Isobel, Zelda brauche in einer Woche einen weiteren Termin.

Jetzt, da die Akte angelegt ist, kann Isobel den Termin eintragen. Sie schreibt ihn auf ein Kärtchen, das sie über den Tresen schiebt. *Zelda Bloom, 8. November, 14 Uhr.*

Zelda hat sich bereits zur Tür gewandt, als Isobel fragt: »Haben Sie das Kleid selbst genäht?«

Zelda hält inne und sieht zurück zum Empfang. »Ja.«

»Es ist ein Kunstwerk.«

Sie sieht an sich hinab und berührt die Rosen, wie um sicherzustellen, dass sie echt sind. »Danke«, murmelt sie in Richtung Fußboden und verlässt dann eilig die Praxis.

Die Praxis hat am Nachmittag geschlossen, und als Isobel nach Hause kommt, macht sie sich einen Salat. Die Katze maunzt, wie üblich, Isobel füllt Trockenfutter in die kleine Schüssel und stellt sie hinaus aufs Dach. Es fühlt sich verkehrt an, eine fremde Katze zu füttern, aber das Tier kommt einfach immer wieder. Eines Tages, als sie das Miauen leid war, ging Isobel in eine Tierhandlung, kaufte einen Napf und Trockenfutter in Fischform. Der Katze gefällt es, dass

Isobel sich um sie kümmert, sie schnurrt, wenn sie sich zu ihr aufs Dach gesellt, und reibt sich an ihr. Erst hat Isobel nur geflüstert, weil sie Angst hatte, die Nachbarn könnten sie hören. Inzwischen redet sie mit der Katze, als wäre sie ein Familienmitglied. »Gut siehst du aus«, sagt sie und krault dem Tier das Kinn.

Sie sitzen draußen und essen, von unten dringen die Geräusche der Welt herauf. Isobel kann die Baumwipfel sehen: Wochenlang waren sie rot und gelb verfärbt, doch dann haben heftige Böen dafür gesorgt, dass alle Farbe zu Boden geweht wurde. Jetzt sieht sie nur noch nackte Zweige und ein Stück entfernt einen Streifen Park, der den Sommer über verdecktgewesen war und nun zum Vorschein gekommen ist.

Es klopft, und Isobel sieht die Katze stirnrunzelnd an. »Wer ist das denn?« Doch die Katze zuckt nur mit dem Schwanz.

Sie klettert durchs Fenster, springt auf den Küchenboden und rückt ihren Rock zurecht. Es klopft erneut. Isobel öffnet, und beim Anblick ihres Sohnes entschlüpft ihr ein Schrei.

»Hallo, Mum.« Er blickt nach unten und schwingt eine Babyschale sanft hin und her. Isobel hört ein leises Wimmern. »Darf ich reinkommen?«

Sie macht einen Schritt zurück, um ihn durchzulassen, und starrt die Babyschale an.

»Oh«, sagt sie, und ihre Hände zucken unkontrolliert. »Ach!«

Patrick stellt die Babyschale auf den Küchentisch. Sie halten Abstand, während das Baby kaum hörbar ein- und ausatmet.

»Du siehst müde aus«, stellt Isobel fest und streckt die Hand aus, berührt Patrick allerdings nicht.

Er hat eine Windeltasche in der Hand, eine schlichte, randvoll gefüllte Baumwolltasche.

»Muss schwierig sein, da drin etwas zu finden«, sagt sie. »Kann Jude keine mit extra Abtrennungen kaufen? Zu meiner Zeit hatten wir Taschen mit mehreren Abteilen, das hat es einfacher gemacht, bestimmte Sachen herauszusuchen. Deine muss man ja komplett ausleeren, wenn man etwas braucht.«

Patrick antwortet nicht. Er sieht sich in der Wohnung um.

Das Baby schläft. Isobel kann es nicht ansehen.

»Hast du gestern Nachrichten gesehen?«, fragt sie. »Die haben über einen berichtet, der Miniatur…«

»Das hier war Judes Idee«, sagt er zum Boden. »Also … hier herzukommen. Sie meinte, es wäre brutal, dir dein Enkelkind vorzuenthalten. Hier ist er. Jetzt kannst du ihn sehen.«

Dann ist ihre Schwiegertochter also ihre Verbündete gewesen. Isobel streckt sich nach dem Baby aus, doch sein Schlaf ist so friedlich, und sie will ihn nicht stören. Nicht, nachdem sie von so weit her angereist sind. Krampfhaft hält sie ihre Arme an den Seiten. Nicht anfassen. »Noah heißt er, nicht wahr?«

»Ja.«

»Er sieht aus wie du, als du auf die Welt kamst. Mit den schwarzen Haaren …«

»Ich hatte schwarze Haare?«

»Kennst du die Bilder nicht? Sie sind dir mit sechs Monaten ausgefallen, und dann warst du ein Jahr lang ganz kahl. Ich habe dir immer blaue Sachen angezogen, damit die Leute nicht mehr fragen mussten, was du denn wärst. Als sie wieder gewachsen sind, waren sie blond.«

Patrick räuspert sich. »Tja, also, die Haare hat er wahrscheinlich von Jude.«

Isobel ringt die Hände, damit sie beschäftigt sind. Zumindest die Unverblümtheit hat Patrick von ihr.

»Hat er auch einen zweiten Vornamen?«

»Laurence.«

Sie sieht ihn überrascht an. »Nach meinem Vater?«

»Na ja … nach Judes Bruder.«

»Oh.«

Müllwagendröhnen weht durchs offene Fenster.

»Aber klar könnte es auch nach deinem Vater sein.«

»Nur dass das nicht stimmt. Es geht nach Jude. Wie mit den Haaren.«

Das Baby regt sich. Es spreizt und streckt die Finger. Dann blinzelt es und hat zu guter Letzt die Augen gegenüber der Welt geöffnet, und als es Isobel erstmals ansieht, stockt ihr der Atem.

»Willst du ihn halten?«

»Darf ich?«

Patrick klippt den Gurt auf und nimmt seinen Sohn vorsichtig und behutsam aus der Babyschale. Mit der flachen Hand stützt er den Kleinen. Isobel starrt seine Hand an, die große Männerhand, und ihr fällt wieder ein, wie sie diese Hand einst gehalten hat. Wie sie leicht die weichen Polster gestreichelt hat, die Einkerbungen, wo eines Tages die Gelenke sichtbar würden, und ihre Hand um seine geschlossen hat.

Als er ihr Noah in die Arme drückt, bringt sie kein Wort heraus.

Patrick lässt sie den Augenblick still genießen. Er geht auf die Toilette, und als sie den Türschnapper hört, sieht sie Noah in die Augen und sagt: »Hallo, Kleiner. Ich bin deine Oma.«

Sie hält sein Händchen, inspiziert die Finger, die lang und

dünn und ständig in Bewegung sind. Sie kriechen durch die Luft wie Spinnenbeine. Sie versucht, eine Hand still zu halten. Der Fingernagel ist zu lang und krümmt sich, und Isobel neigt den Kopf und beißt ihn vorsichtig ab. »Lächelst du?«, fragt sie, als sich seine Mundwinkel verziehen. Sie stellt sich vor, wie sie in ihrem Auto einen Ausflug machen.

Als Patrick zurückkommt, strafft sie die Schultern und will ihm Noah zurückgeben. Patrick schüttelt den Kopf. »Halt ihn noch ein bisschen.«

Sie wiegt ihn sanft hin und her. »Mit solchen Fingern wird er einmal Pianist.«

Sie stehen eine Zeit lang wortlos da. Isobel denkt darüber nach, ihm etwas zu trinken anzubieten, aber sie will nicht riskieren, dass Patrick zur Besinnung kommt und sich wieder an seinen Fehler erinnert. Ich will diesen Moment auskosten, denkt sie. So lange, wie ich kann.

»Hab dich bei den letzten Zusammenkünften gar nicht gesehen.«

Isobel presst die Lippen zusammen. Wie soll sie ihm erklären, dass sich der Anblick von ihnen dreien für sie wie Ertrinken anfühlt? »Ich stehe in letzter Zeit ein bisschen neben mir.«

»Ich nehme nicht an, dass du Cass getroffen hast?«

Isobel schüttelt kaum merklich den Kopf. »Deine Schwester hatte immer schon eine andere Einstellung.«

Patrick starrt sie an. »Soll das ein Witz sein?«

»Wie meinst du das?«

»Du weißt schon, dass *ich* auch nicht hier sein sollte, oder?«

Alles in ihr sträubt sich. »Ich verstehe einfach nicht, warum ich nicht weiter Mutter – und Großmutter – sein kann.« Sie ist selbst überrascht, dass sie es laut ausspricht.

»Mum …« Er sieht sie verlegen an. »Du weißt, wie es läuft. Verdammt noch mal – *du* hast uns das alles so beigebracht.«

»Ja, tja … Ich hab immer gedacht, wenn sie jemanden ausschließen, wäre das berechtigt. Davon war ich immer überzeugt.«

»Es sind nicht nur die Regeln.« Er schluckt. »Es ist das ganze Drumherum. Du hast Leute geschnitten, sobald sie etwas getan hatten, was dir missfallen hat, du hast nie vergeben und jeden nur nach dem Braten beurteilt, der sonntags auf dem Tisch stand. Wir haben es dir nur gleichgetan.«

Isobel schließt die Augen.

»Hör mal …« Er fährt sich über den Kopf. »Wir hatten alles, was dir wichtig war – die richtigen Schuhe, Urlaube, wir waren immer pünktlich … Vielleicht ist es ja zu viel verlangt, mehr als das zu wollen.«

»Ich habe alles für euch getan. Besonders für dich.«

»Ja, ich weiß. Und Cassandra weiß das auch.«

Sie sehen einander an. Patrick wendet den Blick als Erster ab.

»Ich gehe besser wieder. Er muss bald gestillt werden.«

»Jude stillt?« Sie beißt sich auf die Lippe. »Die Glückliche.«

Patrick nimmt ihr Noah wieder ab. Sie muss sich zwingen, ihn loszulassen. Er wird in der Babyschale festgeschnallt und guckt schläfrig ins Leere. Gemeinsam sehen sie ihm beim Einschlafen zu.

»Ich bringe ihn hin und wieder vorbei. Wir dürfen es nur nicht herumerzählen.«

»Das wäre …« Sie spricht den Satz nicht zu Ende.

»Bedank dich bei Jude. Sie findet, du solltest eine Beziehung zu ihm aufbauen dürfen. Trotz allem.«

Eine Weile herrscht Stille.

»Sag Jude Danke von mir, Patrick.«

Dann geht er und nimmt ihr Enkelkind mit.

Wenn sie vor Jahren zu unchristlicher Stunde das Erdgeschoss ihres Hauses gesaugt hatte, ging Isobel nach draußen, um sich den Sonnenaufgang anzusehen. Der Tau auf ihren Füßen fühlte sich kühl und intim an. In ihrem Nachthemd war sie dort draußen im Garten für niemanden zu sehen. Niemand außer ihr wusste, wo es sich am besten anfühlte – an den nassen, nackten Fußsohlen. Einmal betrachtete sie die aufgehende Sonne und dachte an Patrick als Baby, wie er es sich bequem gemacht und die Händchen zufrieden gefaltet hatte. Patrick, der noch keinen vollständigen Satz sprechen konnte, aber genau wusste, wenn etwas perfekt war.

Der erste Blick auf die Sonne, der Tau auf ihren nackten Füßen. Sie hätte nie in Worte fassen können, wie sich das für sie anfühlte.

Einfach perfekt.

In der Nacht schreckt sie jäh aus dem Schlaf. Auf ihrem Wecker ist es 2:33 Uhr. Eine Weile bleibt Isobel liegen und sucht mit den Beinen eine kühle Stelle auf der Matratze. Es ist gar nicht warm in der Wohnung, trotzdem ist sie von Kopf bis Fuß schweißgebadet. Nach zehn Minuten, in denen sie vergeblich versucht, zur Ruhe zu kommen, tapst sie die halbe Treppe nach unten. In der Ecke wartet der Staubsauger. Sie tritt an die Fensterseite, und das kalte Scheinwerferlicht des Vollmonds fällt auf ihr Gesicht, als sie von ihrer Bühne nach oben blickt.

Sie erinnert sich an die Geburt. Wie mächtig sie sich damals fühlte. *Ich habe etwas getan, was kein Präsident der Ver-*

einigten Staaten je getan hat, verkündete sie immer noch im Rausch des Lachgases. Alles klar, Schatz, erwiderte Steven und verdrehte in Richtung der jungen Krankenschwester die Augen. Mach du dich nur lustig, hätte sie gern gesagt. Tu du nur so, als wüsstest du es besser als ich.

Niemand hat sie je nach dem Erlebnis des Gebärens gefragt. Es ging immer nur um das Baby. Wie sie schier high vor Macht und Stolz war, wollte niemand wissen. Ihr Ehemann machte sie klein. Alle anderen wollten nur den Namen und das Gewicht und das Geschlecht wissen. Unwichtig, wie es ihr ging, wie es sich angefühlt hatte, als sich ein menschlicher Schädel durch ihren Leib hindurchpresste, und dass sie geschrien hatte wie ein wildes Tier. All das waren Fußnoten, nicht wesentlich genug für den Erzähltext an sich.

Sie war froh, dass sie Patrick hatte, um den Schlag abzufedern. Die Liebe tilgte den Schmerz. Für eine gewisse Zeit.

So ist nun mal die Natur der Frau, scheint ihr. Das ewige Zurücktreten hinter jemand anders.

Jetzt gerade steht sie im Scheinwerferlicht ihres eigenen Ein-Frau-Bühnenstücks. Und der einzige Mensch, der ihr applaudieren muss, ist sie selbst.

Unsere Katze

Isobel

Am Samstag kommt Victor sie abholen, und sie spazieren von ihrer Wohnung zum Park. Sie haben ein Picknick vorbereitet, setzen sich in ihren dicken Pullovern ans Flussufer und essen Käsebrote, Schottische Eier und Chicken Pie. Bald ist November, die Bäume sind mittlerweile fast kahl. Nur am Fluss lodern noch immer die Farben.

Victor geht Kaffee von einer der Getränkebuden holen und gießt einen Schuss Whisky aus seinem Flachmann hinein. Er drückt ihr ihren Pappbecher in die Hand und erhebt seinen. Isobel lacht und stößt verlegen mit ihm an.

»Was ist so lustig?«, will er wissen.

»Noch etwas, was ich eigentlich nicht machen darf. Jemandem zuprosten oder mit jemandem anstoßen.«

»Warum denn nicht, um Himmels willen?«

Isobel sieht den Dampf aus dem Becher aufsteigen. »Ich glaube, das liegt ursprünglich an Götterritualen. An irgendwas Heidnischem.«

»Aber doch heute nicht mehr.«

»Nein, aber der Ursprung bestimmter Handlungen … spielt immer noch eine Rolle.«

Victor zuckt mit den Schultern. »Die Namen der Monate

und Wochentage sind doch auch heidnischen Ursprungs. Dafür habt ihr doch auch keine eigenen Namen.«

Sie runzelt kurz die Stirn. »Stimmt.«

»Dann sprecht ihr tagtäglich heidnische Namen aus, ohne es auch nur zu merken.« Victor streckt sich aus und sieht zu ihr hoch. »Ganz schön viel Aufheben für etwas, was völlig unwichtig ist.«

Mit ihrem Becher stupst Isobel abermals seinen an, und an ihrem Hals klettert Röte empor. »Auf all die Sachen, die wichtig sind«, sagt sie.

Sie sind gerade in ihre Straße abgebogen, als sie Reifen quietschen und einen dumpf-metallischen Aufprall hören. Ein Auto bremst, wendet und rast davon. Ein Passant auf der gegenüberliegenden Straßenseite schreit ihm mit erhobener geballter Faust hinterher.

Isobel und Victor treten auf die Straße und entdecken ein schwarzes Bündel. Victor murmelt etwas Unverständliches, und Isobel weiß sofort Bescheid. Sie ist bereits losgerannt. Vor ihr liegt die Katze reglos und mit einer klaffenden Bauchwunde auf dem Asphalt.

»Unsere Katze!«, kreischt sie. »Unsere Katze!«

Victor hält sie fest. Er reibt der schluchzenden Isobel über den Rücken.

Der Passant hat die Hände auf die Knie gestützt und studiert das tote Tier. »Ihre Katze, ja?«

Victor schüttelt den Kopf.

»Ich hab den Fahrer gesehen«, sagt der Mann, »junger Kerl, Teenager, war eindeutig zu schnell unterwegs. Geschwindigkeit ist alles für die jungen Leute heutzutage.«

Victor versucht, Isobel zu beruhigen. Bestimmt begreift er nicht, warum sie so heftig reagiert. So gewaltsam. Es ist doch nur eine Katze, denkt er wahrscheinlich. Und es war nicht mal unsere.

Doch sie kann sich nicht beruhigen. Und vielleicht ahnt er ja, dass es in Wahrheit gar nicht die Katze ist, um die sie weint.

Noch nicht ganz

Alice 1996

»Glaub ihr kein Wort«, flüstert ihre Mutter Alice laut ins Ohr.

Die Museumsführerin verstummt kurz und sieht flüchtig zu Marjorie, redet dann aber weiter.

Alice würde am liebsten in das Dinosaurierskelett hineinspringen, das den ganzen Saal einnimmt, und so lautstark und unverschämt für Ablenkung sorgen, dass die Gruppe darüber die Anwesenheit ihrer Mutter vergisst.

»Dass ich nicht lache – wir und vom Affen abstammen!«, schnaubt sie, um ihre Aussage zu unterstreichen.

»Mum …«

»Alles in Ordnung?«, erkundigt sich die Museumsführerin. Sie ist etwa in Marjories Alter. Ihr glattes, glänzendes Haar schimmert unter der Beleuchtung, und sie hat die Hände vor dem Körper gefaltet. Hilary, steht auf ihrem Namensschild. Mit ihr ist nicht zu spaßen.

»Alles bestens«, sagt Marjorie. »Ich habe mich nur mit meiner Tochter unterhalten.«

»Lassen Sie uns gern daran teilhaben«, sagt die Frau.

Alice schließt die Augen. Sie weiß genau, dass ihre Mutter jetzt innerlich die Ärmel hochkrempelt und zu einer Predigt anhebt. Bitte nicht, denkt Alice. Akzeptier einfach, dass diese Frau einen Doktor oder Master hat und wahrscheinlich jahrelang das studiert hat, wovon du überhaupt keine Ahnung hast.

Marjorie räuspert sich. »Alice und ich glauben daran, dass alles das Werk eines Schöpfers ist. An die Evolutionstheorie glauben wir nicht, weil sie lediglich das ist, was das Wort besagt – eine *Theorie*.«

Die Frau lächelt. »Na ja, nun entspricht die wissenschaftliche Definition des Begriffs nicht ganz unserem Alltagsgebrauch. Auch Schwerkraft ist eine Theorie – oder die Theorie der elektromagnetischen Wechselwirkung. Deren Gültigkeit stellen wir auch nicht infrage.«

Alice' Mutter macht ein Geräusch tief unten in ihrer Kehle, geht jedoch nicht weiter darauf ein. Ihre Tochter steht neben ihr und starrt den Mosaikboden an. *Bitte erwähne jetzt nicht noch die Arche.*

»Und die Arche?«, sagt sie prompt. »Die Dinosaurier …« Doch die Gruppe hat sich schon in Bewegung gesetzt. Alice' Klassenkameraden werfen ihr vielsagende Blicke zu, als sie zum nächsten Ausstellungsstück weitergehen.

»Ich wusste, es war ein Fehler«, sagt ihre Mutter. »Dass sie dir all diese Sachen und diesen Blödsinn erzählen. Gut, dass ich mitgekommen bin. Wo sind überhaupt die Toiletten?«

Alice starrt eine Schautafel an der Wand an, auf der die Evolution des Menschen dargestellt ist. Sechs Schattenrisse, die sich nach und nach aus dem Vierfüßler- zum aufrechten Gang entwickeln und unterdessen die Körperbehaarung verlieren. Es ist aber auch lächerlich, denkt sie. Wie kann man sich so sehr verändern? Und warum gibt es noch Affen, wenn sich die Affen angeblich zu Menschen entwickelt haben? Sie ruft sich Vorträge aus den letzten Jahren in Erinnerung, in denen der Bruder seinem Publikum genau solche Fragen gestellt und es ermuntert hat, in sein ungläubiges Gelächter mit einzustimmen. Es sieht aber auch absurd aus.

»Und was glaubst *du*?«

Alice sieht zu der Führerin hoch, die die Gruppe im interaktiven Bereich zurückgelassen hat. Instinktiv sieht sich Alice nach ihrer Mutter um und wendet sich wieder dem Schaubild zu. »Es ist wirklich schwer zu glauben ...«

Die Frau dreht sich ebenfalls zu dem Schaubild um.

»Diese Veränderung«, sagt Alice eilig und ist hin- und hergerissen zwischen dem Wunsch, nicht dumm zu klingen, und der Loyalität zu ihrer Mutter. »Wie kann etwas am Ende so anders aussehen als am Anfang? Es ist fast, als hätte sich der Wesenskern verändert.«

Die Frau nickt bedächtig. »Aber du hast dich doch auch verändert.«

»Wie bitte?« Alice starrt sie an, als hätte die Frau ihr gerade in die Seele geblickt.

»Du warst mal ein Säugling. Und davor nicht mal das. Inzwischen bist du – wie alt? Zwölf? Und eines Tages bist du eine erwachsene Frau. Wenn all das innerhalb von achtzehn Jahren passieren kann, stell dir vor, was über Jahrmillionen möglich ist.«

Alice starrt auf das mittlere Bild, die Gestalt, die nicht mehr Affe, aber auch noch nicht Mensch ist. *Noch nicht ganz das, was sie mal werden wird.* Genau wie sie selbst. Sie lässt die Bemerkung der Museumsführerin sacken.

Die Frau spricht weiter, aber Alice hört hauptsächlich die sich nähernden Schritte ihrer Mutter, das Schlurfen der flachen Sohlen auf dem glänzenden Fußboden. Dann steht ihre Mutter atemlos neben ihr. Alice ahnt, dass sie schneller gegangen ist, sobald sie die Führerin an Alice' Seite gesehen hat.

»Die sind eindeutig zu weit weg.« Sie schnappt nach jedem Wort nach Luft. »Die Toiletten. Ein Ärgernis.« Sie sieht die Frau stirnrunzelnd an, als die sie ins Bild setzt, worüber sie sich gerade unterhalten haben. Marjorie entgegnet, der Mensch existiere erst seit sechstausend Jahren. Oh, sagt die Führerin, und wie ließen sich dann Hunderttausende Jahre alte Fossilien des *Homo sapiens* erklären? Marjorie räuspert sich. Die Antwort habe sie gerade nicht parat, sagt sie, und Alice ahnt, dass sie in Wahrheit die Interpretationshilfen meint, die ihr vorschlagen, wie sie auf derlei Einwände kontern kann.

»Komm, Alice«, sagt sie, nickt der Frau zu und zieht ihre Tochter hinter sich her.

Alice nimmt das nächste Ausstellungsstück kaum zur Kenntnis und hört auch nicht mehr, was um sie herum vor sich geht. In ihrem Kopf ist nur noch das, was die Museumsführerin zu ihr gesagt hat, während ihre Mutter auf sie zumarschiert kam.

Du veränderst dich jeden Tag, nur siehst du es nicht. Es passiert nach und nach, bis die Veränderung eines Tages abgeschlossen ist.

Zeitreise

Zelda

Sie entdeckt ihn zuerst.

Mit einem Kaffeebecher in der Hand und einer abgewetzten Tasche über der Schulter kommt er durch den Haupteingang des Gebäudes. Zelda ruft nicht nach ihm. Sie sitzt auf der Steinbank gegenüber und sieht zu, wie er sich die blonden Strähnen aus den Augen schiebt, genau wie er es während ihres Dates im Frühjahr gemacht hat. Dies ist ein Experiment – an diesem warmen Herbsttag hier zu sitzen. Sie will wissen, was sein Anblick in ihr auslöst.

Er entdeckt sie, als er die Straße überquert, und er kleckert Kaffee auf seine Jeans. Sein zerknittertes Hemd, das Stück Haut, das der Kragen entblößt – irgendetwas daran löst einen Kitzel in ihr aus.

Er reibt über die Kaffeeflecken. Und dann steht er schließlich vor ihr. »Du hast meine Spur aus Brotkrumen gefunden.«

Zelda lächelt. Sie kennt keine Frau in ihrem Alter, die nicht Meisterin im Spurenlesen wäre. »Du hast mal erwähnt, dass du etwas mit Wissenschaft machst.« Sie nickt zu dem Klinkergebäude hinter ihm. »Wissenschaft.«

»Erneuerbare Energien«, sagt er, dreht sich kurz nach hinten und dann wieder zu ihr um. »Chemie.«

»Chemie. Richtig.« Zelda sieht zu ihm hoch. Ihr ist klar,

dass er sie gerade aus dem ungünstigsten Blickwinkel sieht – ihre linke Gesichtshälfte sieht besser aus als die rechte. Sie schiebt den Gedanken beiseite. »Und was machst du da drin?«

Ein Schauder läuft ihr am Rückgrat entlang, als er ihre Hand nimmt. Seine Hemdsärmel sind hochgekrempelt und entblößen blonde Härchen, in denen das Licht sich fängt. »Komm«, sagt er. »Ich zeige es dir.«

In der vorangegangen Woche hatte sie ihn angerufen, und er ging beim zweiten Klingeln ran. Er sei mit Kumpels unterwegs, meinte er, und als sie anbot, später noch mal anzurufen, fragte er: »Soll das ein Witz sein? Ich hab weiß der Himmel wie viele Monate darauf gewartet, dass du dich bei mir meldest. Du legst jetzt nicht wieder auf!« Sie lachte, und dann plauderten sie, Minuten wurden zu Stunden, und von seinen Freunden war nicht mehr die Rede.

Ich will weder heiraten noch Kinder kriegen, sagte sie fast gleich zu Beginn. Okay, gut, antwortete er, weil ich dich nämlich gerade erst zwei Mal getroffen habe, da denke ich auch eher nicht darüber nach. Sie hielt inne und setzte nach: Ich meine es ernst. Und ganz ruhig erwiderte er: In Ordnung.

Sie war überrascht, wie leicht sie sich mit ihm unterhalten konnte und wie sehr sie das Gefühl hatte, ganz sie selbst zu sein. Mit Matt hatte sie sich immer gemäß seinen Bedürfnissen verhalten und sich ein traditionelles Leben mit ihm ausgemalt, das sie insgeheim gar nicht wirklich wollte. Mit Will jedoch konnte sie scherzen und lustig sein, statt die Stimme zu einem verführerischen Wispern zu senken, und sie musste auch nicht ständig in den Spiegel gucken, um nachzusehen, wie sie gerade wirkte.

Aber vielleicht heißt das ja, dass wir Freunde sind, dachte sie, nicht zwei Menschen, die sich ineinander verlieben.

Wenn ich nicht versuche, ihn zu beeindrucken, wenn es zu Anfang kein Feuerwerk ist – wie wird es da schon weitergehen? Sie ist ein fünfunddreißigjähriges Kind, ihre Erfahrungen mit der Liebe sind eingeschränkt und einseitig.

Nachdem sie schon zwei Stunden lang telefoniert hatten, erzählte sie ihm von ihrer Vergangenheit, von der sie Matt nie erzählt hatte. Er hörte ihr zu. Er unterbrach sie kein einziges Mal. Und als sie fertig war, fragte er, ob er ehrlich mit ihr sein solle.

Geh zur Polizei, sagte er. Und in Therapie. Hol dir Hilfe.

*

Die Windräder sind riesig, ihre langen Gliedmaßen stehen im Kontrast zu der flachen Sumpflandschaft. Nicht ein Hügel bis zum Horizont. Eine schnurgerade Linie trennt das Land vom Himmel, davor nur vereinzelte Häuser. Gebannt von ihrem Rhythmus starrt Zelda sie unverwandt an.

»Und die baust du?«

Mit den Händen in den Hosentaschen lehnt Will am Auto. »Mein Job ist auszutüfteln, wie wir die Energie speichern können, die sie produzieren.« Als sie die Stirn runzelt, fügt er hinzu: »Das Äußere ist nicht alles. Irgendwer muss sich auch um die unsichtbaren Teile kümmern.«

Gemeinsam betrachten sie die Windräder. Es ist still – nur die Rotoren schneiden durch die Luft und klingen wie ein weit entfernter Sturm.

»Wo warst du die ganze Zeit?«

Zelda stellt ihren Kragen gegen die Brise hoch und schiebt die Hände in die Taschen. »Glaubst du an Zeitreisen?«

»Ich bin Naturwissenschaftler.« Er verpasst ihr einen freundschaftlichen Knuff. »Alles ist möglich.«

Unter seiner Berührung verändern sich ihre Gefühle. »Na ja, ich hab's mal mit einer Zeitreise versucht.«

»Vorwärts oder rückwärts?«

»Wenn Zeitreisen möglich wären, glaube ich kaum, dass Leute vorwärts reisen würden.«

»Wo würden sie denn hinwollen?«

»Zu ihrem Glück. Oder zu der Zeit, die sich am ehesten so angefühlt hat.«

Schweigend schlägt er den Blick nieder. »Aber du hast deins nicht wiedergefunden?«

»Wäre ich ansonsten hier?«

Er grinst. »Dann bin ich froh, dass du es lebend zurückgeschafft hast. Das gelingt wahrscheinlich nicht allen.«

Stimmt, denkt sie. So muss man es sehen. Sie lebt noch. All die Jahre, in denen sie versucht hat, die einzig echte Beziehung nachzuahmen, die sie je hatte, jeden neuen Mann in ihrem Leben aufs Körperliche abzuklopfen und dies zum heiligen Gral zu machen …

Der Wind wird stärker, und Zelda schlingt sich die Arme um den Leib. »Warst du je verliebt?«

»Ich bin vierundzwanzig, nicht zwölf.«

Zelda stellt sich so dicht neben ihn, dass sich ihre Arme berühren. »Ich hab mir so gewünscht, dass es das gewesen wäre …«

»Wenn es der Typ aus dem Pizza Hut war, dann …« Will schüttelt in gespieltem Entsetzen den Kopf. »Mit dem hätte ich mir dich nie vorstellen können.«

»Waren wir wirklich so schlimm?«

Er starrt sie leicht stirnrunzelnd an. »Du bist ziemlich direkt, Zelda. Da solltest du mit jemandem zusammen sein, der das zu schätzen weiß.«

Zelda nimmt seine Hand und mustert seine Finger, dann

sein Gesicht. Dieser Mann war noch ein kleiner Junge, als ihr all jene Sachen passiert sind. Die Tränen und die Hoffnungen und die zig Male *Nie wieder.* Trotzdem hat er etwas Reifes an sich. Sie ist gut zehn Jahre älter, allerdings nicht hinsichtlich der Dinge, die wirklich zählen.

»Ich will ehrlich sein. Diese Zeit, die Leute, diese Welt …« Sie schüttelt den Kopf. »Die sind immer noch nicht fertig mit mir. Ich schiebe es von mir weg, aber es kommt immer wieder.«

»Siehst du, und genau da liegst du verkehrt. Du musst alldem Raum geben. Gib alldem Raum, und es wird verschwinden. Es wird sich totlaufen, ohne dass du es überhaupt merkst.«

Zelda weiß noch, wie Matt auf Will reagiert hat. Ich hätte ihm eine verpassen sollen, hat er gesagt und finster dreingeblickt. Und sie musste lachen, teils weil er so überreagierte, aber insgeheim auch, weil sie sich freute, dass er eifersüchtig war. Will sieht sie verwirrt an, und ihr dämmert, dass sie gerade wieder lacht.

»Sorry.« Sie berührt ihn am Ellenbogen. »Ich wusste nicht, dass ein kühler, rationaler Kopf so sexy sein kann.«

Will streckt sich nach ihr aus, dreht sie zu sich um und schiebt sich zwischen sie und den Wind. Als ihre Nasen sich berühren, entspannt sich Zeldas Körper. Sie lässt den Gedanken an Matt noch kurz zu, doch dann kommt Will ihr in die Quere, mit seinen Lippen, seinem warmen Atem.

Sie lässt ihn gewähren.

Kreide

Jen

Jen legt Kleidungsstücke zusammen und beseitigt das schlimmste Durcheinander nach dem ersten Tag des Schlussverkaufs. Sie bewegt sich schleppend. Es ist schon das achte Mal an diesem Vormittag, dass sie die T-Shirts neu stapelt.

In ihren Augenwinkeln sieht sie ein Licht aufblitzen, und sie blickt hoch zu der Überwachungskamera, die direkt auf sie gerichtet ist. Die sie beobachtet.

»Die meisten Leute verstehen sich selbst als Hauptdarsteller in ihrem Leben.«

Es ist der Monat, bevor Jen auszieht. Sie liegen im langen Gras hinter dem Blechhaus, lauschen den Bienen und genießen die Hitze. Wenn sie sich unterhalten, springt Zelda oft unvermittelt vom Sofa oder Stuhl und zieht Jen nach draußen. Gespräche klingen in Farbe viel besser, sagt sie.

Zelda dreht ihr Gesicht in Jens Richtung und wartet auf die Fortsetzung.

»Ich nicht«, sagt Jen nach einer Weile. Sie starrt eine vereinzelte Wolke am Himmel an. »Bevor ich mir ein Kleid kaufe, stelle ich mir vor, wie ich in diesem Kleid in der Küche stehe. Oder mich über den Tisch beuge, während die Kinder ihre Hausaufgaben machen. Aber ich bin nie im Kopf dieser Jen – ich stehe abseits, als wäre da eine Kamera, die alles aufzeichnet, und sehe einer anderen Version von mir zu. Einer ruhigen, *ruhiggestellten* Jen, die genau weiß, dass sie beobachtet wird. Einer *guten* Jen.«

Zelda schweigt. Sie sieht hoch zum Himmel, hat die Hände hinter dem Kopf verschränkt. Die Luft ist angefüllt mit Sommeraromen, mit Lavendel und Portugiesischem Kirschlorbeer.

»Und es sind nicht nur Kleider«, fährt Jen fort. »Das passiert mir bei jeder einzelnen Entscheidung. Ich frage mich jedes Mal, was diese Jen machen würde. Ich sehe ihr zu, wie sie hin und her geht … und diese Person bin nie wirklich ich.«

»Frauen dürfen nie einfach nur *sein*«, sagt Zelda.

Jen setzt sich in den Schneidersitz. »Ich bin nie im Mittelpunkt. Immer spielt jemand anders die Hauptrolle. Ich bin nur Komparsin. Sogar auf meiner eigenen Bühne.«

Lange herrscht Stille. Zelda streckt sich nach Jen aus, die unter der Berührung zusammenzuckt. Sie sieht flüchtig auf Zeldas Hand hinab, die ihre Haut streicheln und sie trösten will. Doch Zeldas Berührung ist Balsam und Gift gleichermaßen. Jen zieht ihre Hand zurück.

»Jen«, sagt Zelda leise. »Willst du nicht diejenige sein, die du bist? Nicht irgendeine idealisierte Version, sondern *du selbst*?«

Jen sieht sie an. »Du glaubst, das wäre so einfach?«

»Ich verstehe nicht, wie es so schlimm sein kann, jemanden zu lieben.«

Jen atmet hörbar aus. »Nimm Eva, die den Apfel gegessen hat. Die nur mal kosten wollte – um den Preis der Ewigkeit.« Sie schüttelt den Kopf. »Meine Schuldgefühle sind zu stark. Das ist es nicht wert.«

»Aber du suchst etwas, das du lieben kannst«, sagt Zelda

nachdrücklich. »Ich kenne dich, Jen. Du brauchst das so sehr. Ach, Scheiße … Brauchen wir das nicht alle?«

Jen sieht ihre Freundin an, diese Frau, die sie besser kennt als jeder andere. Sie wünschte sich, sie könnte sie nah bei sich behalten.

»Die Version von mir, die ich gerade sehe, ist eine, deren Arme leer sind, obwohl sie voll sein sollten.«

Sie muss wieder ans Krankenhaus denken, wo sie ihr Jacob weggenommen hatten, wo sich ihre Augen aus ihrem Kopf gelöst hatten und zur Decke emporgeschwebt waren. Die Erinnerung ist glasklar. Sie musste hin zu ihm. Zum ersten Mal überhaupt hörte sie ihre eigene innere Stimme und blickte auf. Sie war zum Leben erwacht und wäre gleichzeitig fast gestorben.

Jen schließt die Augen. »Es gibt nur einen Menschen, den ich lieben darf. Und zu ihm muss ich zurück.«

Zelda sagt nichts dazu. Sie nimmt Jens Hand und umschließt sie mit beiden Händen. Diesmal ist ihr Griff fest. Diesmal lässt Jen sie gewähren.

Die Türglocke geht. Es ist der Paketbote. Die jüngeren Frauen an der Kasse stupsen einander an. Sie sind alle in ihn verschossen und kommen nicht darüber hinweg, dass seine Aufmerksamkeit immer nur Jen gilt. Und es stimmt, mit seinen Paketen kommt er immer zu ihr, streift ihre Finger, wenn sie eine Lieferung entgegennimmt, und zögert das Ende der Lieferung mit Small Talk hinaus.

»Alles gut?«, fragt er und sieht sie von Kopf bis Fuß an. Er will ihr schon ein Paket in die Hand drücken, als Jen den Kopf schüttelt und in Richtung Kasse nickt.

Sein Lächeln verblasst leicht, als er auf die Mädchen zugeht, die sich um die beste Position drängeln.

Jen faltet weiter T-Shirts zusammen. Sie sieht ihm hinterher. Zugegeben, er sieht echt gut aus, hat die Art Gesicht, bei dem Zelda sie auf der Straße mit dem Ellenbogen anstoßen würde. Sie sieht seine Attraktivität, erkennt sie an. Könnte sie … Jen versucht, sich seine Hände auf ihrer Haut vorzustellen. Seine Lippen auf ihren. Sie hofft nicht mal, dass sie dabei ein Prickeln spürt, sondern einfach nur, dass sich das flaue Gefühl in ihrem Bauch wieder verzieht.

Sie schließt die Augen. Dieses Gefühl wird sie im Paradies nicht mehr haben. Eines Tages wird sie aufwachen, und alles ist wie neugeboren. Der steinigere Weg ist der richtige. Gott stellt sie auf die Probe, und Jacob wird ihr Lohn für alles sein.

Jen nimmt das nächste T-Shirt hoch und späht zur Uhr. Noch drei Stunden. Wie in jeder Schicht fleht sie die Sekunden an zu verstreichen. Wieder einen Tag geschafft, denkt sie, wenn sie abends ins Bett geht.

An der Zellenwand in ihrem Innern zählt sie mit Kreide die Tage.

Bloom

Isobel

Jeden Morgen verlässt Isobel das weiße Häuschen mit den grünen Fensterläden und nimmt den gepflasterten Weg oberhalb der Steilküste. Es gibt kürzere Wege zu dem Café, aber sie mag den Ausblick. Die Hitze, die von den Pflastersteinen abstrahlt, die alten gefliesten Mäuerchen in Rosa, Blau, Grün und Gold, die Kakteen und Palmen, die dort gepflanzt wurden, um die schwarze Eintönigkeit des Vulkangesteins zu durchbrechen.

Dies ist ihr zwölfter Morgen. Wie jedes Mal nickt sie den Frauen auf ihren weißen Plastikstühlen vor ihren Haustüren zu. Die Gesichter sind gerötet und wettergegerbt, die Sommerkleider ausgebleicht. Perlenvorhänge oder Plastikstreifen, die in der Brise rascheln, versperren den Blick durch die offenen Haustüren. Die Frauen erwidern ihren Gruß. Isobels Sandalen scheinen sie zu amüsieren. Isobel lächelt freundlich und stellt sich vor, hier zu leben, stehen zu bleiben und mit diesen Frauen in deren Sprache zu plaudern: wie es nur so aus ihr heraussprudeln und sie sich leidenschaftlich über den Preis für Fisch oder den nicht enden wollenden Touristenstrom aufregen würde. In der Schule hat man ihr immer bescheinigt, sie hätte ein Ohr für Sprachen. Warum hat sie nichts aus ihrem Talent gemacht?

Die Häuser entlang dieses Küstenabschnitts sind flach und kantig mit bröseligen Wänden. Strom- und Telefonleitungen hängen zwischen den Gebäuden und zerschneiden den Ausblick. Ein Stück weiter, wo die Wände pink-, gold- und terrakottafarben sind, posieren die Touristen für Fotos. Sie selbst kann sich nur den entfernteren Teil leisten, wo es sich eher nach *ausgebombtem Beirut* anfühlt. So beschreibt sie es – oder würde es so beschreiben, wenn sie jemanden hätte, dem sie es beschreiben könnte.

Aber Postkartenidylle will sie auch gar nicht, redet sie sich ein. Man stelle sich den Comer See oder die Provence vor – all diese Aussichtspunkte, üppiges Grün und ein Einzelzimmer in einem netten Hotel. Nein, das ist nichts für sie.

Das Café heißt Bloom. Es ist eingerichtet wie ein Achtzigerjahre-Boudoir, mit Marmorboden, pinken Tapeten und limettengrünen Sitzpolstern. Isobel steuert wie immer direkt die Bar an, um ihr übliches Getränk zu bestellen.

Als sie sich setzt, bleibt ihr Blick am *Bloom*-Schriftzug auf der Speisekarte hängen, und unwillkürlich steht ihr die einstige Schwester in ihrem fantastischen bestickten Kleid vor Augen.

»Einmal Caffè Latte, wie immer?«, sagt die Bedienung.

In ihrem Kopf unterhält Isobel sich mit dem Mädchen. Sie schätzt sie auf sechzehn. Isobel meint, den Akzent in Yorkshire zu verorten, doch in ihren imaginären Unterhaltungen spricht sie ihre Muttersprache, Spanisch. Und sie heißt Esmeralda statt Paige. Sie kommentiert Isobels Vorliebe für das Café und staunt, weil Isobel Backwaren essen und trotzdem so eine Figur haben kann. Aber mit Backwaren wird Isobel spielend leicht fertig.

»Ach Esmeralda«, sagt sie dann, »ich war vor Jahren schon einmal hier. Mein Sohn Patrick war damals ein paar

Jährchen jünger als du. Wir wohnten in dem Hotel auf dem Hügel – in dem, das aussieht wie ein Kreuzfahrtschiff. Dort saßen wir auf unserem Balkon – wir hatten eine Zweizimmersuite – und sahen uns den Sonnenuntergang an. Und in der Ferne jenseits der Pools mit den Sonnenanbetern entdeckte ich ein flackerndes pinkes Neonschild. Mit dem Schriftzug *Bloom.* Genau – es war dieses Café. Ich saß auf dem Balkon und fragte mich, wie es hier wohl wäre. Ja, ich hatte einen Sohn. Willst du ein Foto von ihm sehen?«

Sie hat vergessen, Cassandra zu erwähnen. Die in jener Woche auf Teneriffa immer noch ihr kleines Mädchen war, bis Isobel eines Morgens bei den Sonnenliegen einen Mann mittleren Alters dabei ertappte, wie er sein Buch sinken ließ und ihrer fünfzehnjährigen Tochter hinterhergaffte, als diese aufstand und in den Pool stieg. Als Cassandra an die Wasseroberfläche kam und sich auf dem Rücken treiben ließ, starrte der Mann immer noch in ihre Richtung. Und als sie aus dem Pool stieg und ihr das Salzwasser aus den Haaren troff.

Im selben Moment betrachtete Isobel sie wie mit neuen Augen. Dieser Hauch eines wissenden Blicks, als ihre Tochter zu dem Mann sah. Isobel war sich sicher, dass sie dabei sogar die Beine ein bisschen weiter auseinandernahm.

Reiß dir die Augen aus, fauchte sie dem Mann wortlos entgegen und warf ihrer Tochter ein Handtuch zu.

Sie geht hügelaufwärts zum Hotel, als eine Nachricht von Victor kommt.

Wie geht es dir? Wann bist du zurück? Ohne dich ist es hier nicht dasselbe. X

Sie schiebt das Handy zurück in ihre Handtasche.

Alles fing an, als sie das Windspiel wiederfand.

Patrick hatte am Tag, ehe der Verkaufsvertrag unterschrieben werden sollte, die letzten Sachen vorbeigebracht. Sobald er wieder gegangen war, machte Isobel einige Kisten auf und sofort wieder zu. Es war Jahre her, dass sie diese Sachen zuletzt in der Hand gehabt hatte, und sie war wunderbar ohne sie klargekommen. An Plunder hatte sie keinen Bedarf.

Sie fing an, die Kisten an der Tür aufzureihen, als ein vertrautes Geräusch aus einer der Schachteln sie innehalten ließ. Sie zog den Deckel auf und nahm ein kleines Windspiel heraus – perlmuttfarbene Capiz-Muschelscheiben, die klimperten. Sie hielt es ins Licht.

»Sieht dir gar nicht ähnlich«, hatte Steven gesagt, als sie in dem Souvenirladen auf Teneriffa danach gegriffen hatte.

Isobel wartete an der Kasse darauf, dass er bezahlte, und entgegnete bloß: »Ist doch eine schöne Erinnerung. Vielleicht kommen wir nie wieder hierher.«

Am Ende war es Steven, der sie nötigte, das Windspiel runterzunehmen. Das Geräusch mache ihn irre, sagte er. Wie tippelnde Tauben.

Sie nahm einen Haken aus der Schublade und drehte ihn in die Küchendecke. Die Fenster standen offen, damit Luft hereinkam. Sie lehnte mit verschränkten Armen an der Küchenanrichte und spitzte die Ohren. Kommt schon, Tauben, sagte sie, macht schön Krach.

Zwei Tage später starb die Katze.

Drei Tage später war der Hausverkauf unter Dach und Fach. Sie war gerade von der Arbeit nach Hause gekommen, als die Anwältin anrief, um ihr mitzuteilen, dass die Verkaufssumme eingegangen sei. Isobel öffnete nebenbei Post. Schob den Finger unter die Lasche des ersten Umschlags, während die Anwältin weiterredete.

Sie ließ den Brief zu Boden fallen. Da stand es, schwarz auf weiß, ohne jede Graustufe dazwischen.

Geschieden.

In der darauffolgenden Woche flog sie nach Teneriffa.

Das Tor zu der Anlage ist zwar geschlossen, aber von ihrem Standpunkt aus hat Isobel einen unverstellten Blick auf die Balkone. In den Glasbalustraden spiegelt sich das Sonnenlicht, und hier und da kann sie dahinter eine Frau im Bikini oder nasse Badesachen auf einer Stuhllehne erahnen. Isobel lehnt sich gegen die aufgeheizte Vulkansteinmauer entlang der Grundstücksgrenze und spürt, wie die Sonne ihr die Waden versengt.

Sechzehn Jahre zuvor war sie jeden Morgen früh aufgewacht, allerdings nicht von der Sonne. Sie war aufgewacht, um die Frauen mit ihren Schrubbern zu sehen. Während der Bademeister die Schutzhüllen über den Sonnenschirmen entfernte und ordentlich zusammenlegte, machten die Frauen sich an die Arbeit. Schweigend bewegten sie sich um den Pool herum und wischten die Spuren des vorigen Tages auf. Isobel genoss es, ihnen zuzusehen. *Gute Arbeit*, hätte sie gern gerufen, oder hin und wieder auch: *Sie haben da was übersehen.*

Unten am Pool beobachtete Steven die Frauen durch die Sonnenbrille. Einige Tage später tauchte ein japanisches Pärchen im Hotel auf und entschied sich für die Liegen neben ihm. Sie hatte mal gehört, wie er ein paar Freunden erzählte, dass er auf asiatische Frauen stehe. Das war auf einer ihrer Partys, als die Ehemänner grillten, während die Frauen in der Küche beisammenstanden. Nach ein paar Bieren schwenkte Steven seine Grillgabel und erzählte, er habe ein Faible für Japanerinnen – oder meinetwegen auch Chinesinnen. Da sei er nicht wählerisch. Er nehme sie, wie sie kämen. Die Männer hatten gelacht.

Stevens Blick folgte der Frau, wann immer sie an seinem Liegestuhl vorbeiging. Sein Kopf bewegte sich dabei kaum. Doch Isobel, die mit ihrem Buch kerzengerade neben ihm saß, entging nicht die geringste Bewegung. Sie starrte Steven an, und ihr Blick blieb an der Schweißpfütze hängen, die sich in seinem Nabel gebildet hatte.

Auf dem Rückweg betritt Isobel den Inselladen. Sie geht an den aufblasbaren Strandutensilien und dem Touristenschrott vorbei und sucht weiter hinten bei den Lebensmitteln ein paar Sachen zusammen, die sie zu Abend essen will. Lebensmittel sind teuer auf Teneriffa, denkt sie und greift zu einer Packung Nudeln. Fliegen schwirren über dem Obst. Sie nimmt sich eine eingeschweißte Packung Tomaten.

Die Kassiererin redet auf jemanden ein, der Zigaretten kauft. Isobel bleibt stehen und lauscht, wie die Wörter ineinanderfließen. Wo eines aufhört und das nächste beginnt, kann sie nicht erkennen. Sie leert ihren Einkaufskorb auf das Kassenband und bezahlt, so schnell sie kann.

Am Abend sieht sie von ihrem schäbigen Balkon aus dem Sonnenuntergang zu. Musik und Gelächter wehen von den Touristenburgen zu ihr her. Isobel isst ihre Nudeln und trinkt eine Flasche Wein.

Bislang hat sie noch auf keine Nachricht reagiert. Zwar hat sie sich hin und wieder in ihren Social-Media-Account eingeloggt, einfach nur, um wem auch immer, der dort nachsehen will, zu signalisieren, dass sie noch lebt. Doch ansonsten war sie auf sich gestellt. Du schaffst das, Isobel, redet sie sich gut zu. Du kommst allein klar.

Steven sah sich nie mit ihr den Sonnenuntergang an.

Scheißmücken, sagte er nur, klatschte sich auf den Arm und verschwand nach drinnen. Wie allein sie schon damals war, trotz Goldring am Finger.

Die Sonne taucht ins Meer ein und setzt den Himmel in Brand.

Isobel sitzt da, lässt sich die Haut vom Wind kühlen und denkt an den Tag zurück, als sie erstmals auf einem Motorrad saß und die Arme um seine Hüften geschlungen hatte.

Manche Menschen sind bei einem, selbst wenn sie nicht da sind.

Kintsugi

Isobel

Tags darauf kehrt Isobel vom Café zurück, blickt auf, und Victor steht vor ihrer Tür. Er kommt ihr entgegen.

Sie lässt ihre Tasche fallen.

»Aber woher wusstest du, wo ich hinwollte?«, fragt sie, als er vor ihr steht. »Und wo ich wohnen würde?«

Er hat die Hände in die Taschen geschoben, und sein Lächeln bringt etwas in ihr zum Lodern.

»Tja«, sagt er. »Wir zwei, wir haben eben einen besonderen Draht.«

Isobel blinzelt ihn an. »Haben wir das?«

»Klar. Außerdem hast du die Buchungsbestätigung auf meinem Computer offen gelassen. Fast als hättest du gewollt, dass ich sie finde.«

Er legt ihr die Arme um die Taille, und Isobel gibt ihm einen Kuss. Sie nimmt seine Hand, führt ihn zu ihrem kleinen Häuschen, und er folgt ihr nach drinnen und trinkt die Einsamkeit von ihrer Haut.

Später schlendern sie gemeinsam in die Touristengegend, um irgendwo draußen zu Mittag zu essen. Isobel ist schon öfter an den Tischen vorbeispaziert, an denen Pärchen und Familien saßen. Sie war nie mutig genug, sich allein dort hinzusetzen.

Mit aufgestützten Ellenbogen trinken sie abwechselnd Sangria und küssen sich. Der Kellner witzelt, dass er gleich mit dem Wasserschlauch kommt, und sie lachen, ehe sie sich wieder einander widmen.

»Ich habe dich noch nie mit hochgesteckten Haaren gesehen«, stellt Victor fest.

Isobel errötet. Richtig, sie hatte sie sich zu einem losen Dutt hochgebunden, und dann hat sie nicht mehr in den Spiegel geguckt. »Oh Entschuldigung, ich muss schrecklich aussehen …«

»Du siehst wunderbar aus. Und hör auf, dich zu entschuldigen.«

»Aber mein Hals …« Sie berührt ihr Kinn. Ihre Haut brennt.

»Was ist damit?«

Sie trinkt ihre Sangria aus, und nach dem Essen spazieren sie in die Stadt. Isobel erkennt den Laden wieder, in dem sie das Windspiel gekauft hat, und bleibt Hand in Hand mit Victor vor dem Schaufenster stehen. Dort liegen die üblichen Muschel-Dekoartikel und andere maritime Souvenirs, doch dann entdeckt sie drei Vasen in der Mitte. Schwarz, bauchig, Silber und Gold strömt über die unglasierte Keramik. Davor liegt ein Kärtchen. *Kintsugi*, steht darauf, und dann sowohl auf Englisch und Spanisch: *japanische Kunst des Reparierens. Scherben werden mit metallicfarbenem Kleber zusammengefügt, damit die Bruchstellen sichtbar bleiben. Fehlende Stücke werden mit Gold- und Silberkitt aufgefüllt, sodass aus Fehlerhaftigkeit Schönheit entsteht.*

»Wo willst du denn hin?«, fragt Victor, als sie seine Hand loslässt und die Tür ansteuert.

»Eine Erinnerung«, antwortet sie über die Schulter. »Vielleicht komme ich ja nie wieder hierher.« Sie entscheidet sich für die mittlere Vase, die mit den meisten Bruchkanten.

Sie strahlt immer noch, als sie zurück im Haus sind.

»Da unten im Wasser hast du bestimmt Stunden verbracht.« Victor nickt in Richtung Meer, während sie die Tür aufschließt.

Sie sieht zum Strand, und ihr Lächeln verblasst. »Ich war dort kein einziges Mal.«

Er runzelt die Stirn.

Mit wem hätte ich denn gehen sollen?, will sie fragen. Wer hätte auf meine Sachen aufgepasst, während ich schwimmen gegangen wäre? Aber sie sagt es nicht. Sie mag es, wenn er denkt, sie wäre mutiger, als sie in Wahrheit ist.

»Gehst du mit mir?«, fragt er. »Sieht gerade ruhig aus.« Er zeigt auf eine zugewucherte Treppe, die zu einem flachen braunen Felsen führt.

Als sie sich umgezogen haben, laufen sie runter ans Ufer. Es gibt dort nur Wasser, Fels und die mit braunem Gestrüpp bewachsene Uferkante. Alle anderen ziehen die Strandabschnitte mit den Raffia Schirmen und den Cocktails vor. Hier ist der Strand übersät mit porösem Stein, der die Hitze speichert. Isobel sieht sich in der Kargheit um und findet, dass das völlig ausreicht.

»Ich hab mir überlegt, dass wir vielleicht ja doch heiraten könnten.« Victor blickt zum Horizont. Er steht mit den Händen in den Hüften da und spricht beiläufig, als würde er aufziehende Regenwolken kommentieren. »Du hast immerhin einige deiner Ansichten geändert, und vielleicht könnte ich das ja auch. Da siehst du, was du mit mir machst.«

»Victor …«

»Denk darüber nach.« Und dann stürmt er ins Wasser.

Gemeinsam schwimmen sie ein Stück raus. Er nimmt ihre Hand, und sie umarmen sich unter dem weiten Himmel.

Nach einer Weile waten sie an Land und setzen sich auf

die warmen Felsen. Isobel sieht zu, wie das Wasser aus Victors Bart und Pferdeschwanz tropft. Er hat krumme Schultern, seine Hüften sind ein bisschen üppiger, als sie es gewohnt ist, und sie will daran nicht das Geringste ändern.

»Mir gefällt die Vorstellung, das du der Einzige bist, der weiß, wo ich bin«, sagt sie und schlingt die Arme um die Knie.

»Hast du Patrick gar nichts erzählt?«

Sie schüttelt den Kopf. »Er hätte mich vielleicht davon abbringen wollen. Du nicht.«

Er antwortet nicht, und Isobel setzt sich auf ihre Handflächen, um sich zu beherrschen und nicht zu fragen. Warum hast du mich nicht aufgehalten? Warum hast du mich nicht gebeten zu bleiben?

Dann sagt er ruhig und leise: »Du hattest über die Jahre genug Leute, die dir vorgeschrieben haben, wie du leben sollst.«

»Ich mag das aber«, sagt sie. »Wenn mir jemand sagt, was ich tun soll.«

»Weil du es nicht anders gewohnt bist.«

Sie hören den Wellen zu, die an die Felsen schlagen, als die Flut einsetzt. Der Wind frischt auf und kühlt ihre Haut. Sie spürt, dass Victor sie ansieht.

»Ich bin mir nicht sicher, ob du je genug geliebt worden bist«, sagt er. »Von irgendwem.«

Isobel dreht sich weg, lässt den Blick übers Meer schweifen. Sie erinnert sich an die kahlen Wände in ihrer Wohnung. »Cassandra hat mich als kleines Mädchen immer gezwickt. Richtig fest. Sie hat die Zähne zusammengebissen und mich gezwickt, und ich habe ihr mit einem lauten *Nein* einen Klaps auf die Hand gegeben. Ich muss immer wieder daran denken und frage mich, ob das ihre Art war, mir ihre Liebe zu zeigen. Das Gefühl war für sie einfach zu übermächtig. Sie hat Intensität mit Schmerz verwechselt. Und ich habe Nein zu ihr gesagt, Victor … Ich habe sie von mir weggeschoben.«

Inzwischen weint sie leise.

»Du kriegst das schon hin.« Er streichelt ihren Rücken.

»Und jetzt kommst du.« Sie dreht sich halb zu ihm um. »Ich dachte erst, du wärst eine nette Ablenkung. Was du gedacht hast, war mir egal. Und dann urplötzlich war mir nur noch wichtig, dass du mich wahrgenommen hast. Ein weltlicher Mann. Bis ich die Deckung hochgenommen habe, hattest du sie schon überwunden.«

Seine Hand wandert hoch zu ihrem Hals. »Ich liebe dich auch.«

Sie hat ihr streng geregeltes Leben geliebt, die Küche mit der Kücheninsel und den Falttüren, die Gesichter der Gäste, wenn sie erfuhren, wie alt der Wein zum Essen war, die Gewissheit, dass es auf jede Frage eine Antwort gab, dass jede Laune des Lebens und jede unvorhergesehene Wende in eine Zukunft münden würde, die sicher bevorstand. Sie hat sich nie wirklich nach Liebe verzehrt, sondern nach Gewissheit. Nach der Richtigkeit, der Rechtschaffenheit eines Lebens innerhalb fester Grenzen, die für sie immer schon selbstverständlich gewesen waren. Sie hat auch gar nicht um Steven getrauert, sondern um ihr soziales Standing, um ihre Wirkung nach außen, den guten Benimm. Doch dann fiel all das in sich zusammen. Sie war die Leiter emporgestiegen und abgerutscht. Und seltsamerweise blieb nach alledem nur, von einem Mann gesehen zu werden, der in der Welt, von der sie immer dachte, dass sie die rechte wäre, nicht zählte.

»Nichts ist, wie es hätte sein sollen«, sagt Isobel und drückt sich Victors Hand an die Wange. »Und trotzdem hat es sich nie so richtig angefühlt.«

Ich entscheide so etwas nicht

Jen

In der Hoffnung auf Wärme betritt sie die Markthalle. Eine Tasse Tee, eine heiße Schokolade, irgendetwas.

Es war ein langer Predigtdienstvormittag, ein eisiger Tag, an dem einem die Kälte bis in die Knochen kriecht, und kaum jemand hat ihnen aufgemacht. Natürlich waren diese Leute zu Hause, haben sich hinter ihren Vorhängen verschanzt. Sie ist die neugierigen Gesichter hinter Gardinen gewohnt, die unendlichen Minuten, die sie verstreichen lassen muss, ehe sie weiterziehen darf. Ich weiß, dass ihr zu Hause seid, denkt sie auf dem Weg zurück zum Gartentor. Ich weiß es, und ihr wisst, dass ich es weiß, aber tun wir einfach weiterhin so, als würde der andere nicht existieren.

Die Häuser strahlen Weihnachtlichkeit aus. Heute war sie entlang der teureren Straßen unterwegs, wo die Dekoration sich auf einen Kranz oder eine geschmackvolle Lichterkette rund um eine Topfpflanze beschränkt. Sie kann die Lichter durch die Milchglaseinsätze in den Türen sehen, die Spitzen der Weihnachtsbäume im Erker, die Kinder mit rotweißen Bommelmützen, während die Familie das Haus für die glückliche Bescherung vorbereitet.

Der Einzige, mit dem sie geredet hat, sah sie merkwürdig an, als sie ihre Broschüre zückte. *Weihnachten – heilig oder heidnisch?* Sie trug ihren vorbereiteten Text vor, war aber nicht überrascht, als er anschließend höflich abwinkte. Tut mir leid, wenn Ihnen das respektlos vorkam, sagte sie, als sie die Broschüre wegpackte. Ich entscheide so etwas nicht.

Sie hatte das Auto am Morgen stehen lassen, weil die Vorhersage gut war und ihr Einsatzgebiet nicht weit von ihrer Wohnung lag. Außerdem tat ihr Bewegung gut, ganz zu schweigen davon, dass sie Sprit sparen würde, doch jetzt, auf dem Heimweg, zückt sie ihren Geldbeutel und will die letzten paar Pfund, die sie gespart hat, für ein Getränk ausgeben, das sie wieder aufwärmen soll.

Es ist ein Markt für Kunsthandwerk, unter einem altehrwürdigen schmiedeeisernen Dach in der Nähe des Stadtkerns gelegen. An zahlreichen Ständen in mehreren Reihen werden handgefertigte Seifen, Makramee- und andere Geschenkartikel feilgeboten. Sie bezahlt ihren heißen Kakao und schlendert die Reihen entlang. Sie hat nur noch zehn Pfund in der Tasche.

Sie hat fast die letzte Reihe erreicht, als ihr wieder einfällt, dass sie am Abend bei ihren Eltern zum Essen eingeladen ist und zweifelsohne zu Schweigsamkeit während des Desserts. Ihr Vater hat sie seit ihrer Wiederaufnahme kaum auch nur angeguckt. Womöglich kann er mir das fremde Blut in den Adern ansehen, denkt sie, und ihr fällt wieder ein, dass er immer einen Sohn wollte.

Sie schüttelt den Gedanken ab.

Einer der letzten Verkaufsstände weckt ihre Aufmerksamkeit. Der Tisch dort ist vollgestellt mit Töpferwaren auf einem Leinentischtuch: Schalen, Becher, Teller, allesamt schlicht in der Form und in ruhigen, dezenten Farben. Eine Frau etwa in ihrem Alter sitzt dahinter und liest.

Jen lächelt sie an. Die Frau blickt kurz auf, liest dann aber weiter. Jen ist erleichtert. Sie will sich nicht unterhalten.

Die Stücke sind fein, fragil, meisterhaft. Form und Farbe sind unaufdringlich und bescheiden, sodass das Essen darauf im Mittelpunkt steht. Jen nimmt einen Becher zur Hand und sieht sich selbst vor sich, wie sie einen Bauerntisch deckt, zwei Gedecke, ein prasselndes Feuer in der Kaminecke eines entlegenen Cottage auf dem Land, Jacob am Fenster, der auf Wolken zeigt.

Sie untersucht den Becher. Er hat eine Textur, ein Muster aus Graten, die einmal ringsherum verlaufen, und ein einsamer Tropfen getrockneter Glasur rinnt an der Seite hinab. Die pure, ehrliche Form erinnert sie unwillkürlich an Zelda.

»Die Sachen sind wunderschön«, sagt sie, ohne nachzudenken.

Die Frau blickt auf und lächelt. »Dieser Becher ist auch mein Lieblingsstück.«

Jen dreht den Becher um. Dem Preisschild auf der Unterseite zufolge ist er doppelt so teuer wie das, was sie noch in der Tasche hat. »Ach«, sagt sie traurig. »Aber das verstehe ich gut. Er ist perfekt für Tee.« Sie stellt den Becher zurück auf den Tisch. Enttäuschung flackert über das Gesicht der Frau.

Wahrscheinlich hat sie heute noch nichts verkauft, schießt es Jen durch den Kopf. Sitzt hier unter dem hohen Metalldach, von allen Seiten zieht es, und hofft, dass irgendwer an einer Schale oder Tasse Gefallen findet.

Jen sieht sich nach etwas anderem um, was sie sich leisten kann. Sie nimmt einen winzigen schwarzen Teelöffel hoch, dessen Griff an gehämmertes Metall erinnert, und dreht ihn hin und her. Er ist wunderschön, und sie hätte sogar noch ein wenig Kleingeld über. Der Becher ist nicht ihre Liga – aber vielleicht der Löffel, um Zucker im Tee zu verrühren?

Zusammen mit dem Zehn-Pfund-Schein überreicht sie der Frau den Löffel und verspürt einen Anflug von Macht und Güte angesichts deren Dankbarkeit.

Genau deshalb hätte es für mich nie funktioniert, denkt sie, als sie geht. So abhängig davon zu sein, dass jemand mag, was sie getöpfert hätte, wäre schlimm für sie gewesen. Was hatte ihre Mutter vor Jahren gleich wieder gesagt? *Davon kannst du nicht leben. Warum sollte irgendwer für einen Kaffeebecher mehr bezahlen, als er im Laden kostet?* Sie hatte recht. Es hat etwas schrecklich Verzweifeltes, auf die Aufmerksamkeit von Fremden angewiesen zu sein und darauf, dass deren Geld und Geschmack zum Maßstab für die Wertschätzung der eigenen Arbeit werden. Ja, denkt Jen. Es ist verzweifelt, verachtenswert, und in diesem Moment bauscht ihr Kopf es mehr auf als nötig. Ihre Mutter hatte recht, der Älteste hatte recht. Geld auf weltliche Dinge zu verschwenden ist unnötig, wenn doch das Ende der Welt bevorsteht. Besser, sie predigt, sie lehrt, sie sorgt für die Errettung anderer Menschen.

Richtig!

Jen macht kehrt, und ihre Hand wandert in ihre Tasche, als sie abermals auf die Frau zutritt, die sich wieder ihrem Buch widmet. »Ich würde Ihnen das hier gern dalassen«, sagt sie und legt die Broschüre auf den Tisch. *Ewiges Leben – wann?* Noch bevor die Frau Nein sagen kann, ist sie wieder weg.

Sie ist schon zu weit gekommen, um es sich jetzt anders zu überlegen. Sie hat zu viel zu verlieren. Stattdessen erlaubt Jen ihrem Blick, die Dinge zu sehen, so wie sie es will, damit sie gewiss sein kann, dass sie recht hat.

Nessel

Zelda und Isobel

Zelda schiebt die Finger tief in die Erde und wühlt das letzte Unkraut heraus. Sie hat fast die ganze Woche hier draußen verbracht, ist der Stille im Haus aus dem Weg gegangen und hat versucht, dem Garten wieder Leben einzuhauchen. Sie hat ihn den Sommer über vernachlässigt. Ständig war sie mit dem Kopf woanders.

Selbst an kühleren Tagen, wenn sie mit Nadel und Faden arbeitet, kauert sie sich draußen auf die Verandaschaukel, hört den Vögeln beim Zwitschern zu und näht den Sommer auf Seide, während sich ringsum der Winter anschleicht.

Jener letzte Morgen mit Jen ist Wochen her, doch der Takt der Zeit hat sich verschoben. Schon als Kind hatte sie Momente, in denen das Leben sich verlangsamte oder beschleunigte, in denen die Münder von Leuten sich nicht im selben Tempo bewegten wie ihre Stimme. Mal waren es angeblich Wachstumsschmerzen, mal Einbildung. Und jetzt? Jede Minute zieht sich eine Stunde lang hin, jede Stunde einen Tag.

Sie hält ihre Hände beschäftigt, um sich abzulenken. Und es zahlt sich aus. Sie hat Kleider genäht, fotografiert, sich Zeit zum Experimentieren genommen und abgewartet, wohin es sie führt. Sie hat im Bad eine Dunkelkammer eingerichtet und sich selbst in der Alchemie der Prozesse, im Geruch der Fixierlösung, in den Stunden der Einsamkeit verloren. Zelda ist verblüfft, wie viel sie schaffen kann, aber die Leere bleibt, wirklich kreativ ist sie nicht.

Sie richtet sich auf und streckt den Rücken durch. Um sie herum werden die Schatten lang. An ihren Händen der Geruch von Erde.

Sie hört Schritte, und als sie sich umdreht, steht ein Gespenst vor ihr. Die Frau aus der Zahnarztpraxis. Die Ehefrau des Ältesten.

»Was machen die Schmerzen?«, fragt die Frau. »Besser?«

Zelda hebt die Hand an die Wange. Die andere Hand liegt fest auf ihrem Herzen. »Was machen Sie hier?«

Die Frau weicht ihrem Blick aus. »Ich hab in der Praxis Ihre Adresse aufgerufen. Die Adresse, die Sie angegeben hatten. Entschuldigen Sie, ich weiß schließlich, dass das verboten ist.«

»Was wollen Sie?«

Die Frau blickt auf einen Zettel hinab. »Ich weiß nicht, ob Sie sich noch an mich erinnern … Es ist schon Jahre her. Ich heiße Isobel F…«

»Ja, ich weiß, wer Sie sind.«

Isobel lächelt erleichtert. Dann lässt sie den Blick über das Haus schweifen. »Sie wohnen in einem Schuppen?«

»Was wollen Sie?« Allmählich wird Zelda ungehalten.

»Das Kleid, das Sie anhatten … Das war besonders. Ich bräuchte ein Kleid, wissen Sie, für einen speziellen Anlass, und hab mir überlegt, eins schneidern zu lassen … statt eins von der Stange zu kaufen.«

Zelda schüttelt den Kopf. »Ich nähe nur für mich selbst.«

»Ich bezahle natürlich dafür, wenn es eine Frage des Geldes wäre?«

Zelda versucht, ihren Puls zu beruhigen. »Nein.«

»Okay. Ich hab nur … Als ich Ihr Kleid gesehen habe, hatte ich plötzlich eine starke Empfindung. Dieses Muster aus welken Rosen … Es war, als hätten Sie Ihren Schmerz nach außen gekehrt. Das klingt jetzt wahrscheinlich albern.«

Zelda ist verwirrt, weil diese Frau, wie sie da vor ihr steht, nicht im Geringsten mit ihrer Erinnerung an sie übereinstimmt. »Nein, es klingt nicht albern.«

»Ich heirate. Und ich brauche ein Kleid.«

»Sie heiraten?« Zelda starrt sie an.

Isobel lacht. Ihr gefällt es, dass sie jemanden überraschen kann. »Ja. Ich bin geschieden. Und ausgeschlossen worden. Mein Leben ist jetzt ein anderes.«

Die Neugier siegt, und Zelda kann nicht anders, als sie hineinzubitten. Sie bleibt ein Stück abseits stehen, während Isobel sich umsieht. Ihr Stirnrunzeln angesichts der toten Blumen. Sie kann Isobel ansehen, wie sie etwas sagen will und es sich anders überlegt.

Zelda holt sich Stifte und Papier und räumt den Tisch frei. Randvoll mit nervöser Energie sind ihre Bewegungen hektisch. Sie gibt Isobel mit einer Geste zu verstehen, dass sie sich setzen soll. Isobel setzt sich auf die Stuhlkante, als wollte sie jeden Moment wieder aufspringen.

»Vielleicht könnten Sie mir erzählen, was Ihnen vorschwebt«, sagt Zelda. »Das heißt noch nicht, dass ich es mache. Aber unterhalten können wir uns darüber.«

Sie tauschen Ideen aus. Zeldas Stift tanzt über das Papier, während sie Isobel zuhört, die von *Freiheit*, von *Schönheit*, von *Liebe* spricht. Zelda macht Vorschläge. Isobel nickt immer wieder.

»Dann heißt das, Sie übernehmen den Auftrag?«

»Ich habe mich noch nicht entschieden.« Zelda bohrt den Stift ins Papier.

»Was möchten Sie dafür?«

»Es geht mir nicht um Geld.«

Isobel nimmt erneut das alte, abgewohnte Mobiliar in Augenschein. »Worum dann?«

Zelda starrt ihre Zeichnung an. Sie braucht ein Projekt, und vielleicht steckt hier etwas drin; die Möglichkeit für sie, alles zu Papier zu bringen, ihr Talent einzusetzen, um zur Ruhe zu kommen. »Haben Sie noch ein bisschen Zeit?«, fragt sie. »Ich habe Baumwollnessel da. Ich könnte Ihre Maße nehmen und etwas abstecken.«

Isobel klatscht begeistert in die Hände.

Zelda stellt einen Schemel für Isobel in die Zimmermitte. Sie geht zur Spüle, befüllt ein Glas mit Wasser und leert es gleich dreimal. Als sie sich wieder umdreht, steht Isobel auf dem Schemel und wartet.

»Ich muss Maß nehmen ...«

»Ja?«

»Dafür ... müssten Sie sich bitte ausziehen. Bis auf die Unterwäsche.«

»Oh.«

Zelda sieht weg, als Isobel vom Schemel steigt. Sie hört, wie Stoff raschelt und zusammengelegt wird und Isobel sich schließlich räuspert. Zelda zieht ihr Maßband zwischen den Fingern hindurch und wartet, bis sie ein leises *Bereit* hört.

Sie macht sich an die Arbeit. Abwechselnd nimmt sie Maß und schreibt Zahlen in ihr Notizbuch. Abgesehen vom Zwitschern der Vögel, dem Rauschen der Bäume und dem leisen Pfeifen des Windes im Dach ist es mucksmäuschenstill. Das Leben draußen geht seinen Gang. Als sie fertig ist, hält sie den Nesselstoff hoch. »Soll ich loslegen?«

Isobel nickt. Kerzengerade steht sie da, während Zelda an ihrem Körper Stoff zurechtzieht, feststeckt und hier und da zurücktritt, um ihr Werk zu begutachten. Zwischendurch erklärt sie, was sie womit bezweckt, aber überwiegend herrscht Stille.

»Erinnern Sie sich noch an mich?«, fragt sie Isobel nach einer Weile. Sie steht hinter ihr und zieht den Stoff glatt. »Ist schon Jahre her.«

»Als wir in derselben Gemeinde waren?« Isobel nickt.

»Was hielten Sie damals von mir?« Ihre Stimme ist leise.

»Oh … Ich kannte Sie ja kaum …«

»Aber Sie müssen doch eine Meinung gehabt haben. Jeder hatte eine Meinung.«

»Vielleicht ein bisschen außer Rand und Band«, sagt Isobel. »Aber wie gesagt, viele Berührungspunkte hatten wir nicht.«

»Nein, außer Rand und Band stimmt schon. Zu wild für dieses Leben. Das wusste sogar ich selbst.«

»Und was dachten Sie über mich?«

»Prüde. Frigide. Dumme Ziege.«

Isobel sieht sie überrascht an, und dann brechen beide in Gelächter aus.

»Tut mir leid«, sagt Zelda. »Sie haben gefragt.«

»In dieser Welt gibt es eine Norm, der man zu entsprechen hat, nicht wahr?«, sagt Isobel nach einem Moment. »Nur was, wenn man da nicht reinpasst?«

Zelda antwortet nicht, aber ihre Handgriffe werden sanfter. »Was ist mit Ihrem Mann passiert?«

»Sagen wir einfach, ich war ihm nicht genug«, antwortet Isobel.

Zelda starrt sie an. »Wie bitte?«

»Er hat mich für eine Achtzehnjährige sitzen lassen. Die inzwischen ein Kind von ihm hat.«

Zelda geht auf die Knie und nimmt die untere Stoffkante zur Hand. Sie starrt sie an und lässt den Stoff durch die Finger gleiten. »Ich habe mich oft gefragt, was aus meiner Geschichte geworden ist«, murmelt sie nach einer Weile. »Ob bei Kaffee und Kuchen darüber getratscht wurde oder ob sie immer noch im Aktenschrank ganz hinten in der Bibliothek lagert.«

Isobel runzelt die Stirn. »Geschichte?«

Zelda sieht zu ihr hoch. »Sie wissen es gar nicht?«

»Was denn? Was weiß ich nicht?«

Und dann erzählt Zelda Isobel alles. Zerrt die Erinnerungen aus der Dunkelheit ans Licht. Hier steht eine Frau vor ihr, von der sie sich nicht hätte träumen lassen, dass sie es ihr je erzählen würde. Am Ende sagt sie: »Der Älteste … Das war Steven Forge. *Ihr* Steven.«

Schweigen.

Isobel schlägt die Hand vor den Mund, während ihr Leben sich verlangsamt. Dann krümmt sie sich vornüber und erbricht sich über den Stoff.

Wahrheit

Zelda und Isobel

Zelda fängt an, das Erbrochene vom Stoff zu schrubben, lässt dann aber die Bürste fallen. Es hat keinen Sinn. Und sie hat ja noch mehr davon. Sie fängt einfach noch mal neu an. Sie lässt den Haufen im Bad liegen und kehrt ins Wohnzimmer zurück, wo Isobel dort, wo sie sie allein gelassen hat, immer noch auf dem Boden kauert.

»Es tut mir leid«, sagt Isobel. Ihre Stimme klingt, als käme sie von weit her, nicht mehr von hier. »Ist es zu retten?«

Zelda wickelt neuen Stoff vom Ballen. »Der Schnitt hätte sowieso nicht funktioniert. Wir versuchen etwas anderes. Etwas Besseres.«

»Es ist nur …« Isobel hebt die Hand an die Wange. »Ich sollte mich wohl entschuldigen.«

Zelda blickt auf.

»Immerhin waren wir ein Fleisch.«

»Und trotzdem wussten Sie es nicht? Dann waren Sie mit einem Fremden verheiratet.«

»Vierunddreißig Jahre lang … War irgendwas davon wahr?« Isobel schüttelt den Kopf. »Jetzt ist mir klar, warum Sie außer Rand und Band waren.«

Zelda kann sich noch gut an das Grauen bei jeder Zusammenkunft erinnern, an den Wunsch, die Ältesten umbringen zu wollen. Ihr deckt ihn, dachte sie sich jedes Mal. Ihr sprecht von Gott als unserer sicheren Zuflucht, nur dass ich mich kein bisschen sicher fühle. »Ich bin jedes Mal aufs Neue gestorben, wenn ich ihn in seinem Anzug und mit seiner Krawatte gesehen habe.«

An Isobel ziehen all die Jahre vorbei, in denen Steven Mädchen in Bikinis begafft hat, die Stunden, die er in der Gemeinde verbracht hat, das Schulterklopfen, die Prasserei – alles ihr Geld. Seine Großzügigkeit hatte mit Liebe nichts zu tun, sondern vielmehr mit Anbiederung. Sie muss ihre Erinnerungen umschreiben.

»Und Sie sind nie zur Polizei gegangen?«

Zelda sieht sie an. »Sie wissen doch selbst, wie das läuft.«

»Mache seinem Namen keine Schande«, rezitiert sie leise.

»Meine Mutter hätte den Ältesten nie widersprochen.«

»Ist das da drüben ihr Haus?«

Zelda nickt und zupft an einem losen Faden.

»Aber wie konnten sie … Er hätte das Gleiche doch auch anderen antun können. Er hätte …« Sie schlägt die Hand vor den Mund. Muss sich an der Tischkante festhalten. »Das kann nicht wahr sein.«

»Es ist aber wahr.«

Isobel sieht Zelda an, allerdings ist sie an einem anderen Ort in einer anderen Zeit. »Ich verstehe das nicht. All das wird gelenkt durch Gottes heiligen Geist. Er würde es nie zulassen, so etwas zu vertuschen. Wenn er ihre Entscheidungen lenkt – wenn Gott *da* ist –, dann darf so etwas doch nicht passieren? Dieses Vertuschen der Wahrheit …«

»*Wenn.*«

Ihre Blicke kreuzen sich.

»Gehen Sie zur Polizei«, sagt Isobel streng. Sie weiß genau, was jetzt zu tun ist.

»Und wenn die nichts unternehmen? Ich glaube nicht, dass ich das noch einmal ertragen könnte.«

Isobel schüttelt den Kopf. »Wir zwingen sie, etwas zu unternehmen.«

Zelda schließt die Augen und nickt. Sie spürt, wie Isobel ihre Hand drückt.

Nach einer Weile fangen sie neu an. Zelda drapiert neuen Stoff über Isobel, diesmal etwas lockerer, freier. Als sie nach vorn kommt, sieht sie, dass Isobel nach oben zu dem runden Fenster starrt, wo Licht hereinströmt.

»Ich war mal auf einem Schulausflug in der Tate Britain«, erzählt Isobel, »und habe den Anschluss an die Gruppe verloren. Ich habe eine Weile gesucht, aber am Ende aufgegeben und mir stattdessen die Bilder angesehen. Eines hat mich besonders berührt. Ein kleines Gemälde, darauf ein leeres Zimmer mit Fenster, Schreibpult, einer Handvoll Stühlen. Ein paar Bücher lagen herum – aber es war kein Mensch zu sehen. Ich weiß noch genau, wie ich dachte, was für ein merkwürdiges Motiv. Sehr seltsam. Dann entdeckte ich den Titel des Bildes darunter. *Das Zimmer, in dem Shakespeare zur Welt kam.* Ich sah wieder das Gemälde an. Es war völlig verändert.«

EXIL

Zelda

Sobald Isobel weg ist, geht Zelda den schlammigen Gartenweg entlang in Richtung Straße – ganz ohne dass sie darüber nachdenken würde, irgendetwas zieht sie dorthin.

Die Farbe auf der Holztür ist spröde und rissig, das einst leuchtende Rot ist verblasst. Zelda klopft dreimal fest an und wartet.

Als die Tür aufgeht, würde sie am liebsten losheulen. Ihre Mutter dürfte Anfang siebzig sein, sieht aber wesentlich älter aus. Sie ist geschrumpft, reicht ihrer Tochter gerade bis zur Schulter, und fast kann man die Knochen unter der papiernen Haut sehen. Ihre Haare sehen vernachlässigt aus. Bei Zeldas Anblick weicht sie reflexartig zurück.

»Nein«, sagt sie, »nein, nein, nein, du darfst nicht herkommen.«

»Mum!«

Marjorie macht kehrt, lässt aber die Tür offen stehen.

Zelda tritt über die Schwelle und zieht die Tür hinter sich zu. Im Flur atmet sie Staub und abgestandene Luft ein. Ihre Mutter macht selten die Fenster auf, weil sie Angst vor dem hat, was von draußen hereinkommen könnte. Es hängen immer noch dieselben Bilder an der Wand, und derselbe

Nippes, der noch aus dem Haus ihrer Großeltern stammt, verstaubt in den Regalen.

Ihr Kontakt hat sich auf Zettel unter der Tür beschränkt – und auch das nur, wenn es unvermeidbar war. Eine Rechnung, die sie sich teilen mussten, ein Brief, der falsch zugestellt worden war.

Ihre Mutter setzt sich in den Sessel in der Wohnzimmerecke und verschränkt die Arme vor der Brust.

»Also, was ist?«, fragt sie. »Ist etwas passiert? Bist du krank?«

»Nein, ich bin nicht krank.«

Zelda sieht sich um. Das Wohnzimmer ist bis heute klamm und dunkel. Keine einzige Lampe brennt, obwohl die Sonne schon untergeht, und nur der Hauch von Abendlicht dringt durch die Gardinen. Alles ist genauso, wie sie es kennt. Das heißt … abgesehen von den Fotos. Sie sind abgehängt worden.

»Wo sind die Fotos von Dad? Die, auf denen er seinen Preis bekommt?«

Der Tag hat sich Zelda ins Gedächtnis eingebrannt: der Tee im Ritz, der Applaus für ihren Vater, die verunsicherte Mutter mit ihrem Hut. Noch Jahre später hat Zelda sie hin und wieder gebeten, ihn sehen zu dürfen, und ihre Mutter entgegnete jedes Mal wieder, sie solle vorsichtig sein mit ihrem *Als-dein-Vater-den-Preis-bekommen-hat*-Hut, er sei kostbar.

»Was kümmert es dich?«, erwidert sie.

»Liegen wir wenigstens in einer Schublade? Oder hast du uns auf den Müll geworfen?«

Keine Antwort.

»Wie kannst du es hier drinnen ertragen?«

Ihre Mutter sieht sie trotzig an. »Habe ich eine Wahl?«

Zelda starrt den Sessel ihres Vaters an. Er ist immer noch zum Fernseher gedreht, neben dem Sessel der Mutter, als würde er jeden Moment kommen und sich mit ihr die Nachrichten und die Wettervorhersage ansehen oder ihre Lieblingskrimiserie.

»Rück endlich raus damit. Warum bist du hier?«, fragt Marjorie mit Blick auf den Teppich.

Zelda bekommt kaum noch Luft. »Ich gehe zur Polizei, Mum.«

Ihre Mutter seufzt. »Bist du immer noch bei dem Thema?«

»Wie soll ich das bitte jemals vergessen?«

»Ach Alice.« Sie sieht ihre Tochter an. »Vertraue deine Bürde Gott an, und er wird dich stützen. Leute lassen ständig Sachen hinter sich. Warum musst du es anders machen?«

Lehrsätze ihrer Mutter aus ihren Teenagerjahren hallen in riesigen, unterstrichenen Buchstaben laut in ihrem Kopf wider. *Bleib bei der Wahrheit. Mach einfach weiter. Du hältst nur deshalb an der Vergangenheit fest, weil du vergisst, was die Zukunft bereithält.*

»Wo ist Dad?« Zelda fängt an, die Schubladen zu durchwühlen. »Was hast du mit uns beiden gemacht?«

Ihre Mutter dreht sich weg und zieht ihre Strickjacke enger. »Ich warte darauf, dass die neue Welt anbricht.«

»In diesem Sarg von einem Haus!«

»Ich hatte dich gewarnt«, entgegnet sie scharf. »Du solltest es ihm nicht erzählen, es würde ihn umbringen, und guck, was passiert ist.« Sie stolpert über ihre eigenen Worte, über ihre eigene Einsamkeit.

Zelda schlägt die Schubladen zu. Sie hat das unbändige Bedürfnis, ihren Vater zu sehen, nicht als Gestalt in irgendeiner abstrakten Zukunft, sondern hier und jetzt, auf einem Foto. Sie weiß noch, wie sie manchmal abends nach Hause fuhren, wie sie auf dem stillen Rücksitz so tat, als wäre sie eingeschlafen, damit er sie hochheben und ins Bett tragen würde. Dad, es war immer Dad. Nie ihre Mutter. Dafür sei sie nicht stark genug, meinte sie.

»Du glaubst immer noch, ich wäre schuld«, sagt Zelda. »Ich bin an allem schuld.«

Ihre Mutter zuckt zusammen. »Ich habe versucht, es dir zu erklären. Deine Kleidung, deine Art ... Was hast du erwartet? Wer sich wie eine Schlampe anzieht, wird auch für eine gehalten.«

Zelda lehnt sich gegen die Kommode und atmet mit einem Seufzer aus. Sie weiß noch gut, wie sehr sie gehofft hatte, die Taufe würde sie einander näherbringen. Sie hatte immer für ihren Vater Partei ergriffen, nie für ihre Mutter, und sie hatte auch keine Geschwister, die hätten einspringen können. Die Taufe war ihr wie ein leichtes Opfer vorgekommen, damit sie und ihre Mutter etwas gemein hätten. Sie war zwölf und konnte die Konsequenzen damals nicht absehen.

»Ich war ein Kind, Mum«, sagt sie.

»Ich hatte dich anders erzogen.«

»Du wolltest, dass ich still und unterwürfig bin«, schreit Zelda sie fast an. »Du hast mir beigebracht, kein Aufheben zu machen, dass Männer dafür vorgesehen sind zu führen und dass ich ihnen gehorchen muss.«

»Doch nicht so! Du hättest Nein sagen sollen!«

Zelda dreht sich zu ihr um. »Und wann hättest du mir je beigebracht, wie das geht?«

Sie schürzt die Lippen. »Versuch jetzt nicht, deine Geschichte umzuschreiben, nur weil dir nicht gefällt, was aus deinem Leben geworden ist.«

»Du hast mich einer Welt ausgesetzt, die mir das Wort

verboten hat. Schau dir an, was passiert ist, als ich die Wahrheit gesagt habe.«

Marjorie schnaubt ungeduldig. »Sie konnten nichts tun, weil es keinen zweiten Zeugen gab. Das weißt du genau.«

»Wann gibt es bei so etwas jemals zwei Zeugen?«

»Du kannst nicht ändern, was in der Schrift steht.«

»Nein, aber wahrscheinlich ist es nicht unbedingt vernünftig, sich auf ein zweitausend Jahre altes Buch zu berufen, wenn es um Mitmenschlichkeit geht.«

Marjorie lacht schrill. »Alice, du denkst sowieso, was du willst. So warst du schon immer.«

Zelda schließt die Augen. Sie weiß, dass ihre Mutter sie als Weltliche beäugt, die vom Teufel angeleitet wird. Sie kann die Liebe ihrer Mutter nicht länger greifen. Aber nur weil sie verschüttet ist, bedeutet das nicht, dass sie nicht da ist.

»Mum«, sagt sie und kniet sich vor ihr hin. »Man hat von mir erwartet, dass ich Woche für Woche dort hingehe und ihm zusehe und seinen Predigten lausche. Als ich das nicht mehr ertragen habe – die Lügen, die Heuchelei, sein Lächeln –, haben sie mich vor die Tür gesetzt. Sie haben mir alles genommen. Sogar dich. Und *mich* nannten sie schwach.«

Marjorie steht auf und verlässt das Zimmer.

Zelda beugt sich vor, sitzt fast in Embryonalhaltung da, kriegt kaum noch Luft. Sie wartet einen Moment, dann geht sie in die Küche, wo ihre Mutter aufräumt.

»Mum, guck mich an.«

Eine Schranktür schlägt zu.

»Guck mich an, Mum.«

Zelda fängt an zu weinen. Sie lehnt am Türrahmen, und ihre Wange liegt auf den Filzstiftmarkierungen, die ihr Wachstum über die Jahre dokumentieren. Sie fährt mit den

Fingern über die oberste Markierung. *Dad.* Sie ist inzwischen größer, als er damals war.

»Ich zeige dir gerade, wer ich bin«, sagt sie mit heißen Wangen. »Ich verberge nichts vor dir und spiele auch nichts vor. Das hier bin ich. Und ich bin nun mal nicht diejenige, die du gern hättest.«

Marjorie lässt eine Pfanne auf den Küchentresen fallen. Sie lehnt sich gegen die Spüle und sieht aus dem Fenster. »Das ist nicht wahr, Alice.«

»Sondern?«

»Ich wurde auch geprüft.«

Als sie nicht fortfährt, setzt Zelda sich an den Küchentisch – auf denselben Platz, auf dem sie als Kind immer saß.

»Also gut.« Sie trocknet sich die Hände ab, dreht Zelda aber weiterhin den Rücken zu. »Wenn mein Vater betrunken nach Hause kam, hat er die Fäuste geschwungen. Als meine Mutter zu den Ältesten ging und fragte, was sie tun solle, befahlen sie ihr zu bleiben. Nur Hurerei setzt einer Ehe ein Ende. Bist du jetzt überrascht? Tja, sie sollte es also ertragen und ihn wenn möglich durch ihre friedfertige Art dazu bewegen, sich zu verändern. Und genau das passierte. Er kam in die Wahrheit, weil meine Mutter nie den Mut verlor. Sie hat ihm das Leben gerettet.«

»Ich glaube, ich werde ohnmächtig«, sagt Zelda und stützt den Kopf in beide Hände.

»Ich habe ihn oft mit ihr beobachtet und mich gefragt: Warum? Warum geht Gott nicht dazwischen? Aber am Ende wurde alles gut. Sie blieb stark in ihrem Glauben, und deshalb fand er den seinen. Das wäre niemals geschehen, wenn meine Mutter sich gegen den Rat der Ältesten gewandt hätte.« Marjorie nickt nachdrücklich. »Gott wusste genau, was passieren würde.«

»Das ist das Traurigste, was ich jemals gehört habe.«

Ihre Mutter reckt trotzig das Kinn. »Es ist wunderbar.«

Zelda starrt die Zimmerdecke an, die Ecken, in denen zig Spinnweben zu hoch oben hängen, als dass ihre Mutter dort heranreichen könnte. »Warum müssen immer die Frauen und Kinder hinter den Männern zurückstehen?«

Ihre Mutter seufzt. »Ach Alice. Das war ja klar.«

»Ihnen wird erzählt, dass sie schwächer wären. Dass sie Opfer bringen und sich unterordnen müssten.«

»Du findest, meine Mutter war schwach?« Sie schnalzt mit der Zunge. »Meine Mutter war stark. Sie hat es ausgehalten.«

Zelda sieht sie an. »Oh Mum.«

Ihre Mutter setzt sich an den Küchentisch. Sie sitzen einander jetzt gegenüber. Unfähig, ihre Tochter anzusehen, starrt Marjorie durch die Hintertür zu Alice' alter Kinderschaukel mit den rostigen Ketten. Sie will etwas sagen, hält aber inne.

»Ich konnte es nicht mehr aushalten«, flüstert Zelda.

»Da siehst du es. Du glaubst, du wärst stark, aber du hast die Flucht ergriffen. Genau wie *er* – sie nickt in Richtung des Blechhauses – »hast du *mir* zum Vorwurf gemacht, was passiert war. Du bist immer schon nach deinem Vater gekommen.«

»Verstehst du nicht, warum ich gehen musste? Dass es mich erstickt hat?«

»Ich *habe* es ertragen.« Marjorie presst die Fingerkuppen auf die Tischplatte. »Die blauen Flecken im Gesicht meiner Mutter. Warum musstest du so anders sein?«

Zelda ahnt, dass der Versuch vergebens war. Sich der Dunkelheit in der Vergangenheit ihrer Tochter zu stellen hätte von ihrer Mutter erfordert, den eigenen Schmerz in neuem Licht zu betrachten. Zelda sieht sie an, wie sie dort gegenüber am Tisch sitzt und dem Tod entgegenschrumpft. Was würde es nützen, wenn sie so spät im Leben ihre Wahrheit als Lüge anerkennen würde? Sie hatte recht, als sie sagte, sie sei nicht stark genug, um ihre Tochter zu tragen. Alle Traurigkeit der Welt – die erträgt kein Mensch.

Marjorie schüttelt den Kopf. »Willst du denn nicht ewig leben?«

Ein Holzlaster donnert mit frisch gefällten Baumstämmen vorbei. Das Dröhnen erschüttert das Haus.

»Ich lebe jetzt, Mum, und du willst mit mir nichts zu tun haben.«

»Jetzt stellst du dich mutwillig dumm. Du hast etwas Schlimmes erlebt. Das passiert vielen. Aber die Schrift ändert sich nicht, nur weil du beschließt, die Dinge anders zu sehen. Komm zurück in die Wahrheit, und alles wird gut.«

Zeldas Blick bleibt an den Bildern am Kühlschrank hängen. Fingerfarben, Filzstifte, darüber in Kinderschrift *Alice*. Sie erkennt sie aus ihrer Kindheit wieder. Sie hat immer das gleiche Haus gemalt, mit Blumen und einer dreiköpfigen Familie davor.

Ihre Mutter will das Mädchen, nicht die Frau, zu der sie geworden ist.

»Den Glauben kann man nicht erzwingen«, sagt Zelda. »Aber wie kann es sein, dass ich ein ewiges Leben einbüße, weil Gott zugelassen hat, dass sie die Wahrheit vertuscht haben? Wessen Schuld ist das wirklich?«

»Wie konnte ich so ein widerspenstiges Mädchen großziehen?« Ihre Mutter nestelt am Etikett auf der Saftflasche.

Tiefer Frieden durchströmt Zelda. »Ja«, sagt sie, »ich bin nun mal, wer ich bin. Ob du mich liebst, liegt nicht in meiner Hand.«

»Ich würde dich jederzeit wieder in die Arme schließen, wenn du in die Wahrheit zurückkehren würdest.«

Zelda wirft noch einen Blick auf die Bilder an der Kühlschranktür. »Wir kommen aus der Dunkelheit und kehren dorthin zurück. Ein paar Jahrzehnte Licht. Soweit wir es wissen, bekommen wir nicht mehr.« Sie sieht abermals zur düsteren Zimmerdecke hoch und schließt die Augen. Sie hat die Illusion satt. »Ich kann nicht mehr lügen, Mum.«

Ihre Mutter schüttelt den Kopf. »Ich weiß nichts von Dunkelheit.«

Zelda steht auf. Sie wartet, mit flach auf den Resopaltisch gestützten Händen. Doch ihre Mutter rührt sich nicht. Zuckt nicht mit der Wimper.

Draußen ist die Luft frisch. Draußen kann sie wieder atmen.

Postkarten

Isobel

Isobel fährt ohne weiteres Hinauszögern hin.

Sie stellt sich hinter eine alte Telefonzelle, wo sie nicht gesehen wird. Der verglaste Eingang zu dem Bürogebäude, aus dem Anzugträger auf den Gehweg gespuckt werden. Isobel sieht in ein Gesicht nach dem anderen.

Als ihre Tochter kommt, starrt sie stirnrunzelnd auf ihr Handy hinab. Isobel schnürt es die Kehle zu. *Sie weiß Bescheid. Irgendwer hat es ihr gerade erzählt. Pass auf, deine Mutter ist im Anmarsch.* Doch dann lässt Cassandra das Handy in ihre Handtasche fallen, sieht geistesabwesend zum Himmel und will gerade in Richtung Parkplatz abbiegen, als …

»Cassandra!«

Ihre Tochter bleibt stehen. Mit verdattertem Gesicht dreht sie sich um.

»Was machst du hier?«, fragt Cassandra und sieht sich um.

»Ich … Ich …«

»Du darfst hier nicht herkommen.« Sie setzt sich wieder in Bewegung.

Isobel sieht ihr kurz hinterher. Jeder findet, dass Cassandra ihr aus dem Gesicht geschnitten ist. Dann sieht sie so von hinten aus? Sie starrt den Hinterkopf ihrer Tochter an, und für den Bruchteil einer Sekunde sieht sie sich selbst die Flucht ergreifen.

»Warte!«, ruft sie und läuft los. »Bitte, Cassandra, wir müssen reden.«

Cassandra bleibt stehen. Sie seufzt – mit dem ganzen Körper. »In Ordnung.« Dann zeigt sie auf den Park auf der anderen Straßenseite. »Da drüben. Aber du gehst nicht neben mir.«

Sie durchqueren das Tor und folgen dem gewundenen Spazierweg. Der Park ist ein Rechteck aus Gras, das von üppigen Büschen und alten Bäumen gesäumt ist, ringsum ein schmales Band aus Gusseisen, das alles zusammenhält. Isobel geht ein paar Schritte hinter ihrer Tochter. Sie sprechen nicht, bis sie eine Bank erreichen, die von der Straße nicht einsehbar ist. Cassandra wartet, bis Isobel sich gesetzt hat, und lässt sich am anderen Ende nieder.

»Wie war die Arbeit?«

Cassandra sieht sie misstrauisch an. »Das ist doch wohl nicht die Frage, die du mir stellen willst.«

»Und ich habe nur eine, ja?«

Sie seufzt. »Die Arbeit war schon okay. Ich habe gerade erfahren, dass ich befördert werden soll.«

»Oh. Das ist toll.«

»Ja, na ja, ich lehne ab.«

»Aber warum?«

»Weil das mehr Arbeit und Stress bedeuten würde. Das Geld könnte ich schon gebrauchen, aber ich habe auch so schon genug um die Ohren. Ich will nicht auch noch Zusammenkünfte und den Predigtdienst verpassen.«

»In deinem Alter solltest du nicht gestresst sein.«

Cassandra starrt sie an, dann wendet sie sich ab. »Okay.«

»Sag mir noch mal, was genau du dort machst.«

Sie lacht. »Dasselbe wie seit acht Jahren, Mum.«

»Tja, mein Gedächtnis ist nicht mehr das beste.«

»Und ich bin natürlich nicht Patrick.«

»Okay, darauf läuft es also hinaus.«

»Was weiß denn ich?«, entgegnet sie schnippisch. »Ich weiß nicht mal, warum du hier bist.«

Isobel macht den Mund auf und wieder zu. Sollte sie näher rutschen und die Kluft zwischen ihnen schließen? Welche Nachricht soll sie zuerst loswerden? Dass ihr Vater ins Gefängnis gehört? Oder, nein, womöglich sollte sie es anders formulieren. Besser, sie wirft ihr erst sich zum Fraß vor.

»Ich heirate, Cassandra.«

Nichts regt sich in Cassandras Gesicht. Isobel zieht sich die Jacke enger um den Leib.

»Dabei ist die Tinte auf den Scheidungspapieren noch nicht mal getrocknet«, sagt Cassandra schließlich tonlos.

»Und die war meine Schuld, ja? Hatte mit deinem Vater rein gar nichts zu tun.«

»Daddy? Schieb ihm nicht die Schuld zu für diese, diese … *Tändelei* mit einem weltlichen Mann! Denn nichts anderes ist das ja wohl. Wie man hört, ist er irgend so ein Motorradrocker mit fettigen Haaren und Bart.«

Isobel schlägt lächelnd den Blick nieder. »Ja, das beschreibt ihn ziemlich gut.« Sie spürt Cassandras Blick auf sich und ahnt, dass ihre Tochter den Kopf schüttelt.

»Wer *bist* du?«

Isobel reagiert nicht gleich. »Ist es ein Problem für dich, dass ich mein Leben zu guter Letzt in die eigene Hand nehme?«

Cassandra starrt sie an. »Der Ausschluss kümmert dich kein bisschen. Du genießt es regelrecht.«

»Das ist nicht wahr.«

»Dieses Verhalten … Wer ist dieser Mann überhaupt?«

»Er ist wunderbar, Cassandra. Ja, er hat lange Haare …« Isobel sieht sein Gesicht vor sich und muss lachen. »Und er fährt Motorrad, und er sieht wild aus, und er ist … wunderbar.« Dann wird ihr bewusst, mit wem sie spricht. »Außerdem war mein Ausschluss ungerechtfertigt. Bis dahin war rein gar nichts passiert.«

Cassandra sieht sie triumphal an. »Ach, jetzt aber schon? Läuft aufs Gleiche hinaus. Die Ältesten hatten recht, als sie dich ausgeschlossen haben. Sie wussten, dass es so kommen würde.«

»Ach, dann ist das in Ordnung, ja?«, entgegnet Isobel leise. »Jemanden zu verurteilen, noch bevor ein Verbrechen verübt wurde? Und sie sind auch nicht verantwortlich dafür – der *Grund* dafür –, dass jemand den falschen Schritt macht …«

»Sie geben nur ihr Bestes.«

Isobel sieht sie an. »Wir geben alle nur unser Bestes.«

Cassandra rutscht auf der Bank hin und her. »Ich weiß wirklich nicht, warum du herkommen musstest, um mir das zu erzählen. Um damit zu *prahlen*. Ich komme ganz sicher nicht zu dieser Hochzeit.«

»Nein, ich weiß. Es war auch nicht der einzige Grund. Ich … Cassandra, hat dein Vater dich je … Als du ein kleines Mädchen warst, hat …« Isobel holt tief Luft. Sie kann es einfach nicht aussprechen. »Hast du in letzter Zeit mit ihm gesprochen?«

Cassandra sieht weg. »Natürlich nicht.«

»Hat er den Kontakt mit dir gesucht?«

Sie beißt sich auf die Lippe. »Ich ignoriere ihn. Genau wie ich dich ignorieren sollte.«

»Und du willst für immer so weitermachen, ja? Du nimmst keinen Kontakt zu ihm auf?«

Cassandra klingt eisig. »Kannst du bitte mit diesen Fragen aufhören? Er ist ausgeschlossen worden. Ich will mit jemandem, der ausgeschlossen wurde, nichts mehr zu tun haben.« Ein paar tote Blätter wehen über den Weg, als sie aufsteht.

Isobel streckt sich nach ihr aus. »Nicht, Cassandra, geh noch nicht weg.« Ihre Finger streifen deren Arm.

Cassandra zuckt zurück und starrt Isobels ausgestreckte Hand an. Sie macht einen Schritt vor und sieht schwer atmend in beide Richtungen den Weg entlang. Dann setzt sie sich wieder, allerdings von ihrer Mutter abgewandt.

Isobel bringt es nicht fertig, die Frage zu stellen, auch wenn sie die Antwort insgeheim kennt. Sie seufzt erleichtert auf, ist zur Abwechslung froh zu sehen, dass Steven so sehr geliebt wird. Gleichzeitig fühlt sie sich schlagartig schwerelos und als würde sie nirgends mehr Halt finden.

»Weißt du noch, als du klein warst«, sagt sie, »und wegen der Rohre auf irgend so einem Laster einen Ausraster hattest? Oder wegen dieser schuppigen Frucht im Supermarkt?«

Cassandra verschränkt die Arme. »Und wie du mir immer gesagt hast, ich soll keine Szene machen? Ja, das weiß ich noch gut.«

»Du meintest, bei dem Anblick würde dir schlecht werden. Genau wie bei Bienenwaben. Oder bei hoch aufgelösten Bildern von Zellen.«

»Mir wird immer noch allein bei der Vorstellung schlecht. Aber was war damit?«

Isobel beugt sich zu ihr vor, und es sprudelt nur so aus ihr heraus. »Ich habe kürzlich einen Artikel gelesen, in dem es um neuste Erkenntnisse aus der Trypophobie-Forschung ging – die Angst vor Löchern oder Mustern. Anscheinend erzeugt der Anblick bei manchen Menschen Übelkeit, weil sie ihn mit Krankheit assoziieren. Ich las diesen Artikel und dachte nur: *Cassandra hatte recht!* Sie hatte die ganze Zeit recht. Und ich hab immer nur zu ihr gesagt, sie soll nicht albern sein.« Isobel streckt sich aus und nimmt Cassandras Hand. »Ich will dir nur sagen, dass das nicht albern war.«

Es entsteht eine längere Pause. Da sind nur der entfernte Straßenverkehr, der Wind in den Bäumen und der Abstand zwischen ihnen beiden.

»Ich hab auch eine«, sagt Cassandra. »Eine Geschichte.«

Isobel wartet ab.

Cassandra lässt sich Zeit. »Die Eltern fahren für eine Woche weg und lassen die Tochter bei den Großeltern. Sie ist noch zu klein, um sich daran zu erinnern. Sie weiß nur noch, dass es so war, weil sie später ein Album mit Postkarten fand. Die Mutter hatte jeden Tag eine Karte geschickt. Mit den üblichen Sonnenuntergängen, Stränden und Blumen. Doch auf der Rückseite standen die seltsamsten Dinge. Wörter. *Mein Schatz, ich vermisse den Duft deiner Haare. Nur noch drei Tage, bis ich dich wieder in die Arme schließen kann.* Als die Tochter älter wurde, erkannte sie die Handschrift, entzifferte ihren Namen und ihre Adresse. Aber die Wörter an sich blieben ihr fremd und fühlten sich an wie der blanke Hohn. Tun sie immer noch.«

Isobel umklammert die Handtasche auf ihrem Schoß. Sie kann sich an den Urlaub noch gut erinnern, irgendwo in Griechenland, wo es heiß und unerträglich war, aber das mit den Postkarten weiß sie beim besten Willen nicht mehr. »Dein Vater wollte dort an einem Golfturnier teilnehmen«, sagt sie, »und ich habe ihn begleitet. Die treu sorgende Ehefrau.«

Ihre Tochter dreht sich zu ihr um, trotzdem hält Isobel den Blick nach vorn gerichtet.

»Ich weiß, du glaubst, dein Vater wäre der Liebevolle von uns beiden gewesen. Nur war er nie da, um liebevoll zu sein. Im Übrigen war er es, der vorgeschlagen hat, dass wir euch hierlassen sollten.«

»Waren wir wirklich so schlimm?«

Isobel muss an die Geburt ihrer Tochter denken, an die vergeudeten Monate, in denen sie sich nur mehr wünschte, sich in Luft aufzulösen. »Cassandra, du hast keine eigenen Kinder, du kannst das nicht verstehen.«

»Nein, kann ich nicht«, antwortet sie. »Und hast du dich je gefragt, warum das so ist?«

Isobel stellt ihre Tasche ab. Sie lehnt sich vor, dann wieder zurück und stemmt ihre Hände fest auf die Knie. »Dir schien es immer gut zu gehen«, sagt sie, und ihre Stimme klingt rauer als beabsichtigt. »Du hast kaum geweint oder mal um etwas gebeten. Es war, als wärst du geboren worden und hättest mich nicht mehr gebraucht.«

»Warum um jemanden weinen, der sowieso nicht da ist?«

»Nicht da? Ich hatte den Job bei der Bank aufgegeben, um Tag und Nacht bei dir zu sein.«

Cassandra starrt ins Leere.

»Wie gesagt, du warst von Anfang an sehr selbstständig. Und hast instinktiv immer das Gegenteil von dem gemacht, was du solltest. Wenn ich dir gesagt habe, dass etwas heiß war, hast du es anfassen müssen. Du hast deine Hand über eine Flamme gehalten und nicht mal gezuckt. Weißt du noch? Als du dich an dieser Kerze verbrannt hast? Aber du hast nicht geweint, nicht einmal da.«

»Ich wollte irgendwas spüren, Mum.«

Ein Jogger läuft an ihnen vorbei und wirft ihnen einen

neugierigen Blick zu. Isobel ahnt, wie sie für die Außenwelt aussehen. Die entfernten Enden der Bank. Wie sie in entgegengesetzte Richtungen sprechen. Im Wettbüro hieße es wahrscheinlich: Drogendeal oder Auftragsmord. Niemand käme darauf, dass sie Mutter und Tochter sind, ganz gleich, wie ähnlich sie sich äußerlich sind. Die Erkenntnis drillt sich ihr in die Lunge, und Isobel kriegt kaum noch Luft.

»Cassie«, sagt sie, und ihre Hand schnellt an ihren Mund, als ihre Tochter zusammenzuckt. Nur Steven hat sie so genannt.

Cassandra steht auf. »Es ist zu spät, Mum. Es ist zu spät.«

Ein Ausweg

Jen

Sie hat als Kind unendliche Minuten lang tote Fliegen auf Fensterbrettern angestarrt. Im Haus wurde regelmäßig geputzt, trotzdem waren immer Fliegen da. Jen stellte sich die letzten Momente in deren Leben vor, wie sie auf der Suche nach einem Ausweg mit dem Kopf voran gegen die Scheibe flogen. Und irgendwann damit aufhörten.

Sie sah sich um und betrachtete das Zimmer als das, was es war. Ein Gefängnis. Wie auf dem Bild, das sie mal in einem Buch gesehen hatte – eine Zelle mit Kratzspuren an den Wänden. Sie sah genauer hin, studierte die Fliege, die kugeligen Augen, die hauchdünnen, zarten Flügel.

Es tut mir leid, flüsterte sie. Schuld ist der Maurer, der dieses Zimmer gebaut hat, oder der Architekt oder die Person, die dieses Haus wollte, oder vielleicht auch der Erfinder von Glas, der etwas Durchlässiges entwickelt hat, was in Wahrheit jedoch nicht durchlässig war. Ihr Gehirn suchte weiter und immer weiter zurück in der Zeit, suchte in kindlicher Logik nach jemandem, dem sie die Schuld geben konnte. Ihr war beigebracht worden, dass irgendwo immer ein Schuldiger war.

Die Schuld der Fliege war es jedenfalls nicht. Da war sie sich sicher. Die hatte nicht sterben wollen. Sie begriff einfach nicht, warum die Fliege aufgrund der Handlungen anderer hatte leiden müssen.

Lasst uns beten

Jen

Jen klappt die Sonnenblende nach unten und zieht ihren Lippenstift nach. Sie wischt sich ein Bröselchen Wimperntusche von der Wange und streicht ihre Haare glatt. Der ausgewachsene Teil oben sieht schlimm aus. Wie einfach es war, als ihre Haare noch kurz waren. Und wie lange das zurückzuliegen scheint.

Ein Auto hält hinter ihr, und im Rückspiegel sieht sie Susanna, die es ihr gleichtut: Spiegel, Aussehen überprüfen, Haare glatt streichen. Jen schiebt die Fahrertür auf.

»Hallo, du«, sagt Susanna und steigt ebenfalls aus. Sie zieht den Reißverschluss ihres Parkas über ihrem Pullover und dem knielangen Rock zu.

»Ich mag deine Schuhe«, sagt Jen und greift zu ihrer Predigttasche.

»Oh, danke. Hab ich gestern Abend bei Emmas Tauschparty ergattert.« Susanna dreht eine Pirouette auf ihren weinroten Mary Janes.

»Tauschparty?«

»Ja. Man bringt eigene Sachen mit, die man nicht mehr trägt, und tauscht oder verkauft sie an andere. Soll ich dir nächstes Mal Bescheid sagen? Es kommen immer viele Schwestern.«

»Du hast auch eine andere Frisur.«

Susanna lacht. »Du bist immer so aufmerksam!«

Jen lächelt und tut so, als müsste sie ihre Tasche durchsuchen.

»Reichen deine Broschüren?«, fragt Susanna. »Wenn nicht, hab ich noch Vorrat.«

»Ich glaube schon. Ich suche nur die aktuelle …« Dann hält sie sie hoch. *Hilfe für Trauernde.*

»Ah, natürlich.« Susanna drückt ihren Arm. »Aber es ist bald so weit.«

Beieinander untergehakt gehen sie den Bürgersteig entlang. Jen schließt die Augen, als sie Susannas Duft einatmet. Nein, sagt sie sich, reiß dir die Augen aus, reiß dir das Herz aus … Wage es nicht.

Sie winken den Schwestern zu, die am Ende der Straße auf das erste Haus zugehen. Jen und Susanna stecken die Köpfe zusammen und plaudern und übersehen zunächst die rothaarige Frau auf der anderen Straßenseite.

»Jen!«

Susanna sieht erst die Frau und dann Jen an, die den Blick starr geradeaus richtet. Sie muss sie anstupsen.

Und endlich dreht Jen den Kopf.

Zwischen zwei geparkten Autos tritt Zelda auf die Straße. Sie trägt eine riesige weiße Tasche vor sich her, bekommt aber ein Winken hin. »Hey!« Sie lächelt hoffnungsvoll. Die Welt ist klein, aber voller Gefühle.

Jen lächelt gepresst und errötet. Es ist ein Feuerball, doch der Effekt ist eisig. Sie wartet Zeldas Reaktion nicht ab und zieht Susanna sofort weiter.

»Wer war die Frau?«, flüstert Susanna, als sie außer Hörweite sind.

»Ach, niemand. Nur eine, die ich mal kannte.«

Im Esszimmer sitzen sie zu siebt im Kreis. Bibeln liegen auf der getupften Wachstuchtischdecke. Sie lachen, und alle begrüßen Jen und Susanna, als sie sich zu ihnen gesellen.

»Ben verspätet sich«, sagt eine der Frauen mit Blick auf ihr Handy. »Er schreibt, wir sollen ohne ihn anfangen. Anscheinend machen wir heute die Northern Road. Er trifft uns dort und teilt uns dann in Gruppen auf.«

»Die Northern Road? Das ist die Straße mit den Wohnblocks, oder?«, erkundigt sich eine der Älteren, deren Haare zu dunkel für ihr Alter sind. Sie ächzt. »Ich hasse Wohnblocks.«

»Ich finde sie toll«, sagt ein Mädchen von vielleicht neunzehn Jahren. Sie hat glänzendes blondes Haar und bewundert ihre Fingernägel. »Man muss nur klingeln und fragt in die Gegensprechanlage: *Hi, möchten Sie vielleicht unsere Broschüre lesen?* Fertig. Keine Diskussion.«

»Einige von uns mögen es zu predigen, Michelle«, sagt Susanna und lacht. »Wir sind nicht alle Drückeberger.«

»Was soll ich sagen?« Michelle dreht sich zu dem Mann neben ihr um. »Sieht aus, als müsstest du das Gebet sprechen, Sid.«

Sid ist der einzige Mann in der Runde. Er ist Anfang siebzig, ein schüchterner, zurückhaltender Bruder, der selten das Wort ergreift. Er sieht die junge Frau an. »Nein. Nein, das kann ich nicht.«

»Nora, sag du es ihm«, fordert Michelle die andere auf und inspiziert weiter ihre Fingernägel.

Nora beugt sich leicht vor. »Du musst, Sid. Du bist der einzige Bruder.«

Doch Sid schüttelt nur den Kopf. Er sieht aus, als würde er jeden Moment in Tränen ausbrechen.

Die Frauen sehen einander an.

Nora seufzt. »Dann brauchen wir wohl ein Geschirrtuch.« Sie steht auf und verschwindet in Richtung Küche.

»Also, ich weigere mich.« Michelle fährt sich über die Haare. »Ich habe eine halbe Stunde fürs Flechten gebraucht, das bringe ich jetzt nicht durcheinander.«

Niemand sagt etwas.

Jen beugt sich vor. »Gib schon her«, sagt sie und greift nach dem Geschirrtuch. Sie legt es sich über den Kopf und ignoriert den Spiegel an der Wand. Ihr reicht es schon, dass sie darin Michelles Hand vor dem Mund sieht, mit der sie ihr Grinsen versteckt.

Alle neigen den Kopf, als Jen aufsteht.

»Himmlischer Vater«, hebt sie an und hofft, dass der Heilige Geist für den Rest sorgen wird.

Die Farben des Lebens

Isobel und Zelda

Zelda geht bis zum Ende der Straße. Mit jedem Schritt wiegt die Kleidertasche an ihrer Schulter schwerer, und sie bereut es, gleich den ersten freien Parkplatz genommen zu haben. Sie hat nicht damit gerechnet, dass die Straße so lang ist, aber nun geht sie schon eine halbe Meile und ist immer noch nicht da.

Dann hat Zelda das Haus erreicht. Sie vergewissert sich, dass sie hier richtig ist, steigt die Vordertreppe hoch und drückt auf den Klingelknopf, neben dem *Obergeschoss* steht. Die Tür klickt auf.

Isobel steht auf dem Treppenabsatz und beugt sich übers Geländer. Ihre Haare sind nass, und sie hat ein herzliches Lächeln auf dem ungeschminkten Gesicht. »Stimmt etwas nicht?«, fragt sie, als Zelda oben ankommt. Sie berührt sie am Arm und sieht sie beunruhigt an. »Gibt's schlechte Nachrichten?«

Zelda schüttelt den Kopf. »Alles in Ordnung. Komm, verheiraten wir dich!«

Sie haben sich in den vergangenen Wochen oft gesehen. Als Zelda Anzeige erstattet hat, war Isobel an ihrer Seite. Sie hat der Polizei Stevens letzte bekannte Adresse genannt und die Dringlichkeit des Falls betont. Die Beamten waren freundlich, hörten Zelda zu und nahmen ernst, was sie ihnen erzählte. Sie versprachen, alles zu tun, um ihn aufzuspüren. Als sie fertig waren, stand Zelda auf der Vordertreppe des Reviers und heulte. Man hatte ihr zugehört. Man hatte ihr geglaubt. Eine schwere Last fiel von ihr ab.

Anschließend lud Isobel sie auf einen Kaffee ein – sie müssten auch nicht reden. Sie ließ Zelda für sich sein. Und Zelda wunderte sich über diese neue Isobel Forge. Wir alle haben einhundert verschiedene Gesichter, dachte sie, und versuchen nur, nach vorn zu blicken.

Zelda hat es ihr mit dem Kleid vergolten. So, wie Isobel ihr zur Seite stand, hat sie ihr zur Seite gestanden, alles abgesteckt, geändert, noch einen Saum nachgebessert.

Die Wohnung badet in Sonnenlicht, und Zelda starrt Isobel mit offenem Mund an.

»Ich weiß«, sagt Isobel und errötet. »Das Licht. Es ist wirklich besonders.«

Zelda zieht den Kleidersack auf und nimmt das Kleid heraus. Jetzt ist Isobel an der Reihe, nach Luft zu schnappen. »Oh.« Sie presst sich die Hand aufs Herz. »Und ich habe noch überlegt, wie es fertig wohl aussieht!«

Elfenbeinfarbener Seidentüll. Ausgestellte Ärmel. Hier gerafft, dort fließend. Quer über das Kleid verlaufen aufgestickte Farbtupfer in leuchtendem Pink, Rot und Gold, die sich um grüne Stängel ranken. Die Farben des Lebens.

Mit den Haaren fangen sie an. Isobel setzt sich auf einen Hocker am Fenster, und Zelda dreht Isobels Haare zu weichen Locken. Vom üblichen Hochzeitsmorgen-Durcheinander spürt Zelda nichts: keine Brautjungfern, die einen freien Spiegel suchen, keine aufgeklappten, überquellenden Koffer am Boden. Nur sie beide und ein vereinzelter Wortwechsel.

»Schon nervös?«, fragt Zelda und trägt das Make-up auf.

»Müsste ich nervös sein? Ich bin nämlich total ruhig, so als …«

»Als wäre alles genau richtig so?«

Isobel lächelt. Sie spürt Wärme in sich aufsteigen, als Zelda einen Schritt nach hinten macht und ihr Gesicht mustert. Sie haben sich auf ein dezentes Make-up geeinigt, damit – wie Zelda sich ausgedrückt hat – Isobels Strahlen zur Geltung kommt. Sie will nicht wie ein anderer Mensch aussehen, auch wenn sie sich so fühlt.

Als Isobel fertig ist, geht Zelda das Auto holen. Langsam fährt sie die Straße entlang, kommt an der Stelle vorbei, wo Jen geparkt hatte und wo jetzt ein anderer Wagen steht. Sie fährt weiter, bis sie die Braut auf den Stufen sieht.

»Hier riecht es gut«, stellt Isobel fest, als sie einsteigt.

»Wirklich? Wonach denn?«

Isobel atmet tief ein. »Nach Orangenblüten.«

Sie fahren zum Standesamt. Victor wartet schon. Er trägt einen eleganten karierten Anzug und war beim Friseur, und als sie ihn sieht, ist Isobel von der Wucht ihrer Gefühle überwältigt.

Zelda sieht zu, wie er Isobel aus dem Wagen hilft, wie zärtlich sie miteinander umgehen, als er ihr einen Kuss auf die Nase drückt und den Kopf bei ihrem Anblick schüttelt. Ich bin sprachlos, sagt er.

Auch Will ist gekommen. Als sie in ihrem Seventies-Hosenanzug auf ihn zugeht, mustert er sie und schnalzt mit der Zunge. Sie lacht, und er beugt sich vor, um ihr unter ihrem breitkrempigen Hut ein Küsschen zu geben. »Du siehst umwerfend aus«, flüstert er.

Gemeinsam betreten sie das Gebäude: Isobel, Victor,

sein Sohn, seine Tochter, der Enkel, Will und Zelda. Sie ist gefragt worden, ob sie Trauzeugin sein will.

Nach der Trauung macht Zelda das Hochzeitsporträt. Dann ein Gruppenfoto auf den Stufen, und Isobel verspürt einen Anflug von Trauer, als Victors Kinder sich ringsum aufstellen. Sie schiebt die Trauer beiseite.

Sie essen Fish and Chips in einem Lokal, in dem sie ihren eigenen Sekt mitbringen durften. Die Servietten sind aus Papier, das Erbsenpüree ist wässrig, die Liebe stark. Zelda mustert Isobels Gesicht. Wie sie von innen leuchtet. Victor hält ihre Hand und gibt ihr hin und wieder einen Kuss. Die Behutsamkeit. Zeldas Herz zieht sich schmerzhaft zusammen.

»Erheben wir unser Glas«, sagt sie, und alle folgen der Aufforderung. »Auf zweite Chancen.«

Isobel lacht und stößt reihum mit allen an.

Anschließend versammeln sie sich vor der Tür, werfen Konfetti und jubeln dem glücklichen Hochzeitspaar zu, bis die beiden davonfahren. Isobel hat die Arme fest um Victor geschlungen, als er Gas gibt. Die Gäste winken ihnen nach. Zelda lässt als Letzte die Hand sinken. Sie steht im Abendlicht, und ihre Gedanken kreisen um Isobel und auch um Jen.

Seltsam, denkt sie, wie unerwartet ein Mensch sich verhalten kann – und nicht, weil sich dieser Mensch von Grund auf verändert hätte. Dieser Teil in ihm war immer da. Wir haben ihn zuvor nur nicht gesehen.

Danksagung

Ein großes Dankeschön an meine Lektorin Jillian Taylor und das ganze Team bei Penguin Michael Joseph, die dieses Buch aus der Taufe gehoben haben, sowie an meine Agentin Madeleine Milburn und alle bei MMA.

Ich bin unendlich dankbar für all die Freunde und Angehörigen. Ohne euch wäre dieses eine wilde, kostbare Leben nicht dasselbe.

Die Frauen in diesem Buch erleben Dinge, die mir nie widerfahren sind, und ich zolle den Überlebenden, die mir über die Jahre begegnet sind, all meinen Respekt. Was ich in diesem fiktionalen Text geschildert habe, wird eurer Stärke nicht annähernd gerecht.

Die Erkenntnisse der Australian Royal Commission zum Umgang mit sexuellem Kindesmissbrauch innerhalb der Religionsgemeinschaft, in der ich aufgewachsen bin, spielen in diesem Buch eine zentrale Rolle. Dokumente und Videos aus dem Verfahren sind online für jeden einsehbar, der ein Interesse an der Wahrheit hat.

Eine Wahrheit sollte immer auf ihren Wahrheitsgehalt überprüft werden. Wie sonst könnte man sicherstellen, dass es tatsächlich die Wahrheit ist?